KB136034

호랑이 등에서

Kaplanın Sırtında

by Omer Z. Livaneli

호랑이 등에서

쥘퓌 리바넬리 지음
오진혁 옮김

한국 독자에게 전하는 메시지

한국에서 제 소설이 출판된다니 큰 기쁨이고 영광입니다.
저는 여러분의 역사와 예술, 문화에 깊이 매료되어왔습니다.
진심을 담아 안부를 전합니다.

쥴퓌 리바넬리

It's a great pleasure and honor to have my novels published in Korea.
I have been deeply fascinated by your history, art, and culture.
With my sincere regards.

O. Z. Livaneli

Livaneli

추천사

실질적으로 오스만 제국의 마지막 황제였던 압둘하미드 2세는 1908년 일어난 쿠데타로 퇴위한다. 반대파를 잔혹하게 학살해 '붉은 황제'라고 불렸던 늙은 독재자는 이제 암살을 두려워하며 가족과 함께 별궁에 갇힌 신세다. 쥴퓌 리바넬리는 거장다운 필치로 실제 역사와 자신의 상상을 버무려 쫓겨난 군주의 감금 생활을 흥미진진하게 묘사한다.

소설이 그리는 압둘하미드 2세는 생생하고 모순적이다. 어리석지만 교활하고, 복잡하지만 얄팍하며, 예리하지만 망상에 사로잡혀 있고, 비겁하지만 대담하다. 진보적이지만 수구적이며, 눈치가 빠르지만 아무것도 모르고, 타인을 교묘히 조종하지만 그 역시 꼭두각시다. 그는 가엾지만 가엾지 않고, 억울하지만 억울하지 않다. 이 모든 모순은 호랑이 등에 올라탄 자의 운명일까? 역사란 무엇이고, 호랑이 등에서 우리는 어떻게 살아야 하는 걸까? 지중해의 밤처럼 깊고 매혹적인 소설이다.

소설가 장강명

차례

제2장

일러두기

- 국호 '튀르키예'를 제외한 사람, 언어 등에 대해서는 국내 학계의 결정에 따라 원어에 가까운 '터키'로 표기합니다.
- 시 제목은 「」로, 책 제목은 『』로, 악곡 이름은 〈〉로 표기합니다.
- 'Abdülhamid'는 터키에서는 '압뒬하미드'로 발음하나 이 책에서는 우리에게 익숙한 '압둘하미드'로 표기합니다.

호랑이 등에서

당연히 **'황제의 피해망상'**이라는 표현이 마음에 들지 않았다.
하지만, 아버지에 관한 글을 쓰는 이들로부터
찬양시가 아닌 역사를 기대했고, 안타깝게도 피해망상은
사실이었기에 수긍할 수밖에 없었다.

아빗 왕자, 압둘하미드 2세의 아들

'태어나자마자 날 호랑이 등에 태웠던 거야.' 그는 생각했다. '호랑이 등에서 자란다는 건 황제의 아들이 짊어져야 할 운명인 게야. 모두가 경탄할 정도의 힘과 권력을 소유하는 것과 동시에 호랑이 같은 무시무시한 짐승을 지배하는 느낌이기도 하지. 그리고 허벅지 아래에서 꿈틀거리는 맹수의 단단한 근육을 체감하는 것이기도 해. 모두가 두려워하는 살기 어린 눈빛을 지닌 살인마가 되어 간다는 만족감, 특별함, 우월감, 신이 된 것 같은 착각이기도 하지. 그렇지만 다른 한편으로는 공포야. 그래, 공포. 가끔 등줄기를 타고 축축한 뱀이 미끄러져 내리는 것처럼 온몸을 떨게 만드는 오싹한 소름 같은 거야.'

그는 또 이런 생각을 했다. '황제의 아들 대부분은 암살당할 운명을 안고 태어나는 거야. 선대에 열여덟 명의 형과 함께 젖도 떼지 못한 나이에 교살당한 왕자도 있었지. 황제가 되지 못한 수백 명의 왕자 목에 명주실 타래가 감기지 않았던가. 살아남았다 하더라도 별궁에 갇힌 채, 발걸음 소리가 들릴 때마다 망나니라도 맞이하듯 신앙고

백을 하며 길고 긴 세월을 보냈지 않았나. 그래서 대부분 미쳐 버렸던 거야.' 그렇지만 자신이 오랜 세월 감금했었던 형과 아우들은 애써 떠올리지 않으려 했다.

'궁전이라는 곳에서는 죽든지, 살아남든지 둘 중 하나 아니겠어. 호랑이 등에 올라타 있을 땐 모두를 복종케 하는 엄청난 권력을 갖지. 힘도 있고 행복하겠지만 호랑이 등에서 내려오는 순간, 호랑이는 발밑에 잡아 둔 가젤처럼 갈기갈기 찢어 놓을 거야. 그것도 끊임없이 말이지. 호랑이와 함께 살 수 있는 유일한 방법은 호랑이의 주인이 되는 거야. 주인이 되든가 아니면 먹잇감이 되든가.'

'이건 내가 선택할 수 있는 게 아니었어. 모든 인간은 자신이 선택하지 않은 집에서 선택하지 않은 운명을 타고 태어나. 우리는 모두 호랑이 등에서 태어난 거야. 운명을 바꿀 수는 없지.'

제1장

1909년 4월 28일 테살로니키 유배 첫날 밤
- 한밤중에 온 아이스크림 - 황제의 피해망상 - <라 트라비아타>

깜깜한 한밤중, 오스만 제국 34대 황제이자 이슬람 세계의 칼리프[1] 압둘하미드 2세는 오른손으로 바닥을 짚고 몸을 일으켰다. 왼손으로 붙잡을 수 있는 뭔가를 찾아 손을 더듬던 순간 부드러운 뭔가가 그의 손에 닿았다. 그는 손에 닿는 것에 의지해 몸을 일으켜 세웠다. 팔, 다리, 엉덩이가 아팠다. 몸을 완전히 일으킨 다음 주머니에서 라이터를 꺼내 불을 켰다. 라이터 불꽃은 어두운 방 한쪽 구석을 밝혔다. 하지만 깜깜한 방에서 주위만 환해지자 오히려 더 소름이 돋았다. 우선 손에 잡히는 게 무엇인지 살펴봤다. 어둠 속이라 색깔이 분명치 않았지만 짙은 색을 띠는 커다란 팔걸이의자였다. 벨벳 천 소재

---

1 역주- 예언자이자 선지자 모하메드 사망 후 이슬람 세계를 대표하는 지도자이자 최고 종교권위자를 의미하는 칭호

의 팔걸이의자처럼 보였다. 맞붙어 놓은 의자가 맞은편에 하나 더 있었다. 한 쌍의 팔걸이의자였다. 등받이끼리 붙인 게 아니라 마주 보게 붙어 있었다. 그 순간, 갑자기 벼락이라도 맞은 듯 노구의 머리끝에서 발끝까지 경련이 일며 모든 게 기억났다. 그가 깨어난 곳은 33년 동안 매일 아침을 맞았던 이스탄불의 궁전이 아니었다. 이스탄불에서 멀리 떨어진 곳, 테살로니키에 있는 어느 저택의 방에 갇혀 있었다. 라이터를 높이 들어 주변을 살폈다. 손을 들어 올릴수록 높은 천장의 장식들과 덧창으로 가려진 창문, 커피색을 띠는 마룻바닥, 맞붙어 있는 팔걸이의자로 희미한 불빛이 퍼져 나갔다.

말로 표현할 수 없는 이상한 감정이 일었다. 낯선 방에서 가련한 몰골을 한 그는 혼자였다. 딸과 아들, 아내들 그리고 시종들은 텅 빈 저택 안 다른 방으로 각자 흩어져 마룻바닥에 몸을 맡기고 있을 게 분명했다. 군인들은 모두를 끌고 온 뒤, 양쪽으로 열어젖힐 수 있는 커다란 출입문이 있는 이 저택에 가둬 버렸다. 식탁 하나만 덩그러니 남은 텅 빈, 큰 홀을 보고는 모두 입을 다물지 못했다. 맨바닥에 앉을 수밖에 없었다. 서로 눈을 마주치는 것조차 비참해 모두 고개를 떨구고 있었다. 그때 첫째 공주가 홀 한구석에 버려진 팔걸이의자 두 개를 찾아냈다. 짙은 초록색 벨벳이 씌워진 커다란 의자였다. 시녀들과 공주들이 힘을 모아 저택 왼쪽 방으로 그 의자들을 옮겼다. 두 의자를 마주 보게 붙인 다음 황제에게 아뢰었다. "황제 폐하, 오늘 밤은 여기서 쉬소서. 내일 아침에 다른 침구를 찾아보겠습니다. 황제 폐하의 군인들이 폐하를 이렇게 모셔서는 안 되는 일입니다만 준비할 시간이 없었던 모양입니다." 바로 그 순간 3층짜리 저택의 커다란 출입문이 열리는 소리가 났다. 병사들이 들고 있는 램프 불빛에 장교 한 명이 들어서는 것이 보였다. 군인들이 우악스럽게 등장하자 평생 암살이라는 공포 속에서 살아온 늙은 황제의 연약한 신경이 날카롭게 곤두섰다. 군홧발 소리는 비어 있는 저택에서 메아리쳐 울렸다. 램프 불빛에 군인들의 그림자가 벽에 길게 드리워졌다. 지휘관으로 보이는 장교는 그런대로 신문명을 접해 본 외모였다. 이에 반해, 병사들은 황제와 맨바닥에 앉은 가족들을 거칠게 노려보고 있었다. 마치 마지막 순간이 닥쳤다는 암시 같았다. 어쩌면 모두 이곳에서 바로 총살당할지도 모르는 일이었다. 황족은 죽을 때 피를 보여서는 안 된다는 불문율마저도 다른 모든 것들처럼 무시될 수 있는 상황이었다. 왕자와 공주들은 보호막이라도 되겠다는 듯 황제 앞으로 모여들었다. 부인들과 세 딸, 큰아들이 방패막이가 되었다. 상황을 파악한 지휘관은 방문 이유를 설명했다. "음식과 물을 가져왔습니다."

지휘관 뒤에 서 있던 군인들은 들고 온 큰 쟁반을, 거실 한가운데 동상처럼 덩그러니 자리하고 있는 식탁에 놓았다. "죄송합니다. 너무 갑작스럽게 오시는 바람에 저택을 미리 준비해 놓지 못한 모양입니다. 이곳은 로빌론 장군의 숙소였습니다. 장군은 명령에 따라 이곳을 비우고 떠났습니다. 내일이면 호텔에 있는 침대나 다른 가구들을 옮겨 올 수 있을 겁니다." 황제와 가족들이 처한 상황에 지휘관은 마음이 편치 않았지만, 다른 군인들은 그들을 원수 보듯 했다.

"고맙네, 장교. 그대에게 알라신의 은총이 있기를. 이름이 어떻게 되는가?" 황제가 물었다.

"알리 페트히입니다. 고향은 이스탄불입니다. 제가 이곳 책임자입니다. 테살로니키의 최고급 식당인 피스티지안에서 이 음식들을 준비했다고 합니다." 그 말을 하지 않았더라면. 외부에서 만든 음식이라는 말을 듣자마자 황제에게 또다시 공포가 밀려오기 시작했다. 항간에 떠돌던 '황제의 피해망상' 때문이었다. '그러니까 날 독살하려는 속셈인 거야.'라는 생각이 머리를 스쳤다. 먹지 않을 생각이었지만, 그렇다고 가져온 음식을 거부할 수는 없는 일이었다. 변명거리를 찾아야만 했다. "여보게 지휘관, 음식은 고맙네만 난 속이 좋지 않다네. 이 음식은 못 먹을 것 같네. 요구르트와 탄산수를 가져다줄 수 있겠나?" 지휘관의 얼굴에는 황당해하는 표정이 역력했다. 하지만 "예."라고 대답했고 옆에 있던 병사들에게 요구르트와 탄산수를 가져오도록 명령했다.

병사들은 뛰어서 문밖으로 나갔다가 곧바로 다시 돌아왔다. 황제는 그릇에 담긴 요구르트와 마개를 따지 않은 탄산수를 의심에 가득 찬 눈으로 바라봤다. 이렇게 짧은 시간에 독을 타는 건 불가능한 일이었다. 게다가 지휘관에겐 믿음이 갔다. 지휘관에게 고맙다고 했다. 홀을 나서던 지휘관은 가장 나이가 어린 왕자의 머리를 쓰다듬으며 혼잣말을 했다. 황제는 나중에 왕자 곁에 있었던 시녀 쥴펫 칼파를 통해 "아이가 안됐어."라는 말을 했다는 걸 들었다. 이 일을 계기로 지휘관이 친근하게 느껴졌고, 시간이 흐를수록 그를 더 신뢰하게 되었다.

군인들이 출입문을 밖에서 다시 잠그자 허기졌던 왕자들과 공주들은 음식이 담긴 쟁반으로 모여들었다. 그러나 그릇 뚜껑을 하나씩 열어 보고는 모두 크게 실망했다. 그릇은 대부분 비어 있었다. 그릇에 들어 있는 음식이라고는 요구르트 조금과 빵 몇 조각이 전부였다. 이해할 수 없는 건 유지방 아이스크림만은 넉넉했다는 것이었다. 하루 전, 이스탄불 궁전에서 쫓겨나 기차로 몇 시간을 이동하느라 빈속일 게 뻔한, 황제와 가족들에게 야밤에 아이스크림을 가져다주는 미친 짓을 누가 생각해 낸 것일까? 진솔해 보이는 지휘관은 아마 이런 사실을 모르지 않았을까? 황제가 고맙다고 하자 지휘관은 허리를 숙여 공손하게 예를 갖춰 답례하기까지 했다. 하지만 분명한 건 군부 모두가 이 지휘관과 같은 생각은 아니라는 것이다. 반란에 참여한 자들과 군부 내 비밀결사 조직원, 친서방주의자 위관급 장교들은 황제를 모든 악의 근원이라고 생각하고 증오했다. 어쩌면 황제 휘하 군대에 황제 편보다는 적이 더 많을지도 몰랐다. 그게 아니라면, 반란을 진압한다는 이유로 이스탄불로 들어와 궁전 안에서만 조용히 지내고 있는 황제를 어떻게 권좌에서 끌어내리고 테살로니키로 유배를 보낸단 말인가?

왕자들과 공주들은 요구르트에 빵을 찍어 먹고 나서 아이스크림을 먹으려 달려들던 참이었다. 그때 황제가 소리쳤다. "멈추어라! 그 아이스크림을 입에 대지도 말아라!" 양이 얼마나 많던지 분명히 아이스크림에 독을 넣었다고 생각했다. 그렇지 않고서야 배를 불릴 수도 없는 아이스크림을 이렇게나 많이 보낼 이유가 없었다. 식탁에 모여 있던 황실 가족들은 모두 놀라 꼼짝도 하지 않았다. 하지만 왕자는 입가에 하얀 아이스크림을 묻힌 채 황제를 바라보고 있었다. '이런!' 황제는 속으로 탄식을 내뱉었다. '내 아들이 죽는구나. 왕자가 죽겠어.' 어린 왕자는 무서웠다. 하지만 가족 중 누구도 아이스크림에 독이 들었을 거라고는 생각지 못했다. 그리고 도무지 이해할 수 없는 게 또 하나 있었는데, 음식을 가져온 쟁반에 포크, 숟가락, 나이프가 없다는 사실이었다. 군인들은 음식을 먹을 수 있는 어떤 식기도 가져오지 않았다. 왕자는 손으로 아이스크림을 먹고 있었고, 황제가 그 모습에 화가 나 "멈추어라!" 하고 소리친 것이라 다들 생각했다. 왕자들과 공주들은 궁전에서 태어나 자랐고, 모든 황실 법도와 예의를 그곳에서 배웠다. 특별 개인 교습으로 피아노, 성악, 불어, 이탈리아어 수업까지 받은 문명화된 아이들이었다. 그런데 손으로 아이스크림을 퍼먹다니 도대체 어떻게 이런 행실을 보이는지 황제는 이해할 수 없었다.

모두를 훑어본 황제는 아무 말도 하지 않기로 마음먹었다. 왕자가 이미 아이스크림을 먹었으니 어차피 엎질러진 물이었다. 독이 들었다고 말해 봐야 왕자를 겁먹게 할 뿐이었다. 어쩌면 망상일 수도 있었다. 황제는 요구르트가 든 그릇과 마개를 따지 않은 탄산수를 들고 조용히 자신의 방으로 향했다. 방문 앞에서 잠시 멈춰 서더니 가족들과 시종들에게 말했다. "알라신께서 그대들에게 편안한 휴식을 주시길. 알라신께서는 무엇이 최선인지 알고 계시고 늘 우리를 보살피신단다. 내일이면 다 알게 되겠지." 서른 명 남짓한 가족과 시종들이 예의를 갖춰 황제에게 저녁 인사를 올렸다. 황제가 들어가고 방문이 닫히자 먼저 가족들이, 그다음으로 시종들이 음식을 손으로 먹기 시작했다.

황제는 주머니에 늘 휴대하고 다니던 주머니칼을 꺼내 요구르트를 조금 떠먹었다. 그리고 그 칼로 탄산수 마개를 따 갈증을 해소한

다음, 맞붙인 팔걸이의자에 몸을 뉘었다. 사실 궁전에 있을 때도—특히, 낮이나 식사 후—그는 여러 방에 마련된 긴 의자에 눕거나, 침대가 불편해 가끔 바닥에서 잠을 청하기도 했었다. 왕자와 공주들이 그렇게 예절 교육을 받았는데도 손으로 아이스크림을 먹는 걸 보니 기가 막혔다. 궁전에서 늘 자신의 곁에 붙어 있던 새하얀 앙카라 고양이도 포크로 떠먹여 주는 음식이 아니면 입에 대지 않았다. 잘 교육받은, 근본이 있는 고양이였다. 황제는 수많은 경험을 통해 배가 고프면 사람이 어떤 행동까지 보일 수 있는지 잘 알고 있었다. 끝없는 전쟁 속에서 사람들은 가죽 신발을 먹기까지 했다. 군인들을 잘 돌봤고 굶는 병사가 없도록 신경을 많이 썼었다. 황제는 혼잣말로 중얼거렸다. "신이시여, 배고픔으로 누구도 시험에 들게 하지 마소서."

황제는 전쟁을 혐오했다. 그런데도 그가 황제 자리에 올랐을 때는 러시아와 참혹한 전쟁이 한창이었다. 누구에게도 말하지 않았지만, 오스만 제국과 군대가 말 그대로 폐망의 길을 걷게 된 건 러시아와의 전쟁 때문이었다. 그는 이 전쟁 이후 제국이 다시는 옛 영광을 되찾지 못하고 폐망의 길을 걷게 될 거라는 사실을 알고 있었다. 그저 외교를 통해 마지막 숨을 연장하고 있을 뿐이었다. '난 정치인이야. 내가 군인도 아닌데 왜 전쟁을 해야 한단 말이야? 전쟁을 벌이지 말았어야 했어. 우리 군대가 대단한 것처럼 떠들더니 실제는 그게 아니었어. 차르와 내가 만났더라면, 그 전쟁을 시작하지 않았더라면 좋았을 텐데. 모든 건 정치로 해결할 수 있었는데 말이야.'

그는 여러 면에서 자화자찬을 아끼지 않았다. 그중에서도 외교능력을 가장 자랑스럽게 생각했다. 러시아인, 영국인, 프랑스인, 오스트리아인 들을 늘 평화 원칙에 따라 통치했고, 그들 사이에 발생한 문제도 원만히 해결했다고 생각했다. 간혹 마찰이 발생하기도 했지만, 그렇게 다양한 민족을 통치하는 게 어디 쉬운 일이던가? 굶어 죽으면 죽었지 포크로 떠먹여 주지 않으면 먹지 않던 고양이가 또다시 생각났다. 고양이가 보고 싶었다. 세상 똑똑한 앵무새도, 예뻐할 수밖에 없는 강아지도 보고 싶었다. 자신이 돌보는 세 짐승이 서로 잘 어울리는 걸 늘 자랑스러워했던 그는 종종 이 짐승들을 예로 들었다. "보아라. 자연법칙에 따르면 서로 물고 뜯고 싸워야 할 짐승들인데도 한데 어울려 살 수 있는데, 어찌 사람이라고 함께 못 살겠는가?" 본능에도 불구하고 고양이가 앵무새를, 개가 고양이를 공격하지 않는 것을 보고 배워야 할 교훈이 많다는 것이었다. 함께 어울려 살기 위해서는 통치자가 균형을 맞춰 줘야 했다. 통치자는 아버지였고, 다양한 민족으로 이뤄진 백성들은 자식이었다. 훌륭한 아버지가 균형 잡고 자식들을 차별 없이 기르는 것처럼, 자신도 33년 동안 무슬림, 기독교인, 유대인, 가톨릭 신자들 사이에서 균형을 잡아 왔다고 생각했다.

종종 자기 장점들을—기억하는 사람들이 아무도 없다 보니—떠올리며 자존심을 북돋울 만한 걸 찾곤 했었다. 하지만 지금은 뒤통수에서 앵앵거리는 파리처럼 뭔지 알 수 없는 생각들로 머리가 복잡했다. 신경이 곤두섰고 '자존심을 치켜세울' 기분이 아니었다. 그게 무엇일까? 머릿속 기억을 거꾸로 되짚어 가다 '아버지와 자식'이라는 말에 이르렀다. 그 순간 떠올랐다. '홀에서 아이스크림을 먹고 있던 아이들은 어떻게 되었나?' 비명이 들리지 않는 거로 봐서는 문제가 없는 것 같았다. '신이시여 감사합니다.' 그는 알라신께 기도했다. 그리고 팔걸이의자에 다시 누웠다. 창문을 열지 못하도록 밖에서 막아 버린 덧창으로 인해 저택 안에 있는 사람들은 오히려 안전하다고 느끼고 있었다. 이스탄불 궁전에서 목공 도구를 가져오기만 한다면, 방 안에서도 능숙한 솜씨로 커다란 창을 막을 수 있을 것 같았다. 황제는 수많은 가구와 장, 테이블, 책꽂이뿐만 아니라, 서랍을 숨기고 비밀번호가 있어야 열 수 있는 함을 만드는 손재주를 갖고 있었다. 자신을 권좌에서 끌어내린 자들이 안전을 보장하긴 했지만, 그 위선자들 말을 믿을 수 있을까? 어쩌면 이스탄불에서 이렇게 멀리 떨어진 테살로니키로 데려온 이유도 이스탄불에서 자신을 처형하면 백성들이 들고일어날까 봐 두려워서라고 생각했다. 테살로니키 외딴 저택에서 처형당한 황제를 위해—게다가 비밀로 한다면 더군다나— 누구도 봉기를 일으키려 하지 않을 테니까. 설사 처형 소식을 듣는다고 해도 헛소문이라 흘려버리겠지. 생각할수록 이 불길한 생각이 더욱 현실처럼 다가왔다. 그렇다, 자신과 가족들을 처형시키려고 여기로 데려온 것이었다. 궁전 바로 인근 이스탄불 해협에 있는 츠라안궁[2]에 감금해 버리면 더 간단한 일이 아닌가? 자신도 폐위된 이복형 무라드[3]를 츠라안궁에 가두지 않았던가? 무라드는 바깥출입이 금지되어 있었지만, 그 자신도 궁 밖으로 나가기를 원치 않았으며 오랫동안 궁 밖으로 발을 내딛지 않았다. 혼란과 암살이 횡행했던 시기에 자신만의 근사하고 재미난 감옥을 만드는 일보다 현명한 일이 또 있을까?

---

2 역주- 아흐메드 3세의 사위인 이브라힘 장군이 공주를 위해 지은 궁전으로 18세기 일명 '튤립 시대'를 상징하는 궁전

3 역주- 무라드 5세(1840~1904), 오스만 제국의 33대 황제

형과 마찬가지로 자신도 츠라안궁에서 여생을 보낼 수 있게 배려받아야 했다. 하지만 그와 가족들은 경황없이 특별열차 편에 실려 테살로니키로 와야 했다. 테살로니키도 황제의 땅이었고 오스만 가문의 재산이었다. 그렇지만 테살로니키가 지금까지 지냈던 이스탄불은 아니었다.

이런 생각들이 꼬리에 꼬리를 물자 황제의 피해망상은 다시 고개를 들었다. 그리고 자신을 처형하기 위해 이곳으로 데려왔다고 확신하기에 이르렀다. 잠시 후 군인들이 저 문을 열고 들어와 목에 올가미를 씌울 것만 같았다. 죽음의 공포로 손발은 떨렸고, 입안은 바싹 말랐다. 황제는 자리에서 일어났다. 손을 더듬어 팔걸이의자 옆에 놓아두었던 탄산수병을 찾아 한 모금 들이켰다. 주머니에 있던 라이터를 꺼내 불을 켜고 주위를 훑어보았다. 방문에 귀를 대고 밖에서 나는 소리에도 귀를 기울였다. 아무 소리도 들리지 않았다. 가족들보다 먼저 죽이려는 것일까? 저택 밖에서 나는 소리를 들어 보려고 창가로 갔다. 창은 대문을 향하고 있었다. 정원에서 나는 발걸음 소리, 대화 소리가 들리는 것 같았다. 보초를 서던 초병과 순찰 중인 병사들의 소리로 들렸지만 만약 아니라면, 그게 아니라면? 심장 박동 소리가 귀까지 울렸고 그 순간 '문'이라는 생각이 떠올랐다. '문, 문이 가장 위험하지.' 팔걸이의자 중 하나를 방문에 기대어 두어야겠다고 생각했다. 의자를 밀고 가기 위해서는 양손이 필요했기에 들고 있던 라이터는 끌 수밖에 없었다. 어두운 방에서 소리가 나지 않게 천천히 의자를 옮겨서 방문에 기대어 두었다. 그리고 남아 있던 의자도 힘들게 문을 향해 밀고 손으로 더듬어 가며 두 의자를 나란히 붙여 놓았다.

숨이 턱까지 차올랐다. 이럴 땐 약 가방이 곁에 있는 것만으로도 안심이 될 텐데, 지금은 아무것도 없었다. 늘 곁에 두었던 애킨슨 콜로냐[4]조차도 없었다. 궁전에서 쫓겨나듯 나올 때 공주가 뭐가 들었는지도 모르고 챙겨 나와 쥐어 주었던 노란 가방 하나가 전부였다. "폐하, 물을 넣어 다니시던 가방인 것 같습니다." 공주는 가방을 전하며 말했었다. 가방에 든 물건은, 물과는 비교도 할 수 없을 정도로 값지나 지금 그에게는 아무런 소용이 없는 것이었다. 거기에는 금, 루비와 함께 세계 최고 보물이라고 할 만한 귀금속들이 들어 있었다. 인도, 아프리카에서 온 것들로, 볼 때마다 감탄해 마지않은 보석들이었다. 하지만 지금은 아무런 도움이 되지 못했다. 궁전에 약탈자 떼거리가 들이닥친 마지막 순간에 공주가 이 가방을 챙겨 나온 것만 해도 기적이었다.

공주가 이 노란 가방을 자신에게 내밀었을 때, 이마에 입을 맞추고 싶었다. 하지만 다른 이들이 보는 앞에서 자식에게 애정 표현을 하는 건 옳지 않았다. 그리고 그 모습을 군인들이 본다면 가방에 무엇이 들었는지 뒤져 볼 게 뻔했다. '알라신이 보호하셨으니 망정이지.' 아무리 정신없이 궁전에서 쫓겨나다시피 떠나게 되었다고 해도, 그는 가족들을 먹여 살릴 정도의 돈도 챙기지 않을 사람은 아니었다. 많은 귀금속과 금, 돈을 넣은 다른 가방 하나를 간신히 방에서 들고 나오긴 했었다. 하지만 황제가 마차에 오르던 걸 돕던 시종 중 한 명이 가방을 받아 들고는 사라져 버렸다. 이 일로 황제는 크게 실망했

4 역주- 가벼운 향수이자 소독제의 일종으로 19세기 독일에서 들여온 콜로뉴(Cologne)의 변형된 형태이며 에틸알코올 함유량 60~80%에 레몬과 같은 천연향을 섞기도 함

을 뿐만 아니라, 주위에 빈역자들이 득실대고 있다는 사실을 다시 깨닫게 되었다. 그는 나중에 이 사건을 두고 '황제의 피해망상'이라며 비난하는 건 잘못되었다고 자신을 변호했다. 물을 넣어 다니는 가방은 잠겨 있었지만, 누구도 문제 삼지 않았다. 황제는 독살 시도에 대비해 잠금장치가 있는 가방에 든, 봉인지가 붙어 있는 물병 속 물만 마셨기 때문이었다. 봉인지가 붙어 있지 않은 물병은 입에도 대지 않았다. 약도 마찬가지였다. 외국 신문들이 자신을 두고 '황제의 피해망상' 같은 표현을 쓰는 걸 종종 본 적이 있었다. 게다가 신하들이 이런 말을 몰래 속삭이는 것도 몇 차례 목격했으나, 화를 내지는 않았다. 피해망상이라고만 했다면 잘못되었겠지만, 황제의 피해망상이라 했으니 옳은 표현이 아닌가. 이런 시대에 신하들이 황제를 걱정하는 건 그가 볼 땐 너무나 당연한 일이었다. 프랑스 신문들은 '황제의 편집증'이라는 표현을 썼다. '황제의 편집증이라니. 말하는 것 좀 보게.' 그자들 한 명 한 명에게 묻고 싶었다. '자네들은 할아버지가 황제 자리에 있다가 살해된 적이 있었나? 형제가 미친 적은? 일 분 늦게 차에 오른 덕에 폭발에서 살아남은 적은? 매일 수십 건의 암살 첩보를 받아 본 적은? 작은아버지가 손목이 잘린 채 자살로 위장된 적은? 이 모든 게 내 인생에서 실제로 일어난 일들이야. 자네들의 황제, 왕에게는 어떤 일이 벌어지는지 한번 볼까? 러시아 차르 알렉산드르도 총에 맞았지 않았나? 황제의 편집증을 앓고 있다면 내가 말한 이 모든 것들이 어떻게 다 사실이지? 지금 같은 시대에 목이 온전하게 붙어 있는 통치자가 있기는 하겠는가?'

그래서 코발트색에서 녹색으로, 저녁이 되면 보라색에서 진분홍색으로, 시시때때로 바뀌는 이스탄불 해협에 인접한 츠라안궁을 떠난 것이었다. 지중해 솜새들이 스치듯 날아가고 갈매기들이 대리석 기둥에 내려앉던 그 환상적인 궁전을 두고, 언덕 꼭대기에 높은 담장으로 둘러싸인 감옥 같은 궁전을 새로 지었다. 연못은 물론 각종 동물이나, 희귀 식물이 살 수 있도록 꾸몄다. 그리고 별궁과 오페라 공연장까지 지었고, 이탈리아 음악가들을 채용했다. 황제는 오랫동안 금요예배를 제외하곤 궁전 밖으로 나가지 않았다. 커피를 담당하는 카흐베지바쉬[5]마저도 가장 믿을 만한 사람 중에서 뽑았다. 그런데도, 만약을 대비해 두 개의 다른 커피잔을 사용했다. 물은 봉인된 병에 든 것만 마셨다. 입에는 누구도 손을 대지 못하게 했기에 아픈 이도 직접 뽑았다. 황실 주치의가 내린 진단과 처방도 유럽에서 데리고 온 다른 의사의 확인을 거쳤다. 이스탄불을 포함한 제국 내 대도시들의 발전된 모습은 사진으로 확인했다. 궁전 연못에서는 페달 보트를 탈 수 있었고, 공작새와 앵무새와 지저귀는 소리가 아름다운 방울새들이 살던 숲에서는 영양들이 뛰어놀았다. 황제는 대부분 카프카스[6] 출신인 아내들, 그녀들과의 사이에서 낳은 자녀들과 함께 시간을 보냈다. 그렇지만 그는 체스를 두듯이 세계 정치를 움직이며 권좌에 계속 머물렀다. 이렇게 궁전 밖을 나가지 않는 바람에 쿠데타와 암살 시도, 유혈 반란도 피할 수 있었다. 또한 아드리아해, 페르시아만, 카프카스, 아프리카까지 뻗어 있던 제국의 영토 곳곳에서 끊임없이 첩보

---

5 역주- 커피장, 카흐베지(Kahveci, 커피를 만드는 사람)와 바쉬(Baş, 우두머리)의 합성어로 커피 만드는 사람의 우두머리를 말함

6 역주- 카프카스, 코카서스로도 알려진, 흑해 동부 체첸공화국에서 아제르바이잔까지 이어지는 지역의 통칭

를 보내오는 정보망도 제 낡을 했다.

그래, 그거였다. 처형할 목적으로 자신과 가족들을 이스탄불에서 멀리 떨어진 테살로니키까지 데려온 것이었다. 황제는 틀림없다고 확신했다. 테살로니키에는 다수가 자신의 반대파인, 혁명을 지지하는 장교들로 넘쳐 나는 도시였다. 프랑스 혁명 이후 유럽에서 유행하던 무정부주의 사상이 퍼져 나가던 그런 도시였다. 황제가 처형당한다고 해도 이곳 사람들은 크게 관심을 두지 않을 게 분명했다. 오히려 좋아할지도 모를 일이었다. 자신을 권좌에서 끌어내린 대응군[7]도 테살로니키에서 오지 않았던가? 이건 운명의 장난이었다. 반란을 일으키고 자신을 폐위시킨 군은 이 도시에서 이스탄불로 이동해 그곳에 주둔하고 있고, 자신은 그들이 떠난 곳에 와 있었다. 반란의 기운이 가득한 도시로 자신을 보낸 것이었다. 이 얼마나 묘한 운명이란 말인가? 이 도시는 이름부터 재수 없었다. 알렉산더 대왕의 불쌍한 여동생 이름이 오스만 제국과 무슨 상관이 있다고? 수백 년 전 오스만 제국이 이 도시를 점령했을 때 이름을 바꿨더라면 좋았을 텐데. 하물며 자신이 집권하는 동안에도 도시의 이름을 바꿔야겠다는 건 생각지도 못했다. 도시 이름의 유래가 된 공주, 그러니까 필립 2세의 딸도 여왕이 되었지만, 결국에는 살해당했고 그녀의 쌍둥이 자매와 똑같은 운명을 맞이했다. 압둘하미드 황제도 그녀처럼 어머니를 일찍 여의었다. 계모 손에서 자란 불운한 아이였다. 이런 생각에 빠질수록 궁전 도서관에서 읽었던, 몇 권 되지 않는 역사책이 떠올랐다. 불쌍한 테살로니키와 자신이 같은 운명이라는 믿음이 더 커졌다.

---

7 역주- 1909년 이스탄불에서 발생한 친황제, 반군부 봉기를 진압하기 위해 테살로니키에 주둔하던 제3군이 출동시킨 부대

테살로니키의 아버지는 마케도니아 출신이었던 필립 2세였다. 필립 2세는 테살리아인들을 무찌른 날 딸이 태어났다고 해서 테살리아와 승리를 뜻하는 단어[8]를 붙여서 딸의 이름을 지었다. 얼마 전까지만 해도 테살로니키가 바로 황제 자신이지 않았던가? 모든 게 너무나 닮았다고 생각했다. 테살로니키는 죽음의 냄새가 배어 있는 도시였다. 이제 역사는 오스만 제국 황제도 이곳에서 처형당했다고 기록할 것이다.

황제는 숨소리까지 조심해 가며 밖에서 나는 소리에 귀를 기울였다. 방문 너머에는 아무도 없었다. 다들 각자의 방으로 흩어진 것 같았다. 불쌍한 아내들과 왕자들이 맨바닥에 몸을 뉘고 있을 거라는 생각이 들었다. 주위는 쥐죽은 듯 조용했다.

잠시 뒤, 기적 같은 일이 일어났다. 조율이 제대로 되지 않은 피아노에서 소름 끼치는 선율이 들려왔다. 그리고 뒤이어 수정같이 반짝이고 생기 넘치는 아리아가 들리기 시작했다. 작은 딸인 아이셰 공주의 목소리였다. 그 소리는 마치 어둠에 묻힌 인적 없는 저택 안에서 휘날리는 실크 머플러 같았다. 공주는 〈라 트라비아타〉 중 아버지가 가장 좋아하는 아리아를 부르고 있었다.

"새로운 것을 찾아, 새날을 찾아…."

다음 날이 돼서야 황제는 모든 사실을 알게 되었다. 저택을 떠날 때 가져가기 힘들어서 놓고 간 것으로 보이는 피아노가 2층에 있었다. 이 피아노로 '아빠 제가 곁에 있어요, 걱정하지 마세요.'라고 아이셰 공주는 말하고 싶은 것이었다.

---

8 역주- 그리스어로 승리를 뜻하는 '니케'

황세는 흘러내리는 눈물을 감추지 못한 채, 너무나도 경황없는 상황에서 〈라 트라비아타〉의 아리아를 듣고 있었다. 잠깐이긴 했지만 '황제의 피해망상'은 날이 밝아 올수록 열어지는 이스탄불 해협의 안개처럼 조금이나마 진정되었다. 긴장 속에서 장시간 이동으로 지친, 늙은 육체는 딸이 불러 주는 자장가를 들으며 불안 속에 잠들었다.

밤은 망상의 모태 - 옛 황제의 정신이상 - 자리피 스승 - 빅토리아 여왕 - 셜록 홈스와 다이아몬드 귀걸이 - 목을 감은 명주실 타래

얼마나 잤을까, 이상한 공허함 속에서 물구나무서 있는 것 같다고 느낀 순간, 갑자기 쿵 하는 소리가 들렸다. 나무에 머리를 부딪혔다는 느낌을 받자 '내가 죽은 건가?' 하는 생각이 들었다. 황제가 종종 궁전으로 불러 재미난 이야기를 나누던, 부드러운 흰 수염을 기른 그리스정교 대주교는 예전에 이런 이야기를 한 적이 있었다. 사람은 자신이 죽었다는 걸 땅에 묻힌 후에야 깨닫는다는 것이다. 몸을 일으키려다 관 뚜껑에 머리를 부딪힌 후에야 '이런, 내가 죽었군.'이라며 자기가 세상을 떠났다는 것을 알게 된다고 말이다. 황제는 그 말이 떠올랐다. 대주교가 한 말이 사실이라면 자신도 관에 머리를 부딪힌 것이었다. 하지만—알라신이여 감사합니다—자신은 무슬림이었다. 게다가 이슬람 세계의 칼리프였고 예언자의 후손이었다. 관에 들어갈 일은 없었다. 흰 천에 쌓여 땅에 바로 묻혀야 했다. 그것도 흙에 일부라도 닿아야 하니 천의 끝을 조금 벌려 둔 채로.

황제는 어두운 방에서 천천히 몸을 일으키며 스승을 떠올렸다. 어린 시절 자신을 샤드힐리 교단[9]에 귀속시켰던, 정의롭고 덕망 높은 자리피 스승은 어느 날 그에게 이런 말을 했다. "하미드[10], 모든 사람의 운명은 정해진 것이란다. 우리는 그 운명을 갖고 태어나는 것이지. 모든 건 여기에 쓰여 있단다." 자리피 스승은 이 말을 하면서 손가락으로 어린 제자의 넓은 이마에 글을 쓰는 시늉을 했다. "하지만 넌 다른 사람들처럼 하나의 운명이 아닌 세 개의 운명을 갖고 태어났구나. 네 이마에는 세 개의 운명이 쓰여 있어. 그중 어느 게 네 것이 될지는 나도 알 수 없단다. 감옥에서 썩게 되거나, 세상을 통치하는 권력을 누리거나, 그렇지 않으면 죽임을 당하게 될 거야. 내가 보기엔 넌 세 가지 운명 모두 겪게 될 것 같구나. 이런 운명을 갖고 세상에 태어난 사람은 아주 드물단다."

그 말을 들은 압둘하미드는 스승의 흰 수염을 바라보며 이렇게 말했다. "스승님, 운명이라면 당연히 받아들여야지요. 하찮은 인간에 불과한 제가 어쩔 수 없지 않습니까. 하지만 말씀하신 제 운명 중에서 한 가지는 가능성이 없어 보입니다."

스승은 물었다. "어떤 운명을 말하는 것이냐?"

---

9 역주- 모로코 출신의 이슬람학자 아부 알-하산 알-샤드힐리(1196~1258)가 창시한 신비주의 교단

10 역주- 압둘하미드 2세의 애칭

“통치자의 권력 말입니다. 다른 두 가지, 그러니까 감옥에 갇히거나 살해당한다는 건 가능해 보입니다. 우리 가문에서는 그런 일이 많이 일어났으니까요. 하지만 통치자로서 권력을 갖는다는 건 저와 거리가 먼 이야기입니다. 저는 황제 계승 순위가 아홉 번째인 왕자입니다. 제 운명에 황제 자리는 없습니다. 그래서 저는 돈벌이에 관심을 두고 있습니다. 양을 사서 키운 다음 양털과 젖을 팔죠. 주식과 채권을 사고파는 일만으로도 저는 바쁩니다. 밀도 심고요. 황실에서 3개월에 한 번씩 보내주는 왕자의 봉급도 거의 쓰지 않았습니다. 그 돈으로 대부분 저축이나 투자를 합니다.” 이 대답을 듣고 있던 스승이 말했다. “알고 있단다. 하지만 알라신께서 뜻하신 대로 이뤄지는 것 아니겠니. 네가 권좌에 앉게 될지 말지 넌 알 수 없단다.”

결국, 그럴 리가 없다고 믿었던 일이 현실이 되었다. 그는 어마어마한 대제국 황제 자리에 올랐고, 33년 동안 세 개 대륙을 지배했다.

이제 세 번째 운명을 맞이할 순간이 되었다. 33년 동안 권좌에 있으면서 한순간도 머릿속에서 떠나지 않았던 그 시간. 연약하고 하얀 피부와 가녀린 목에 소름을 돋게 했던 그 시간. 몇천 번이나 식은 땀으로 침대보를 적시고 잠자리에서 뛰쳐나가게 했던 그 운명의 시간이 온 것이다. 모든 인간의 이마에 적혀 있지만, 역시 모든 인간이 극구 부인하는 죽음의 순간. 평생 그에게 고통을 안겨 주었던 잔혹한 죽음을 칠흑 같은 어둠이 내려앉은, 덧창으로 둘러쳐진 창문과 높은 천장이 있는 낯선 방에서 맞이한 것이다. 녹나무 향을 푼 탕에서 하던 목욕도, 뜸도, 센나 차도, 유대인 주치의가 지은 특효약도, 부항도, 불로 지지는 것도, 매년 봄이면 더러운 피와 함께 통증도 빨아먹는—반대파와 비슷하게 생긴—거머리노 이젠 필요 없게 되었다. 보누가 두려워하는 망나니가 털이 숭숭 난 손으로 명주실 타래를 들고 온 것이다. 600년간 통치를 이어 간 오스만 가문은 수많은 나라의 왕과 왕자들을 처형했다. 같은 오스만 가문일 경우, 유일하게 다른 점이 있다면 평민들처럼 거친 밧줄로 목을 매달거나 날이 선 도끼로 목을 베지 않는다는 것이었다. 오스만 가문의 피를 바닥에 떨어트려서는 안 됐다. 누구 머리에서 나온 생각인지는 몰라도 값비싼 명주실 타래로 목을 졸라 죽이는 교살은 괜찮은 방법으로 받아들여졌다. 사실 밧줄로도 연약한 목을 매달 수 있는 건 마찬가지였다. 철삿줄이나 벨벳 커튼 끈, 비단 천이나 담비 가죽을 잘라 만든 가죽끈으로도 매달 수 있었다. 게다가 망나니라 불리는 작자들의 공룡 앞발 같은 두 손만으로도 얼마든지 해결할 수 있었다. 황제는 명주실 타래에 목숨을 잃은 조상들을 평생 생각하며 살았다. 마지막 순간에 그들이 어떤 생각을 했을지 궁금했다. 황제라는 자리가 무덤과 가장 가깝다는 사실을 알지 못한 채, 하루아침에 세상이 뒤집혀 예디쿨레[11] 지하 감옥에서 아무도 듣지 못하는 비명을 지르다 목이 졸린 오스만 2세…. 감히 얼굴을 제대로 쳐다볼 수도 없을뿐더러 최고 명문가 출신이라 해도 기어와서 겨우 옷자락에나 입을 맞출 수 있는 칼리프이자 알라신의 그림자, 예언자의 대리인이며 세 개 대륙의 지배자인 그를, 어떻게 하루아침에 털북숭이 야만인 손에 넘길 수 있단 말인가? 목을 졸라 죽이기 전에 오스만 가문을 영원히 오욕으로 물들일 만큼 입에 담지도 못할 나쁜 짓들을 저질렀다는 말도 있었다. 알라신이시여, 굽어살피소

11 역주- 일곱 망루라는 뜻의 석재 감시탑. 오스만 제국 이후로는 주로 감옥으로 사용됨

서! 그게 사실일 리도 없었고, 있을 수도 없는 일이었다. 만일 그랬다면 온 세상이 발칵 뒤집혔겠지.

황제는 어두워서 얼굴을 볼 수 없는 망나니들에게 소리쳤다. "보아라. 내가 네놈들의 황제이자 이슬람 세계의 칼리프가 아니더냐? 오스만 제국 황제에게 어찌 이런 나쁜 짓을 하려 드느냐? 알라신이 두렵지도 않으냐? 네놈들이 명을 받고 왔다고 해도 나는 믿지 않을 것이다. 지금 황제 자리에 내 동생 레샤드[12]가 있다. 절대 나를 죽이라 명하지 않았을 것이다… 않았을 거야… 아니, 아니야… 절대로 하지 않았을 거야, 결코 있을 수 없는 일이야."

황제는 뭔가 이상한 걸 느꼈다. 목에 명주실 타래가 감겼는데 말도 할 수 있고 들리기까지 하다니. 알라신의 기적 중 하나란 말인가? 후계자의 영예를 얻으신, 현세와 사후 세계의 주인이자 가는 곳마다 장미 향으로 사람을 황홀경에 빠트리는 위대한 예언자 모하메드의 구원이 아니면 그 무엇이란 말인가?

황제는 몸부림치며 신음했다. 그리고 또다시 외쳤다. "이놈들! 너희들이 망나니라 할지라도 나의 자식이고 백성이 아니냐. 너희들도 오스만 제국에 충성을 맹세하지 않았더냐. 하늘에 계신 알라신께서 너희 놈들을 보고 계신다. 저 무신론자들은 내가 지옥에 떨어질 짓을 저질렀고, 칼리프 권위를 망쳐 놨다고 했겠지. 잘 들어라, 저들이 날 이렇게 만든 것이다. 저들이 날 비방한 것이다. 속아서는 안 된다. 내가 무엇이 진실인지 말해 주마. 나를 두 번이나 만나러 왔었고, 이스

---

12 역주- 메흐메드 레샤드, 압둘하미드 2세에 이어 황제의 자리에 오른 메흐메드 5세의 즉위 이전 이름

탄불 톱카프 궁전 앞에 있는 독일 분수까지 친히 보내 주었던 독일 제국의 카이저 빌헬름 2세를 말이야, 단지 나와 친하다는 이유로 빅토리아 여왕의 보석을 훔쳐 간 자라며 비방했던 놈들이다. 나는 그놈들의 주장을 반박했고 콧수염이 멋진 내 친구 빌헬름 2세 편을 들었다. 이런 짓은 러시아 차르 알렉산더나 프랑스 황제 나폴레옹이 했을 거라고 말이다. 강대국의 심기를 건드릴 줄 알면서도 나는 알라신께서 알고 계시는 진실을 절대 숨기지 않았단 말이다. 세계 곳곳에서 활동하는 나의 비밀경찰들보다 훨씬 뛰어나고, 그들을 한 손으로 가지고 놀 수 있는 머리를 가진 셜록 홈스에게 이 의혹을 밝혀 달라고 황금 열 주머니를 제안했었다.

너희들은 이 유명한 탐정과 내가 만날 수 있게 왓슨 박사[13]가 주선했다고 생각하겠지. 아니, 그건 아니야. 맹세컨대 아니다. 나는 셜록 홈스를 만나기 위해 직접 셜록 홈스를 창작해 낸 코난 도일이라는 영국 무신론자에게 부탁했다. 그도 도와주겠다고 했지. 그래서 코난이라는 무신론자 작가에게는 메지디예 훈장[14]을, 가슴을 제대로 가리지 않고 다닌 그의 부인에게는 셰프캇 훈장[15]을 수여하는 자비를 베풀었어. 영국인들은 아주 똑똑해. 세계에서 가장 영리한 민족이야. 그래서 난 영국인들과는 아직도 거리를 두지. 젊은 시절, 작은아버지 그러니까 영면에 드신 압둘아지즈께서 황제이실 때, 나를 런던에 데려가신 적이 있었지. 거기서 난 영국 국민의 능력을 직접 목격했

---

13 역주- 아서 코난 도일의 소설 『셜록 홈스』 시리즈의 등장인물

14 역주- 압둘하미드 2세 때 제정된 훈장으로 전과를 올린 군인이나 공을 세운 자에게 수여

15 역주- 압둘하미드 2세 때 선행과 공로를 인정하기 위해 제정한 훈장

다. 영국은 지금까지 본 적 없는 성대한 환영식으로 작은아버지를 영접했지. 빅토리아 여왕은 작은아버지에게 최상의 경의를 표했고, 영국인들이 가터라고 부르는 최고 훈장을 수여하기까지 했었다. 하지만 영국인들은 내 이복형인 무라드를 황제 자리에 앉히려고 작은아버지를 폐위시켰어. 그들은 형을 프리메이슨단에 가입시켰지. 작은아버지는 자기들에게 맞지 않는 사람이었던 것이지. 그래서 작은아버지를 없애고 싶었던 거야. 형은 프리메이슨에 가입해 있다 보니 그들과 가까웠던 것이고. 형의 즉위식에서 영국 국가가 연주되었던 걸 알고 있나? 마치 여기가 영국인 것처럼 말이야. 이제 이해가 되겠지? 하지만 우리 형은 얼마 지나지 않아 미쳐 버렸어. 벽을 보며 헛소리하고 웃기까지 했지. 황제라는 자리가 형에게도 영국에게도 별 도움이 되지 못했던 셈이었어. 내 스승님께서 예견하신 대로 황제 자리는 누구도 원치 않았지만 내 것이 되었어. 그때부터 영국 놈들은 나를 못살게 굴었지. 작정을 하고 33년 동안 제국 안팎에서 나를 폐위시키려 했단 말이다. 내 말을 잘 들어. 네놈들에게 진실을 이야기해 주마. 머리 좋은 영국인들 중에서도 가장 뛰어나다는 셜록 홈스가 도난당했던 다이아몬드를 찾아냈지. 어떻게 된 건지 아나? 돌아가신 나의 아버지, 천국에 계신 황제 압둘메지드께서 빅토리아 여왕에게 다이아몬드들이 박힌 브로치를 보내신 적이 있었어. 빅토리아 여왕은 다이아몬드를 브로치에서 빼내서 귀걸이를 만들었다더군. 그런데 귀걸이를 만들었던 영국 왕실의 보석 세공사가 품행이 나쁘고 파렴치한 사람이어서 가짜 보석으로 바꿔치기한 것이었지. 세공사는 나중에 진짜 다이아몬드를 프로이센에 팔려다가 붙잡혔다. 그렇게 해서 독일 제국의 카이저 빌헬름 2세가 모함에서 벗어나게 된 것이지. 빌헬름 2세는 아무 잘못이 없었던 거야. 독일인들은 명예를 중요시하는 사람들이거든. 빅토리아 여왕이 두 눈을 똑바로 뜨고 황궁 내부 사람들을 감시했다면 이런 일은 없었을 것이고, 다른 사람에게 피해도 주지 않았을 텐데. 나는 그 정도로 순진하진 않아. 황실에서 일어나는 모든 일에 대해서 알고 있었지. 그런데도 내가 이렇게 어처구니없이 당하다니. 스승님, 운명은 피할 길이 없나 봅니다. 말씀하신 그대로였습니다. 황제 자리에 있었지만, 지금은 감금되어 있습니다. 이젠 이 잔인한 망나니들 손에서 죽게 생겼습니다. 무슬림들의 예언자이신 모하메드시여, 구원의 손길을 내미소서!"

황제는 이렇게 발버둥 치다가 자신 외엔 방에 아무도 없고, 목을 조르는 이도 없다는 걸 깨닫고 소스라치게 놀랐다. 마룻바닥에 넘어지면서 머리를 살짝 부딪힌 것이었다. 하지만 자신이 있는 곳이 어딘지 혼란스러웠다. '내가 어디에 있는 거야? 이을드즈 궁전 내 방은 아니고, 다른 별궁에 있는 것도 아니야. 그럼 어디에 있는 거지? 이 칠흑 같은 어두운 방은 도대체 어디야? 내가 여기서 뭘 하는 거지? 황제가 이런 방에서 뭘 하고 있단 말이야?'

불안함이 극에 달했을 때, 늘 마음의 안식을 찾게 해 주었던 자리피 스승의 손이 이마에 닿는 게 느껴졌다. 자리피 스승은 평생 압둘하미드를 괴롭혀 온 두려움과 불안을 진정시킬 때면 이런 말을 해 주곤 했었다. '걱정하지 말아라, 여명이 밝아 오면 괜찮아질 것이야. 밤은 망상의 모태란다.' 깊은 잠에 빠져들고 있다고 느낄 무렵, 코란 제94장을 낭송하는 스승의 목소리가 들려왔다.

'알라신께서 그대의 마음을 펼치게 하셨고, 그대의 무거운 짐을 덜어 주셨으며, 그대를 높은 곳에 임하게 하셨다. 고난이 있으면 구원이 따르는 것은 당연한 일. 실로 힘든 일은 구원과 함께 존재한다. 그러니 한 가지 일을 끝내면 다른 일에 신경 쓰라. 오직 알라신께 집중하고 그분께 기도하라.'

용기가 필요한 테살로니키 - 올림포스 클럽 - 군의관 휴세인 - 최후를 맞은 폭정과 연인에게 쓴 편지

아주 오랜 세월 뒤도 아닌, 그때로부터 겨우 3년 반 뒤에 벌어진 일이다. 장군들은 무기력해져 있었고, 사원 성직자들은 하품하며 아잔[16]을 낭송해 댔다. 마치 모두 체체파리에 물리기라도 한 것처럼 비몽사몽 중에 있었다. 그렇게 테살로니키는 총 한 발 제대로 쏴 보지도 못하고 3년 반 뒤에 그리스군에 넘어갔지만, 1909년 어느 따뜻한 봄날 저녁은 늘 그랬듯 흥겹고 활기찬 분위기가 넘쳐났다. 테살로니키가 그리스군에게 넘어가리라 생각하는 사람은 아무도 없었다. 수백 년간 이어져 내려온 이 도시의 질서가 앞으로도 계속 유지될 것인가라는 질문마저도 헛소리로 취급받을 정도였다. 테살로니키는 오

16 역주- 예배 시간을 알리는 기도문

스만 제국에서 가장 서구화된 곳이었다. 바다, 여름철 해풍, 생선, 라크[17], 우조[18]의 도시였고, 또 때로는 반역과 화약 냄새가 나는 그런 곳이기도 했다. 이스탄불에서 파견된 고위급 장교들과 관료들이 하나둘씩 암살당하는 일이 일어나면서부터는 '용기가 필요한 테살로니키'라는 말이 생겨난 공포의 도시이기도 했다.

테살로니키는 유대인, 터키인, 불가리아인, 이슬람으로 개종한 이교도, 슬라브족 무슬림, 그리스인, 그리스계 터키인, 마케도니아인, 프랑스인, 이탈리아인 그리고 서로 전혀 닮지 않은 수많은 민족이 어우러져 사는 도시였다. 테살로니키는 오스만 제국 영토 내에서 가장 자유롭고 세계화된 도시였다. 해풍에 섞인 라크 향이 배어나는 유흥의 흥청거림이 녹아 있는 정치는 그야말로 '재밋거리'에 지나지 않았다. 적어도 코르돈[19]에서는 그랬다. 무슬림들이 사는 마을에서는 때때로 사원에서 들려오는 아잔 소리와 야경꾼들이 지팡이로 바닥을 두드리며 "이상 없습니다. 안녕히 주무십시오."라고 외치는 것 외에는 아무 소리도 들리지 않았다. 무슬림 마을은 절제되고 종교적 신심이 가득한 침묵이 지배적이었다.

제3군에서 복무 중인 장교들은 가끔 울적함을 달래기 위해 코르돈에 있는 화이트 타워 뒷길 카페를 찾거나, 활기 넘치는 여가수들이 빠른 박자의 그리스풍 노래를 부르는 클럽에서 모이곤 했다. 장교들은 갈수록 고조되는 발칸반도의 불안한 정세에 크게 관심을 두지 않

---

17 역주- 포도주를 증류한, 알코올 도수 40도의 튀르키예 전통주

18 역주- 라크와 같은 주조 방법으로 만든 술로 맛과 향은 라크와 매우 유사

19 역주- 테살로니키 중심가에 인접한 긴 해안가 지역을 지칭하는 오스만 제국 당시 지명

왔고, 이스탄불, 황궁, 테살로니키에 관한 뒷이야기들이나 나눴다. 이들 장교 중에는 3군 사령부 군 병원에서 근무하는 군의관 아트프 휴세인 대위도 있었다. 그는 미혼이었기에 자신처럼 미혼인 장교 동료들과 종종 어울리곤 했다. 그리스계 가수들의 호소력 짙은 목소리를 특히나 좋아해 올림포스 클럽을 자주 찾았고, 그들의 노래를 들으며 가슴 절절한 회상에 빠지곤 했다. 휴세인 대위는 일에 묻혀 살았다. 병원 일은 늘 많았고 그를 지치게 했다. 동료들과 함께 보내는 이런 저녁은 그에게 주어지는 유일한 보상과도 같은 것이었다. 그는 정직하고 편협하지 않은 사람이었다. 모든 행실이 깔끔한 장교였고, 술도 맥주 한 잔으로 그쳤다. 늦은 시간까지 마시게 되는 라크, 우조, 와인과 같은 도수 높은 술에는 입을 대지 않았다. 드물긴 하지만 아주 울적한 날에는 참지 못하고, 좋아하는 치푸로[20] 병에 손을 댔다. 어떤 날은 신드리바니에 있는 디미트리스 사라이오티스가 운영하는 툼바라는 카페에 들러 거품 가득한 커피를 마시기도 했다. 하미디예 거리에 있는 파르테논은 당구를 좋아하는 사람들이 찾는 곳이었다. 당구는 무스타파 케말[21] 대위가 가장 잘 친다는 소문이 돌았다. 1908년 2차 입헌군주제가 선포된 후 자유와 안도의 분위기가 지배하고 있던 즈음, 휴세인 대위는 그리스 전통 춤 협회 창립식에서 케말 대위를 만났다. 당시 청년 장교들 가슴속에는 모반의 불길이 타오르고 있었다. 수십 년 동안 '피를 토하게 만들고 숨을 틀어막았던

---

20 역주- 포도주를 만들 때 나오는 찌꺼기를 발효, 증류해서 만든 술

21 역주- 무스타파 케말 아타튀르크(1881~1938), 튀르키예 공화국을 건설하고 초대 대통령을 역임한 튀르키예의 국부

잔인하고 흉포한 흡혈귀' 압둘하미드 황제를 프랑스 대혁명처럼 단번에 끌어내리고 자유를 만끽하고 싶어 안달이 나 있었다. 청년 장교들은, 알베르트 반달이라는 프랑스인이 압둘하미드에게 붙여 준 '붉은 황제'라는 별명을 꽤 마음에 들어 했다. 자신들의 가장 큰 적인 황제가—청년 장교들은 종종 '르 쉴땅 후즈Le Sultan Rouge[22]'라 부르기도 했다—죽어 없어지기를 매일 기도할 정도로 끓어오르는 분노와 증오를 느꼈다. 청년 장교들은 황제를 올빼미에 비유한 시인들의 은유 시를 매일 암송했다. 아르메니아인들이 자동차에 폭발물을 설치해 황제를 암살하려 했던 시도가 실패로 끝날 때면, 청년 장교들은 아쉬워했다. 황제에 대한 암살 시도가 불발로 돌아간 것을 안타까워하며 테브픽 피크렛[23]은 '순간의 기억'이라는 시를 쓰기도 했다. 이 시는 사람들의 입에서 입으로 퍼져 나갔다. 에드워드 요리스라는 암살자를 명예로운 사냥꾼으로 표현한 시구詩句를 청년 장교 대부분이 외우고 있었다.

아, 명예로운 사냥꾼이여, 그대는 헛되이 함정을 판 게 아니라네
쏘았지만 안타깝게도, 불행하게도, 빗나간 것이라네

메흐멧 아키프[24]처럼 신앙심 깊고, 종교, 국가, 영토, 국민이라는 제국의 기본 원칙에 충실한 시인조차도 프랑스인들보다 한 발 더 나가 황제를 '붉은 이교도'라 했다. '이을드즈 궁전의 올빼미'로 비유되

22 역주- '붉은 황제' 또는 '피의 황제'

23 역주- 혁명사상을 가진 오스만 제국의 교육자이자 시인(1867~1915)

24 역주- 수의사, 교육자, 정치인이면서 튀르키예 국가(國歌)를 작사한 국민 시인 (1873~1936)

었던 압둘하미드를 두고 그는 다음과 같이 과격한 표현을 썼다.

> 아, 그 이을드즈에 사는 올빼미가 죽지 않는다면
> 너무나 참담한 종말을…

그리고 황제가 당장이라도 죽기를 바랐고, 그를 '악마의 영혼'에 빗대는 것도 서슴지 않았다.

그들 눈에는, 검은 수염에 코가 크고 등이 굽은 남자가 제국의 영토에 존재하는 모든 악의 근원으로 보였다. 온 나라를 검은 천으로 뒤집어씌우고 온 국민의 숨통을 죄는 자였다. 그만 사라진다면 하늘에 있는 태양도 더 밝게 타오르고, 별들도 더 영롱하게 반짝일 것만 같았다. 밤이면 재스민 향도 더 진해지고, 해풍도 더 시원하게 불어올 것만 같았다. 청년 장교들은 강박처럼 이런 생각들에 빠져 있었고, 그들의 대화 주제는 압둘하미드에서 벗어나지 못했다. 무슬림뿐만 아니라 아르메니아인, 그리스계 터키인들, 유대인들도 고통받았다. 황제는 약도 독으로 바꿔 버리는 잔인한 학살자이자 냉혈한이었다. 높은 담장으로 둘러쳐진 이을드즈 궁전에 앉아 음모나 꾸미고, 다음 날 실행에 옮기는 그런 자였다. 오스만 제국 최초의 헌법도 주저 없이 폐지해 버린 사람이기도 했다. 그를 황제로 즉위시킨 사람들에게 했던 가장 큰 약속이 바로 헌법 제정 아니었던가. 하지만 황제는 그 사람들마저 속였다. 신문은 검열을 거쳤기에 그 어떤 소식 하나 제대로 보도되는 것이 없었다. 암살당한 외국 정상이 독감이나 백일해 같은 병환으로 사망했다고 보도되기까지 했다. 백성들이 다른 생각을 갖지 못하게 하기 위해서였다. 그러나 테살로니키에서는 외국 신문과 잡지를 보는 게 가능했다. 그 신문과 잡지들은 압둘하미드를, 피가 뚝뚝 떨어지는 칼을 입에 문 채 팔짱을 끼고 있는 백정 또는 지상에 내려온 저승사자처럼 삽화로 묘사했다. 유럽에서 발행되는 신문과 잡지들은 이런 지나친 선동을 서슴지 않았다. 어떤 삽화에서는 '르 쉴땅 후즈'가 눈이 뒤집혀 여자를 강간하고 재물을 탐하는 사람으로 표현되기도 했다. 유럽 한 일간지에서는 '이을드즈의 괴물'이 반대파들을 죽인 다음 목에 돌을 달아 바다에 던져 버렸다는, 말도 안 되는 기사들이 실리기도 했다. 유럽 기자들은 황제가 수탉의 뇌를 좋아해서 황실 주방에서는 매일 300마리나 되는 닭을 잡는다는 주장을 펴기까지 했다. 그 닭의 뇌로 샐러드를 만들어 황제에게 올렸다는 기사마저 실리기도 했다.

올림포스 클럽 종업원들은 단골인 청년 장교들에게 신경을 많이 썼다. 장교들은 매일 저녁 열띤 논쟁을 벌이곤 했는데, 오늘은 그 어느 날보다 흥분해 있는 것 같았다. 하지만 이번에는 입가에 만연한 미소와 손동작을 섞어 가며, 라크보다 더 취하게 만드는 터키어와 그리스어가 섞인 노래를 따라 부르는 일은 없었다. 여느 때보다 심각한 표정을 한 채 작은 목소리로 속삭였다. 사실 클럽에서 노래를 따라 부르거나 다른 손님들 대화에 참견하는 건 금지였다. 무대 뒤에 있는 안내판에 터키어, 프랑스어, 라디노어[25], 불가리아어로 이런 규칙이 적혀 있었다. 하지만 장교들은 이런 규칙을 크게 중요하게 여기지 않았다. 모두 젊고 진중했으며 독일 황제 빌헬름처럼 콧수염 끝을 추켜

---

25 역주- 15세기 말 스페인의 박해를 피해 오스만 제국과 유럽, 북아프리카로 피신했던 스프라드 유대인의 언어

올리고 있었다. 그들은 압둘하미드를 증오했지만, 그를 만나기 위해 이스탄불을 방문했던 독일 황제에게는 경외심을 가졌다. 청년 장교들이 차지하고 있는 테이블에는 라크, 맥주, 건조 고등어, 바삭하게 튀긴 노랑촉수 요리가 있었다. 장교들이 나누는 대화가 궁금했던 종업원 요르고는 곁에 서서 드문드문 그들의 대화를 엿들었다.

"… 사탄을 끌어내렸대."

"누구?"

"일어나지 마, 사람들이 보잖아. 좀 앉아!"

"누가 끌어내렸단 말이야? 속 터지겠네!"

"테살로니키에 있는 우리 제3군이."

"그게 가능한 일이야?"

"제발, 있는 그대로를 말해."

"종교성 대신이 폐위를 선언했다더군."

"무슨 이유로?"

"이게 좀 놀라운데 말이야. 이슬람에 해를 끼쳤고, 무슬림이 무슬림을 죽게 했으며, 이슬람 율법서를 금지했다는 등등…."

"세상에, 그런 짓들을 압둘하미드가 했다고?"

"맹세하는데, 이스탄불에서 온 친구한테 그렇게 들었어."

"인샬라[26], 사실일 거야. 그런데… 세상에, 꿈이라면 이걸 믿을까, 못 믿겠어."

"압둘하미드가 폐위됐다는 거지? 폐위된 거 맞지?"

흥분을 감추지 못한 장교들이 다시 자리에서 벌떡 일어났다. 곁

---

26 역주- '신이 원한다면', '신의 뜻대로'라는 뜻으로 기원의 의미를 담은 기도 문구

에 있던 요르고는 장교들이 있는 테이블에서 뒤로 물러났다. 뚱뚱한 클럽 사장이 요르고에게 '아무 말 하지 마!'라는 손짓을 하고 있었기 때문이었다.

요르고가 다시 뒤돌아섰을 땐 장교들은 모두 자리에 앉아 있었다. 하지만 흥분을 주체하지 못하는 것처럼 보였다.

"모르겠어, 난 그 이야기를 듣지 못했는걸." 군의관 휴세인 대위가 말했다.

"내 생각엔 그 사탄을 목매달았을 거야."

"제발 그랬기를!"

"제 삼촌처럼 뒈졌을 거야. 피를 토하면서 말이야."

"온 나라 모든 집이 압둘하미드에게 저주를 퍼붓잖아."

"나는 압둘하미드를 죽이지는 않고 유배 보냈을 거라고 봐."

"우리 군이 순식간에 처리했네. 대단해."

요르고는, 그들이 황제에 관한 이야기를 나누고 있다는 걸 마침내 알아채고는 흥분에 휩싸였다. '이을드즈 궁전의 올빼미'는 장교들만의 문제는 아니었다. 그들보다는 자신들에게 더 큰 골칫거리였다. 요르고는 결국 참지 못하고 장교들에게 질문했다. "장교님들, 죄송합니다만 황제에 관해 이야기하시는 거죠?"

술이 들어가서인지 몰라도 요르고를 동생처럼 생각한 장교들은 사실을 숨기지 않았다. "그래. 끝났어, 사탄도."

요르고는 너무나 기뻐서 클럽 사장에게로 달려갔다. 잠시 후, 콧수염을 기른 뚱뚱한 올림포스 클럽 사장이, 작은 무대 위 의자에 앉아 슬픈 노래를 나지막이 부르고 있던 가수와 악기를 연주하던 악사에게 멈추라는 손짓을 했다. 그리고 손님들을 향해 이렇게 소리쳤다.

"오늘 밤 모든 술은 제가 계산합니다. 신사 숙녀 여러분, 많이 드세요."

그날 밤, 집으로 돌아가는 길에서까지 여전히 진정되지 않은 심장 박동 소리가 휴세인 대위의 귀에 들리는 것 같았다. 그는 돌로 포장된 좁은 골목길을 지나고 있었다. 군복을 입은 그에게 인사를 건네는 사람들과 지팡이를 바닥에 두드리며 무슬림 마을에서 순찰하는 야경꾼의 경례를 받으며 집으로 향했다. 목재로 지은 2층짜리 좁은 집의 현관을 통과해 매일 밤 그렇듯 텅 비고 조용해서 휑하기까지 한 자신만의 공간에 도착했다. 군의관은 전등을 켜고 군복 상의를 벗었다. 그는 곧바로 코바늘로 수를 놓은 무명 커튼이 쳐진 창문 앞 책상으로 향했다. 나무 의자에 앉아 책상 위에 있던 종이 뭉치에서 종이 한 장을 집었다. 그리고 만년필로 정성을 다해 천천히 편지를 써 내려갔다.

사랑하는 이와의 이별이 어찌 편할 수 있을까
힘든 마음 털어놔 봐야 투정이라 여길 뿐

나의 빛이자 성녀, 천사인 그대
매일 밤 당신을 그리워하는 마음을 담아 쓴 편지들에 야히야[27]의 시구로 시작한 오늘 밤, 편지 하나 더해졌다고 과하다는 생각을 하진 않겠지요. 이젠 당신에 대한 그리움이 견딜 수 없는

---

27 역주- 오스만 제국 종교 대신이자 시인(1561~1644)

지경에 이르렀습니다. 살아 있는 동안 당신을 한 번만이라도 다시 만날 수 있을까요? 지금까진 이런 소망이 이뤄지지 않을 것이라 비관적으로 생각하고 있었답니다. 그런데 오늘 밤, 마치 암흑 속에서 태양이 떠오른 것 같았다고나 할까요, 세상이 환하게 밝아졌습니다. 처음으로 내 삶의 희망인 당신을 만날 수 있다는 가능성을 봤습니다. 우리에게 내려진 재앙의 근원이었고, 존경받던 당신 아버지를 키프로스로 좌천시켜 당신과 나 사이에 넘지 못할 산과 건널 수 없는 성난 바다를 두게 했던 그 악마가 결국엔 폐위되었다는군요. 그가 생존해 있는지 사망했는지는 알려지지 않았어요, 생사불명입니다. 오늘이 있게 해주시고, 국민에게 행복을 안겨 주신 알라신께 천 번, 만 번 감사 드리고 있습니다. 이 기적과 같은 소식으로 당신에 대한 그리움에 마침표를 찍게 해 달라고, 당신과 만나게 해 달라고 알라신께 기도 드렸습니다.

군의관은 테두리에 분홍색과 파란색 꽃이 그려진 종이를 정성스레 접었다. 그리고 역시나 화려한 문양이 들어간 봉투에 그 편지를 넣고 봉했다. 책상 서랍을 열고 부치지 못한 수백 장의 편지 옆에 그 봉투를 놓았다. 모든 봉투에는 같은 글귀가 쓰여 있었다. '나비자데 멜라핫 양 - 키프로스.' 그게 전부였다. 한낮 상상 속이나 한밤중 꿈에서 그려 보았던 멜라핫 양이 키프로스 섬에 있다는 것 말고는 아는 게 없었다. 사실, 부치려고 쓴 편지도 아니었다.

목에 담이 결린 공주들 - 석유램프 - 마룻바닥 - 요구르트와 쌀밥 - 담배 상자

이스탄불에서 보낸 마지막 몇 주 동안, 황제는 총을 쏴 대는 반란 세력에게 둘러싸여 있었다. 그렇게 불도 밝히지 못하는 궁전에서 제대로 먹지도 못하고 지내다가 한밤중에 경황없이 기차에 올라 테살로니키까지 왔다. 몇 시간을 흔들리는 기차 속에 있었던 황제와 그의 가족들은 모두 녹초가 되었다. 모든 걸 잊고 싶은 무의식적인 행동이었을까, 다들 알 수 없는 깊은 잠에 빠졌다. 서너 시간 후, 깨어났을 땐 어디에 와 있는지 몰라 당혹해했다. 평생 침실 담당 시종들이 정리해 놓은 푹신한 침대에서만 몸을 뉘었던 사람들이었다. 그런 그들이 마룻바닥에서 잠을 자다 보니 온몸 구석구석 아프지 않은 곳이 없었다. 가녀린 팔과 다리, 어깨, 목 등에 담이 결렸다. 고개를 이리저리 돌릴 때마다 무심코 흘리는 "아, 아야, 아야, 젠장." 같은 신음들이 각자의 크고 텅 빈 방에서 메아리쳤고, 다들 자기 팔과 어깨를 주물러 댔다. 게다가 테살로니키의 뎅기열 모기들은 이들의 부드러운 살갗을 매우 좋아했다. 모기들은 아침이 될 때까지 온몸이 퉁퉁 붓도록 그들을 물어뜯었다.

저택에 난 모든 창문이 덧창으로 막혀 있는 바람에 큰 저택 내부는 어두웠다. 덧문과 덧창이 없는 몇 개 안 되는 문과 창문 위로 희미한 빛이 새어 들어올 뿐이었다. 그 빛으로 넓은 홀과 계단, 위층에 있는 방을 겨우 구분할 수 있을 정도였다. 가족들은 잠에서 깨어나면 바로 가까운 욕실로 달려갔다. 저택을 비워 준 사람들이 욕실 귀퉁이에 버리고 간, 다 녹고 말라비틀어진 비누 조각을 보고도 기뻐했다. 가족들은 욕실 거울에 비친, 피곤하고 초췌해져 누렇게 뜬 얼굴과 더러워진 머리카락을 봐야 했다. 이런 적응되지 않는 아침을 맞이한 뒤, 대충 몸단장을 마치고 황제의 방문을 두드렸다. 방 안에서 "들어오너라." 하는 황제의 목소리가 들렸다. 황제는 떨어트린 뭔가를 찾기라도 하는 듯 고개를 숙이고 바닥을 유심히 바라보고 있었다. "평안하셨습니까, 폐하." 매일 아침 그래 왔던 것처럼 인사를 올리고 무릎을 살짝 굽혀 예를 갖췄다. 하지만 누구에게도 대꾸하지 않고 뭔가를 찾고 있는 황제의 모습에 가족 모두 의아해했다. 잠시 후, 황제는 가족들에게 눈을 돌렸다. "이 바닥을 만든 자는 일을 제대로 할 줄 아는 사람이군. 아주 좋은 재료를 썼어. 손재주도 뛰어나고, 나무판을 서로 끼워 맞춘 솜씨를 좀 봐. 삐걱거리는 소리는 좀 나지만 이 정도야 뭐. 테살로니키는 바다에 접해 있으니 습도도 높은데 말이야." 오른손으로 마룻바닥을 두드리더니 노쇠한 몸을 힘들게 일으키며 양

손을 털었다. "내가 해도 이보다 더 잘할 수는 없겠어. 좋은 아침이구나. 지난밤 잘 잤느냐? 다들 건강해 보이니 좋구나." 아침 인사를 한 뒤 황제는 다시 마룻바닥을 향해 시선을 돌렸다. 마치 지금 자신이 처해 있는 상황보다 마룻바닥이 더 중요하기라도 한 것처럼 행동했다. "이보다 더 나은 건 런던 버킹엄 궁전에서 본 게 유일하구나."

부인들과 딸들은 그제야 피해망상 증상을 숨기기 위해 그가 그런 행동을 한다는 걸 눈치챘다. 늙고 지친 황제가 자신의 건재함을 보여주려고 한 행동이었다. 가족들은 그의 속셈을 알아차리고 함께 마룻바닥을 내려다보았다.

가족들은 서로를 힘들게 하지 않으려고 배고프다는 소리도 입 밖으로 꺼내지 않았다. 정오 무렵 저택 출입문이 열렸다. 군인들이 요구르트와 쌀밥을 가지고 왔다. 이번에도 숟가락, 포크, 칼은 없었다. 황제와 가족에게 모멸감을 주기 위한 것일까, 아니면 식사 도구로 자해라도 할까 봐 그런 것일까? 어쩌면 단순한 이유 때문이었을지도 모르는 일이었다. 누구도 식기에 관해서는 말하지 않았다. 사흘이 지나고 숟가락, 포크와 함께—칼을 제외하고—음식이 제공되었다. 그제야 황제와 가족들은 손으로 음식을 먹지 않아도 됐다. "아 귀족처럼 행동하던 녀석이 생각나네."라며 포크로 떠 줘야 음식을 받아먹던 고상한 황실 고양이를 떠올리고는 자신들의 처지를 한탄하는 괴로움에서도 벗어날 수 있었다.

오후가 되자 군인들이 침대와 의자, 침대보, 이불, 베개, 수건 등을 저택으로 가져왔다. 모두 오래되고 낡았고 더러웠다. 하지만 알라티니 저택 새 주인들에게는 믿을 수 없을 정도로 근사해 보였다. 지휘관은 모두 호텔에서 가져온 것이라 했다. 어느 투숙객이 자신들이 썼던 침구를 폐위된 황제와 그 가족들이 쓰게 될 거라고 상상했을까? 시종들은 먼저 황제의 방을 가구로 채웠다. 황제가 지시한 대로 침대는 창에서 가장 멀리 떨어진 곳에 놓았다. 그리곤 다른 방으로 들어갈 짐을 옮겼다. 얼마 뒤, 정리가 끝나자 저택은 화려한 외향과는 거리가 먼, 꽤 빈곤한 가정에서나 볼 법한 괴상한 공간으로 변했다. 그래도 부인들과 딸들에게는 소일거리가 생긴 셈이었다. 그들 중 누군가는 부족한 비누로 침대보와 이불보를 세탁했고, 또 누군가는 군데군데 스프링이 끊어진 오래된 침대 프레임에 매트리스를 올렸다. 그리고 시종과 시녀들에게 쉴 새 없이 지시하는 이도 있었다. 다들 이런 힘든 조건 속에서도 최소한 다른 뭔가에 집중할 수 있는 일이 있다는 것이 얼마나 소중한지를 알게 되었다.

그날 저녁, 굳은 표정을 한 군인들이 석유램프를 가져왔다. 석유램프 서너 개로 모든 곳을 밝힐 수는 없었다. 하지만 가족들은 아버지의 즉위 기념일 등에 이스탄불 해협의 바닷가 저택 앞, 선착장, 각 집들의 정원 등을 밝혔던 불빛을 떠올렸다. 이스탄불 해협을 반짝반짝 밝혔던 불빛 축제를 보는 것처럼 모두 기뻐했다.

이틀째 밤, 황제는 자신의 방에, 부인 다섯 명과 공주 세 명은 위층 홀에, 왕자들은 다른 방 하나에, 시종과 시녀들은 방 두 개에 각각 자리를 잡았다. 한편 귀금속이 가득한 가방을 황제에게 전했던 샤디예 공주는, 사랑하는 아버지를 위한 또 다른 큰 선물을 들고 왔다. 공주는 예의를 갖춰 방문을 노크하고, 황제가 있는 방으로 들어왔다. 황제는 마치 창이 막혀 있지 않기라도 한 것처럼 지팡이를 짚고 창가에 선 채로 공주에게 찾아온 연유를 물었다. "그래 공주, 무슨 일이라도 있더냐?" 공주는 궁전에서 쫓겨날 때 품에 품고 나왔던 담배 연초와 담배 마는 종이를 황제에게 내밀었다. 그리고 너무 좋아한 나머지, 입가에 환한 미소가 번지는 황제를 바라보았다.

압둘하미드는 담배 없이는 살 수 없는 사람이었다. 담배를 피우고 싶으면 "담배장長"이라며 담배를 담당하는 시종을 부르거나, 살짝 손만 들어 올리는 것만으로도 충분했다. 담배장은 계속해서 담배를 말아야 했기에 손은 호박석처럼 노랗고 거칠었다. 그는 최상급 연초 냄새가 스멀스멀 배어나는, 보석으로 장식된 담배 상자를 손에서 놓지 않았다. 보석이 박힌 마호가니 담배 상자는 경탄을 자아낼 정도로 뛰어난 예술 작품이었다. 궁전에 있던 많은 서랍장, 책상, 책장과 마찬가지로 담배 상자도 뛰어난 목공 솜씨로 황제가 직접 만든 것이었다.

어쩌면 목공방에서 보내는 시간이 그에겐 가장 행복한 시간이었을 것이다. 그는 자신의 가구 만드는 재주를 매우 자랑스러워했다. 직접 만든 모든 작품을 황실 사람들에게 보여 주고, 칭송을 기대했다. 작품이 아주 만족스러울 때면, 가구 디자인에서는 18세기 영국 황실 가구 디자이너와 견줄 만하다고 스스럼없이 자기 자랑을 늘어놓았다. 유럽 통치자 중에서 동맹국 독일의 황제 빌헬름 2세와 가장 가까운 사이였는데도 그는 독일인보다 영국인들을 칭찬했다. 프랑스, 영국, 독일을 방문할 때 자신을 데리고 갔던 작은아버지 압둘아지즈 황제 덕분에 젊은 시절 압둘하미드는 이 나라들을 직접 보았고, 크게 감명받았다. 그리고 가족들에게 영국인들에 관해 자주 이야기하곤 했다. 하지만 영국인들에 대한 두려움도 어느 정도 있었다.

황제는 담배 상자를 보자 마치 보고 싶었던 친구를 만나기라도 한 듯 신이 나 혼잣말로 뭐라고 중얼거렸다. 떨리는 손으로 곧장 담배를 말아서 한 대 물고는 연기를 깊이 들이마셨다. 황소도 정신이 멍해질 정도로 독한 담배 연기는 정신을 혼미하게 만들었다. 실눈을 뜨고 한동안 담배 맛을 즐겼다. 질투하는 연인처럼 담배 연기를 떠나보내기 싫어 한참을 내뱉지 않았다. 그리고 코로, 세계적으로 명성이 자자한 그 코로—외국 유머 잡지 삽화에 등장했던—자신의 제국에서는 '코'라는 단어조차 검열을 거쳐야 했던 그 커다란 코로 도넛 모양의 연기를 내뿜으며 혼잣말을 했다. "알라신이 네게 은총을 내리시길. 내가 이 담배를 가장 많이 찾았단다. 어떤 연초도 이것처럼 독하지 않거든. 나도 이 연초에 익숙해졌는지 다른 건 못 피우겠구나. 담배 다음으로는 앵무새가 그립단다. 그리고 목공 도구들도. 그건 내 손이나 다름없었는데. 너무 허전하구나."

황제는 웃음 섞인 기침을 했다. 숨을 고른 뒤, 이런 상황에서 왜 웃는지 이해하지 못하고 놀란 눈으로 자신을 바라보는 딸에게 이런 말을 했다. "인생은 정말로 우연의 연속이지. 이 저택을 지은 상인 알라티니는 일본 제국 다음으로 내게 가장 좋은 연초를 보냈단다. 저세상에서 편히 잠들길. 오랫동안 내게 담배를 보내 줬던 것처럼 이젠 그 사람의 저택에서 우리가 또 이렇게 지내고 있지 않니."

샤디예 공주는 황제의 이런 알 수 없는 말에 개의치 않았다. 그보다 아버지로부터 칭찬을 들었다는 기쁨에 어쩔 줄 몰라 무릎을 더 굽혀서 인사를 올렸다. 어젯밤 동생이 <라 트라비아타>를 불러 아버지의 마음을 산 것을 어느 정도 만회한 셈이었다. 고급 전등이 켜져 있는 정원에서 계속 보초를 서고 있던 군인들은 이 이교도 음악을 듣고 무슨 생각을 했을까? 이을드즈 궁전에서 목숨을 건지기 위해 모두 비명을 지르며 도망치던 순간에 샤디예 공주는 귀금속이 든 가방과 함께 귀한 담배 상자를 챙긴 것이었다. 사실 이 담배가 황제의 기관지염을 더 악화시킨다는 걸 공주도 잘 알고 있었다. 하지만 황제가 담배 없이 사는 것은 불가능했다.

어린 공주들이 칼리프의 중요한 문제를 해결하다 - 모든 대화에는 알라신과 예언자 모하메드가 있어야 한다!

그날은 공주들이 큰 잘못을 깨달은 하루였다. 뮤쉬피카, 사즈카르, 페이베스테, 파트마 페센드, 살리하 나지예 부인은 공주들의 엄마였고 모두 큰 키에 사슴 같은 눈동자를 한, 체르케스 출신 미녀들이었다. 다섯 젊은 부인들이 공주들과 함께 큰 홀에서 생활하는 건 쉬운 일이 아니었다. 게다가 다른 사람들 눈에 띄지 않게 황제 방에 드나들 수도 없게 되어 버렸으니 더더욱 그랬다. 이건 있을 수 없는 일이었다. 공주들은 이런 무례를 범한 것을 수백 번은—마음속으로—황제에게 용서를 빌었다.

여러 부인, 그리고 셀 수 없이 많은 후궁을 거느리고 있었던 황제는 누구든 마음에 들면 자기 처소로 조용히 불러들이거나 궁전 내 수십 개 별궁 중 하나를 선택해 잠자리로 삼았다. 하지만 그렇게까지 소심스러울 필요는 없었다. 부인들과 후궁들은 황제가 마음에 든 여자를 침실로 부르는 것에 익숙했다. 그러나 이런 일은 비밀스럽게 진행되었다. 하렘을 관장하는 하렘장長[28]이 호출한 젊은 여자들은 궁전의 비밀스러운 복도를 통해 황제의 침실로 향했다. 그게 아니면 매혹적인 향기로 넘쳐나는 린든 나무 사이를 지나 황제가 매일 옮겨 다녔던 별궁 중 한 곳으로 유령처럼 들곤 했다. 보초병과 하렘장 외에—그들은 사람으로 치지 않았기에—누구 눈에도 띄지 않게, 황제는 그녀들과 은밀하게 잠자리를 가졌다. 황제가 돌아가라 명을 하면 그녀들은 신비스러운 유령처럼 거대한 궁전 속에서 자취를 감췄다. 왕자, 아니 미래의 황제를 임신할지도 모른다는 상상에 부름을 받았던 여자들은 퍼덕이는 새들의 날갯짓처럼 가슴이 뛰었다.

부인들은 공주들의 감탄을 자아낼 만한 미모와 우아함을 갖추고 있었다. 나이도 공주들과 비슷했다. 그들 중에는 심지어 공주들보다 어린 여자도 있었다. 지금처럼 힘든 시기에 황제에게서 그녀들을 떼어 놓다니. 젊은 다섯 부인도—그러니까 공주들의 새엄마들—테살로니키로 함께 유배당한 것이었다. 그녀들이 편하게 지낼 수 있도록 하는 건 공주들 몫이었다. 존경해 마지않는 아버지께서 원하시는 순간, 원하시는 부인을 곁으로 부를 수 있어야 했다. 당연히 황제는 그럴 수 있어야 했다.

공주들은 이 문제에 관해 고민했다. 하지만 위대한 이슬람 칼리프의 사적 영역에 속하는 문제다 보니, 자연스럽게 그리고 예의에 어

28 역주- 총리 대신과 장군에 이어 오스만 제국에서 세 번째로 높은 직위로, 거세시킨 흑인 노예 중에서 뽑았으며 하렘의 여자들을 관리하는 역할을 함

긋나지 않게 말을 꺼내기란 쉽지 않았다. 지금까지 알면서도 모른 척했던 이 민감한 문제를 직접 입에 담지 않고 적절한 방식으로 품위 있게 해결하기 위해 공주들은 안간힘을 다하고 있었다.

마침내 샤디예 공주가 이 문제를 해결할 방법을 찾아냈고 '대화의 중요성'이라는 이름을 붙였다. "오스만 가문의 후계자가 사라지고 뒤를 이을 왕자가 없어지는 걸 막으려면 대화를 하셔야 해. 대화가 이어지지 않는다면—그런 일이 일어나지 않기를—가문의 씨가 말라 버릴 거야. 그러니 우리가 이 대화 문제를 꼭 해결해야 해."

아이셰 공주는 맞장구를 쳤다. "맞아. 대화는 정말 중요해. 대화가 없으면 안 되지."

레피아 공주는 그들 사이에 오가던 대화를 건성으로 듣고는 무심하게 물었다. "대화의 주제가 뭔데? 아까부터 대화라고만 하잖아."

두 공주는 서로 마주 보며 레피아 공주에게 어떻게 황실 법도에 어긋나지 않게 설명할지 고민했다. 샤디예 공주는 시로 대답하는 방법을 택했다. 레피아 공주에게 다가가 눈을 똑바로 바라보고는 이 시구를 암송했다.

> 모든 대화에는 알라신과 예언자 모하메드가 있어야 하고
> 알라신과 예언자가 없는 대화는 무의미함 그 자체다.

그리고는 '이젠 좀 알아차려.'라는 듯 애매한 미소를 지어 보였다. 레피아 공주는 눈을 번쩍 뜨며 말했다. "그래, 그래 맞아요. 모든 대화에는 알라신과 예언자 모하메드가 있어야죠."

레피아 공주는 제때 알아차리지 못한 것에 조금 창피해하는 것 같았다.

샤디예, 아이셰, 레피아 공주는 그날 위층에 있는 각각 다른 방에서 부인들이 지낼 수 있도록 짐을 옮겼다. 이렇게 해서 칼리프는 원하는 아내를 부를 수 있게 되었다. 저택 내 사람들은 문 여닫는 소리, 삐거덕대는 나무 계단 소리, 복도를 지나가는 램프 불빛이 문틈으로 새어 들어오는 것만으로도 누가 황제와 밤을 보내는지 쉽게 알 수 있었다. 하지만 황실 전통과 법도에 따라 누구도 아는 척하지 않았다. 압둘라힘, 아빗 두 왕자도 위층에 머물렀지만, 아빗은 아직 어렸다.

방과 거실을 합쳐 봐야 고작 열여섯 개뿐인 이 저택에 적응하는 데는 모두에게 꽤 많은 시간이 필요했다.

재수 없는 동생의 하늘색 눈동자
- 아침 목욕 - 매부리코 황제- 지긋지긋한 종기

33년이라는 긴 세월 동안 늘 그랬듯이 그는 황제로서 아침을 맞이했다. 잠에서 깨어났을 때 자신이 어디에 있는지 혼란스러웠다. 그러다 더는 자신이 제국의 황제도, 이슬람 세계의 칼리프도 아니라는 걸 깨달았다. 심장에 비수가 꽂히는 고통을 느꼈다. 이복동생이 자기 자리를 차지하다니 가당키나 한 일인가? 솔직히 말하면 이복동생 레샤드는 멍청하기 그지없었다. 게다가 재수 없고, 눈매에는 사악한 기운이 있었다. 모든 사람에게 해나 끼치는 그런 녀석이었다. 어린 시절, 압둘하미드는 동생에게 자신이 너무나 아끼는 앵무새를 보여 주며 자랑한 적이 있었다. "이것 봐 레샤드, 너무 예쁘지." 앵무새는 그날 밤 떨어져 죽고 말았다. 압둘하미드는 사랑하는 앵무새의 죽음에 한참을 울었지만, 그때까지만 해도 동생을 조금도 의심하지 않았다.

시간이 흘러 이번에는 사신이 가장 좋아하는 말을 동생에게 보여 주었다. 그날 밤 그 근사한 말도 죽어 버렸다. 그 사건이 동생의 돌출된 하늘색 눈동자에 서린 질투와 재수 없는 눈빛 때문에 벌어진 일이라는 게 만천하에 드러났다. 압둘하미드는 두 번 다시 자신이 아끼는 동물을 동생에게 보여 주지 않았다.

게다가 동생은 은혜를 몰랐다. 압둘하미드는 황제 자리에 있는 동안, 이복동생 레샤드도 이복형 무라드도 이스탄불에서 살도록 허락했다. 풍족한 궁에서 부인들과 첩, 시종들을 거느리고 부족함 없이 살 수 있게 해 주었다. 하지만 레샤드는 권좌에 오른 첫날, 형인 자신을 테살로니키로 유배 보내면서도 양심의 가책을 느끼지 않았다. 그렇다고 해도 이젠 그가 황제였다. 자신과 가족들의 목숨은 동생 입에 달려 있었다. 눈짓만 해도 망나니들이 매처럼 나타나 자신들을 낚아채서 숨통을 끊어 놓을 것이다. 그러다 보니 압둘하미드는 가족을 포함해 그 누구에게도 자기 생각을 말할 수 없었다. 동생을 위해 기도할 수밖에 없었다. “알라신이시여, 우리 황제를 굽어살피소서. 명성과 영광이 그에게 가득하게 하소서. 장수케 하소서.” 그렇지만 오스만 제국은 반역자들에 의해 무너질 것이고, 동생도 꼭두각시처럼 지내다 무너져 가는 제국을 지켜보기만 할 것이라고 확신했다. 레샤드는 자신처럼 ‘양다리 걸치는 외교’를 하지 못할 것이고, 강대국을 속이지도 못할 게 뻔했다. 프랑스 황제나 대영제국의 여왕, 러시아의 차르, 독일의 카이저를 서로 싸우도록 만드는 간교함도 없었다. 사실, 형인 무라드는 달랐다. 그는 영리했다. 하지만 작은아버지인 압둘아지즈 황제가 두 손목이 잘린 채 살해당하자 하루 하고 반나절을 쉬지 않고 구역질하며, 모든 걸 다 토해 냈다. 어떤 의사도 구역질을 멈추게 하지 못했다. 이후 무라드는 가엽게도 정신이상 증세를 보였다. 벽을 보고 이야기하면서 혼자 웃곤 했다. 즉위식에 참석하는 것도 무척 힘들었다. 무라드에게는 모든 사람이 공포의 대상이었다. 즉위하고 석 달 후, 정신이상 증세가 치유되지 않자 무라드는 폐위되었다. 그렇게 압둘하미드는 생각지도 않았던 황제 자리에 오르게 되었다.

황제가 아침 목욕을 하고 싶다고 말하자 저택에 있는 모두가 당황했다. 따뜻한 물도 없었고, 아직 큰 목욕 수건도 받지 못했기 때문이었다. 그래서 가족들은 황제에게 이번만은 목욕하겠다는 말을 거둬 달라 간청했다. 하루 이틀만 목욕을 참아 주시면 안 되겠냐며 빌다시피 했다. 하지만 황제는 고집을 꺾지 않았다. "내가 목욕을 하지 않았던 날이 하루라도 있더냐? 겨울에는 따듯한 물, 여름에는 시원한 물로 하루에 두 번이다. 목욕은 내가 제일 중요하게 여기는 것이다. 이 습관을 바꿀 마음은 없다. 뜨거운 물은 필요 없다. 여름철엔 차가운 물이 더 나으니."

황제의 뜻을 막을 길은 없었다. 하렘장은 황제를 위층 욕실로 모셨다. 욕실은 두 개의 공간으로 나누어져 있었다. 작은 탈의실을 거친 다음 대리석 물받이가 있는 욕실로 들어가는 구조였다. 탈의실에는 마호가니 원목으로 만든 옷장, 등받이 없는 작은 벤치 의자, 큰 벽거울이 걸려 있었다. "아!" 황제는 한숨을 내쉬었다. "근사한 내 욕실은 어디에 있단 말인가." 오스만 제국의 수석 건축가로 16년 동안 그의 곁에 있었던, 라이몬도 토마쏘 다롱코[29]가 솜씨를 발휘해서 만든

---

29 역주- 아르누보풍의 건축 디자인으로 유명한 이탈리아 건축가(1857~1932)

그 욕실을 말하는 것이었다. 만 이천 명이 일하던 이을드즈 궁전과 이스탄불 내 가장 번화한 지역에 있는 수많은 작품이 이 천재 건축가 손에서 나온 것이었다. 황제도 이탈리아 수석 건축가에게 칭찬을 아끼지 않았고 많은 하사품을 내렸었다.

황제는 욕실 문을 잠갔다. 옷을 벗고 나체가 되자 어쩔 수 없이 시선은 거울에 비친 자신에게로 갔다. 이스탄불 궁전에는 이런 거울이 없었다. 욕실에는 더더욱 그랬다. 페즈[30], 레딩고트[31], 속옷을 벗자 황제는 나체 이상으로 벌거벗겨진 느낌을 받았다. 마치 영혼이 벌거벗겨진 것 같아 온몸에 소름이 돋았다. 거울에는 넋이 나간 듯 자신을 바라보는, 움푹 팬 두 눈에 등이 굽은 유령이 서 있었다. 마른 몸에 털은 적고 피부는 새하얬다. 몸통에 비교해 머리는 컸고, 가슴은 푹 꺼져 있었다. 목과 가슴, 배에는 기관지염과 위통을 치료하기 위해 불에 달군 쇠로 지진 자국이 보라색을 띠며 남아 있었다. 누군가 뒤통수를 힘줘서 누르고 있는 것처럼 고개가 앞으로 뻗어 나오다 보니 등은 굽을 수밖에 없었다. 어깨는 넓었지만 연약했다. 검게 염색을 했지만, 턱에는 군데군데 흰 수염이 보였다. 그리고 가장 중요한 코가 눈에 들어왔다. 세계적으로 명성을 떨친 그 코. 프랑스와 영국의 모든 신문과 잡지 표지를 장식했던 삽화 속 그 코. 얼굴 한가운데에 자리 잡아서 절대 감출 수도 없고 못 본 척도 할 수 없는, 33년 동안 오스만 제국을 상징했던 황제의 코. 그렇게 세월이 흘렀는데도 황제는 자기 코가 어색했다. 늘 자문했었다. '왜? 내 코는 왜?' 아버지

---

30 역주- 오스만 제국과 튀르키예 공화국 초기에 사용하던, 챙이 없는 원통형의 붉은 모자

31 역주- 18세기에 유럽에서 유행한, 남성 오버코트로 오스만 제국 황제들이 즐겨 입음

인 압둘메지드 황제는 기품 있고 날렵한 체형에 외모도 뛰어났다. 어깨 망토와 금실로 수놓은 터번을 쓰는 예복을 입으면 동화 속 왕자처럼 눈이 부셨다. 여자들 눈에는 특히 더 그래 보였다. 작은아버지인 압둘아지즈 황제는 아버지처럼 날렵한 몸매는 아니었지만, 위엄이 있어서 어디를 가든 사람들은 그를 두려워했다. 하얀 피부에 여러 색깔이 섞인 눈동자를 가진 거구였다. 파리를 방문했을 때, 압둘아지즈 황제를 처음 본 프랑스 황실 여자들 특히, 황후였던 외제니[32]의 눈동자는 호감으로 반짝였다. 다른 누구보다도 압둘하미드 자신이 그 장면을 가장 먼저 목격했다. 모든 사람의 눈길이 작은아버지와 형 무라드를 향했다. 무라드도 아버지처럼 날렵하고, 기품 있는 데다, 사랑스러운 외모의 왕자였다. 무라드는 프랑스어를 유창하게 구사했다. 자신이 작곡한 왈츠, 론도, 뱃노래 등을 뛰어난 피아노 실력으로 연주했다. 거기에 노련한 춤 솜씨까지 더하자 파리와 런던의 귀부인들 사이에서 주목을 받았다. 빅토리아 여왕조차도 무라드가 마음에 든다고 할 정도였다. 그는 서구 유럽에 가장 잘 어울리는 오스만 제국 왕자였다. 무라드의 등장은 외국 황실 사람들이 지금까지 오스만 제국에 대해 지닌 시각을 완전히 바꾸어 놓았고, 앞으로 오스만 제국과의 관계에 희망을 품게 한 계기가 되었다—실제로 무라드 즉위식에서 영국 국가도 연주되지 않았던가.

한편, 무릎까지 내려오는 회색 이스탄불린[33]을 입은 압둘하미드

---

32 역주- 외제니 드 몽티조(1826~1920) 스페인계 귀족으로 후작과 백작 지위를 상속받았으며, 나폴레옹 3세와 결혼하여 황후의 자리에 오른 인물

33 역주- 1800년대 중후반 오스만 제국에서 유행하던 남성용 긴 재킷으로, 압둘메지드 황제(1836~1861년 재위) 때 공무원들의 공식 복장으로 지정됨

에게는 아무도 관심이나 눈길을 주지 않았다. 작은아비지와 형의 외모에 호감을 보이던 유럽 사람들은 압둘하미드를 투명 인간 취급했다. 솔직히 이런 대접에 그가 상처받은 건 사실이었다. 하지만 압둘하미드에게는 방문한 모든 곳, 목격한 모든 것, 그리고 만난 모든 사람에 대해 여유 있게 관찰하고 생각할 수 있는 기회였다.

거울 앞에서 어쩌면 천 번은 물었을 것이다. '왜?' 자신도 육백 년 오스만 제국 역사 동안 간택된 가장 아름답고 백조 같은 여자들과 혼인을 해 왔던 오스만 가문의 후손이었다. '오스만 가문에 들어온 러시아인, 로하틴[34]인, 프랑스인, 카프카스인, 폴란드인, 이탈리아인 미녀 수십 명 중 누가 이런 코를 가져서 내 얼굴 한가운데 이런 코가 떡하니 자리 잡았으며, 이런 몰골이 되었을까?'

사실 압둘하미드에게는 오랫동안 지켜 온, 아무도 모르는 가슴 아픈 비밀이 하나 있었다. 오랜 세월이 흘렀어도 여전히 잊지 못했던 여인, 매일 밤 그 이름을 떠올리지 않고는 잠들 수 없었던 너무나 사랑했던 여인인 피르데브스도, 그의 이런 외모 때문에 소유할 수 없었다고 생각했다. 하지만 그녀는 그런 말은 한 적이 없었다. 그러나 압둘하미드는 천국에서 내려온 것 같은 카프카스 여인이 자신을 받아들이지 않은 건 오직 코 때문이라고 믿었다. 그렇지 않다면 왜 거절했단 말인가? 딸이 태어나면 '황실의 여자가 되어라.'라는 말을 요람에서부터 듣고 자라는 카프카스 출신 여자가 아니었던가. 궁전에 들어와서 종교, 음악, 춤, 뜨개질, 매듭 같은 교육도 받은 여자였다. 녹색 눈동자에 늘씬한 금발을 한, 고귀한 꽃 같은 그녀가 황제의 침소

---

34 역주- 현재 우크라이나 서부의 한 지역

에 들어 아들만 낳는다면, 황제의 부인이라는 제국 최고의 자리에 오를 수도 있었는데, 왜 거절한 것일까?

황제는 가끔 선조들 초상화를 보면서 자신과 유사한 점을 찾아보려 했다. 수백 년 전부터 전해 내려오는 초상화 대부분이 사실적으로 그려진 것이었다. 선조 중 정복자 술탄 메흐메드 2세[35]는 당시 이름난 이탈리아 화가를 궁전으로 불러 초상화를 그리게 했다. 이 위대한 황제 얼굴에도 독수리 부리를 연상케 하는, 그 끝이 입 위까지 내려온 코가 자리하고 있었다. 하지만 적어도 두텁지는 않았다. 얼굴 형태를 망쳐 놓을 정도는 아니었다. 황제는 "독수리 부리처럼 생기기만 했어도."라며 한숨을 쉬었다.

압둘하미드의 이런 강박으로 인해, 오스만 제국에선—태초부터 인간 얼굴에 자리 잡은—이 신체 부위를 입에 담는 것조차 수십 년간 금지되었다. 제국 내에서는 누구도 코라는 말을 쓸 수 없었다. 어떤 기자도 신문에 코라는 단어를 쓰지 못했다. 마치 수백만 사람들 얼굴에서 코라는 부위가 한순간에 없어져 버린 것처럼. 톱카프 궁전이 위치한 해안가 곶의 명칭인 '사라이부르느[36]'조차도 누군가를 곤경에 빠트릴 수 있는 말이었다. 그래서 '사라이외뉴[37]'와 같은 새로운 지명을 찾아야 했다. 이스탄불에 사는 예비 시어머니들은 며느리를 고를 때, 신체 곳곳을 살펴보기 위해 공중목욕탕에 데려가곤 했다. 그곳에

---

35 역주- 파티흐 술탄 마흐멧으로 알려진 오스만 제국 7대 황제로 콘스탄티노플(현 이스탄불)을 함락하고 동로마 제국을 멸망시킨 장본인(1432~1481)

36 역주- '궁전'을 뜻하는 '사라이(Saray)'와 '코, 곶'을 뜻하는 '부룬(Burun)'의 합성어로, 톱카프 궁전이 있는 해안 돌출부의 지명

37 역주- '궁전'을 뜻하는 '사라이(Saray)'와 '앞'을 뜻하는 '왼(Ön)'의 합성어

서도 "세상에나, 네 입과 코는 작고 예쁘구나."라는 칭찬 대신, "세상에나, 입이 얼마나 작고 예쁜지 아몬드 두 개가 들어갈지 모르겠네."라는 새로운 칭찬을 고안해 내야 했다. 졸부가 되어 사람들을 업신여기는 자에게 "이 녀석도 코가 커졌네!"라는 말도 할 수 없었다. 이제 더는 '코로 더러운 냄새를 맡을 수 없게' 되었다. 갈라타 다리에서 누구도 '갑자기 코가 스칠[38]' 일도 없었다. 게다가 어떤 부모도 검지를 콧구멍에 집어넣고 코를 파고 있는 아이에게 "코 파지 마, 부끄럽지도 않니!"라며 혼내지 못했다.

코는 오스만 제국 국민에게 중요한 문제 중 하나였다. 코 문제는 그렇다 치고, 인구 문제는 좀 더 복잡했다. 황제 자리에 올랐을 무렵, 제국의 인구는 지금보다 더 많았었다. 하지만 그가 집권하는 동안 튀니지, 이집트, 키프로스, 세르비아, 몬테네그로, 루마니아에 걸쳐 있던, 150만 제곱킬로미터에 달하는 영토를 하나씩 잃으면서 인구는 2천만 명으로 줄어들었다. 하지만 그는 이 문제를 못 본 척했다.

황제의 오른쪽 어깨 아래에 심한 가려움증을 동반한, 부기가 있는 홍반이 생겼다. 종종 여기저기에서 나타나는 종기 중 하나일 것으로 생각했다. 손으로 얼마나 단단한지 만져 보았다. 아직은 단단했다. 조금 시간이 지나면 물러지면서 곪고, 고름으로 찰 것이다. 그리고 익을 대로 익어 터질 것이다. 그는 그 순간까지 인내하며 기다리는 법을 알았다. 그렇지 않았다면 등에 생긴 종기를 곪기도 전에 목욕탕에서 짜내려고 하다가 상처가 커져 결국 사망한 제국의 영웅 셀림 1세처럼 되었을 것이다. 종기를 짜야 할 때가 되면 그는 군에서

38 역주- '마주치다'라는 의미의 관용 표현

의술을 배운 아마추어 외과 의사 하산을 즉시 불러들였다. 하산은 종기의 농이 바깥으로 드러나기 시작하면 종기에 입을 대고 그걸 빨아냈다. 하산이 이 일을 얼마나 잘 해냈던지 황제는 그를 꽤 높은 직급으로 진급시켰다. 하산의 능숙한 솜씨로 인해 몸에 난 어떤 종기도 세균에 감염되지 않았다. 하지만 안타깝게도 이제 하산은 이곳에 없었다. 종기가 곪으면 어떻게 해야 할지 난감했다.

찬물로 목욕을 마친 후, 황제는 하렘장이 가져온, 꽃무늬가 들어간 천 조각을 받아들었다. 몸을 닦은 다음 회색 이스탄불린을 입고, 챙이 없는 모자를 썼다. 이 원시적인 목욕 수건은 젊은 부인 중 한 명이 궁전을 빠져나오던 그 혼란한 상황에서 챙긴 여분의 겉옷을 찢어 만든 것이었다. 그는 나중에 이 사실을 알고 그녀에게 장하다는 칭찬을 아끼지 않았다.

목욕을 마치고 나온 황제는 저택에 연금되어 있는 사람이 아니라 저택 구조를 살펴보러 나온 건축사처럼 곳곳을 살폈다. 저택 문에 새겨진 장식이라든지 경첩, 높이가 2미터나 되는 창문, 마룻바닥 등을 한참 둘러봤다. “이 목공 일을 맡았던 목수를 만나 보고 싶구나. 내가 보기엔 이스탄불에 사는 그리스계 목수이거나 이탈리아 목수였음이 틀림없어. 테살로니키에서 이 일을 할 수 있는 목수를 찾기란 쉽지 않을 거야. 정말 대단한 솜씨야.” 그리고 곧이어 “솜씨를 알아보는 건 쉽지. 마룻바닥 한두 장만 뜯어 보면 금방 알 수 있어.”라는 말로 모두를 놀라게 했다. 황제의 말에 따르면, 이스탄불에 사는 그리스계 목수들은 마룻바닥을 만들 때 해충들이 서식하면서 목재를 파먹지 못하게 바닥에 재를 깐다는 것이었다. 이렇게 마루를 까는 사람들은 그리스계 목수가 유일하다고 했다. 그러니 마룻바닥을 뜯어서 그 밑을 확인하면 이 멋진 솜씨를 발휘한 목수가 어느 나라 사람인지 알 수 있다는 것이었다. 그는 마룻바닥 밑에 재가 깔려 있을 거라 확신했고, 그것만 보면 이스탄불에서 데려온 그리스계 목수 솜씨라는 걸 확인할 수 있다고 했다. 공주들은 아버지에게 간청했다. 덧창 좁은 틈 사이로 보이는 군인들에게 의심을 살 만한 일을 하지 말아 달라고 애원하다시피 했다. 물론 공주들은, 큰 충격으로 인한 정신적 고통을 가족들에게 보이지 않기 위해 황제가 이렇게 행동한다는 걸 알고 있었다. 하지만 마룻바닥을 뜯는 걸 보고 있을 수는 없었다. 얼마나 애원하고 간청했던지 결국에는 황제가 고집을 꺾었다. 그는 자기 방으로 들어가 메카가 있는 방향을 계산한 다음, 바닥에 깐, 작은 기도용 카펫 위에서 예배를 보았다. 그리고 전령을 부르더니 명령을 내렸다. "문을 지키고 있는 보초에게 공손하게 전하여라. 내가 지휘관을 봤으면 한다." 마룻바닥 때문에 그를 보자고 한 건 아니었다.

그 순간 이을드즈 궁전에서는 - 하렘장들의 비밀 - 자갈만큼 많은 보석 - 황제 폐하 만세!

황제가 이런 생각에 빠져 있는 동안, 그가 쫓겨났던 이을드즈 궁전에서는 어처구니없는 일들이 벌어졌다. 새 조정은 6천여 명에 달하는 압둘하미드 2세의 신하들과 측근들을 체포했고, 모든 재산을 압류했다. 체포된 사람 중에는 아프리카에서 노예로 잡혀 와서 거세당한 뒤 궁전에 팔려 갔다가, 나중에 하렘 관리 책임자가 된 하렘장 제브헤르도 있었다. 그는 갈라타 다리 전신주에 목이 매달렸다. 이스탄불 백성들은 그의 시신을 깜둥이라 불렀다. 조정은, 권력을 잃은 자에게 얼마나 잔인할 수 있는지 보여 주기라도 하듯, 몇 날 며칠을 할리츠[39]에 부는 잔잔한 바람에 이리저리 흔들리게 시신을 그대

---

39 역주- 이스탄불 도심에 인접한 협만으로 골든 혼(Goldeh Horn)으로도 알려져 있음

로 내달아 뒀다. 이스탄불 해협 연안에 있던, 제브헤르 그의 저택도 수색을 받았다. 그곳에서 천사들도 질투할 정도로 아름다운 젊은 여자 노예도 발견되었는데, 사랑하는 하렘장이 죽었다는 소식에 눈물을 쏟았다. 이집트 출신 여자 노예는 "내 남자가 죽다니!"라며 통곡했다. 수색 중이던 팔자 콧수염을 길게 기른 사내들은 자존심이 상했다. 누가 살짝 건드리기만 해도 칼을 휘두르며 덤벼들던 거친 남자들이었지만, 그들에겐 그녀처럼 사랑을 바치는 여인이 없었다.

저택은 약탈당했다. 가구와 집기들은 화난 장정들 손에 깨지고 부서졌다. 부당한 문명에 대한 정당한 야만성이나 다름없는 약탈이 자행되었던 이을드즈 궁전에서는 더 이해할 수 없는 이상한 일이 벌어졌다. 새로 들어선 조정이 임명한 감사관들이 황실을 접수하기 위해 이을드즈 궁전에 도착했다. 하렘장 제브헤르가 처형된 뒤, 그들은 또 다른 하렘장 나디르를 고문해서 궁전에 있는 모든 비밀 장소를 알아냈다. 그 과정에서 드러난, 압둘하미드의 가구 제작 솜씨에 놀라지 않을 수 없었다. 마호가니, 레바논개잎갈나무, 호두나무 그리고 아프리카에서 가져온 귀한 목재들로 만든 최고의 가구들이었다. 아름다움은 둘째 치고, 누구도 내용물을 찾지 못하도록 비밀 장치, 자물쇠 그리고 가구를 제작한 사람의 천재성이 드러나는 보안 장치들로 가득했다. 나디르가 심한 고문을 받고 비명을 지르며 비밀을 하나하나 털어놓지 않았다면 몇 년이 걸려도 열 방법이 없을 정도였다. 결국, 숨겨져 있던 서랍과 비밀 공간, 서랍 지지대들 속에서 깜짝 놀랄 만한 액수의 프랑, 마르크, 달러, 리라 등과 엄청난 양의 금괴가 발견되었다. 보석은 바닷가 자갈이 연상될 정도로 많았다. 사파이어, 루비,

다이아몬드, 에메랄드가 발하는 환상적인 광채에 감사관들은 넋을 잃었다.

정치인과 군인으로 구성된 감사단은, 비어 있는 궁전 구석구석을 수색했다. 수색 도중 한 방에서 이상한 소리가 들렸다. 비어 있고 봉인까지 되어 귀신이 나올 것 같은 궁전에 누가 남아 있단 말인가? 감사관들은 놀라서 서로 얼굴만 바라볼 뿐이었다. 방문을 두드리며 소리쳤다. "거기 누구냐?" 방에서는 "황제 폐하 만세!"라는 외침이 들려왔다. 목숨이 다하는 순간까지 황제를 지키겠다고 맹세한 근위 부대라도 방 안에 있단 말인가? 마지막 자살 공격으로 폐위당한 황제의 명예라도 지키겠단 것인가? 죽기 전에 반역자 한 명이라도 더 죽이는 편이 낫겠다고 생각하고 있을지도 몰랐다.

"너희들은 누구냐?" 감사관 중 한 명이 소리치자, 안에서는 이번에도 "황제 폐하 만세!"라는 소리가 들려왔다. "항복해라!" 감사단은 다시 소리쳤지만, 역시나 같은 대답이었다. "황제 폐하 만세, 황제 폐하 만세!"

"여기서 나갈 방법은 없다. 냉정하게 판단하거라. 목숨을 헛되게 버리지 마라. 이제 너희들의 황제는 없다. 그의 시대는 끝났다. 누구도 너희를 보호해 줄 수 없다." 감사관은 설득해 봤지만, 아무 소용이 없었다. 방 안에서는 계속해서 같은 외침만 반복될 뿐이었다. 하지만 이상한 점이 있었다. 방에서 들려오는 소리는 여자 목소리도 아니고 남자 목소리도 아닌 이상한 목소리였다. 혹시 하렘장 제브헤르처럼 거세를 당한 환관들이 내는 소리인가?

결국, 인내심이 한계에 달한 감사관들은 뒤로 한발 물러서면서 병사들에게 문을 부수고 방 안으로 진입하라고 명령했다. 안에 있는 모두를 체포하고, 저항할 경우 사살까지 허락했다. 감사관의 명령을 받자마자 "알라신이여, 알라신이여."라는 함성과 함께, 병사들은 장전된 총을 들고 문을 단숨에 부숴 버렸다. 그 순간 병사들도 감사관들도 인생에서 가장 놀라운 광경을 목격했다.

방 안에는 수많은 앵무새가 굶주림에 미쳐 날뛰고 있었다. 앵무새들은 배운 대로 "황제 폐하 만세!"를 외쳤다. 모두 하얀색 앵무새였다. 앵무새들이 놀라서 여기저기로 날아다니는 바람에 날개에서 떨어져 나온 하얀 깃털이 공중에 흩날렸다. 몇 마리는 문이 열리자 밖으로 날아갔고, 남아 있던 새들은 여전히 날갯짓하며 이리저리 방 안에서 날아다녔다. 그러는 와중에도 앵무새들은 쉬지 않고 외쳤다. "황제 폐하 만세!" 병사들은 방을 향해 총을 조준한 채로 멍하니 지휘관만 바라보았다. 지휘관도 감사단만 바라볼 뿐이었다. 금지된 말을 끊임없이 외쳐대는 앵무새들을 쏘라고 명령만 하면 군인들은 쏠 기세였다.

"음… 날아가게 두어라. 국민이라고 이 새들보다 더 똑똑하겠느냐?" 당혹스러움을 조금이나마 떨쳐 낸 감사단장이 병사들에게 말했다.

방문을 열어 두자 굶주렸던 앵무새들은 먹을 것을 찾기 위해 이스탄불 도심을 향해 날아갔다. 알라신의 뜻이었던 것인지, 그렇지 않으면 새들의 본능인 방향 감각이었던 것인지 알 수 없지만, 앵무새들은 이스탄불 백성들이 예배를 드리기 위해 작은 카펫들을 펼쳐 놓은 예니 사원을 향해 날아갔다. 그리고는 쉴레이마니예 사원, 하기야

소피아 사원, 술탄 아흐멧 사원과 같은 큰 사원 첨탑 난간으로 날아 올랐다. 앵무새들은 아잔을 낭송하기 위해 목을 가다듬던 성직자들의 혼을 빼놓았다. "황제 폐하 만세!" 그 바람에 아잔 낭송 시간이 지켜지지 않는 일이 벌어졌다. 앵무새가 "황제 폐하 만세."라고 외치는 게 좋은 징조가 아닌 건 확실했다. 어느 황제를 말하는 것인지 의아했다. 새로 즉위한 황제를 말하는 건가? 아니면 폐위되어 쫓겨난 황제가 다시 돌아오기라도 한 것인가? 성직자들은 상황을 판단할 수 없었다. 하지만 앵무새가 이렇게 외치는 게 불길하다는 것 정도를 알 수 있을 만큼 경험은 있었다. 이 상황에서 가장 현명한 행동은, 그렇지 않아도 빨리 낭송하는 저녁 아잔을 더 빨리 낭송하고 끝내는 것이었다. 그리고 첨탑에서 곧바로 내려와 안전한 곳에 숨는 것이었다. 아잔 소리에 놀란 앵무새가 더 심하게 외쳐 대자 그렇지 않아도 마음이 조급하던 성직자들은 아잔 낭송을 그만두고 첨탑에서 내려왔다. 사원에 있던 신도 중 일부는 이 난리 통에 앵무새 때문에 화를 당할까 봐 슬그머니 사원을 빠져나와 집으로 돌아갔다.

황제가 있던 궁전이 반란군 손에 넘어간 첫날, 포성과 총성에 놀라 우리를 뛰쳐나갔던 동물 수백 마리가 이스탄불 시내로 흩어졌다. 황제가 소유했던 명마들도 달아났다. 부상한 주인을 물어서 전장에서 끌고 나온 것으로 유명한 '멘난'이라는 말도 언덕으로 도망쳤다. 시간이 흐른 뒤 그 말은 들판에서 풀을 뜯고 있다가 사람들에게 발견되었다. 오스만 제국 영토 내에는 없는, '파자마를 입은 당나귀'라는 이름이 붙은 얼룩말도 이스탄불 시내를 돌아다녔다. 그중에서도 가장 황당하게 사람들의 이목을 끈 동물은, 갈라타 다리를 지나 예니 사원 앞에서 비둘기들 모이를 먹던 기린이었다. 이 신기한 동물은 사람들이 비둘기에게 준 모이를 독차지했다.

이해할 수 없는 요구사항 - 새끼 뱀 - 마음씨 좋은 지휘관 - 금지된 이름들 - 별 모양 파스타

- 관솔수[40]
- 벽돌 한 개
- 앵무새
- 고양이
- 길이 10센티미터, 폭 2센티미터 쇳조각
- 이읕드즈 궁전에 두고 온 본인과 가족들의 옷
- 검은색 수염 염색약
- 가구
- 궁전 공방에 있는 목공 도구
- 많은 양의 아킨슨 콜로냐

40 역주- 고온의 증기로 관솔나무의 진액을 추출하여 물을 섞어서 만든 것으로, 튀르키예에선 민간 치료에 널리 사용됨

지휘관이 받은 이 요구사항은 황제라는 엄청난 자리에 있던 사람이 아니라 누가 내밀었다고 하더라도 정신질환을 앓고 있는 사람이 쓴 것으로 생각할 만했다. 마음 약한 사람이라면 가련하다는 생각이 들 정도였다. 알리 페트히 소령은 요구사항 리스트가 적힌 종이를 황당하게 바라봤다. 소령은 자신을 뚫어지게 보고 있는 황제에게 물었다. "이것들을 원하시는 게 맞으십니까?" "그래, 그렇다네." 고개를 끄덕이는 황제 모습을 본 소령은 할 말을 잃고 침묵했다. 부득이한 상황이 아니라면 소령은 황제와 얼굴을 마주하기 싫었다. 황제를 볼 때마다 마음이 매우 불편했다. 게다가 폐위된 황제를 어떻게 대해야 할지, 어떻게 불러야 할지도 몰랐다. 과거에는 황제였지만, 지금은 자기가 책임지고 감시해야 하는 유배 중인 죄수였고, 가족들과 함께 가택연금 중인 불쌍한 사람에 불과했다.

알리 페트히 소령은 동정심이 많은 사람이었다. 오랜 세월 자신들의 삶을 망쳐 놓은, 수없이 많은 밤 동료들과 비밀스럽게 저주를 퍼부으며 당장이라도 뒈지기를 소원했던, 제국의 가장 골칫거리가 자기 손아귀에 있었다. 하지만 어떤 이유에서인지 이 늙은이를 증오하지는 않았다. 조금 전 그가 입구 문을 열고 홀에 들어섰을 때, 늙은 황제는 작은 카펫 위에서 예배를 올리고 있었다. 예배를 마친 황제는 소령 곁으로 왔다. 어젯밤에도 입고 있었던 것 같은 잠옷과 그 위에 카디건을 걸친 차림을 하고, 군데군데 희끗희끗한 수염에 근심 서린 듯 푹 꺼진 눈으로 소령을 바라보았다. 아직도 큰 충격에서 벗어나지 못한 것 같았다. 어쩌면 끝내 그 충격을 떨어내 버릴 수 없을지도 몰랐다.

황제는 한참 동안 지휘관을 훑어보았다. "자네는 좋은 사람 같군, 장교. 내가 사람을 볼 줄 알지. 이런 힘든 시기에 믿음이라는 감정을 자네가 일깨워 주는군. 그러니 제발 가슴에 손을 얹고 사실을 말해 주게. 나와 내 가족의 생명은 안전한가?"

"물론입니다, 폐하도 가족도 군의 보호 아래에 있습니다." 알리 페트히 소령으로부터 대답을 들었지만, 그것만으로는 만족스럽지 않았다. 그의 얼굴에는 지울 수 없는 의심의 그림자가 자리하고 있었다. "어떻게 믿지? 이틀 전만 해도 난 이 땅의 황제였고, 만백성의 아버지이자 이슬람 세계의 칼리프였네. 지금 내 꼴을 보게."

'그럼 정말 아버지처럼 행동하셨어야지요. 비밀경찰들을 이용해서 우리 장군들과 백성을 괴롭히지 말았어야지요. 총리 대신을 죽이라는 명령을 내리지 말았어야 했단 말입니다.' 소령은 이 말을 하고 싶었다. 하지만 입 밖으로 내뱉지는 않았다. 속에서 끓어오르는 분노를 간신히 억누르며 침묵했다.

폐위된 황제가 이젠 신변 보장까지 요구했다. "나와 내 가족들이 군의 보호 아래에 있다는 걸 서면으로 보장해야 한다고 전해 주게."

"알겠습니다. 말씀하신 내용을 상부에 보고하겠습니다."

저택 출입문을 나서면서 소령이 황제에게 보인 예의는 과거와 전혀 다르지 않았다. 황제를 비난할지라도 '완전무결하신 폐하' 그리고 '황제 폐하'라는 호칭을 사용했다. 황제 앞에서는 차렷 자세로 서 있었고, 황제의 얼굴을 똑바로 바라보지 않고 대화를 했다.

황제에게 뭔가 말을 전하거나 글을 올릴 경우, 자신을 바닥끝까지 낮추는 게 법도였다. 그리고 황제를 알라신 다음으로 생각해야 했다. 황제는 '장엄하신, 백성들의 수인이신 황제, 위대하고 위엄 있으신, 거룩하신, 위대한 황제, 언제나 승리를 이끄시는' 등으로 치켜세워졌다. '황제의 백성, 황제 발밑의 먼지, 황제가 밟은 바닥' 같은 표현을 쓰며 백성들은 자신을 낮췄다. 하지만 소령은 그런 수식어까지는 쓰지 않았다. 아부하고 싶은 마음이 조금도 없었다. 그래서 냉철하게 행동하겠지만 필요한 순간에 경의를 표할 생각은 갖고 있었다. 황제는 인자한 아버지처럼 자리에서 일어나 소령을 맞이했다. 그리고 소령에게 자기 맞은편에 있는, 등받이 없는 의자에 앉으라고 계속 권했다. 소령은 마지못해 앉긴 했지만, 황실 법도에 따르면 황제 앞에 앉을 수 있는 건 황제가 세 번을 권하고 난 뒤에나 가능했다. 다른 군인들과 마찬가지로 소령도 황제 앞에서는 꼼짝하지 않았다. 그도 군인이라 어쩔 수 없었다. "새끼 뱀도 결국 뱀이 돼!" 소령은 저택 정원에 있던 장교 몇몇이 세 살 반밖에 되지 않은 왕자에게 하는 말을 듣고 마음이 아팠다.

황제를 부르는 호칭은 너무나 다양하고 많았다. '술탄, 황제, 완전무결하신 위대한 황제, 제국의 황제, 지상의 칼리프, 무슬림의 통치자, 쿠르드족의 아버지, 구두쇠 하미드, 붉은 황제, 이을드즈 궁전의 올빼미, 독재자, 폭군.' 그리고 이젠 '거부당한 황제'라고 불렸다. 즉 '폐위된 황제'였다. 오스만 제국 황제들의 폐위를 '할hal'이라 했기에, 이스탄불에서 발행되는 외국 신문들은 '홀hall'이라는 단어도 사용할 수 없었다. 사람들이 '할'로 오해할 수 있어서였다. 황제 눈에는 모든 게 선동거리로밖에 보이지 않았다.

압둘하미드의 형제인 무라드와 레샤드도 들먹여서는 안 됐다. 그 어두웠던 33년 동안, 흔하디흔한 무라드와 레샤드라는 이름마저도 사라졌다. 누구도 무라드와 레샤드라는 이름을 아이에게 지어 줄 수 없었다. 그 이름을 쓰고 있었던 아이들은 이름을 바꿔야 했다. 그렇게 해서 이 두 이름이 사라졌다. 1904년 부르사에 있는 무라디예 사원이 보수 공사를 마치고 재개원했을 때, 신문사들은 무라디예 사원이라는 말 대신 '위대한 파티흐 술탄 메흐멧 황제 선조들의 대사원'이라는 복잡하고 긴 이름으로 보도했다. 무라드라는 이름은 미라드로, 레샤드라는 이름은 네셰드로 바꿔야 했다. 무라드와 레샤드를 떠올릴 수 있다는 이유로 형제라는 말도 신문에서는 쓰지 못했다. 환자라는 말도 '유럽의 환자[41]'라는 별명을 떠올리게 할 수 있다는 이유로 제대로 쓰지 못했다. 암살당한 다른 나라 국왕과 여왕, 정상들은 반드시 자연사한 것으로 보도해야만 했다. 암살당해 예수의 곁으로 간 프랑스 대통령은 심장마비로, 오스트리아 황후는 호흡 곤란으로, 미국 대통령은 욕창으로 사인을 바꿔서 보도했다. 세르비아 왕과 왕비처럼 두 사람이 한꺼번에 암살당하는 일이 생기더라도 방법은 있었다. 이 경우에는 소화불량으로 사망했다고 보도했다. 불쌍한 왕과 왕비는 도대체 뭘 먹었기에 동시에 소화를 못 시켜서 함께 저세상으로 갔단 말인가?

'다이너마이트'라는 단어도 쓸 수 없었다. '반란, 사회주의, 허무주의'라는 단어는 어떤 글에서도 사용할 수 없었다. 이 일이 어느 지

---

41 역주- 19세기 말~20세기 초 쇠퇴의 길을 걷고 있던 오스만 제국을 조롱하는 의미로, 러시아의 니콜라이 1세가 처음 사용한 별명

성까지 이르렀냐면, 가엾은 한 이스단불 백성이 라미단 축일[42]에 가게에서 100디르헴[43]어치 이을드즈 파스타를 달라고 했다가 유배당하는 일이 벌어졌을 정도였다. 그는 자신의 고향으로 다시 돌아오지 못했다. '이을드즈'라는 단어가 황제가 사는 이을드즈 궁전을 연상시킨다는 이유로 사용할 수 없었기 때문에 벌어진 일이었다.

그래도 소령은 맨바닥에서 생활하는 황제 가족들을 보자 마음이 아팠다. 불쌍한 아이들 모습을 보는 건 더 힘들었다. 젊은 여자들 얼굴에는 두려움과 공포가 자리했는데, 그런 표정을 보고 있자니 가슴이 저렸다. 황제는 자신을 보자마자 자리에서 일어나 안부 인사를 건네기까지 했다. 공손하게 은박지를 벗기고 담배를 권하고 담뱃불을 붙이려는 모습에 소령은 어찌할 바를 몰랐다. 이런 호의에 어떻게 행동해야 하고 무슨 말을 해야 할지 난처했다. 아주 이해하기 힘든 상황이었다. 그런 일은 없어야겠지만, 혹시라도 이스탄불에서 처형 명령이 떨어지면 어떻게 하나? 명령이니 따라야겠지만, 그럴 가능성도 있다는 생각이 들었다. 알리 페트히 소령은 소름이 끼쳤다. 그런 비극이 자신에게 일어나지 않도록 기도할 뿐이었다.

---

42 역주- 이슬람력으로 아홉 번째 달인 금식 기간 직후 열 번째 달이 시작하는 날 맞이하는 이슬람 최대 명절

43 역주- 8세기 이후 아랍 지역에서 사용된 은화 단위로 3.148킬로그램 상당의 무게

죽은 공주의 영혼 - 앵무새 - 파스퇴르

소령은 들고 있던 황당한 요구사항 목록을 동료 장교들에게 보여주었다. 누구도 믿으려 들지 않았고 다들 한마디씩 하기 시작했다. 장교들은 벽돌, 앵무새, 쇳조각을 연결 지어 보려 했지만, 아무리 애를 써도 연관성을 찾을 수가 없었다.

“교활한 짓을 꾸미고 있어, 그 작자. 우리를 속이려는 거야.” 장교 중 한 명이 말했다.

“내가 보기엔 저런 것들로 폭발물을 만들려는 거야.” 다른 동료가 말을 이었다.

“야, 다들 군인이잖아. 벽돌과 쇳조각으로 폭발물을 어떻게 만들 수가 있어?”

“솔직히 저 인간 무서워. 무슨 생각을 하고 있는지 알 수가 있어야 말이지.”

"엄색악은 인화싱이 있는 물질 아냐?"

"그리고 콜로냐는?"

"혹시 미쳤나?"

"한밤중에 저렇게 궁전에서 쫓겨나면 자네도 미칠걸? 그렇지 않아도 망상에 사로잡혀 있는데…."

"내가 봐도 그래. 온 가족이 다 미쳤어. 이슬람 칼리프였던 자가 머무는 저택에서 오밤중에 이교도들 음악이 들린다잖아. 이게 정상이야?"

그래도 그들 중에 가장 이성적인 사람은 소령이었다. "이렇게 해선 안 될 것 같아. 본인한테 논리적인 설명을 요구해야겠어."

소령이 저택을 다시 찾았을 때, 황제는 혼자 옮겨다 놓은 커다란 초록색 팔걸이의자에 앉아 있었다. 덧창을 열 수 있게 허락된 유일한 창문을 통해 들어오는 햇빛을 받으며 황제는 책을 읽었다. 소문이 자자한 그 코에는 안경이, 어깨에는 카디건이 걸쳐져 있었다. 은퇴한 노인네의 모습이었다. 문이 열리자 황제는 먼저 안경 너머로 소령을 보더니 곧바로 책을 덮고 자리에서 일어났다. 그렇지 않아도 굽은 등이 더 굽어 보였다. 손님을 맞이하는 친절한 집주인처럼 "어서 오시게, 소령."이라며 그를 맞이했다. 황제는 자신이 읽던 책을 가리키며 말했다. "부하리[44]의 책을 매일 읽고 있다네. 아주 소중한 책일세. 내가 이 책을 수십만 권 찍어 내서 사원과 성직자들에게 보내 줬었지. 다행스럽게도 여기 올 때 챙겨 왔지 뭔가. 자, 이번엔 무슨 일로 오신

---

44 역주- 무함마드 알 부하리(810~870). 현재의 우즈베키스탄 부하라 태생의 페르시아 이슬람 학자

건가?”

황제의 목소리는 굵고 부드러우며 설득력이 있었다. 소령이 요구사항 목록에 관해 질문하자 황제는 미소를 지었다. “이 요구사항이 소령 자네에겐 이상하게 보였나 보군. 그럴 만도 하지. 내 습관을 알지 못할 테니 그럴 수밖에. 설명하지, 자 앉으시게.” 황제는 자기 맞은편에 있는 의자를 가리켰다. 소령이 의자에 앉자마자 주머니에서 은으로 된 담배 케이스를 꺼내 소령에게 담배를 권했다. 무슨 행동을 하는지도 모른 채, 소령은 마치 꿈을 꾸고 있는 것처럼 손을 뻗어 담배를 집었다. 하지만 황제가 카디건 오른쪽 주머니에서 꺼낸 라이터로 담뱃불을 붙여 주려고 했을 때는 자리에서 벌떡 일어났다. “괜찮습니다.” 소령은 황제가 들고 있는 라이터를 집으려 했지만, 황제가 넘겨주지 않는 바람에 황제의 손을 잡고야 말았다. 손은 따뜻했다. 목에 감겨 있는 천을 보고 늙은 황제의 건강이 좋지 않다고 생각했다. 황제는 요구사항 목록을 받아들었고, 두 사람은 다시 자리에 앉았다.

“이 담배는 아주 특별한 걸세. 이런 건 어디에도 없지.”

그리고 미소를 지으며 말했다. “인생이라는 게 정말 묘하다네, 소령. 이 귀한 연초가 어디서 오는지 아나? 이 저택 주인인 알라티니 씨가 보낸 거라네. 테살로니키 지역에서 가장 큰 담배 회사 주인이 바로 그 사람이지. 매년 잘게 자른 황금 같은 연초를 내게 보내려고 특별히 총독부에 진상한다네. 내게 충성을 맹세하는 편지도 함께 넣어서 말이지. 더 부자가 되어야 할 텐데…. 자 그럼 목록을 볼까. 매일 아침 관솔수를 얼굴에 바르는 건 내 오래된 습관이네. 오랜 세월 그렇게 하다 보니 이젠 습관이 됐어. 관솔수는 주름을 막아 줘서 젊어 보이게 해 준다네."

소령은 너무 놀라 눈이 휘둥그레졌다. 관솔수와 압둘하미드를 연결 지어 생각한 적은 한 번도 없었다. '황제가 자신을 치장하는 데 이렇게 신경을 썼단 말인가?' 압둘하미드도 다른 모든 오스만 제국 황제들처럼 화장하지 않고는 사람들 앞에 나오지 않는다는 말이 나돌았었다. 하지만 솔직히 그런 말을 그리 믿지는 않았다. '그러니까 그게 맞는 말이었어.'

"꽤 놀란 것 같군. 자네도 한번 해 보게나, 효과를 볼 걸세. 일주일 만에 주름이 사라진다네. 자네 부인에게도 권해 보시게. 벽돌은 말이지, 침대 머리맡에 항상 둔다네. 아침에 일어나 욕실로 가서 물로 세정의식[45]을 하기 전에 손을 벽돌에 문질러 건식욕을 하는 것이지. 손을 닦지 않고 잠자리에서 나오지 않기 위해서 말일세. 간혹 나라에 아주 급한 일이 벌어지거나 하면 잠자리에 든 나를 깨우곤 했었지. 그럴 때면 바로 벽돌로 손을 닦고 난 다음에 일을 처리하곤 했다네. 이젠 더는 나랏일로 내게 물어 올 사람이 없겠지만, 그래도 손을 닦지 않고 잠자리에서 나오고 싶지는 않다네."

황제가 독실한 신자라는 걸 소령도 알고 있었지만, 벽돌로 건식욕을 한다는 사람은 여태껏 본 적도, 들은 적도 없었다. 황제의 습관은 그만큼 기괴했다.

"앵무새는 말이지."라며 황제는 말을 이어갔다. "나의 절친한 벗이라네. 오랜 세월을 나와 함께한 녀석들이네. 앵무새는 내 삶의 일

---

45 역주- 간단한 세정의식인 '우두'와 몸 전체를 씻는 '구쓸'로 나뉨

부나 다름없지. 얼마나 똑똑한 녀석들인지 자넨 모를 거야. 내가 젊었을 때 안타깝게도 가슴 아픈 일을 겪은 적이 있다네. 여섯 살 된 딸아이가 양초를 가지고 놀다가 비단 치마에 그만 불이 옮겨붙었지 뭔가. 불쌍한 딸아이가 소리를 질렀지만 아무도 듣지 못했지. 그때 앵무새가 사방으로 날아다니며 불이 났다고 외치는 바람에 사람들이 그 사실을 알게 되었네. 모두 딸아이에게 달려갔지."

"앵무새가 폐하에게 어떤 의미인지 이제 알 것 같습니다. 그러니까 공주님의 생명을 구했다는 말씀이군요."

황제는 고개를 숙였다. 그의 눈에는 눈물이 맺혔고 목소리는 떨렸다. "아니, 불행하게도 너무 늦었지. 딸아이 엄마가 얼굴과 팔에 화상을 입으면서까지 아이를 구하려 했었지만, 아이를 구할 수는 없었다네. 그 아이를 잃고 말았어. 나는 그때 궁전에 없었다네. 궁 밖에 나가 있었거든. 소식을 듣자마자 달려왔지만… 어쩌겠나, 그게 그 아이의 운명인 것을. 그래도 앵무새에게는 고마운 마음을 갖고 있다네. 앵무새 소리에 다들 좀 더 일찍 귀를 기울였다면 아이를 살렸을 텐데."

한동안 두 사람은 말이 없었다. 두 사람 사이에는 죽은 딸을 애도하는 분위기가 감돌았다. 천장이 높은 저택 홀에서, 마치 죽은 공주의 영혼이 돌아다니고 있기라도 한 것처럼 커튼이 가볍게 흔들렸다. 황제는 담배 연기를 깊이 들이마셨다. 그리고 무거워진 분위기를 바꿔 보려고 했다. "미안하네, 소령. 슬픈 이야기를 꺼내 자네를 힘들게 했구먼. 앵무새의 놀라운 재능은 이것만이 아니라네. 하루는 시종들이 앵무새에게 질린 나머지 파슬리가 들어간 뵤렉[46]을 먹여서 죽여 버리자고 했던 모양이야. 앵무새가 내게 날아와서 말하더군. "황제 폐하, 파슬리가 들어간 뵤렉을 먹여서 저를 죽이려고 합니다." 그 말을 누가 했는지 이름까지 대면서 말이네. 앵무새는 거짓말을 한 적이 없었거든. 그래서 내가 알아보라고 신하들에게 명령했더니 그자들의 자백을 받아 왔더군. 그 죄 없는 짐승을 죽이려 들다니. 당연히 그자들은 벌을 받았지. 앵무새는 온종일 궁전을 돌아다니며 들은 이야기를 밤이 되면 내게 해 줬다네."

소령의 황당한 시선 속에 황제는 너무나 평범한 이야기인 듯 요구사항 목록을 보며 계속 설명을 이어갔다.

"내 고양이도 마찬가지라네. 내겐 아주 소중하지. 하얀색 앙카라 고양인데 아주 기품 있는 녀석이라네. 포크로 주지 않으면 그 어떤 음식도 먹지 않거든. 굶어 죽는 한이 있어도 말이지. 여기에서 산다면… 이런 조건에는…." 황제는 힐책하는 듯한 표정으로 소령을 바라보며 말했다. "어쨌든, 그 고양이와도 오랜 세월을 보냈네. 보고 싶기도 하고 말일세."

황제는 잠시 뜸을 들이더니 화제를 바꿔 계속 이야기했다.

"내 생각에는 쇳덩어리를 가장 궁금해할 것 같네만. 사실 아주 단순한 이유라네. 소령, 난 꽤 많은 의학 지식을 갖고 있다네. 그래서 의사들을 그리 믿지 않아. 의사들이 오진을 많이 했거든. 내 아내 중 한 명에게 모르핀을 주사한 적이 있었는데 불쌍하게도 그만 세상을 떠나고 말았어. 그래서 서양 약품은 가능한 한 멀리하네. 병을 치료

---

46 역주- 튀르키예식 파이

하는 나만의 방법이 있지. 항상 소화불량을 겪어 왔던 터라 난 적게 먹고 센나[47] 차를 마시네. 기관지염, 인후염이나 몸에 통증이 있으면 불에 달군 쇳덩이로 아픈 곳을 지진다네. 알라신께서 허락하신 덕에 다 나았네. 자, 보게."

황제는 이런 말과 함께 목에 감고 있던 꽃문양이 들어간 천을 아래로 내렸다. 황제의 목에 있는 화상 흔적을 보자 입이 다물어지지 않았다. 믿을 수가 없었다. 황제는 소령이 놀라는 모습에 신이 난 것 같았다.

"궁전에서 경황없이 쫓겨난 바람에 개인 짐들과 옷가지들을 하나도 챙기지 못했네. 나와 아내들, 아이들은 입을 옷이 없다네. 공주들한테서, 욕실에서 겉옷을 벗어 빨고는 그 옷이 마를 때까지 기다려야 한다는 이야기를 들었네. 아, 그리고 수염 염색약이 있었지. 그건 이해 안 될 게 없을 테고. 오랫동안 수염을 염색했었네. 흰 수염은 나약함을 드러내는 것이나 다름없어. 수염 이야기를 하다 보니 생각난 건데 말일세, 수염과 관련된 이야기를 하나 해 줄까 하네. 한때 말일세, 영국과 러시아가 우리를 압박해 온 적이 있었지. 독일 제국 철의 제상이라고 불렸던 비스마르크라는 자가 있었지. 그가 이런 말을 했다더군. '영국과 러시아는 라퐁텐의 우화 속에 등장하는 두 과부 사이에서 끼인 불쌍한 남자를 오스만 제국에 비유한다.' 라퐁텐의 우화를 보면 한 과부는 남자의 검은 머리카락을 뽑았고, 다른 한 과부는 흰 머리카락을 뽑았다지. 결국, 남자는 대머리가 되었다네. 이상하지 않은가? 비스마르크가 우리를 이렇게 비유했다니 말일세. 그날

47 역주- 변비에 효능이 있는 것으로 알려진, 아프리카가 원산지인 콩과 식물

이후로 나는, 흰 머리카락과 수염이 드러나지 않도록 조심한다네. 물론 반은 농담일세, 소령. 집에 필요한 가구에 관해서는 특별히 설명할 필요는 없을 테고. 이런 식으로 가족이 살아갈 수는 없지 않나."

뒤이어 불평하듯 목공 도구가 얼마나 필요한지도 설명했다.

"난 하루 대부분을 가구 만드는 일로 보냈다네. 제국을 통치하는 건 운에 달려 있다고나 할까. 내 목공 재주를 자화자찬하자는 건 아닐세. 하지만 손기술은 있어야 해. 능력이 있어야 한다는 말일세. 내 목공 실력은 어디에 내놔도 견줄 만한 수준이지. 가구 만드는 일이 그나마 날 쉴 수 있게 해 줬다네. 그리고 밤마다 내 침실에서 낭독시켰던 탐정물 소설도 가구 만드는 일과 마찬가지로 휴식을 줬다네." 황제의 얼굴에 묘한 미소가 번졌다. "난 사실 가구 장인일세. 이 분야에서는 세계적이라고 할 수 있지." 소령은 황제의 표정과 목소리에서 자긍심, 더 솔직히 말하자면 나락으로 떨어진 자존심을 세워 보려고 애쓰고 있는 모습을 발견했다.

"아킨슨 콜로냐도 내겐 아주 중요한 물건이라네. 내가 좀 예민한 사람이라 하루에 한 병으로도 부족해. 물건이나 책, 서류를 만지면 곧바로 콜로냐로 손을 소독해야 하거든. 세균이 내 몸에 묻는 걸 절대 허락할 수 없다네, 소령. 프랑스에서는 파스퇴르를 신뢰하지 않았지만 난 말일세, 그 사람에게 많은 돈을 보냈었네. 일만 프랑과 메즈디예 훈장을 수여했고, 그에게 도움을 요청했었지. 파스퇴르는 자신의 오른팔인 샨티메스를 내게 보냈고, 나는 그에게 광견병 전문 병원을 이스탄불에 설립할 것을 지시했었네." 황제는 이 말을 끝으로 목록에 관한 설명을 마쳤다.

'무슨 자기 자랑을 이렇게나 하지. 자기가 얼마나 중요한 인물인지 설명하는 것 치고는 과한 것 아닌가? 다들 누군지 알잖아. 어쨌든 황제가 원하는 것 대부분은 합당한 이유가 있어 보이는군. 이스탄불 궁전에 있는 개인 짐들은 당연히 요구할 만한 것들이고. 인정할 건 인정해야겠어. 첩자 앵무새라니, 말도 안 되는 이야기를 지어내는군. 다들 이걸 믿었다니.' 소령은 속으로 생각했다.

위험 징조가 나타나기 시작한 테살로니키 - 불가리아 처녀 사건 - 린치당한 영사들 - 교수형 당한 자들의 장송곡

매혹적인 유흥 분위기와 따뜻한 기후, 국적이 다양한 사람들, 다섯 개 언어로 발행되는 신문, 열띤 사상 논쟁의 장이었음에도 테살로니키를 행운의 도시라고 말할 수는 없었다. 오스만 제국 수도 이스탄불이 힘을 잃어 갈수록 그리스부터 몬테네그로, 불가리아, 보스니아 헤르체코비나, 세르비아에 이르기까지 사방에서 불안한 조짐이 늘어났다. 그리고 제국의 권위가 사라지고 혼란한 시기로 접어들고 있다는 징조들이 나타났다. 이런 징조 중 가장 눈에 띈 건 압둘하미드가 즉위하기 직전, 테살로니키에서 발생한 '불가리아 처녀 사건'이었다. 정확히 설명하자면, 터키 청년과 사랑에 빠진 불가리아 처녀 헬렌과 그녀 주위에서 벌어진 비극을 일컫는 사건이었다. 테살로니키에 첫

발을 내디딘 날부터 군의관 아트프 휴세인 대위는 자신이 보고 들은 모든 걸 기록으로 남겼다. 여러 사람이 목숨을 잃은 그 사건에 관해 군의관은 이렇게 기록했다.

사람들 말에 따르면, 아브렛히사르[48]에 살던 한 불가리아 처녀가 오스만 제국 소위와 사랑에 빠졌다. 그녀는 이슬람으로 개종하고 이슬람식 복장을 했다. 처녀 가족들은 그녀가 내린 결정에 반대하면서, 딸이 무슬림으로 강제 개종 당한 것이라고 주장했다. 소위와 처녀는 혼인하기 위해—소문에 의하면 오스만 제국 소위의 어머니도 회교 성직자와 함께 흑인 청년들을 대동하고—테살로니키로 왔다. 테살로니키역 주변에 모여든 그리스정교회 신자 150명가량은 불가리아 처녀가 쓰고 있던 히잡과 면사포를 찢는 등 큰 소동을 일으켰다. "난 무슬림이니까 이대로 내버려 둬요." 그들은 이렇게 소리치는 불가리아 처녀 헬렌을 미국 영사 관저로 납치했다. 무슬림들은 개종을 선택한 헬렌의 결정은 옳았다고 믿고 있었다. 그녀를 되찾아오기로 마음먹은, 분노한 무슬림 군중들은 긴 묵주를 위협적으로 돌리며 구호를 외쳤다. 그리고 길거리로 쏟아져 나와 싸틀리 사원[49]으로 모여들었다. 독일과 프랑스 영사는 사태를 진정시켜야겠다는 생각으로, 사원에 모인 분노한 군중 속으로 들어가는 크나큰 실수를 저지르고 말았다. 프랑스 총영사 뮬렝과 독일 총영사 아보트는 그곳에서 집단 린치를 당했다.

---

48 역주- 오스만 제국 당시 지명. 현재 지명은 '너 기나이코카스트로'로, 그리스 북부 테살로니키 인근의 작은 도시

49 역주- 시계가 있는 회교사원이라는 의미로, 테살로니키 중심가에 있음

강대국 외교 사절인 총영사들이 무슬림 군중에 의해 살해당하자 사건은 걷잡을 수 없게 되었다. 유럽 신문들은 이 사건을 1면에서 크게 다뤘다. 휴세인 대위가 직접 도서관에서 찾아본 〈주르날 드 데바 Journal de Débat〉지는 사건을 이렇게 보도했다. '테살로니키 유혈사태의 교훈은 오스만 제국의 무능함이 우리가 인내할 수 없는 지경에 다다랐다는 것이다.'

베를린에 모인 3개국 수상은 다음과 같은 내용을 담은 각서를 발표했다. '오스만 제국 내 외국인과 기독교인이 신변 안전을 보장받지 못하고 있다는 것을 이번 테살로니키 사건으로 확인했다. 이와 유사한 사건이 재발하지 않도록 강대국들은 위험 상존 지역으로 해군을 파병할 수 있다.'

5대 강대국 군함들이 테살로니키 항구에 입항했고, 함포를 시내 방향으로 돌렸다. 결국 총영사를 살해한 혐의를 받던 터키인 여섯 명을 엘레프테리아 광장에서 교수형에 처했다. 시신은 며칠 동안 목이 매달린 채 바닷바람에 흔들리도록 내버려 두었다. 또한, 사건에 가담한 많은 터키인이 징역형을 받았다. 하지만 이 사건은 이스탄불 엔데룬 학교[50] 학생 봉기를 유발했고, 압둘아지즈 황제가 폐위에까지 이르는 원인 중 하나가 되었다.

아브렛히사르 마을 출신의 불가리아 처녀 헬렌과 무슬림 에민 소위의 사랑은, 뜻하지 않게 돈 벌 궁리만 하고 있던 압둘하미드의 인생을 송두리째 바꾸어 놓았다. 황제가 되기 전까지 가 본 적도 없는

---

50 역주- 이슬람으로 개종시킨 기독교 젊은이와 오스만 제국 고위 관리 자제들 교육을 담당한 톱카프 궁전 내 관리 양성 학교

테살로니키라는 도시는 압둘하미드 인생에 대전환점이 되었다. 불가리아 처녀 사건이 발단이 되어 압둘하미드의 작은아버지인 압둘아지즈는 폐위당했고, 그 자리를 형인 무라드 5세가 이어받았다. 무라드 5세도 즉위 후 얼마 지나지 않아 정신병 증세를 보이자, 거대한 오스만 제국 황제 자리는 가능성이 희박했던 압둘하미드에게로 3개월 만에 넘어갔다.

'역사라는 건 참 희한하지.' 군의관은 생각했다. '이번에도 테살로니키에서 파견된 군이 압둘하미드를 폐위시켰고, 이 도시로 유배를 보냈잖아. 압둘하미드 인생에서 행운도, 다시 마주하기 싫은 불행도, 다 이 재수 없는 테살로니키에서 시작된 거야. 부모를 일찍 여읜 불운한 왕비 테살로니케의 이름을 딴 도시여서 그랬는지도 모르는 일이지. 어쩌면 테살리아의 복수였을지도. 이 도시는 압둘하미드에게도 테살로니케에게도 불행한 곳일 뿐이야.'

군의관은 이 이야기의 또 다른 측면에 관심이 갔다. 인류 역사는 반복된다는 말이 있다. 그리스 신화에 등장하는 헬레나 이후 2,400여 년이 지난 지금, 다른 헬레나의 아름다움은 트로이 전쟁까지는 아니더라도 황제가 폐위당하는 원인이 되었다. 이 또한 역사는 반복되어 순환한다는 이론을 뒷받침하는 사건으로 남을 것이다.

군의관 아트프 휴세인은 이런 생각들을 글로 남긴 뒤 노트를 한쪽으로 치웠다. 역사의 현장을 목격했다는 흥분과 약간의 불안감을 느끼며 담배에 불을 붙이고 침대에 누웠다. 담배 연기가 천장을 향해 올라가는 동안 멜라핫 양을 떠올렸다. 어느 봄날 밤, 분홍색 면사포를 쓰고 있던 상냥한 처녀에게 완전히 빠져 버렸던 건 혼자 머릿속에서 만들어 낸 상상이었나? 있지도 않은 환영과 빠진 사랑이었나? 이슬람 세계에서 비밀스럽게 시작해서 점점 커지는 모든 사랑이 다 이렇지 않았던가? 멜라핫 양을 직접 만나 서로를 알아 갈 방법은 없었다. 멀찌감치 떨어져 실루엣만 바라보는 게 전부였다. 이마저도 감사해야 하는 날도 있었다.

달군 쇳덩이로 지진 자국들 - 작은아들 걱정 - 로메인 상추로 상처 감싸기

황제와 어린 왕자가 내는 마른기침 소리가 텅 빈 저택에서 메아리쳤다. 황제와 왕자 둘 다 감기였다. 왕자는 편도선이 부었고 열도 있었다. 황제도 고열에 시달렸지만, 자기 몸은 안중에 없었고 왕자에 대한 걱정으로 가득했다. 넓은 홀을 빠른 걸음으로 배회하며 기도를 올렸다. 아들을 건강하게 돌려 달라고 알라신에게 간청했다. 여섯 살 먹은 딸이 불에 타 죽었던 모습이 눈앞에 선했다.

알리 페트히 소령의 지시에 따라 호텔들을 뒤져 병사들이 찾아낸 넝마 같은 메트리스는, 저택 2층에 버려져 있던 스프링 달린 낡은 침상과 짝을 이뤘다. 더는 황제가 팔걸이의자를 붙이고 잘 일은 없었다. 하지만 황제는 그 침대에 왕자를 눕혔다. 황제는 홀을 맴돌면서 아들을 위해 기도하고, 새빨갛게 달아오른 얼굴을 입으로 불어가며 식혔다. '황제의 피해망상'은 극에 달했고 미칠 듯한 괴로움에 시달렸다. 그러는 와중에도 시선은 저택 현관문을 향해 있었다. 드나드는 사람은 아무도 없었다. 황제는 하렘장을 현관 출입문으로 보냈다. "이곳 지휘관에게 숟가락 하나가 필요하다고 전해라." 어렵지 않은 요청이라 숟가락은 바로 받을 수 있었다. 황제가 숟가락으로 식사를 하겠다는데 무슨 다른 이유가 필요하겠는가? 그렇지만 황제의 생각은 그게 아니었다. 아픈 아들 때문에 식사를 생각할 겨를이 없었다. 그리고 점심때 군인들이 가져온 음식 중에 있었던 로메인 상추를 가져오라고 명했다. 황제는 주머니에서 손수건을 꺼냈다. 숟가락 머리 부분을 손수건으로 감은 다음, 주머니에서 라이터를 꺼내 숟가락 자루가 새빨개질 때까지 계속 불로 달궜다. 벌겋게 달아올라 빛을 발할 정도가 된 숟가락 자루를 기도문을 외며 왕자 목에 가까이 가져갔다. "비스밀라흐.[51]" 왕자는 하늘이 찢어질 듯 비명을 질렀다. 어린 왕자가 무서워서 소리를 질러도, 황제는 온몸을 뒤틀고 있는 왕자 목에 새빨개진 숟가락 자루를 최대한 가까이 대기 위해 온 힘을 다했다. 황제 눈에 눈물이 고였다. 가족들은 거실 입구에서 두려움에 떨며 그 광경을 지켜볼 뿐이었다. 아이 엄마를 포함해서 다들 아무 소리도 낼 수 없었다. 황제는 숟가락을 거뒀다. 몇 초 되지 않았지만, 모두에게 너무나 길었던 순간이 지나갔다. 왕자는 큰 소리로 울음을 터트렸다. 눈에서는 눈물이 쏟아졌고 조그마한 손가락으로 '아버지가 그랬어.'라는 듯 황제를 가리켰다. 황제는 로메인 상추를 집어 들었다. 달궈진 숟가락 자루 때문에 잔뜩 열이 오른 왕자 목을 로메인 상추로 감쌌다.

---

51 역주- '알라신의 이름으로'라는 뜻으로 코란의 첫 구절이기도 함

그러자 비명은 더더욱 커졌다. “아들아, 내 눈동자나 다름없는 아들아, 참아야 한단다. 넌 오스만 가문의 후손이야. 이를 악물고 견뎌라.” 황제는 왕자를 달랬다. 그리고 황제는 눈짓으로 아이 엄마를 부르더니 로메인 상추를 계속 목에 대고 있으라고 했다. 눈물을 흘리고 있던 젊은 아내는 황제가 시키는 대로 했다. 그녀는 드레스 밑단을 찢어 그 안에 로메인 상추를 넣고, 왕자의 머리를 자기 가슴 쪽으로 눕힌 다음 그것으로 목을 감쌌다. 그녀도 울고 있었다.

“알로에로 덮어 줘야 하는데. 그걸로 덮으면 곧바로 통증이 사라지고 보습과 치료 효과까지 있는데 말이다. 하지만 없는 걸 어떻게 하나. 그래도 로메인 상추라도 목에 대니 아무것도 안 하는 것보다는 나을 게다.” 뒤이어 황제는 다시 숟가락 자루를 불에 달궜다. “자, 사자같이 용감한 내 아들아. 나도 똑같이 할 테니 보아라. 네게 한 것처럼 염증이 있는 곳에 가까이 가져가는 것이 아니라, 정말로 살에 지질 것이다.” 황제는 왕자에게 하던 것보다 훨씬 편안하게, 손 한 번 떨지 않고 달궈진 숟가락 자루를 자신의 목에 갖다 댔다. 한동안 그렇게 숟가락을 목에 대고 있었다. 황제는 댄 상처 위에 로메인 상추를 덮으며 미소를 지었다. “사자같이 용감한 내 아들아, 나도 똑같이 하는 걸 보니 좀 덜 아픈 것처럼 느껴지지 않느냐? 이제 알라신의 은총으로 우리 둘 다 나을 것이야.”

가족들은 가끔 위와 장이 있는 아랫배, 목, 어깨, 가슴 등을 황제가 불에 달군 쇠로 직접 지지는 것을 본 적이 있었다. 하지만 어린아이에게—직접 지지지는 않았다고 해도—달군 쇠로 치료하는 것을 처음으로 목격했다. 왕자가 어찌 되지나 않을까 모두 두려움에 떨었다.

가슴 뛰는 군의관 - 알라신의 시험 - 저택 첫 방문

군의관 휴세인 대위는 밤새 뛰는 가슴을 진정시키지 못했다. 선잠을 자다 계속 깨서는 '정말인 거야? 정말 폐위된 거야?'라며 같은 질문을 자신에게 해 댔다. 군의관은 아침 이른 시간에 집 밖으로 나섰다. 한시라도 빨리 병원으로 가서 사건의 전모를 알아볼 생각이었다. 큰 걸음을 내디디며 35년 전 여섯 명의 터키인들이 교수형을 당했던 엘레프테리아 광장을 가로질렀다. 황제가 폐위당한 건 너무나 대단한 사건이라, 오스만 제국 영토에 사는 모든 백성이 관심을 가질 만한 소식이었다. 터키인, 유대인, 불가리아인, 아르메니아인, 그리스인, 세르비아인 등 그 누구도 폐위 소식을 듣고 흥분하지 않을 수 없었다. 평소와 같은 일상이 불가능한 날이었다.

테살로니키 길거리는 이른 아침부터 허둥대며 작은 목소리로 이야기를 나누고 신문을 보며 흥분한 사람들 무리로 가득했다. 오랜 세월 동안 모든 사람 가슴에 커다란 맷돌처럼 놓여 숨통을 틀어막았던 독재자가 폐위당한 것이다. 그것도 자신들이 사는 테살로니키에서 늘 봐 왔던 제3군 소속 장교들에 의해서. 솔직히 믿을 수 없는 일이었다. 역설적이게도 압둘하미드가 황제로 즉위한 직후 입헌군주제를 선포했던 날, 테살로니키 역사상 가장 큰 축제가 열렸다. 오스만 제국 내 다른 도시에서처럼 테살로니키에서도 공식 거리행진이 있었다. 다양한 민족 출신과 각자 다른 종교를 가진 남녀들이 "자유 만세."라고 외치며 꽃을 던졌고, 황제를 찬양하는 구호를 외치면서 길거리로 쏟아져 나왔다.

테살로니키에서 발행되는 신문들은 황제가 폐위되었다는 소식을 매우 조심스러운 태도로 전했다. 새로운 시대를 받아들이는 게 쉽지 않을 것 같았다.

"세균 덩어리 같은 놈! 우리 온 인생을 갉아 먹었어." 군의관은 이렇게 중얼거리며 매일 아침 그랬듯이 광장을 가로질러 병원으로 향했다. 제3군 병원은 발칸반도에서 반란을 일으킨 게릴라들과의 전투에서 다친 부상자, 중상을 입고 팔다리가 잘려 나간 장교와 병사들로 넘쳐 났다. 치료해야 할 환자가 얼마나 많은지 수술 도중 이마에 흐르는 땀을 간호사에게 닦으라고 해야 할 정도였다. 오늘도 환자 수십 명을 봐야 했다. 그건 군의관으로서 감내해야 할 고통스러운 선물이었다. 병원 앞에서 근심에 가득 찬 채 환자를 기다리는 가족들을 헤치고 병원 안으로 들어섰다. 옷장에서 의사 가운을 꺼내 입고 청진기를 목에 거는 순간, 과장으로부터 호출이 왔다는 연락을 받았다.

‘나쁜 소식이 아니길, 아침부터 왜 날 호출하는 거지?’ 과장은 휴세인 대위를 탐탁지 않게 생각하고 있었다. 그가 연합진보위원회[52] 장교들과 너무 가깝게 지낸다고 평가했다. 휴세인 대위도 그런 의심 살 만한 행동을 전혀 숨기지 않았다. 압둘하미드 황제를 폐위시키고 제국의 자유를 찾아야 한다는 청년 장교들과 같은 생각이었다. 굵고 큰 목소리로 나믁 케말[53]이 쓴, 조국을 위한 시를 암송하는 재주도 있었다.

과장은 묘하고 간교하다고 할 수 있는 미소로 그를 맞이했다. “축하하네, 대위. 자네에게 새로운 임무가 있네.” 그렇게 말하고는 휴세인 대위에게 전보를 내밀었다. 전보는 이스탄불 전쟁성에서 온 것이었다. ‘군의관 대위 아트프 휴세인을 테살로니키에서 가택연금 중인 전 황제 압둘하미드와 그의 가족 주치의로 임명한다.’

휴세인 대위가 이 명령서를 읽고도 그 순간 바로 기절하지 않은 건 의학 공부를 하면서 냉정함을 유지하는 걸 배웠기 때문이었다. 하지만 그런 교육에도 불구하고 손이 떨리고 머리가 어지러운 건 어쩔 수 없었다. 포악한 사냥꾼 손에 잡힌 새처럼 휴세인 대위의 심장은 목젖까지 튀어 오를 듯이 요동쳤다. 방으로 돌아오는 동안 ‘어째서?’라는 생각이 들었다. ‘어째서 이런 일이, 그럼 내가 그자를 봐야 하는 거야? 왜?’

머릿속이 멍해졌지만, 흰 가운을 벗고 정복으로 갈아입을 수밖에

---

52 역주- 1908년부터 1918년까지 활동한 정치 운동이자 정당으로 압둘하미드 2세 폐위 이후 오스만 제국의 최대 권력 집단으로 성장하였으며, 예니 오스만르라르, 청년튀르크당과 함께 오스만 제국 말기 정치 변혁을 주도함

53 역주- 민족주의, 민주주의, 애국주의 고취에 앞장선 오스만 제국의 애국 시인 (1840~1888)

없었다. 전보를 읽고 또 읽었다. 잘못된 건 없었다. 전보에는 황제와 그의 가족들이 알라티니 저택에 있으며, 군의관 아트프 휴세인 대위에게, 전 황제와 가족들의 건강에 대한 책임이 있다고 적혀 있었다. 철천지원수의 건강이 자신에게 맡겨진 것이었다. 청진기를 가방에 넣고 병원 밖으로 나왔다.

군의관은 걸어서 테살로니키 길거리 이곳저곳을 다니는 걸 좋아했다. 하지만 이번에는 임무를 받고 가는 것이었다. 병원 입구에서 자신을 기다리고 있던 군용 차량에 올랐다. 아직도 머릿속은 멍했다. 지나치는 거리와 사람들, 가게들도 눈에 들어오지 않았다. 지붕이 없는 군용 차량은 빛나는 봄 햇살 아래 달리고 있었다. 하미디예 거리와 하미디예 샘터를 지나고 있다는 것 정도만 잠깐 알아차릴 정도였다. 어딜 가도 독재자 이름이 붙어 있었다. 어느 곳을 지나도 어둡고 재수 없는 독재자의 그림자를 만나야 했다. 이제 폐위당했으니 하미디예도 다른 이름으로 바뀔 것이다. 새로운 황제가 즉위했으니 거리, 샘터, 마을도—테살로니키에는 하미디예 마을도 있었다—새 황제 이름을 따서 레샤디예라고 새로이 불리게 될 것이다.

저택에 가까워지자 군인들이 길을 막고 있었다. 일정 지점부터는 접근을 허용하지 않았다. 저택 부근은 어떤 민간인도 출입할 수 없었다. 길을 막고 있던 병사들에게 운전병이 출입 허가증을 내밀었고 바로 검문소를 통과했다. 3층짜리 저택은 드넓은 정원과 고목들, 붉은색 벽돌과 근사한 창살 울타리로 둘러싸여 있었다. 테살로니키에서 가장 아름답고 세련된 이 건물은 이탈리아 건축가 포셀리[54]의 대

54 역주- 그리스 북부 테살로니키에서 주로 활동한 시칠리아 출신 건축가(1838~1918)

표적인 작품 중 하나였다. 저택 정문에도 보초를 서는 군인들이 있었다. 정원에서는 병사들이 스무 걸음 거리를 두고 소총으로 무장한 채 늘어서 있었고 장교들은 담배를 피우며 돌아다니고 있었다. 정원 중앙 화단에는 프랑스 혁명 구호였던 '자유, 평등, 우애'라는 글귀가 쓰여 있었다. 독재자에게 해방되었다는 기쁨에 청년 장교들이 가져다 놓은 것 같았다. 대위는 저택 경비를 책임지고 있는 지휘관에게 명령서를 보여 줬다. 그리고 저택 출입문을 바라보며 한숨을 지었다. 심장이 조여 들었다. 계단을 오르며 혼잣말을 내뱉었다. "왜 내게 이런 시험을. 알라신께서 나를 시험하시는 게 분명해."

황제와 군의관의 첫 만남 - 예니 오스만르라르[55] - 아르메니아인들 - 폭탄 테러 - 조국 시인 나믁 케말

하렘장을 통해 소식은 들었지만, 자신을 만나러 온 장교를 직접 본 황제는 놀라서 눈이 휘둥그레졌다. 그리고 피해망상에 젖어 있는 성격 탓에 곧 불안감이 갑자기 엄습했다. 중간 정도 키에 금발에다, 유행에 맞게 위로 콧수염을 추켜세운 프랑스 의사를 닮은 대위가 왜 나를 찾아온 것일까? 알리 페트히 소령 다음으로 온 지휘관인가? 아니면, 그럴 리야 없겠지만 자신과 가족들에게 나쁜 짓이라도 하려고 온 것일까? 황제와 가족들 주치의로 임명되었다고 군의관이 설명해도 황제는 의심을 거두지 못했다. 악수하면서 군의관에게 앉을 자리를 가리키는 동안에도 머릿속에서는 음모라는 생각이 빠르게 지나

---

55 역주- 프랑스 혁명의 영향을 받은 오스만 제국 지식인들이 1865년 조직한 비밀결사

깄다. 정부가 보낸 첩지리는 생각부터, 갑자기 나타난 군의관 손에 죽음을 맞이하게 될 것이라는, 아무런 득이 될 게 없는 의혹과 의심까지 머릿속을 가득 채웠다.

그렇지만 진중함을 유지한 채 황제답게 행동했다. 품위를 잃지 않으면서 늘 그랬듯 상대방의 마음을 움직이는 심오한 눈빛과 원숙한 목소리로 군의관을 맞이했다. 그리고 자신과 가족의 건강에 관한 세세한 질문에 대답했다. 군의관은 황제에게 있던 변비, 기관지염, 소화불량, 불면증, 화병, 치질과 같은 지병이나 아내들과 자녀들의 건강 상태까지 바이엘 로고가 찍힌 수첩에 기록했다. 그리고 황제가 권한 담배를 받아서 불을 붙였다. 담배는 원석과 보석 같은 반짝이는 귀금속으로 장식된 담배 케이스 속에 미리 말려 있었다. 군의관은 자기방어 심리에 젖어 있는 노인네 이야기를 아무 대꾸 없이 한참 듣고 있었다.

"밖에서 보면 모든 게 쉬워 보이지 않나, 아들 같은 대위 양반? 특히나 한 국가의 통치자라면… 그렇지 않은가 말이네, 명령 한마디로 모든 걸 해결하고 누구든 목을 매달 수도, 베어 버릴 수도 있다고 생각하겠지. 백성들은 그렇게 생각하겠지만 사실은 그렇지 않다네. 통치자는 권좌에 매인 포로이자 노예일 뿐이라네. 원한다고 할 수 있는 건 없지. 국가는 수많은 사람과 함께 통치하는 걸세. 하지만 함께 통치하는 사람들은 보이지 않는 곳에서 수많은 장난질을 친다네. 내부에 반역자들이 있다는 말일세. 다른 나라가 돈으로 매수한 자들이지. 다른 사람을 황제로 앉히려고 음모를 꾸미는 대신이 있는가 하면, 자신이 그 자리를 차지하려는 자들도 있다네. 그자들은 통치자를 제거하기 위해 온갖 계획을 다 세운다네. 한마디 명령으로 나라를 부강하게 할 수만 있다면, 그럴 수만 있다면 얼마나 좋았겠나. 난 스물네 살에 프랑스와 영국을 여행했지. 과학의 발전을 보고는 놀라지 않을 수 없었다네. 작은아버지, 형과 함께 처음으로 유럽에 갔었네. 우리와 너무 차이 나게 발전했고 우리가 따라잡을 수 없을 정도로 격차가 벌어져 있다는 걸 깨달았지. 수많은 공장, 쉴 새 없이 지나가는 열차들, 밤을 낮처럼 밝힌 전등들, 남녀가 함께 살고 일하는, 깨어 있고 깨끗한 도시들이었어."

군의관은 이 부분에서 참을 수가 없었다. "저희가 말하고자 한 것도 바로 그겁니다. 오직 하나, 오스만 제국도 유럽처럼 발전하는 것이었습니다. 학문과 과학에 근거한 발전 말입니다. 하지만 그런 발전을 위해서 노력하시는 대신 우리 청년 장교들을 감시하도록 비밀경찰들을 붙이셨습니다. 불만을 이야기하는 자는 감옥으로 보내고 억압하셨습니다."

"그래서 내가 밖에서 보면 모든 게 쉬워 보인다고 한 것이네. 내가 할 수 있는 게 아닌데 어쩌겠나! 거대한 영토에 수백만 명이나 되는 백성들이 다들 자기 입장에 따라 다른 생각을 하고 있으니 말일세. 이슬람 신학자들은 이렇게 하자고 하고, 유럽에서 배운 자들은 저렇게 하자고 하니 말이야."

"계몽 지식인들의 입을 막지 않으셨더라면, 그들이 국민을 깨우쳤을 겁니다."

"아니, 아닐세. 그렇게 되지 않았을 걸세. 자네에게 들려주고 싶은 이야기가 하나 있네. 한 대학교수가 공기 없이 생명체가 얼마나 살 수 있는지 연구하려고 비둘기를 상자에 넣고 밀봉한 적이 있네. 이걸 보고는 종교적인 이유를 들어 군인들이 들고일어났고 교수를 공격했네. 내가 간신히 그를 구해 냈지. 이런 상황인데 과학이 어떻고 학문이 어떻고 할 텐가?"

이렇게 말한 뒤 황제는 어쩔 수가 없었다는 듯 양손을 옆으로 펼치고 어깨와 눈썹을 추켜세우며 말했다. "내가 뭘 할 수 있었겠나? 사실, 마흐무드 2세[56] 때부터 우리 제국은 급격히 쇠퇴하기 시작했다네. 독수리들이 우리 머리 위에서 원을 그리며 날고 있었던 게지. 경제는 무너졌고, 제국은 분열되고 있었네. 난 제국 내부로는 안정을 되찾고, 밖으로는 강대국 사이에 분열을 조장해 제국이 살아남을 수 있도록 노력했지. 러시아 차르, 프랑스 황제, 영국과 이탈리아 국왕은 우리를 사냥한 먹잇감처럼 조각조각 내서 가장 맛난 부위를 챙기려고 안달이 나 있었네. 내가 어떻게 했는지 아나? 아무것도 모르는 것처럼 그자들 식욕을 돋우며 자기들끼리 서로 싸우도록 만들었다네. 게다가 독일 황제를 내 편으로 만들었네. 자네들 예니 오스만르라르라고 하는 사람들은 이 사실을 알지 못하겠지. 자유만 말하지 다른 건 언급하지 않거든. 하지만 난 그 자유라는 단어가 우리 제국 영토를 황폐화하고 국가를 분열시킬 것이라는 걸 알고 있다네. 제국의 목숨을 33년 동안 연명시켰지만, 누구도 내게 찬사를 보내지 않더군. 내 모든 노력을 검은 보자기로 덮으려고만 했어. 운명이 그런가 보지, 어쩌겠나? 숙명인 것을…."

한참 동안 침묵이 흘렀다. 봄 날씨에 신나게, 정원에서 지저귀는

---

56 역주- 오스만 제국의 30대 황제(1785~1839)

새소리 외에는 아무 소리도 들리지 않았다. 황제가 한 말을 보고해야겠다고 군의관은 생각했다. 중요한 내용이었다. 하지만 주의해야 했다. 반란이나 새로운 즉위한 황제에 관해서는 직접 어떤 언급도 하지 않았다.

"그렇다면 지금은 어떻습니까?"

군의관의 의도를 바로 파악한 노련한 황제는 불평하는 듯한 말투를 거두며 당황한 모습으로 대답했다. "지금은 동생과 새로운 정부가 모든 걸 잘 해내리라 확신하네. 나는 그들이 건강하길 기도하고 잘되기를 바라는 노인네일 뿐이라네. 맹세하건대 권좌에 대한 욕심은 없네. 나는 황제의 자리를 내놓고 싶었지만, 주위에서 그렇게 하도록 가만두질 않았지. 내 유일한 소원이 있다면 내 조국 땅 외딴 곳에서 조용히 알라신께 기도나 올리며 사는 것이라네. 알라신이시여, 제 동생 새 황제에게 축복을 내리소서, 모든 일이 잘되도록 보살피소서."

대위는 속으로 말했다. '거짓말쟁이. 이 자는 지금 엄청나게 두려워하고 있어. 무서워서 미칠 것 같은 거지. 모든 도살자가 그렇잖아.'

황제는 예리한 두뇌로 군의관이 어떤 생각을 하고 있는지 바로 꿰뚫어 보았다.

"자네는 나를 잘 모르는 것 같군. 더 정확하게 표현하자면 그자들이 자네에게도, 유럽 사람들에게도 날 그릇되게 알렸단 말일세. 피를 마시는 살인자처럼 말이네. 제국을 분열시키기 위해서 그래야만 했겠지. 난 개인적으로 적대감이 없다네. 세상에서 가장 자비로운 사람이 바로 나일세. 믿어야 하네, 정말 그러니까. 터놓고 하는 말이네. 들어보게, 황실 전통에도 불구하고 난 형제나 황제 지리에 오를 가능성이 있는 친척 누구도 죽이지 않았다네. 33년 통치 기간 중 사형을 내린 건 네다섯 번밖에 안 돼. 그 사형도 부모나 자식을 죽인 흉악범들에게 내린 것이었지, 정치범이 아니었네. 궁전에서는 상상할 수 없는 무례를 저지른 하렘장 하나를 사형시킨 것이 유일하다네. 우리 제국 역사에 이렇게 자비로운 시대는 또 없었지. 그런데 그들이 어떻게 했나? 나를, 양손을 피로 물들인 망나니라고 하지 않았나?"

군의관은 자신을 천사로 포장하려는 황제 모습에 화가 치밀었다. 전혀 그럴 의도는 아니었지만, 대위는 황제의 말을 가로챘다. "그게 다는 아닐 겁니다. 모든 지식인을 유배 보내셨지요. 유럽 신문들은 아르메니아인들이 흘린 피에 손을 담그고 있는 황제 모습을 그렸습니다. 수천 명의 아르메니아인을 학살하셨습니다. 그걸 거짓이라 하시겠습니까?"

"천만에!" 황제는 다시 양손을 옆으로 펼치고 자리에서 일어났다. "천만에, 그걸로 비난받을 수는 없어. 역사가 기록할 걸세."

"흥분하지 마십시오. 혈압에 좋지 않습니다."

"어떻게 흥분하지 말라는 말인가? 자비를 베푼 사람이 학살자로 비난을 받는 것만큼 억울한 일이 또 있겠는가? 선량한 내 아르메니아 백성이 아닌 다른 아르메니아인… 그러니까 비밀조직원들이 나를 죽이려고 암살을 시도한 건 알고 있을 테고, 그렇지 않은가?"

군의관은 그렇다는 뜻으로 고개를 끄덕였다. 자리에서 일어나 있던 황제는 흥분을 쉽사리 가라앉히지 못했다.

"3년 전 폭탄으로 날 암살하려고 한 적이 있었지. 금요 예배를 마치고 돌아오는 길에 폭탄을 가득 실은 차를 터트렸고, 스물여섯 명이나 되는 무고한 사람들이 산산조각이 났었네. 난 종교성 대신과 이야기를 나누느라 1분 늦게 차에 오르는 바람에 무사했던 걸세. 그렇지 않았다면 나도 그 폭발에 날아갔겠지. 이런 짓을 저지른 자들을 체포했지. 벨기에인 요리스라는 자가 그들의 우두머리더군. 이건 다 알고 있지 않은가?"

"알고 있습니다."

"그렇다면 어떤 통치자가 이런 살인자들을 살려 둔단 말인가? 문명화된 모든 국가를 한번 생각해 보게. 어떤 나라가 이런 범죄를 그냥 넘긴단 말인가? 물론 어떤 나라도 가만있지 않겠지! 이 암살범들을 고문해서 죽여 버렸겠지. 하지만 내가 어떻게 했는지 아는가? 모두 풀어 줬네. 그들을 외국으로 추방한 게 다였지. 손에 돈까지 쥐여 줘서 말일세. 자네도 이의를 제기하지는 못하는 것 같군."

황제가 미리 말아서 케이스에 넣어 두었던 담배를 군의관에게 권했지만, 군의관은 사양했다. 그러자 황제는 담배에 불을 붙이고는 담배 연기를 깊이 들이마셨다. 담배 연기가 그 유명한 황제의 코에서 뿜어져 나왔고, 그는 이렇게 말을 이었다.

"우리 재정의 핵심인 오스만르 은행에 총기와 폭탄을 들고 무장 점거한 사건이 있었지. 무고한 사람들을 살해하고, 은행을 폭파하겠다고 위협하면서 반란을 꾀한 아르메니아 비밀조직원들에게 내가 어떻게 했는지 알고 있나? 기억나시나, 아들 같은 군의관 양반? 신문에서 보지 못했나? 그 폭도들이 자유롭게 요트를 타고 외국으로 나갈 수 있도록 허락했다네. 신문을 찾아서 한번 읽어 보게. 내가 한 말

그대로일 테니. 이렇게 용서를 했는데 어떻게 됐지? 내가 살인자가 됐을까? 도살자가 됐을까? 아니면 자비로운 통치자가 됐을까?"

군의관은 자신이 증오하던 자가 하는 말을 계속 듣다가 패배감에 휩싸였다. 평생 정치적 분쟁을 두고 온 세계와 싸워 온 사람과 이런 주제로는 이길 수 없다는 걸 깨달았다. 황제가 옳았다고 인정해 버릴 것 같았다. 그가 한 말은 부정할 수 없는 역사적 사실이었다. 권좌에 오른 날 열아홉 명이나 되는 형제를 죽인 선대 황제들에 비하면 너무나도 자비로운 황제였다. 자신을 죽이려 했던 자들을 사면한 것도 사실이었다. 게다가 유배 중인 반대파들에게조차 봉급을 지급했다.

군의관은 이런 혼란스러운 생각을 하며 저택을 빠져나왔다. 황제로서 이 자가 가진 독창적인 능력이 바로 이런 것이었다. 사람을 혼란스럽게 만드는 자. 전 세계와 오스만 제국 자유주의자들이 말하는 아르메니아인 백정. 잡지 표지에 죽음의 상징으로 등장했던 자. 그자가 자신을 죽이려 했던 암살자들마저 용서했다며 군의관이 그동안 알고 있던 모든 것을 뒤집어 놓는 데 성공한 것이다. 이 혼란스러움에서 벗어나려면 오늘 들었던 이야기를 놓고 동료 장교들과 토론하는 것이 가장 좋은 방법이라고 생각했다. 어쩌면 동료들이 더 잘 판단할 수 있지 않을까? 그렇지 않아도 잔뜩 흥분해서 자신의 이야기를 들으려고 기다리고 있을 게 뻔했다. 단지 그들뿐만이 아니었다. 테살로니키 전체가 궁금해서 미칠 지경이었다. 군의관은 돌아오는 길에 멜라핫 양 생각만 했다. 폭군이 폐위당했다는 소식을 그녀도 들었을 것이다. 테살로니키에서 경험하고 있는 환희와 경이가 키프로스에서도 가득하리라 확신했다. 키프로스뿐만이 아니라, 오스만 제국 영토 내에 거주하는 모든 터키인, 그러니까 그리스계 터키인, 그리스인, 유대인, 아르메니아인, 쿠르드인, 세르비아인, 몬테네그로인, 불가리아인, 루마니아인, 아랍인, 조지아인, 크리미아인, 왈라키아인, 슬라브계 무슬림, 알바니아인, 보스니아인, 레반트인들도 같은 분위기 속에 있을 게 분명했다. 하지만 다른 한편으로는 압둘하미드가 없는 세상에 적응하기 위해서는 시간이 필요할 거라는 생각을 했다. 노인들을 제외하고 대부분 백성이 기억하는 황제는 이을드즈 궁전 높은 담장 뒤에 숨어 있어서 눈으로 볼 수 없었지만, 포악한 숨소리를 목덜미에서 느낄 수 있는 그런 사람이었다. 모든 백성이 목소리를 낮추고 대화를 나눌 수밖에 없게 만든 폭군이었다. 백성들 마음속에 자리 잡은 공포는 그리 쉽게 사라지지 않았다. 이런 조심스러운 대화는 한동안 계속될 것이다. 왜냐하면, 어찌 될지 모르는 일이기 때문이었다. 만일 그자가 다시 권좌에 오르게 된다면? 불가능한 일도 아니었다. 군의관이 가장 관심을 두고 있는 건 새 조정이 압둘하미드에 의해 유배길을 떠나야 했던 사람들을 사면해 줄 것인가였다. 사면해 줄 가능성이 컸다. 가능성이 아니라 반드시 그렇게 되리라 믿었다. 그들이 사면된다는 건 매일 밤 애수에 젖게 했던 멜라핫 양이 조만간 이스탄불로 돌아온다는 의미였다. 처음 그녀를 본 황홀하고 마법 같았던 밤, 라일락 향기와 바다 내음이 물씬 풍기던 이스탄불에서의 그 밤 이후로, 대위는 사랑에 빠져 허우적대고 있었다. 같은 마을 저택에서 살았던 멜라핫 양이 자신에게 관심이 없지 않다는 걸 알고는 군의관은 더할 나위 없이 기뻤다. 하지만 많은 이들에게 향했던 폭군이 휘두른 철퇴는 고위 치안 담당 공직자인 그녀 아버지 사뎃딘의 머리

위로노 날아갔나. 그는 가족들과 함께 나믁 케말이 유배살이를 했던 키프로스로 황급히 떠나야 했다. 독재자에게서 벗어나고 싶은 마음에 조국을 향한 아름다운 시를 쓰고, 모든 청년의 혀에 '자유'라는 단어를 심어 준 거장 시인 나믁 케말이 살아서 오늘을 보았더라면. 유배 생활로 보낸 인생이 헛되지 않았다는 걸 증명하는 이 크나큰 승리를 맛보았다면 얼마나 기뻐했을까.

영토와 국가는 파멸에 이르렀고, 명예와 위엄은 비탄에 빠졌네
하지만 신의 저주를 받은 자는 여전히 자리를 보존하고 있네

폭군을 향해 썼던 시구를 군의관은 아마도 천 번은 되뇌었을 것이다.

양심 없는 사냥꾼을 따라다니는 신난 개처럼

그리고 곧바로 위의 시구를 덧붙였다. 자유를 노래하는 나믁 케말의 시는 오랫동안 청년들 가슴에 저항의 상징으로 자리 잡고 있었다. 승리는 폭군 황제가 아니라 시인이 쥐었다. 조국을 사랑한 이 시인을 열광적으로 사랑한 사람 중에는 무스타파 케말 대위도 있었다. 이 대담한 장교의 케말이라는 이름도 나믁 케말의 이름에서 따온 것이라는 말까지 나돌았다.

군의관은 행복감에 젖어 미소를 지었고, 기분 좋게 담배에 불을 붙였다. 하지만 숨은 진실을 파헤치는 성격 탓인지, 나믁 케말과 압둘하미드 사이에 존재했던 우정에 관해서도 생각하게 되었다. 두 사람 모두—적어도 처음에는—서로에 관해 좋은 말을 했었다. 황제는

최초 헌법 제정을 위해 구성된 위원회에 나믹 케말을 위원으로 임명했다. 그 후로도 그에게 많은 공직을 맡겼다. 더 신기한 것은 나믹 케말과 테브픽 피크렛 같은 자유 신봉자들이 아니라, 메흐멧 아키프와 같은 보수적인 시인이 황제에게 더 심한 표현을 썼다는 점이었다. 메흐멧 아키프는 황제를 두고 '붉은 이교도'라는 표현까지 썼다.

군의관은 담배 연기를 깊숙이 들이마시며 생각했다. '모두가 모순으로 가득 차 있어. 나도 마찬가지지. 그중에서도 가장 모순된 인간은 좀 전에 본 그 노인네야.'

궁금해하는 젊은 장교들 – '붉은 이교도[57]'는 어떤 사람인가? – 죽은 뒤 할례를 받은 아르메니아인들

장교들은 그날 저녁, 평소 보던 것보다 더 근사하고 화려하게 느껴진 올림포스 클럽에서 갓 잡아서 튀긴 노랑촉수 요리와 함께 술을 마셨다. 군의관은 동료 장교들이 쉴 새 없이 해 대는 질문에 대답하며 궁금증을 풀어 주고 있었다. 어떻게 해서 가게 되었는지, 무슨 말을 했으며, 황제는 어떤 답을 했는지, 진찰은 했는지, 인사는 했는지, 초췌해 있었는지 아니면 여전히 오만한 자세였는지, 직접 황제 몸에 손을 대 보았는지 등 다들 한꺼번에 물어봤지만, 군의관은 빠른 속도로 모든 질문에 답했다.

"카디건을 걸친 채 지치고 초췌한 모습을 한 노인이 홀로 들어오

57 역주- 민족주의자이며 보수주의 시인 메흐멧 아키프가 자신의 시 「Asım」에서 압둘하미드를 빗대어 표현한 말

는 게 아니겠어. 몰골을 봤다면 그자라고 누구도 믿지 않았을 거야. 이슬람 축일 인사를 하러 가면 옥좌에 앉아서 신하 수백 명이 줄지어 있어도 얼굴 한번 쳐다보지 않고 눈길도 주지 않았다잖아. 높고 높으신 대신들마저도 저만치 바닥에만 입을 맞추고 허리를 숙여 뒷걸음질로 물러나도록 했던 그 황제라고는 도무지 믿기지 않더군. 중간 정도 키에, 다들 알고 있듯이 등은 굽었고, 밤마다 우리 꿈에 나타나던 그 얼굴… 그런데 말이야, 코는 그렇게 커 보이지는 않았어. 보통 사람들보다 큰 건 맞는데 잘 모르겠어…. 어쩌면 유럽 신문에 실린 삽화가 너무 과장된 바람에 내가 그렇게 생각하고 있었는지도 모르지.

'어서 오게나 대위' 하더니 악수를 청하고 나를 자기 맞은편에 앉히더군. 곧바로 담배 케이스를 꺼내 들더니 내게 담배를 권하지 뭐야. 담배는 사양했지. 그리고 내가 누구인지 밝힌 다음, 그자와 가족들 건강을 오직 나만 돌볼 수 있다고 했어. 이 말을 듣고 의심하는 듯한 눈빛을 보이더니 누가 보냈냐고 묻더군. 난 전쟁성 명령을 받고 왔다고 했지. 황제는 머뭇거리며 다시 물었어. '문제가 되지 않는다면 명령서를 볼 수 있을까?' 명령서를 보여 줬지. '진찰해 드리겠습니다. 어느 방에 머무십니까?' 이번에는 내가 이렇게 질문을 하니 나를 데리고 썰렁한 저택 어느 텅 빈 방으로 데려가더군. 독신자들 방처럼 침대 하나에 낡은 침대보와 이불만 있어 궁핍함이 느껴지는 그런 곳이었다네. 난 마음속으로 말했지. '더 당해 봐야 해.' 어디가 불편한지 물어봤어.

위장장애, 소화불량, 기관지염, 잦은 감기, 인후염, 변비, 잦은 통증 등을 이야기하더군. 목에는 천을 두르고 있더라고. 왜 천을 감고 있냐고 물었지. 내게 미소를 짓더니, '네 곁에서 가장 오래 있었던 군의관은 마르코 장군과 마브로야니 장군이었다네. 하지만 난 말일세—자네는 예외네 라는 말을 덧붙이며—의사들을 믿지 않는다네. 의사들이 실수하는 걸 자주 봤었지. 그래서 가능하면 내가 직접 치료하네. 목에 염증이 있었는데 불에 달군 쇠로 지졌더니 아주 좋아졌다네.' 그러더니 목에 두르고 있던 천을 풀어서 화상 자국을 보여주더군.

'알겠습니다.' 나는 이렇게 대답하고 먼저 옷을 벗어 보라고 했지. 황제는 겉옷과 셔츠를 벗었고, 침대에 앉더군. 먼저 청진기로 폐의 상태를 검진했는데 그르렁거리는 소리가 들렸어. 쭈글쭈글하고 냉기가 도는 데다 여기저기 얼룩이 있는 피부를 손으로 만져 가며 진찰했어. 그 피부가 제국의 황제 그리고 이슬람 칼리프의 피부라는 걸 잊을 뻔했지 뭐야. 그때까지도 난 믿을 수가 없었어. 내가 기침을 해보라고 하면 기침을 하고, 숨을 들이쉬라고 하면 숨을 들이쉬고, 숨을 참으라고 하면 숨을 참고, 다리를 뻗고 누우라고 하면 눕고, 일어나라고 하면 일어나더군. 대소변을 물어보면 고개도 들지 못하고 대답하더라니까… 웃음이 났어. 생각이나 했겠어? 예언자 모하메드의 칼리프 몸에 내가 손을 댄다는 게 말이 돼? 오늘 이런 일이 있을 거라 누가 내게 말했다면 절대 믿지 않았을 거야.

축 늘어진 몸에 검고 보라색을 띠는 화상 자국이 있어서 내가 물었지. '불로 지져서 생긴 것이라네.' 그의 대답이었어. '미친 작자, 불로 지지면 다 되는 줄 아나 보네.'라는 생각이 들었지만, 난 아무 말도 하지 않았지. 혈압을 쟀더니 좀 높게 나오더군. 복용하고 있는 약이 있는지 물었는데 약을 잘 안 먹는다지 뭐야. 가끔 황산염을 쓰기도 하고, 부항을 뜨기도 한다더군. 물론 불로 지지기도 하고. 치료라는 게 이게 전부였어. 내일 약을 가져다주겠다고 했지. 가족과 시종들 건강도 내게 부탁하더군. 저택에 누가 더 있냐고 물었지. 아내 다섯 명과 딸 셋, 아들 둘 그리고 시종들이 저택에 머물고 있다더군. 그런데 아무 소리도 들리지 않아서 놀랐어. 가족들과 시종들도 순서대로 진찰하겠다고 했지. 그는 내게 고맙다고 했고, 그들 중에 아픈 사람이 있으면 내게 알리겠다더군. 옷을 챙겨 입더니 나를 홀로 데려갔어.

이스탄불 궁전이었다면 내게 근사한 커피를 대접했을 거라고 하더군. 하지만 저택에서 커피를 끓일 수가 없다며 미안하다더라고. 그자가 내게 담배를 또 권했지만 난 사양했네. 자신에게 호감을 느끼게 하려는 속셈이라는 생각이 들었어. 제국을 얼마나 잘 통치했으며, 얼마나 자신이 자비로운 사람인지 같은 말을 늘어놓더군. 말이 되는 소리야? 붉은 황제와 자비라니… 웃기는 소리지. 아르메니아인 백성들도 자기가 죽인 게 아니라고 주장하지 뭐야. 자신을 암살하려고 했던 자들을 사면해 줬다고도 했어. 솔직히 이 부분에서 나도 약간 혼란스러웠지. 정말이야, 혼란스럽더라고. 정말로 사면해 줬었잖아?”

군의관보다 나이가 많은 말라티야Malatya 출신 사펫 소령이 말했다. “맞아. 제대로 기억하고 있네. 하지만 그건 그자의 전술일 뿐이야. 처음부터 끝까지 음모고 계략이야. 자기가 하지 않은 것처럼 속이는 거지. 봐, 그 암살 시도 이후에 이스탄불에서 수천 명이나 되는 아르메니아 사람들이 죽었잖아. 그렇잖아? 강대국들과 대사관 압력에 암살범들이 풀려났지만, 백성들을 조종하고 사주해서 아르메니아인들을 공격하게 한 것이잖아."

클럽 종업원은 장교들이 있는 테이블 근처를 떠나지 못했다. 사장에게 들은 이야기를 전해 주기 위해 장교들이 무슨 이야기를 나누는지 귀를 기울이고 있었다. 장교들 대화에 귀를 기울이는 사람이 종업원 혼자만은 아니었다. 그곳에 있는 모두가 장교들을 보았고, 군의관이 하는 이야기에 귀를 기울였다. 테살로니키는 작은 도시였다. 황제가 폐위됐다는 소식은 곧바로 퍼져 나갔고, 모두 이 이야기만 했다.

사펫 소령이 말했다. "동부 지역에서 있었던 사건도 끔찍했어."

다른 동료 장교 니핫 대위는 그 말에 맞장구를 쳤다. "맞습니다. 그런데 소령님, 아르메니아 비밀 조직과 흔착[58]이 반란을 일으키고, 총을 쏴대고, 학살을 저지르지 않았습니까?"

"물론 그랬지. 이스탄불에서 있었던 무장 반란, 반Van을 점령한 사건, 사손Sason, 제이툰Zeytun, 바이부르트Bayburt, 에르주룸Erzurum 학살까지. 수천 명의 죄 없는 무슬림이 죽었지만, 황제는 이런 짓을 저지른 비밀 조직원들이 아니라 민간인들을 처벌했어."

니핫 대위는 소령의 말에 이의를 제기했다. "그 반란들도 쿠르드인들이 진압했습니다. 터키인들이 아니고요."

소령이 대답했다. "그래, 맞는 말이야. 하지만 아르메니아인들과 혈투를 벌이던 쿠르드인들을 누가 조직했는지 아나? 하미디에 연대라는 이름 아래 쿠르드인 수천 명을 무장시켰어. 쿠르드인 지주들에게 장군이라는 계급을 주기도 했지. 내가 자네들한테 말하고자 하는

---

58 역주- 사회민주주의 흔착당으로 알려진 아르메니아 정당으로 1887년 러시아의 영향을 받은 마르크시스트들이 제네바에서 창설함

게 바로 이거야. 교활한 저 인간의 전술. 모든 사람을 서로 싸우게 만들어 놓고 자신은 순진한 표정을 하고 옆에서 지켜보는 것 말이야. 불가리아 교회, 그리스 교회, 세르비아 교회는 몇 년째 서로 싸우고 있어. 왜 그럴까? 이들이 뭉치면 제국에 큰 위협이 되니까 그런 거야. 우리는 세상에서 가장 교활한 인간을 마주하고 있어, 제군들. 무슨 말을 해도 자네들은 믿지 말게."

군의관은 의아해하며 소령이 한 말을 받았다. "지금 하신 말씀은 황제에 대한 긍정적인 평가 같은데. 알고 계시죠? 반란을 진압하기 위해 민족 간 분열을 조장한 것이나, 제국을 수호하기 위해…."

그때 얇고 동그란 금속테 안경을 쓰고 콧수염을 기른, 한 청년이 그들에게 다가왔다.

"실례하겠습니다, 장교님들. 제가 바로 여러분 뒤에 앉아 있다 보니 고의는 아니나, 이야기를 듣게 되었습니다. 용서해 주시기 바랍니다."

"괜찮소." 사펫 소령이 작은 소리로 말했다.

"저는 반이라는 곳에서 사는 아르메니아인입니다. 제 이름은 아곱 데미르지얀입니다. 허락하신다면 한마디만 드리고 싶습니다." 청년은 자신을 소개했다.

"제 아버지가 할례를 받았습니다!"

"어떻게 그런 일이…." 니햣 대위가 말했다. "기독교인이 왜 할례를? 이 나라에서 모든 사람에게 종교의 자유가 있어. 기독교인이 할례를 받았다는 소리는 한 번도 들어 본 적이 없는데."

민족주의자 장교들은 아르메니아인들의 선동질이라고 여기고 인상을 찌푸렸다. 하지만 아곱은 애걸하듯 말했다. "장교님들, 잠깐만요. 간청드립니다, 제발 제 말을 들어 주세요. 아버지가 할례를 받으셨어요. 그것도 돌아가신 뒤에 말입니다."

장교들은 서로의 얼굴을 쳐다봤다. 청년이 한 말을 믿을 수 없어 하는 것 같았다.

"조금 전에 말씀하셨듯이 아르메니아인들과 무슬림들 사이에 큰 충돌이 있었습니다. 양쪽 합쳐서 수천 명이 목숨을 잃었어요. 제 아버지도 사손에서 목숨을 잃은 사람 중 한 명입니다. 어머니가 그러시더군요, 광장에 있던 시신 수백 구 중에서 살해당한 아버지를 찾았다고 말입니다. 아버지의 바지가 벗겨져 있었다고 하셨어요. 어머니는… 죄송합니다… 아버지가 할례를 당한 걸 보신 거죠. '세상에나!'라며 소리치셨나 봐요. '이 사람이 내 남편 키르코르야. 그런데 어제 기독교인이던 사람이 오늘 무슬림이 되다니!'라고 말입니다."

청년의 이야기에 장교들은 귀를 기울였다. 장교들은 그 청년이 앉을 수 있게 자리를 권했다. "아곱 씨, 그게 어떻게 된 일이죠?"

"좀 전에 말씀하신 그 사람 때문입니다." 아곱은 목소리를 낮춰 속삭이듯이 말하면서도 겁에 질린듯한 눈으로 주변을 둘러봤다.

"황제 말인가? 그랑 무슨 상관이 있다고?" 장교들이 물었다.

아곱은 다시 속삭이듯 대답했다. "유럽 강대국들이 기독교인과 무슬림 사이에 발생한 충돌을 확인하기 위해 사람들을 보냈답니다. 사망자 중에 누가 무슬림이고 누가 기독교인인지 구분하기 위해 할례를 받았는지로 확인했던 것이지요. 할례 여부로 양측 희생자를 집계한 겁니다. 아르메니아인 사망자가 늘 무슬림보다 많았답니다. 그래서 사망한 사람을 군인들이 할례를 한 것이죠. 그리고 그 사망자들을 무슬림으로 집계한 겁니다. 사손에서 벌어진 충돌 이후에 일리야스라는 할례 전문가를 불러서는 오백 명의 아르메니아인 시신을 할례 시킨 겁니다. 불쌍한 저희 아버지 키르코르 데미르지얀도 할례를 받은 채로 저세상으로 가셨습니다."

이 정도까지 계략을 꾸몄다는 걸 듣고 장교들은 경악했다. 황제라는 자는 믿을 수 없는 정치가였다. 악마에게도 신발을 거꾸로 신겨줄 사람이었다. 군의관은 그날 직접 보고 진찰을 했고, 자신에게 담배를 권한 비참한 몰골의 황제가 그런 짓을 했다는 게 도무지 믿기지 않았다. 하지만 그는 온 세상을 손가락 하나로 움직였던 오스만 제국 황제였다. 잔혹하기 그지없었지만, 똑똑하고 교활하며 계산적인 사람이었다.

"어이가 없네, 도무지 믿을 수가 없군." 사펫 소령이 말했다.

한동안 자제하고 있던 니핫 대위가 분노에 찬 얼굴로 아곱을 향해 소리쳤다. "이봐! 너 비밀 조직원이야? 타쉬낙, 흔착… 그런 조직과 관련이 있는 거야?"

아곱의 목소리는 떨렸다. "아닙니다, 대위님. 제 집은 이스탄불에 있고 테살로니키에서 담배를 사서 이스탄불에서 팔고 있습니다. 저는 상인일 뿐입니다."

니핫 대위는 한동안 아곱의 얼굴을 유심히 바라보면서 침묵했다. 매우 긴장된 분위기였다. 잠시 뒤, 다시 다그쳤다. "이것 봐! 이스탄불에서 있었던 오스만르 은행 점거 사건에 가담한 적 있지?"

"아… 아닙니다, 대위님."

"똑바로 말해!"

"정말입니다, 대위님."

"좋아, 그럼 아르메니아인들의 바브 알리 시위[59]에는?"

"천만에요, 가담한 적이 없습니다. 저는 그런 일과는 아무 관련이 없습니다."

"그러니까 어떤 사건에도 가담한 적이 없다는 말이지?"

"예, 대위님. 가족을 먹여 살리려고 장사하는 상인일 뿐입니다."

"그런데 자네 아버지는 반란에 가담했잖아." 니핫 대위가 말했다.

약간 당황한 아곱은 "아… 예…." 작은 소리로 중얼거렸다. "그렇지만 저는 오랫동안 고향을 떠나 있었습니다."

니핫이 갑자기 테이블 위로 몸을 내밀더니 아곱의 멱살을 잡고 소리쳤다. "거짓말하고 있어! 넌 아르메니아 비밀 조직원이야. 네가 한 말은 전부 거짓이고, 모략이야! 할례를 했다고? 그것도 오백 명이나? 좋아, 그럼 피는? 그 많은 피는 어떻게 숨겼단 말이야?"

목소리가 높아지자 클럽에 있던 모두가 숨을 죽이고 그들을 바라봤다. 종업원들은 자리에서 꼼짝하지 않았고, 식기들이 부딪치는 소리도 들리지 않았다.

군의관은 화가나 부르르 떨면서 권총을 잡으려는 니핫을 발견하고는 자리에서 벌떡 일어났다. 그리고 니핫의 손을 잡아 아곱 멱살에서 떼어냈다. "미안하네." 군의관은 당황한 청년에게 사과하고는 클럽 밖으로 데리고 나갔다. 말을 나눌 새도 없이 청년은 바로 사라졌다.

군의관이 다시 자리로 돌아왔을 때 니핫은 씩씩거리며 담배를 피

---

59 역주- 1894년 사손을 비롯한 여러 곳에서 아르메니아인에 대한 공격이 벌어진 데에 항의하기 위해 당시의 총리실이었던 바브 알리 앞에서 일어난 시위

우고 있었고, 사펫 소령은 그를 진정시키고 있었다. 니핫은 군의관에게 따졌다. "자넨 왜 그 녀석을 보호하는 거야? 완전 거짓말이잖아. 우리 제국과 민족을 더럽히려고 했어."

"그걸 어떻게 알아? 몇 년 동안 끔찍한 사건을 겪어 봤잖아. 양쪽 모두 수천 명의 사람이 목숨을 잃지 않았어? 전쟁이었어, 서로 죽이려 했잖아."

"그래, 많은 사람이 죽었지! 하지만 저건 말도 안 되는 소리잖아. 봐, 피는 어디로 갔냐고 물으니까 입을 닫고 대답을 못 하잖아. 완전 거짓말이야. 할례를 했다면 전부 피로 물들었어야 하는 거 아냐?"

"자, 오늘 밤은 좋게 끝내자고. 모두 많이 흥분했어. 내일 또 이야기하자." 군의관은 맥주잔을 들고 건배를 제안했다.

적당한 취기가 오른 장교들은 클럽에서 나와서 각자 갈 길로 흩어졌다. 이렇게 해서 조금 찝찝하긴 했지만 '무사히' 술자리를 끝낼 수 있었다. 군의관은 당장이라도 집으로 가고 싶었다. 매일 밤 그랬듯 써야 할 편지가 있었다. 오늘 겪었던 일을 멜라핫 양에게 이야기해 줄 생각이었다. 고요한 밤길을 걸으며 군의관은 중얼거렸다. "사망시간에 달린 거야, 니핫. 사망하고 어느 정도 시간이 지나면 시체에서 출혈은 없어. 게다가 시체들은 어차피 피로 물들었을 테고." 군의관은 이런 의학적 사실을 니핫에게 설명하면서 유혈사태로 번진 아르메니아인과 무슬림 사이의 문제를 다시 입에 담고 싶은 마음은 없었다. 어쨌건 결론은 모두 오스만 제국 백성이라는 것이었다.

갑자기 유명해진 군의관과
그가 감춰 둔 메모들

전혀 의도치 않았는데도 군의관은 테살로니키에서 가장 유명한 사람이 되어 있었다. 늘 지나다니던 길과 광장에서 군의관이 보이기라도 하면 사람들은 하던 이야기를 멈췄다. 궁금증이 가득한 눈빛으로 군의관을 바라봤지만, 누구도 곁으로 다가갈 용기를 내지 못했다. 마치 군의관 주위로 유리 벽이 쳐져 있는 것 같았다. 테살로니키로 유배 온 폐위된 황제는 남녀노소 모두에게 가장 큰 관심사였다. 모든 테살로니키 시민의 심장 박동 수는 늘었고, 표정에는 지울 수 없는 당혹감이 자리했다. 모두 똑같은 꿈을 꾸고 있는 듯했다. 황제가 유배 중인 저택 근처는 누구도 접근할 수 없었다. 하지만 유일하게 군의관만은 황제를 매일 만나면서도 평범하게 시민들과 함께 어울려 생활했다. 상황이 이렇다 보니, 사람들 사이에서 그는 올림포스산 신들 세계를 드나드는 인간이나 다름없었다. 하지만 현실은 올림포스 클럽이나 드나드는 정도였다. 그는 병원에서 계속 일했고, 매일 밤 멜라핫 양에게 정성을 다해 부치지 못하는 편지를 썼다. 그리고 동료 장교들과 자주 만났다. 이런 일상에 두 가지 일이 더해졌다. 알라티니 저택을 방문하는 것과 매일 저녁 쓰는 편지 외에 제약회사에서 나눠 준 작은 메모지에 깨알 같은 글씨로 저택에서 보고 들은 것들을 메모하는 것이었다. 그는 황제와 나눈 대화를 기록했다. 이 기록이 나중에 세상에 알려질지는 알 수 없지만, 후세를 위해 기록으로 남겨야 한다고 생각했다. 누군가와 대화가 필요했던 황제는 황당한 이야기를 늘어놓았고 앞으로 얼마나 더 황당한 이야기를 할지 알 수 없었다. 하지만 이 메모에 관해서는 누구에게도 말해서는 안 됐다. 그뿐만 아니라, 아무도 찾지 못할 곳에 숨겨 두는 게 현명한 행동이었다. 황제가 외부와 연락하거나, 소식을 전하고 받는 건 허용되지 않았다. 새 조정이 알게 되면 고등재판소에 회부시킬 수도 있었다. 황제의 동생 레샤드—그 이름이 33년 동안 금지되었던—가 메흐메드 레샤드 5세라는 이름으로 황제에 즉위했다. 새로 태어난 사내아이에게 레샤드라는 이름을 지어 줄 수는 있었지만, 세상이 알다시피 레샤드는 군부 손에 놀아나는 꼭두각시였다. 반란 세력인 연합진보위원회 수뇌부가 전권을 쥐고 있었다. 군의관은 테살로니키에서 이스탄불로 갔던 연합진보위원회 우두머리들을 알고 있었다. 그리고 그들이 얼마나 거친 군인인지도 알았다. 그들이 집권하는 동안 옛 황제만큼 피를 흘리더라도 전혀 놀랄 만한 일이 아니었다. '병든 제국'은 수술을 받아야 했고, 피를 흘리지 않고 수술할 수는 없는 일이었다.

군의관은 바이엘 제약사 메모지에 깨알 같은 글씨로 기도문을 쓰듯 메모를 했다. 그 순간에도 소름이 돋았다. 마치 누군가로부터 감시당하고 있다는 느낌이 들어 계속 주위와 창밖 길거리를 주시했다. 현재 상황에서는 옛 황제 이름을 들먹이는 것조차도 큰 위험을 감수해야 하는 일이었다. 군의관은 메모지 첫 장에 이렇게 기록했다. '폐위된 황제 압둘하미드의 발언.'

글의 형식에도 주의하며 썼다. '폭정의 시대도 막을 내렸는데 내가 왜 이런 걱정을 하지?' 자유를 찾았고, 폭군을 쫓아내지 않았는가? 그랬다, 시대가 완전히 바뀌었다. 하지만 마음속에서는 바뀐 세상에서 더욱더 조심할 필요가 있다고 말하고 있었다. 옛 황제는 자기 뜻에 반하는 자들을 유배 보내는 게 전부였다. 그렇지만 새로운 집권한 자들은 바로 처형했다. 테살로니키에서는 사람들이 다 보는 앞에서 그런 일들이 벌어졌다. 솀시 장군[60]이 우체국 앞에서 총에 맞게 되리라고는 상상도 하지 못했다.

---

60 역주- 압둘하미드 2세의 신뢰를 받던 오스만 제국 장군으로 연합진보위원회 소속 장교에 의해 피살됨(1846~1908)

지루해진 여자들 – 궁전의 오페라 공연 – 자주 임신하는 아름다운 세실리아 – 사라 베르나르 부인

저택은 휑하니 비어 있었고, 그들 외에는 아무도 없었다. 군인들 감시를 받고 있었고, 간혹 허락되는 경우를 제외하고는 덧창은 닫혀 있었다. 저택 내부는 어두침침했다. 궁전에서 생활할 때는 즐길 것들로 넘쳐났다. 오페라 공연, 신기한 동물들, 연못, 말을 탈 수 있는 숲이 있었다. 연회나 만찬도 자주 열렸다. 파리 주재 대사가 보낸 근사한 옷 선물 포장지를 뜯던 재미를 빼앗긴 황실 가족들은 지루해서 미칠 지경이었다. 이젠 그 단계를 넘어, 히스테리 증상마저 보이기 시작했다. 아버지가 불편할까 봐 공주들은 음악 소리 외에는 어떤 소음도 내지 않으려고 조심했다. 하지만 지루함은 한시라도 빨리 해결해야 할 문제였다. 그렇지 않으면 가택연금을 더는 견디지 못할 것 같았다. 역시 지루함을 못 이기고 있던 황제의 아내들은 어린 공주들에게 뭘 해 줘야 할지 해결책을 찾지 못했다. 공주들은 종종 피아노로 오스만 전통 음악이나 유럽풍 음악, 론도, 베네치아 뱃노래, 왈츠 등을 연주했다. 하지만 이런 음악들로도 지루함을 달래기엔 충분치 않았다. 게다가 양쪽 끝에 촛대가 달린 피아노는 조율이 제대로 되어 있지 않아서 짜증스럽기까지 했다.

그런 지루함을 느끼던 어느 날 오후, 위층에서 있던 샤디예 부인은 놀이 하나를 제안했다. 궁전의 방과 홀, 욕실이 모두 몇 개인지 알아맞히는 놀이였다. 그녀가 제안한 놀이에 모두가, 특히나 아이셰 공주가 관심을 보였다. 그녀들에겐 오스만 제국이 바로 자신들이었다. 오스만이라는 이름은 제국이 아니라 자신이 속한 가문이었다. 누가 누구랑 결혼하고 싶어 하는지, 어떤 왕자가 누구랑 사이가 좋지 않은지, 수입이 얼마나 되는지, 누가 누구와 사랑에 빠졌는지, 어느 왕자의 장래가 밝은지, 새로 태어난 식구는 누구인지, 누구 할례식이 더 성대했는지, 누가 귀금속을 더 많이 가졌는지 같은 이야기들이 그녀들의 대화 주제였다. 파리에서 가져온 옷, 모피, 옷감, 귀걸이, 목걸이, 브로치, 화장품, 향수 같은 것들이 중요했다. 자기 자신이 그 누구보다, 그 어느 것보다 중요했던 황실에서는 그런 사치품이 전부라고 할 수 있었다. 외부와 철저히 단절된 황실의 삶을 그런 것들이 채웠다.

"돌마바흐체 궁전부터 시작하면 되겠습니까?" 아이셰 공주가 물었다.

"안될 게 뭐 있겠니. 그럼 아이셰 공주부터 시작해 보자." 나지예 부인이 대답했다.

아이셰 공주는 화려하게 장식된 높은 천장을 올려다보며 한동안 기억을 되살렸다. "먼저 방이 몇 개인지 말해 볼까 합니다. 돌마바흐체 궁전에 이백여든다섯 개의 방이 있어요. 홀은 모두 마흔네 개. 게다가 여섯 개의 목욕탕과 예순여덟 개의 세면장이 있습니다."

아이셰 공주의 엄마인 뮤쉬피카 부인은 딸을 칭찬했다. "브라보! 그 많은 걸 어떻게 다 기억하고 있니? 놀랍구나, 정말."

샤디에 부인은 다시 질문했다. "그래, 그럼 천장 장식을 위해 몇 톤이나 되는 금을 사용했을까?"

"십사 톤입니다." 아이셰 공주는 이번에도 칭찬을 받았다.

레피아 부인은 누구도 알 수 없으리라 생각한 질문을 던졌다. "큰 연회장에 있는 샹들리에에는 모두 몇 개의 전구가 있을까?" 이번에도 아이셰 공주는 정답을 말했다. "칠백쉰 개의 전구가 있습니다. 빅토리아 여왕께서 샹들리에를 선물하셨습니다. 무게는 사 톤이고 세계에서 가장 큰 샹들리에입니다."

"대단하구나, 아이셰 공주. 궁전에 대해서는 모르는 게 없구나." 파트마 페센드 부인도 칭찬을 아끼지 않았다.

아이셰 공주는 미소를 지으며 감사하다는 의미로 고개를 숙였다. 자기 주머니에 언제 넣어 두었는지 기억도 나지 않지만, 궁전에서 정신없이 떠나올 때 주머니 속에 들어 있던 잡지 한 페이지를 할 일 없을 때 읽고 또 읽었다는 말은 하지 않았다. 게다가 돌마바흐체 궁전에 관한 기사를 실은 프랑스 잡지 한 페이지에 '돌마바흐체 궁전만으로도 빚에 허덕이는 오스만 제국 재정을 파탄으로 몰아넣을 만하다.' 라는 내용이 있었다는 것도 입 밖으로 내지 않았다. 이 페이지는 궁전으로 보내기 전 세관 검열에서 잘려 나간 것 중 하나였다. 외국에서 들어오는 잡지와 책, 신문은 검열을 거쳤다. 모든 세관 직원은 개인의 판단에 따라 페이지를 잘라 버릴 수 있는 권한이 있었다. 황제의 생각에 반하거나 의심이 가는 모든 페이지는 삭제된 뒤에 통관되었다. 아이셰 공주는 검열에 걸린 페이지들을 찾아서 읽어 보는 버릇이 있었다. 외국에서 들어온 '열역학 법칙'이라는 책은 책 전체가 통관 불허 판정을 받았다. 세관 직원이 역학이라는 '다이내믹'을 '다이너마이트'로 잘못 읽은 결과였다. 아이셰 공주는 책을 검열하는 이유를 도무지 이해할 수 없었다.

사실 검열 문제는 황제의 사랑을 한몸에 받고 있던 아이셰 공주가 상상하는 것 이상이었다. 황제는 끊임없이 언론에 간섭했다. 마음에 들지 않는 사람은 신문에 나올 수도 없었고, 기자들을 해고하거나 유배 또는 감옥에 가두는 걸 주저하지 않았다. 하지만 늘 자신을 칭송하던 '사바흐'[61] 같은 신문에는 포상으로 많은 황금을 하사했다. 게다가 신문사 주식을 매입해서 자신에 대한 비판 보도를 사전에 완전히 차단했다. 여기서 그친 것이 아니라, 외국 신문들도 자신에게 불리한 보도를 하지 못하게 꽤 많은 돈을 들였다. 빈에 있던 '코레스폰단스'와 파리의 '오리엔트'라는 이름의 신문을 폐간시키기도 했다.

여기저기 들리는 포성과 함께 테살로니키에서 들이닥친 대응군에 친위대는 항복했다. 사람들은 사방으로 정신없이 뛰어다녔고, 동물들은 난리 통에 겁먹고 뛰쳐나가려 몸부림치며 울부짖다가 창살을 뚫고 도망쳤다. 그 와중에 주머니에 있던 잡지 한 페이지는 가족

61 원작자주- 튀르키예 언론 역사상 '사바흐'라는 이름으로 발행된 첫 신문으로, 1875년 그리스계 터키인 제본업자 파파도풀로스가 발간함.

들, 시녀들과 함께 궁 밖으로 강제로 끌려 나오다시피 나와 마차에 오르면서 아이셰 공주가 돌아보았던, 꿈이 아니면 다시는 볼 수 없을 '집'과 관련된 유일한 추억이었다. 점점 가까워지는 반란군의 포성에 야경꾼, 문지기, 시종, 정원사, 창고지기, 요리사, 하렘장, 전령, 그 밖의 신하들은 들꿩 새끼들처럼 혼비백산했다. 황궁 수비를 맡은 제2군 소속 친위대는 무기고와 탄약고를 열어 궁을 사수하려는 준비가 한창이었다. 하지만 황제가 "무기고를 닫아라, 단 한 발도 쏴서는 안 된다. 무슬림의 피가 뿌려지는 일은 없어야 한다."라고 명령하는 바람에 친위대는 반란군에 항복하고 말았다.

이을드즈 궁전은 건물이 아니라 도시였다. 사원, 파출소, 은행, 병원, 우체국, 박물관, 약국, 경비 연대, 오페라 극장, 연극 극장, 유리 공장, 목공소, 동물원이 있는 수천 명의 인구가 사는 도시였다. 매주 금요일이면 황제는 순금으로 장식된 마차를 타고 기마병과 보병 호위를 받으며 자신의 이름을 딴 하미디예 사원에서 예배를 보았다. 그날이 되면 이스탄불 백성들은 흥분에 휩싸였다. 멀리서라도 황제 얼굴을 보려고 목말을 타기도 했다. 그런 금요예배 행차 중 어느 날, 황제를 폭탄으로 날려 버리려는 시도가 있었다. 스물여섯 명이나 되는 무고한 사람들과 명마 여러 마리가 산산조각이 났지만, 황제는 무사했다. 그 순간 그는 너무나 대담하고 용기 있게 생사가 오가는 난리통을 뚫고 직접 채찍을 들고 마차를 몰았다. 공주가 너무나 사랑하는 아버지 황제는 자신이 무사하다는 걸 과시했고, 누구도 자신을 쉽게 무너트릴 수 없을 것이라는 걸 만천하에 드러내며 궁전으로 돌아왔다. 이 사건이 있고 얼마 뒤, 황제는 아이셰 공주를 불러 검열, 첩보

수집, 유배 그리고 수많은 대비책이 왜 필요한지 설명했다. "제국 안팎으로 너무나 많은 적이 있단다. 매일 어떤 암살 음모가 밝혀지는지 공주 네가 안다면 놀랄 것이다. 만약 내가 수많은 비밀경찰을 심어 놓지 않았더라면 날 백 번도 더 죽이지 않았겠느냐? 궁전 하수구를 통해 잠입하려 했던 암살자들, 축일 인사차 와서는 내 의자 팔걸이에 독을 칠하려 했던 자들, 백성들이 반란을 일으키도록 부추긴 자들까지. 그래서 검열은 필수란다. 유럽 언론은 우리를 패망시키려는 국가들이 떠드는 중상모략만 보도한단다. 우리 내부에 있는 반역자들은 그걸 그대로 추종하고 말이야. 유럽이 던진 자유라는 미끼를 덥석 문 것이지. 강대국들이 유일하게 원하는 건 이 거대한 제국을 무너트리고 자기들끼리 나눠 갖는 것이란다. 공주, 이제 알겠느냐? 내가 살아 있는 한 제국의 몰락과 분할을 절대 용납하지 않을 것이라는 걸 그들도 알고 있단다. 그래서 우리 모두가 위험한 것이란다. 두 눈을 크게 뜨고 있어야만 해."

아이셰 공주는 알라신 외에 그 누구에게도 의중을 설명할 필요가 없는 황제께서 특별히 이런 말을 해 준 것에 감동했다. 공주는 방으로 돌아가서 한참 동안 눈물을 흘렸다. 그녀는 이토록 선하고 자비가 넘치는 황제를 암살하려는 자들에게 저주를 퍼부었다. 그리고 아침이 될 때까지 아버지의 건강을 위해 그리고 전능한 알라신의 이름으로 적들을 없애 버릴 수 있기를 기도로 간청했다.

자비로운 아버지는 유럽 잡지 표지 속에서 손에 피를 묻힌 살인자로 그려졌다. 하지만 그 잡지는 콩고에서 수십만 명의 손을 자른 뒤, 그중 수천 개나 브뤼셀로 가져온 레오폴드 2세에게는 야만인이라고 하지 않았다. 유럽인들은 위선자였다. 아버지야말로 공정한 분이었다.

저택에서 지루해진 여자들은 곧 새로운 재밋거리를 찾았다. 궁전 오페라 극장에서 관람한 적이 있는 이탈리아 오페라 작품 중에서 몇 장면을 직접 연기해 보기로 했다. 피아노 연주에 맞춰 베르디 오페라 중에서 아리아를 불렀다. 볼품없는 옷을 입은 채 마음이 아플 정도로 우스꽝스러운 모습으로 화려한 오페라 아리아 장면을 흉내 냈다. 하지만 이것만으로도 공주들에겐 재밋거리로 충분했다.

이젠 꿈에서나 볼 수 있는 궁전에서 황제는 매일 잠자리에 들기 전, 침대 발아래 커튼 뒤에서 소설책을 읽도록 신하들에게 명했다. 가끔 잠이 오지 않는 밤이면 손뼉을 치며 "오페라!" 하고 외쳤다. 그 한마디에 이탈리아 남녀 배우들에게는 분장을 마치고 무대에 서기까지 30분이라는 시간이 주어졌다. 무슨 이유에서인지 그들에게 장군, 소령, 대령 같은 장교 계급이 내려졌다. 궁전 극장 책임자는 나폴리 출신으로 성대모사가 뛰어난 아르투로 스트라볼로였다. 그는 부모님과 배우였던 아내, 형제, 친척들과 함께 이스탄불로 이주해 와서 황제의 신하가 되었다. 황제가 같은 작품을 반복해 보는 것을 싫어했기에, 스트라볼로는 유럽에서 공연되는 새로운 작품을 보고 와서 황제를 위해 무대에 올리는 것이 주요 임무 중 하나였다.

배우들은 군에 소속되었다. 그들은 자신에게 내려진 계급에 따라 군복을 착용해야 했다. 안젤로는 소위였다. 바이올리니스트 루이기는 대위, 바리톤 가에타노는 대령, 재능이 뛰어난 테너 니콜라는 소령이었다. 한밤중에 황제가 오케스트라 지휘자인 아란다 장군에게

'가년무도회'를 연주하라 명령하면 30분 만에 그 곡은 연주되어야 했다. 가끔 낮에 황제가 오페라를 가족이나 외빈들과 함께 관람하기도 했지만, 밤에는 극장 박스석에서 혼자 관람했다. 만약 오페라 중에서 이해되지 않거나 논리적이지 못한 부분이 있으면 손짓으로 공연을 중단시켰다. 공연을 다시 시작하기 위해서는 상세하게 부연 설명을 해야 했다. 게다가 황제는 비극으로 끝나는 걸 좋아하지 않아서 〈라 트라비아타〉에서 〈일 트로바토레〉까지 모든 오페라 결말을 해피엔딩으로 바꿔야 했다. 예를 들면, 비올레타는 결말 부분에서 죽지 않고 행복하게 춤을 추었다.

당시 가장 유명한 프랑스 배우 사라 베르나르는 궁전 극장에서 공연하기 위해 이스탄불을 방문해 황제 앞에서 연기했다. "마담, 파리 공연 중 죽는 장면을 너무 실감 나게 연기하는 바람에 관객들이 정말로 죽은 줄 알고 놀랐다고 하던데 맞는 이야기인가요?" 황제가 그녀에게 물었다.

"그렇습니다, 황제 폐하. 들으신 이야기는 사실입니다. 오늘 밤 그 장면을 폐하께도 보여 드리겠습니다." 황제가 칭찬한 것으로 이해한 베르나르는 기뻤다.

죽는 장면을 금지했던 황제가 말했다. "아니, 그럴 필요 없소, 마담. 바로 그 장면을 실감 나지 않게 연기하든지, 가능하다면 그 부분을 완전히 빼 달라든지 하고 싶소만."

황제가 가장 좋아하는 배우는 아르투로의 아름다운 아내 세실리아였다. 그녀를 모든 작품에서 주연으로 보고 싶어 했다. 하지만 신체 변화로 주연 역할이 불가능한 때엔 변장을 시키거나 대신 연기하는 배우가 큰 가면으로 얼굴을 가렸다. 아니면 세실리아와 비슷하게 화장하거나 조명을 줄이는 등의 온갖 방법을 동원해야 했다. 세실리아는 잦은 임신으로 배가 불러 있었고, 그 배로는 세실리아가 맡았던 젊은 처녀 역할은 어울리지 않았다. 그녀는 아이를 출산할 때까지 무대에 서지 못했다. 그래도 이런 노력이 헛되지 않아 이탈리아 배우들은 출연료를 많이 받았고 호화로운 생활을 했다. 극단 단장인 아르투로는 이스탄불에서 최초로 자동차를 소유할 수 있는 특권을 누렸다. 아나톨리아 반도 모든 백성이 이슬람 세계 수호자인 칼리프가 만수무강하기를 기도할 때, 정작 그는 유럽 문화에 빠져 있었다. 터키풍 음악은 정신적으로 불쾌감을 주지만, 유럽풍 음악은 사람을 즐겁게 해 준다고 말하곤 했다. "이름만 터키풍이지 페르시아와 그리스에서 온 음악이다. 터키 음악은 북과 피리로만 이뤄져 있다."

황제는 오페라광이었다. 그렇지만 모순으로 가득 차 있던 사람이라 어떤 날은 공연 중간에 지겨움을 느끼기도 했다. 스트라볼로는 황제가 지겨워한다는 걸 감지한 순간, 공연을 중단하고 무대에 저글링이나 마술, 곡예 하는 자들을 올려 보내 흥을 돋울 줄도 알았다.

뱀의 손 – 셜록 홈스

– 번역실

“테살로니키 밤은 이스탄불 밤보다 길다네. 그렇지 않아도 밤에 잠을 못 이루는데, 여기서 더 심해졌어. 아침이 올 때까지 의자에 앉아 담배만 피우니 말이네.”

“이곳에는 궁전에서 즐기시던 여흥거리가 없지 않습니까, 그래서 그럴 겁니다.” 군의관이 대꾸했다. 목소리에는 비아냥거림과 복수심, 만족감이 묻어 있었다. “침실에는 수사 추리 소설을 읽어 주는 신하가 있고, 그게 지겨우면 오페라를 관람하셨다는 말이 나돌았습니다. 그게 사실이었습니까?”

“그랬지. 맞는 말이네. 그뿐만 아니라, 번역실도 만들었지. 나를 위해 밤낮으로 유럽에서 출간된 최신 작품들을 번역했다네.”

“셜록 홈스를 좋아하셨습니까?”

"사실 셜록 홈스보다 먼저 로캉볼을 더 좋아했었다네. 우리 군의관은 로캉볼에 대해서 들어본 적이 있는가? 피에르 퐁손[62]이라는 유명한 프랑스 작가가 있네. 로캉볼은 피에르 퐁손의 작품에 등장하는 대단한 주인공이지. 셜록보다는 로캉볼을 더 좋아했지만, 시간이 지나면서 그자한테 화가 나더군. 그래서 그만 읽기로 했지."

"누구한테 화가 나셨다는 말씀입니까? 작가입니까, 로캉볼입니까?"

"주인공한테 내가 왜 화가 나겠나, 당연히 작가지. 그자 작품이 새로 나오면 번역을 시켰고, 밤이면 이스멧이 침대 아래에서 낭독했지. 책 어느 부분에 '뱀의 손만큼이나 차가웠다.'라는 문장이 나오더군. 그래서 제대로 읽으라고 경고했지. 뱀한테 손이 있다니? 그런데 제대로 읽었다지 뭔가. 그래서 당장 번역가들을 궁으로 불러들였네. 밤중에 모두 모여서 왔더군. 잠도 덜 깬 채로 옷도 제대로 갖춰 입지 못하고 당황해하고 있는 모습이었지. 뱀의 손이라는 게 뭔지 번역가들에게 소리쳤네. '이따위 말도 안 되는 번역을 하다니, 전부 다 궁에서 나가거라.' 번역가들은 맹세코 제대로 번역했다고 하더군. '작가가 그렇게 썼습니다. 저희도 놀랐지만 그대로 번역했습니다' 혼란스러웠네. '좋다. 내가 조사해 보겠다. 만약 너희들의 말이 옳다면 궁에 남을 것이고 거짓이라면 그때 가서 보자. 먼저 그 책의 원본을 가져오너라.' 번역가들은 프랑스 원본 책을 가져와서 그 문장을 보여 주더군. 직접 읽고 확인해 보니 번역가들 말이 옳았어. 그자가 정말로

---

62 역주- 피에르 알렉시 퐁손 뒤 테라일(1829~1871). 미스터리와 모험 소설을 주로 창작한 프랑스 소설가

뱀의 손만큼이나 차가웠다고 써 놨더군.

엘 아베 레 망 오씨 후와드 크 쎌 뒨 쎄흐빵.Elle avait les mains aussi froides que celle d'un serpent.[63]

그렇게 놀란 눈으로 보지 말게 군의관, 우린 어릴 때 아랍어, 이란어와 함께 프랑스어 교육도 받았다네. 형 무라드만큼 자유롭게 구사하지는 못해도 프랑스어는 알지. 책만 있다면 여기서 프랑스어를 더 배워 볼 생각이네. 이쯤에서 저택에 어떤 책이나 신문도 넣어 주지 않는다는 걸 자네에게 말해야겠군. 종잇조각 한 장도 이곳으로 반입할 수 없다네. 혹시 자네가 뭔가 해 줄 수 있겠나? 난 책을 읽지 않고는 살 수가 없다네. 정 안된다면 프랑스어로 된 탐정 소설이라도 넣어 주라고 말해 주게.

내가 무슨 말을 하고 있었지? 이 실수 말고도 또 다른 말도 안 되는 문장을 발견했지.

뒨 망 일 르바 쏭 뿌와냐흐, 에 드 로트흐 일 뤼 디.D'une main il leva son poignard, et de l'autre il lui dit.[64]

내가 기억하고 있는 걸 보게. 저명한 프랑스 소설가가 이런 실수를 한다는 게 믿기지 않아서 읽고 또 읽었다네. 군의관, 자네 프랑스어를 할 줄 아는가? 그럼 이해했겠군. 이런 실수를 할 정도로 머리가 나쁜 작자가 쓴 글을 읽으며 시간 허비하고 싶지 않다고 생각했지. 그리고 다시는 그 작자가 쓴 책에 손도 대지 않았다네. 그 뒤로는 아서

63 역주- 그녀 손은 뱀의 손처럼 차가웠다.

64 원작자주- 프랑스어, '한 손으로 단검을 쳐들었고, 다른 손으로 그에게 말하기를'

라는 영국인이 쓴 셜록이라는 소설에 관심이 가더군. 그가 쓴 모든 소설을 번역하게 했지. 이 영국 작가는 이스탄불에 왔고 나와 만나고 싶어 했지만, 라마단 기간이라 시간이 없어서 만나지는 못했다네. 작가에게는 메지디예 훈장을, 그의 부인에게는 셰프캇 훈장을 보냈네.

난 어릴 때부터 불면증이 있었다네. 이런 소설들을 읽는 동안은 고민에서 벗어날 수 있었지. 내가 그 탐정이라고 생각하고 사건을 주인공보다 먼저 해결하려고도 했었네. 어떤 경우에는 내가 먼저 해결하기도 했었고 말이야.

자네 머리를 복잡하게 만들었구먼. 이제 이런 이야기는 그만두고 군의관 자네에게 뭐 하나 물어보겠네. 내 청을 거절하지 말고 대답해주게. 이렇게 부탁하네. 동생 레샤드가 권좌를 차지했고 황제가 되었다는 건 알고 있네. 알라신이시여, 황제가 장수할 수 있도록 보살피시고, 황제 자리에 계속 머물 수 있도록 해 주소서! 그런데 말일세, 조정을 누가 구성했는지는 내가 모른다네. 지금 어떤 대신들로 조정에 있으며 총리 대신은 누군가? 순식간에 나는 아무것도 모르는 사람이 되어 버렸다네. 자비를 베풀게나. 총리 대신이 누구며, 대신들은 누군가? 발칸반도 사태는 어떻게 되었나? 제발 말해 주게. 구석진 곳에서 기도나 올리는 가련한 노인일 뿐이네. 내가 누구를 해치기라도 하겠나? 부탁하네."

우울증 – 카프카스 출신 부인의 가엾은 아들 – 저택 정원에 나타난 암소들

날이 가고 밤이 지날수록 목을 조여 오는 집요한 뱀처럼 마음속 근심은 켜져 갔다. 황제는 다른 생각에 집중하려고 발버둥 쳤다. 그에겐 마음을 편안하게 해 주는 기억들이 있었다. 예를 들면, 젊은 시절 관심이 많았던 사냥, 승마, 활쏘기, 수영, 달리기가 그것이었다. 그런 기억을 떠올리며 위안을 받고, 미래에 대한 희망을 품고 싶었다. 지금은 늙고 망가져 버린 육신이지만, 한때 장거리 뜀박질과 해협에서 노 젓기, 승마에 가진 열정을 몸은 기억하고 있었다. 미국 대사 테렐이 텍사스에서 제작한 말안장을 선물한 적이 있었다. 콜트사에서 특별히 제작한 총과 함께 도착한 이 선물은 미국 잡지에도 소개됐다.

"옛날이 좋았지." 황제는 탄식 섞인 말을 내뱉었다. 음모와 반역, 온갖 문제와 생명의 위협 속에서 지내 온 수십 년에 대한 대가치고는 너무나 어처구니없었다. 테살로니키에 있던 반란군이 갑자기 그리고 소리 없이 쏜 총에 속수무책으로 당하고 말았다. 이 상처에는 약이 없었다. '어떻게 이런 일들이 벌어진 거야.' 그는 자문했고, 이번에도 이런 일이 벌어진 건 완벽하게 통제하지 못했기 때문이라고 생각했다. 연합진보위원회라는 새끼 뱀이 이토록 커 버린 걸 왜 보지 못했을까? 테살로니키에 있던 비밀경찰들도 나를 속인 것일까? 이제 이런 생각은 아무 소용이 없었다. 일은 벌써 벌어졌고, 권좌도 왕관도 바닥에 나뒹굴고 난 뒤였다. 총상이 남긴 열기가 사라지면 더 큰 고통이 찾아오듯, 유배 첫날을 보내고 난 뒤 절망과 함께 어린 시절부터 늘 따라다닌 우울증이 그를 휘감았다. 아들에게 병이라도 옮길까 봐 품에도 품지 못하고 멀리서 보기만 하던 어머니에 대한 기억을 평생 지울 수 없었다. 어머니 얼굴은 여위었고 눈빛은 우수에 젖어 있었다. 지병과 고열, 신경쇠약으로 인해 얼굴은 늘 붉게 달아올랐다. 카프카스 산악지역 출신의 가엾은 여인을 그렇게 만든 건 결핵이었다.

야윈 어머니 얼굴에 자리한 두 눈과 그녀 이름에도 있는 것처럼 화살 같은 눈썹은 황제 기억 속에 평생 남았다. 춥고 초라했던 베이레르베이궁[65]의 수많은 홀 중 한 곳에는 어머니가 다른 한 곳에는 아들이 멀찌감치 거리를 두고 앉아야 했다. 어머니가, 아들을 품에 안고 싶어 한다는 걸 어린 압둘하미드도 느낄 수 있었다. 서로 대화하려면 목청껏 소리를 높여야 했다. 그들이 나누는 대화는 홀 안에서

65 역주- 1832년 지어졌으나 허물고 재건축을 통해 1864년 완공된, 아시아대륙 위스퀴다르에 있는 오스만 제국의 궁

메아리쳐 울렸다. 얼마 남지 않은 생을 살고 있던 젊은 이머니가 그 시절 해 주었던 가족 이야기, 동요, 이승과 저승 경계에 있다는 산 이야기 등은 평생 생생한 기억으로 남았다.

> 이스탄불의 장정 / 네 손에 있구나, 철필이 / 코란을 읽고, 글을 쓰고 / 난 학생이 될 거야. 아들아, 자 너도 나랑 같이 한 번 외워 보자꾸나…. 이스탄불의 장정, 어서 나랑 같이 해 보자. 네 손에 있구나, 철필이….

그리고 떨어져서는 같이 놀아 줄 수 없는 슐레이만 코끼리 놀이를 그녀는 이리저리 규칙을 바꿔 가며 같이 해 보려 애썼다. 화장실이 급하다는 말을 하면 시녀들이 어머니 역할을 대신했다. 함께 있는 시간이 지나면 어머니는 맞은편 별궁으로 돌아갔다. 어머니가 가고 나면, 어린 압둘하미드는 차가운 방에 드리워진 그림자가 무서워 떨며 혼자 잠들었다.

불길하고 냉기만 가득한 베이레르베이궁에서 맞이한, 어머니 죽음은 기억에서 갈수록 희미해졌다. 어머니가 세상과 이별한 후, 건강한 엄마 밑에서 행복하게 자란 다른 왕자들 사이에서 어린 압둘하미드는 외톨이가 되었다. 종종 빈방과 장롱, 침대 밑에 숨어서 자신도 한시라도 빨리 죽었으면 했다.

어둡고 어두운 우울증의 늪에 빠진, 폐위당한 황제는 굽은 등이 더 도드라지게 보이는 팔걸이의자에 앉아 연달아 담배를 피워 댔다. 담배 연기가 방 안을 가득 채우는 동안 생각에 잠겼다. '어머니가 돌아가시지 않으셨다면 이 모든 일이 벌어지지 않았을 텐데, 반란조차도 말이야. 이 세상에서 가장 힘든 건 어머니 없이 자라는 거야.'

검정 올리브 같은 슬픈 눈동자에 양쪽 끝이 처지고 넓이 나간 것 같은 두 눈으로 문 뒤에 숨어서 또래 왕자들이 신나게 노는 모습을 지켜보던 어린 압둘하미드. 황제 나이 일흔 살, 아무리 발버둥 쳐도 그 모습은 눈앞에서 사라지지 않았다. 다들 이복형인 무라드에 관해서만 이야기했다. 무라드가 즐거워하는 모습, 무라드의 말 타는 자세, 무라드의 피아노 연주, 무라드가 작곡한 왈츠, 무라드의 프랑스어, 무라드의 검술, 무라드의 빼어난 용모. 오스만 가문의 별은 무라드였다. 평생 무라드와는 경쟁할 수도, 이길 수도 없었다. 황제 자리에 오를 순서도 형 무라드가 먼저였다. 그는 제국의 황태자였다. 그때만 해도 누가 생각이나 했을까? 무라드가 미쳐서 3개월 만에 권좌를 내려놓을 것이고, 압둘하미드에게 순서가 돌아오리라고. 생각지도 못한 순간에 찾아온 황제 자리는 순식간에 그를 하늘 위로 날아오르게 했다. 목숨을 담보로 한 절대 권력에 취한 채, 모두를 제치고 첫 번째 서열이 되는, 비교 불가한 행복감에 젖기에 충분했다. 티리 뮤즈간이라는 카프카스 출신의 불행한 여인이 세상에 남기고 간 아들이 오스만 가문의 우두머리가 되었고, 모든 경쟁자를 물리친 것이다. 만약 어머니가 살아 있었다면 '나디데 술탄'[66]이 됐을 것이다.

술이 형 무라드를 망쳐 놓은 걸 두 눈으로 직접 목격했다. 둘 다 왕자였던 시절, 무라드는 "자, 한 잔만 마시자."라며 동생 압둘하미드를 붙잡고 늘어졌다. "그럼 딱 한 잔만이야." 압둘하미드는 약속을 받았지만, 형은 두 번째 잔도 시켰고, 뒤이어 세 번째, 네 번째, 그다음 잔도 가져오게 했다. 압둘하미드가 "약속했잖아, 한 잔만 마실 거

66 역주- 오스만 제국 황제 어머니가 갖는 칭호, 황태후

랬잖아."라고 불평하자, 무라드는 웃으며 "코냑 한 잔이라고 했어. 약속은 지킨 거지. 두 번째 잔은 샤르트뢰즈[67]였어. 세 번째 잔은 아르마냑[68]."이라며 동생의 말문을 막았다. 압둘하미드는 한 잔이면 충분했다. 많이 마시지 못했다. 하루는 무라드 형이 술에 왜 그렇게 빠져 있는지 알아보려고 마슬락에 있는 저택에서 미친 듯이 술을 마셔 보았다. 몇 병을 비우자 처음에는 머리가 가벼워졌다. 그리고 우울했던 마음이 따뜻한 온기로 채워지고, 슬픔에 빠져 있던 영혼에까지 번지는 낯선 유쾌함과 마치 하늘로 날아오르는 것 같은 황홀감이 느껴졌다. 그런 느낌이 좋았다. 하지만 다음 날 심한 구토와 경련으로—황제 자신의 표현으로 슬슬 기다시피 했던—일탈에 대한 대가를 치르자 신중한 성격을 가진 압둘하미드는 다시는 과음하지 않으려 애썼다. 긴장 해소를 위한 코냑이나 럼주 한 잔 정도로 그쳤다.

폐위된 황제는 과거에 대한 회상에서 현실로 돌아와 주변을 둘러봤다. 자신을 죽이지 않을 게 확실하다면 이 저택에서 벗어날 방법을 찾아야만 했다. 이 문제에 대한 묘안을 찾으려고 고민했지만, 연금된 상태로는 아무것도 할 수 없다는 결론에 이르렀다. 저택을 경비하는 부대 지휘관과 군의관 외에는 누구도 만날 수가 없었기에 외부로 소식이나 메모를 보낼 수도 없었다. 도움을 줄 수 있는 손길은 외부에서나 올 수 있었다. 아나톨리아 반도 무슬림 백성은 자신을 잘 따랐기에 조그만 기회라도 보이면 칼리프로 여기는 옛 황제를 다시 권좌에 앉힐 것이라 믿었다. 외국 정상 중에서는 독일 황제 빌헬름 2세가

67 역주- 그랑드 샤르트뢰즈 수도원에서 처음 주조된 고급 허브 리큐르

68 역주- 프랑스 아르마냑 지방에서 주조되는 브랜디

가장 친한 친구였다. 두 번이나 이스탄불에서 그를 맞이했고 극진히 대접한 적이 있었다. 독일 대사관 휴양소를 지을 수 있도록 타라비야[69]에 있는 가장 좋은 부지를 빌헬름 2세에게 선물까지 했다. 독일 황제도 그를 위해 이스탄불에 근사한 분수대를 만들어 답례했다. 빌헬름 2세는 이스탄불에 이어 예루살렘을 방문했다. 예루살렘에서는 말에서 내려 도보로 이동했고, 예루살렘 백성들은 그런 그의 행동에 찬사를 보냈다. 압둘하미드는 예루살렘에 교회를 지을 수 있도록 이번에도 부지를 제공해 유럽 국가들의 질투심을 자극했다. 빌헬름 2세가 어쩌면 지금 새로 들어선 조정에 압력을 행사하고 있을지도 모른다는 생각이 들었다. 옛 친구를 죽이지 못하게 막고 있을 수도 있는 일이었다. '인샬라 그게 맞을 거야.' 다시 황제 자리를 되찾겠다는 생각을 접고, 살아남을 수 있는 모든 희망을 독일 황제에게 걸었다. 친구는 자신을 잊지 않았을 것이라 믿었다. 독일인들은 사나이니까.

왕자로 태어났음에도—어쩌면 어머니 없이 자란 영향으로—어린 시절부터 머릿속을 파고들었던 생계에 대한 고민이 다시 시작됐다. 재물과 현금, 웬만한 국가 영토만 한 개인 소유 부동산 등 압둘하미드의 재산은 규모를 가늠할 수 없을 정도였다. 세상에서 가장 부유한 사람 중 한 명이었다. 그렇지만 새 조정은 이 모든 재산을 압류할 게 뻔했다. 이런 상황에서 유일하게 믿을 수 있는 건 외국에 있는 재산이었다. 얼마나 되는지도 알 수 없었다. 도이체 방크와 크레디 리오네 같은 외국 은행에 있는 금괴와 주식만 합해도 엄청난 금액이었다.

자신과 함께 테살로니키로 유배 온 세 공주의 정혼자들은 이스탄

---

69 역주- 이스탄불 동북쪽 유럽 대륙에 위치한 지역

불에 남았다. 아버지로서 딸들 혼례식도 치러 줘야 했고, 그들이 머물 저택도 지어 줘야 했다. 왕자들은 그다음 순서였다. 게다가 알라티니 저택에 있는 40명 가까이 되는 대가족을 돌봐야 할 책임도 있었다. 다행히도 황제는 늘 그랬던 것처럼, 만일의 사태를 대비했다. 모든 재산을 오스만 제국 내에 두지 않고 일부를 외국 은행에 맡겨 둔 것이었다. 그렇게 하지 않았더라면, 아무리 애걸을 해도 동생이 한 푼도 주지 않을 게 확실했다. 어쩌면 동생으로서는 당연한 일일지도 몰랐다. 동생 레샤드를 33년 동안 가택연금으로 문밖출입을 금지했으니. 이제 동생의 시대가 왔고 같은 방식으로 이번엔 자신이 당하고 있었다. 권좌에서 내려온 형 무라드도 오랜 세월 츠라안궁에 가뒀었다. 결국, 무라드는 그곳에서 생을 마감했다. 과거였다면 반드시 죽였어야 했다. 목숨을 살려 둔 것만으로도 형제들은 감사해야 할 일이라고 생각했다. 하지만 이젠 자신이 그 처지가 되었다. 동생의 자비와 시대에 대한 새로운 이해가 없었다면, 그는 벌써 땅속에 묻혔을 거고, 아들들도 살아남지 못했을 것이다.

덧창으로 막힌 창을 통해 스며들기 시작한 여명의 빛과 함께 아침 예배시간을 알리는 아잔 소리가 들려왔다. 테살로니키 사원 첨탑에서 도시 전체로 퍼져 나가는 아잔 소리에 황제는 평온을 되찾았다. 이제 세정의식을 하고 아침 예배를 올렸다. 예배 후 더욱더 마음이 안정됐다. "에셀라뮨 알레이쿰"[70] 그리고 "라흐메툴라흐"[71]라는 평화의 인사로 황제는 예배를 마쳤다. 그런데 이상한 일이 벌어졌다. 기

70 역주- '당신에게 평화가 깃들기를'이라는 뜻의 기도 문구이자 인사말

71 역주- '알라신의 은총이 있기를'이라는 뜻의 기도 문구

도용 깔개를 접어서 들어 올리던 순간, 정원에서 암소 울음소리가 들려왔고 황제는 소스라치게 놀랐다. 정원에 그 많은 군인이 있는데 암소가 어떻게? 군인 중 한 명이 소를 모는 소리를 내며 진정시키려 하고 있었다. '워 워, 쉬이 쉬이, 허이 허이' 하는 소리가 들렸다. 그런데 이상한 건 그 목소리가 궁전에서 소를 관장하던 사육사 메흐멧의 목소리와 비슷했다는 것이다. "이런 세상에."라는 소리가 황제 입에서 흘러나왔다. 덧창 사이로 밖을 살펴보려고 했지만, 그림자만 보일 뿐이었다. '암소 그림자인가?' 그때 밖에서 암소들 울음소리가 다시 들렸고, 수레바퀴가 삐거덕거리는 소리와 함께 사육사 목소리가 들려왔다. 이번에는 메흐멧 목소리인 걸 확신했다. 이유는 알 수 없어도 알라티니 저택 주변에 암소들이 와 있었고, 동물과 떨어져서 살 수 없는 황제의 마음속에 평화가 찾아왔다. 말과 소 냄새가 풍겨 오는 것만 같았다.

군의관의 분노 – 헤로인이라는 기적 – 여객선에 실린 폭발물 – 비밀조직에 가입했던 군의관

군의관은 '나쁜 자식'—자기식 표현으로—에게 매일 조금씩 더 분노를 느꼈다. 그날도 알라티니 저택을 나오면서 그동안 마음속에 쌓아 두었던 모든 분노를 쏟아냈다. '이 작자는 아직도 자기가 황제라고 생각하는가 보네. 프랑스어도 할 줄 알고, 이것도 알고, 저것도 알고, 모르는 게 없나 봐? 무슨 수업을 받았고, 뭘 배웠고. 어느 황제가 자기 친구면 뭐 어쩌라고… 되먹지 못한 자식!' 그는 텅 빈 도로를 달리는 지붕 없는 군용차에서 담배 연기를 내뿜은 뒤 자조 섞인 웃음을 지었다. '육백 년 역사의 황실 가문 출신에다 정복자 손자인 사람한테 되먹지 못한 자식이라고 했군.' 그리고는 자신이 내뱉은 말이 옳다는 듯 속으로 말했다. '하지만 정말 되먹지 못했어. 대단했던 자기 선조들을 닮은 구석이라곤 한 군데도 없어.'

황제가 대놓고 자기 자랑을 늘어놓는다고 군의관은 생각했다. 오랜 세월 자화자찬으로 살았던 사람이 혼자가 되다 보니 군의관 외에는 자기 자랑을 늘어놓을 사람이 아무도 없었다. 하물며 의학적 지식마저도 군의관보다 더 높다고 주장하고 나설 참이었다. 주장하고 나설 참이 아니라 실제로 더 뛰어나고 잘 안다고 했다. 감기약을 주면 황제는 내켜 하지 않았다. 그는 불에 달군 쇠로 지지는 무시무시한 방법 외에도, 체르케스 사람들로부터 배운 치료 약을 세상에서 가장 훌륭한 약이라고 거침없이 말했다. 버드나무 껍질을 으깨서 요구르트와 섞은 다음 온몸에 바르는 게 치료 방법이라는 것이다. 버드나무 껍질의 주요 성분이 살리실산이라는 게 기억나자 군의관은 조금 부끄러웠다. 불과 몇 년 전 독일 제약사 바이엘이 아스피린을 기적의 약이라고 의사들에게 소개한 적이 있었다. 독일 화학자 펠릭스 호프만이 이 약을 개발했지만, 솔직히 말하면 버드나무가 주재료였다. 아스피린도 대단한 약이지만, 군의관이 보기에는 바이엘이 이뤄 낸 진짜 기적은 헤로인이었다. 헤로인은 통증, 특히나 바닷가 날씨로 인해 허리가 굽고, 관절이 휘는 류머티즘 통증을 완전히 잠재웠다. 의사들은 환자에게 헤로인을 주저 없이 처방했고, 약국에서는 품귀 현상이 빚어졌다. 군의관도 환자에게 이 약을 처방했다. 통증이 심하다고 하면 황제나 가족들에게도 처방할 생각이었다. 그건 그렇다 치고, 프랑스어를 할 줄 아느냐고 질문한 건 솔직히 군의관을 무시한 행동이었다. 황제 앞에 있는 사람이 의사고, 자기 할아버지가 설립한 제국의 과대학[72]에서 공부했으며, 그 학교가 프랑스어로 교육한다는 걸 몰랐

72 역주- 1827년 이스탄불에 설립된 오스만 제국 최초의 의과대학. 현재 이스탄불 의과대학으로 명맥을 이어 오고 있음

단 말인가? 그의 할아버시 마흐무트 황제는 개교식 축사에서 이렇게 말했다. '이 대학에서는 프랑스어로 교육할 것이며, 의학은 프랑스어로 배워야 한다.' 동방은 의학 분야에서 낙후되어 있다고 단언하지 않았던가? 그래서 이슬람 신학교 학생들이 그를 '이교도 황제'라 부르지 않았나? 단지 이 때문에 '이교도 황제'가 된 건 아니었지만, 그가 비난받는 이유 중 하나인 것은 틀림없었다.

"위 싸 마제스떼 앙뻬히알, 위 따 따 따!Oui Sa Majesté Impériale, oui ta ta ta!"[73]

군의관은 혼잣말을 중얼거렸고 운전병은 당황했다. "당신 눈에는 내가 불쌍한 의사 나부랭이로 보이겠지. 그럼 알라신의 사람이라고 떠드는 넌 프랑스어로 '르 쉴땅 후즈'가 무슨 말인지 몰라? 정말 몰라?"

그리고 군의관은 혼자 웃었다. 황제를 이렇게까지 심각하게 생각할 필요도, 화를 낼 이유도 없었다. 어찌 되었건 이젠 불쌍하고 늙은 죄수에 불과했다. 군의관은 고개를 저으며 말했다. "껠 말뢰흐.Quelle malheur."[74] 그리고 한참 동안 프랑스어도 황제도 잊으려 했다. 병원에서는 불가리아, 세르비아, 그리스, 몬테네그로 게릴라들과 전투 중에 부상한 오스만 제국 군인들이 그를 기다리고 있었다. 황제라는 작자와 그 가족들을 보호하려고 고통을 감내해야만 하는 가엾은 사람들이 바로 그들이었다. 어떤 병사는 치료되겠지만, 다른 어떤 병사는

73 원작자주- "예 황제 폐하, 네, 네, 네!"

74 원작자주- "얼마나 큰 불행인가."

팔이나 다리가 잘려 나갈 것이다.

압둘하미드 자리에 동생이 즉위했다고 하더라도 황제가 제국을 좌지우지하던 시대는 막을 내렸고, 연합진보위원회가 제국의 운명을 쥐고 있다는 걸 군의관은 잘 알고 있었다.

봄이 되자, 나무들은 폭군 황제가 폐위된 걸 축하라도 하듯 온갖 색의 꽃을 피웠다. 마음속에 희망을 싹틔우고 정신을 혼미하게 하는 꽃향기가 온 도시에 가득했다. '인생은 아름다운 거야. 정말로 아름다워.' 이스탄불에서 태어나 그곳에서 자랐고 공부했지만, 자신은 테살로니키 사람이라고 생각했다. 다른 곳으로 발령이 나지 않는다면 평생 이 아름다운 도시에서 살 작정이었다. 사랑하는 여인과 재회한다면 그녀를 이 도시로 데려올 생각이었다. 이스탄불에는 여전히 압둘하미드의 어두운 그림자가 드리워져 있었다. 수많은 돔 지붕과 이슬람 사원, 궁전이 있는 오스만 제국 수도에는 쉽게 지워질 수 없는 고통스러운 기억들이 배어 있었다. 그에 비해 테살로니키는 여흥과 젊음, 술, 음악, 춤 그리고 반역이 존재하는 도시였다.

이 작자 때문에 이스탄불이라는 도시 절반이 나머지 절반을 고발하는 일이 벌어졌다. 마치 모든 이스탄불 백성들 얼굴에 반역이라는 그림자가 드리운 것 같았다. 가족 내에서도 서로를 감시했다. 기준을 따지지 않고 수여하는 훈장과 황금을 받아 챙기기 위해 온갖 모함을 서슴지 않았고, 무고한 사람들의 인생을 나락으로 몰아넣었다. 매일 수천 건이나 되는 고발이 접수되었고, 모든 고발 건에 조사가 들어갔다. 전부 심각한 사안으로 취급했고, 사실 여부를 제대로 조사하지도 않은 채 고발당한 사람에게 형벌이 가해졌다. 음모를 꾸미는 자를 응

징하는 가장 확실한 방법은 무고한 사람들이 피해를 보더라도 고발 당한 모두를 똑같은 죄인으로 취급하는 것이었다. 이런 방법으로 완벽한 치안을 유지해 나갔다.

어느 장군이 탄 마차가 도로에서 다른 마차와 충돌한 적이 있었다. 다른 마차에는 손님이 타고 있었는데, 황제의 동생 레샤드 왕자와 한 번 만난 적 있다는 사실이 밝혀졌다. 이 사고는 마부들 간의 과실로 일어난 문제였음에도 상대편 마부와 손님은 먼 유배길을 떠나야 했다.

한번은 이스탄불 아시아 대륙 쪽에서 궁전을 향해 불어오는 바람이 세균을 옮길 것이라는 첩보가 입수되었다. 황제는 며칠 동안 창문과 문을 완전히 폐쇄하고 열쇠 구멍을 솜으로 막을 것을 명했다. 그리고 문밖출입을 하지 않았다. 이런 첩보와 관련된 이야기 중 마르세유 항구를 출발해 이스탄불로 오고 있던 한 선박에 관한 이야기가 가장 해괴했다. 프랑스에서 보내온 첩보에 따르면, 프랑스 내 황제 반대파들이 황제를 암살하기 위해 호두 크기만 한 폭탄을 공장에서 특수 제작했다는 것이다. 상자에 담긴 이 폭탄들을 메사제리 메리타임이라는 선사가 보유한 니제르 호에 선적하였고, 이스탄불에서 하역할 예정이지만 여의치 않으면 흑해 삼순항에서 하역할 수도 있다는 내용이었다. 이 첩보는 궁을 발칵 뒤집어 놓았다. 황제가 이성을 잃을 만한 첩보였다. 이 음모를 저지하기 위해 곧바로 장군을 단장으로 하는 조사위원회가 구성되었다. 니제르 호는 마르세유 항을 떠나면서부터 감시를 받았다. 이 배가 이동하는 중에 입항 예정인 모든 항구에 관한 첩보가 들어왔다. 지중해에 있는 모든 오스만 제국 관할

항만 관리소에 전보로 명령이 쏟아졌다. 니제르 호에서 하역된 모든 화물을 철저하게 확인하라는 내용이었다. 니제르 호가 이스탄불 항에 도착했을 무렵, 항구 주변은 비밀경찰과 공무원, 소총수들에 의해 둘러싸여 있었다. 치외법권 조항 때문에 니제르 호에 승선해서 수색을 벌일 수는 없었다. 하지만 배에서 하역된 모든 화물은 샅샅이 조사했다. 이렇게 철저히 조사했는데도 폭탄 상자라고 할 만한 그 어떤 것도 발견되지 않았다. 폭탄을 삼순 항에서 하역할 것으로 확신한 조사위원회는 니제르 호에 승선해서 삼순 항까지 동행했다. 두 번째 첩보는 조끼 주머니에 들어갈 정도 크기인 작은 폭탄을 소형 보트에 실어 이스탄불로 옮긴 다음—알라신께서 보호하시길—황제 암살용으로 사용될 것이라는 내용이었다. 마침내 조사위원회는 암호 전보를 통해 암살에 쓰일 폭탄을 찾았다고 궁에 보고했다. 삼순에 사는 한 상인 앞으로 온 화물 운송장에 탄산이 기재되어 있었다. 그 상인은 즉시 체포되어 이스탄불로 이송되었고, 그 상자도 다른 배에 실어 이스탄불 해협이 보이는 곳까지 운반했다. 이스탄불 해협으로 진입하는 흑해 수역에 한동안 대기했다. 이스탄불 해협 내 크즈 쿨레시[75] 인근에 배를 정박시키라는 명령이 내려졌다. 이와 함께 제이틴부루누에 있는 공장에서 폭발물을 조사한 뒤 모두 바다에 폐기하라는 명령도 내려졌다. 공장에서 진행된 조사에서 '폭발물'은 탄산수 생산에 사용되는 탄산 캡슐이라는 결론이 났음에도 모두 바다에 폐기 처분했다. 황제도 이 소식을 듣고 안심할 수 있었다.

많은 사람 입에 오르내린 실제 사건 중 하나였다. 이스탄불은 더

---

75 역주- 기원전 408년부터 임시 정박 및 선박 통제 목적으로 사용된 감시탑

럽혀진 도시였다. 압둘하미드라는 악명은 도시와 사람들을 부패시켰다. '그 오랜 세월 억압받으며 살아온 백성들 속은 썩어 문드러지지 않았겠어.'라고 군의관은 생각했다. 학교 다닐 때부터 몰래 숨어서 읽던 테브픽 피크렛의 시가 떠올랐다. 매번 읽을 때마다 황제, 궁전, 돔 지붕, 황제의 금요예배 행차, 훈장, 황금 견장줄, 하렘장, 비밀경찰과 같은 것들을 또다시 증오하게 만드는 그 엄청난 시구가 생각났다.

숨겨라, 그래 숨겨라, 재난의 광경… 이제부턴 감춰라 도시여
감추어라 그리고 영원히 잠들어라, 아 거대한 매춘부여!

테살로니키는—반란을 지지하는 분위기를 제외하면—여름 해풍에 살랑거리는 치마를 입은 아름답고 자유로운 여자들로 넘쳐나는 유흥과 젊음이 가득한 도시였다. 황제 직속 부대 지휘관들은 겁 없는 결사대 손에 하나씩 죽어 나갔었다. 3년 전, 한 동료 장교가 무개차에서 검은 천으로 눈을 가린 다음, 낯선 마을에 있는 어느 집으로 군의관을 데려간 적이 있었다. 눈가리개를 벗자 희미한 불빛 아래 복면을 쓰고 있던 한 남자가 맞은편에 있었다. 복면을 쓴 남자는 군의관에게 '1877년 헌법을 다시 찾는 과업을 위해 목숨을 바칠 것'을 맹세하라고 했다. 코란과 단검에 각각 한 손을 올리고 맹세하게 했고, 맹세가 끝나자 그는 복면을 벗었다. 그리고 군의관에게 경례하며 말했다. "예니 오스만르라르 결사에 온 걸 환영하네, 형제여! 그 순간 군의관은 다시는 돌아올 수 없는 길로 들어섰다는 걸 느꼈다. 조국을 위해 목숨을 바치겠다는 결심을 하며 결코 잊을 수 없는 엄청난 전율이 이는 걸 온몸으로 느꼈다. 당시만 해도 절망 속에 남아 있던 작은

불씨에 지나지 않았다. 그 불씨가 큰 불길로 번져 독재자를 끌어내렸고, 철권 아래에서 신음하던 거대한 제국을 폭압에서 구해 냈다. 이제 제국이 서구를 지향하는 데 어떤 장애물도 남지 않았다. 테살로니키에서 출정했던 전우들, 엔베르, 니야지 같은 장군들은 먼저 오스만 제국 백성들을 하나로 뭉치게 할 것이다. 그리고 남녀 구분 없이 모두가 형제가 되는 세상이 곧 열릴 것이다. 오스만 제국은 독일, 프랑스, 영국과 같은 부유하고, 문명화된 그리고 산업화를 이룬 자유 국가가 될 것이다. 그것도 짧은 시간 내에. 군의관은 같은 세대 젊은이들 모두가 사랑하는 시구를 다시 암송했다.

이교도 세상을 여행하며 도시와 궁전을 보았네
이슬람 세상을 돌아다니며 온갖 파멸을 보았네

이상한 건 저택에 연금당한 황제조차도 그런 생각을 하고 있다는 것이었다. 바로 어제, 황제는 군의관에게 "안타깝게도 내 제국 영토에 사는 가장 뒤처진 백성들이 무슬림이라네. 기독교인들, 유대인들과 비교하면 읽고 쓸 줄 아는 사람 수가 너무 적어. 우리 글이 배우기 힘들기 때문인 게지."라고 하지 않았던가. 황제는 문자도 개혁해야 한다는 말을 했었다. 그가 자랑처럼 늘어놓은 또 다른 개혁은 시간 개념을 바꾼 것이었다. 제국에서 사용하는 시간 개념이 유럽과 통합에 장애가 된다는 결론을 내렸다고 했다. 백성들이 익숙한 시간 개념을 버리고 새로운 시간 개념에 어떻게 적응할 수 있을까에 대해 며칠을 고민했다고 고백했다. 시간 개념은 명령한다고 해결될 일이 아니었다. "결국엔 내가 해결책을 찾았네. 서른두 개의 도시 중심가에 근사한 시계탑을 세웠지." 시계탑에 있는 시계는 유럽식 시간 개념에 맞춰져 있었다. 이렇게 해서 오스만 제국 백성들은 유럽식 시간 개념에 맞출 수밖에 없었고, 서서히 적응해 갔다. 황제다운 해결 방식이었다.

제국이 발전하기 위해서는 유럽이 갔던 길을 가야만 한다고 하면서, 황제는 왜 범이슬람주의 정치를 오랜 세월 고집한 것일까? '이런 이야기를 할 시간은 얼마든지 있어.' 군의관은 생각했다. 저택을 방문할 때마다 건강에 관해서만이 아니라, 담배를 나눠 피우며 제국이 안고 있었던 여러 문제를 주제로 이야기를 했다. 황제는 교활한 사람이었다. 은근슬쩍 이야기 주제를 정치 쪽으로 돌렸고, 군의관의 입을 통해 뭔가 얻어내려고 했다. 하지만 성공하지는 못했다. 병원이 가까워지자 군의관은 기분 좋게 좌석에 몸을 기댔다. 그리고 자부심 넘치는 목소리로 혼잣말을 중얼거렸다. "그래도 우리가 비밀 결사인데 말이야."

얼어붙은 이스탄불 해협에 나타난 물고기 밭
- 갑작스러운 추위에 이상해진 물고기

이스탄불에도 아주 매서운 겨울이 찾아올 때가 있는데, 그날도 그런 한파가 몰아친 겨울 어느 날이었다. 칸딜리[76] 앞바다에서 "탁, 탁, 탁" 하는 이상한 소리가 들려왔다. 그 소리가 얼마나 소란스러웠던지, 해안가의 근사한 저택 부자들과 하인들이 창가와 선착장으로 몰려들었다. 그리고 종말이 다가오는 것 같은 광경을 보게 되었다. 해협을 따라 빠르게 흐르는 물살에도 불구하고 바다는 얼어붙어 있었다. 걸어서 해협을 건널 수 있을 것 같았다. 하지만 해협 인근에 살고 있던 무슬림들이 기도문을 암송하고, 정교와 가톨릭 신자들은 십자가를 꺼냈으며, 유대인들이 기도를 올릴 정도로 무서움에 떨게 했

76 역주- 이스탄불의 아시아 대륙 남쪽에 있는 지역

던 광경은 얼어붙은 해협이 아니었다. 얼어붙은 해수면에 몸통이 낀 채 대가리를 하늘로 향하고 있는 가다랑어들로 해협은 물고기 밭처럼 장관을 연출하고 있었다. 가다랑어들이 입을 벌렸다 닫을 때나 몸부림치다 얼음에 부딪힐 때 "탁, 탁" 소리가 났다. 그때까지 누구도 그런 말도 안 되는 광경을 목격한 적이 없었다. 종말의 징후, 마지막 순간, 최후의 심판일 같은 말들이 사람들 머릿속에 떠올랐다. 눈 앞에 펼쳐진 광경에 얼굴빛은 창백해졌고, 마음속에는 공포가 자리했다.

이런 기이한 현상에 별 의미를 두지 않았던 대담한 청년들은 얼어붙은 바다 위를 걸어가 가다랑어를 손으로 빼냈다. 얼음 사이에서 끄집어낸 가다랑어들은 피투성이가 되었다. 청년들을 지켜보고 있던 사람들은 동요하기 시작했다. 모두 물고기 밭이 되어 버린 바다로 몰려들었다. 큼지막한 가다랑어를 얼어붙은 바다에서 꺼내 뭍으로 옮겼다. 물고기를 꺼내려고 허리를 숙였다 폈다 하는 사람들을 멀리서 봤다면, 밭에서 오이나 가지를 수확하는 거로 착각할 정도였다. 얼마 지나지 않아, 갑자기 칸딜리뿐만 아니라, 주위에 있는 해협 인근 마을 사람들도 신이 보내 준 가다랑어를 주워 담기 시작했다. 가다랑어는 생선 절임용으로는 최고였다. 바닷가 사람들은 항아리 가득 절임으로 만들었다가 가다랑어가 잡히지 않는 몇 달 동안 먹곤 했다. 분홍색을 띠는 생선 절임이 가다랑어를 주워 담는 사람들 눈에 어른거렸다. 양파를 곁들인 생선 절임을 생각하는 것만으로도 이미 이스탄불 사람들 입가에는 침이 고였다. 해안가 저택 마당과 선착장, 해변은 가다랑어들로 가득했다. 몇몇 마음씨 좋은 저택 사람들은 가다랑어 축제에 늦게 도착한 가난한 사람들에게 마당에 쌓아둔 가다랑어를 원하는 만큼 가져갈 수 있게 허락했다.

모두를 깜짝 놀라게 한 이 엄청난 사건을 황실과 조정이 모를 리 없었다. 뱃고동 소리에도 소스라치게 놀라고, 새 울음소리, 바람 소리도 의심하는 황제는 곧바로 조사할 것을 명령했다. 칸딜리와 그 주변에 군대가 배치되었다. 얼어붙은 바다 위를 지나다니는 걸 금지했고, 가다랑어에서 표본을 채취해 궁전으로 가져갔다. 황제는 의사, 점성가, 수의사, 자연과학 분야 전문가들을 소집해 이 사건의 비밀을 당장 밝혀 내라고 명령했다. 그리고 알바니아 친위대가 지키는 자신의 처소에서 나오지 않고 그 결과만을 기다렸다. 황제가 내린 명령에는 가다랑어 속에 폭발물이 있는지, 전염병에 걸렸는지, 가다랑어의 아가미까지 뒤져 비밀 메시지가 있는지 확인할 것 등 구체적인 내용도 있었다.

학자들이 표본을 조사하는 동안, 이스탄불 사람들이 가져간 모든 가다랑어는 압수되어 말수레에 실렸다. 가다랑어는 인적이 드문 곳으로 옮겨진 다음, 보초까지 세워 지키게 했다. 황제가 다른 명령을 내리지 않고 시간이 흘러가자 쌓아 둔 생선에서 냄새가 나기 시작했다. 보초 서던 자리를 이탈할 수 없었던 병사들은 평생 생선을 먹지 않을 거라 맹세했고, 며칠 동안 구토를 멈출 수 없었다. 불쌍한 병사들은 속을 다 게워 내야 했다.

마침내 무서움에 떨며 방에만 있던 황제에게 소식이 도달했다. 사건을 조사하던 전문가들이 황제를 뵙고자 한 것이었다. 결과를 궁금해하던 황제는 집무실에서 그들을 접견했다. 자신의 옷자락에 입을 맞추고, 장수 기원하는 등의 의례 행위들을 생략하게 하고 곧바로 결과를 보고하라고 명했다. 전문가들이 밝혀 낸 전례 없는 사건의 원인은 다음과 같았다. 갑자기 내려간 수온으로 아가미가 얼어붙은 가다랑어들이 물 밖으로 대가리를 내밀어 숨을 쉬려다 발생한 것이었다. 물 밖에서 아가미로 산소를 공급받을 수 없자 발버둥 쳤고, 입을 세게 벌렸다 닫으면서 이상한 소리가 난 것이었다. 갑자기 차가워진 바닷물에 적응하지 못한 물고기들 때문에 일어난 일이라고 할 수 있었다. 폭발물, 비밀 메시지 또는 의혹이 있을 만한 그 어떤 것도 발견되지 않았다. 그렇게 해서 고귀하신 황제와 제국은 한 시름 놓을 수 있었다.

암소들이 가져다준 평온 – 콜로냐 향이 나는 유럽 신사들 – 사라진 황제 개인 재산

지휘관 알리 페트히 소령은 궁전에 있던 황제와 가족들의 짐 그리고 소를 관장하던 메흐멧 사육사, 암소 두 마리와 새장 속에서 흥분해 이리저리 퍼덕이던 하얀 앵무새 한 마리를 데리고 이스탄불에서 돌아왔다. 그가 알라티니 저택에 도착하자 황제는 날아갈 듯 기뻐했다. '알라신께서는 사랑하는 인간에게 먼저 당나귀를 잃어버리게 하시고 나중에 찾도록 해 주신단다.' 지휘관은 종종 이런 말씀을 하셨던 할머니가 떠올라 속으로 웃었다. 제국을 빼앗기고도 고작 암소 두 마리와 앵무새 한 마리에 명절 선물을 받은 아이처럼 좋아하는 황제 모습은 너무나 우스꽝스러웠다. 정원으로 나가는 게 허락되지 않았기에 황제는 암소들을 직접 눈으로 볼 수 없었다. 하지만 새장을 덮고 있던 천을 벗겨 내자 황제를 본 앵무새는 날카로운 목소리로 소리 질렀다. "횡제 폐하 만세, 황제 폐하 만세!" 이 소리에 황제뿐만 아니라 가족들도 당황했다. 위층에서는 다급한 발걸음 소리가 들렸다. 앵무새가 계속해서 "황제 폐하 만세"를 반복하자 정원에 있던 군인들도 이 소리를 듣고 긴장했다. 하지만 지휘관이 저택 안에 있었다. 지휘관이 저 재수 없는 놈의 모가지를 뽑아 버리기 위해 자신들에게 앵무새를 던져 주리라 생각하고 군인들은 마음 편히 있었다.

하지만 지휘관은 그렇게 하지 않았다. 황제가 담배 때문에 노랗게 변한 검지를 입술에 갖다 대고 앵무새에게 조용히 하라는 신호를 보냈다. 이 신호에 앵무새가 입을 닫았다. 소령은 이 모습을 놀란 눈으로 지켜보았다.

테살로니키에 있는 모든 젊은 장교들처럼 알리 페트히 소령도 굳건한 진보주의자였다. 하지만 자기 앞에 있는 자를 예언자 모하메드의 대리인이라 생각하고 최대한 예의를 갖춰 행동했다. 그는 쓰러져 있는 사람을 때리고 싶지 않았을 뿐만 아니라, 제국이 겪고 있는 현 상황에 대해서도 너무나 가슴 아파했다. 매우 깍듯하게 황제가 자신을 대하는 것을 경험한 뒤로 소령에게 '붉은 황제'라는 이미지는 거의 남아 있지 않았다. 탈리프 지하 감옥에서 미탓 장군과 마흐무드 제랄레틴 장군이 당했던 교살, 수없이 많은 무고한 사람이 입은 피해, 베오그라드에서 예멘, 카프카스에서 아프리카까지 연결된 비밀 경찰들이 보낸 거짓 첩보로 수십만 명의 인생이 망가진 것이 이 원숙하고 차분한 노인에 의해서였다는 걸 그와 직접 대면해 본 사람이라면 믿지 못할 거라 확신했다. 기도할 때나 예배 볼 때 모습은 한낱 퇴물 늙은이에 불과했다.

그러나 가끔 눈동자에서 빛나는 광채, 세계 정치와 관련된 주제에서 흥분하는 모습, 지난날 위엄을 떠올리게 하는 말투 그리고 과거에 저지른 행동을 변호하려 드는 모습에서 단지 겉으로만 평범해 보일 뿐이라는 생각을 했다.

외부와 연락을 차단한 건 잘한 일이었다. 폐위되자마자 가장 심한 표현을 써 가며 그를 비난하고, 굴욕적인 글과 삽화를 실어 그를 오스만 제국에 존재하는 모든 악의 근원으로 몰아붙이는 신문을 황제는 보지 못했다. 외부와 연락을 차단하지 않았더라면, 자신에 대한 분노, 모욕, 희롱, 멸시의 글이 실린 신문을 봤을 것이고, 참담함을 느끼지 않았을까. 알리 페트히 소령 같은 황제 반대파조차도 그런 보도들이 너무 과장되고 부당하며 혹독하다고 생각했다. 불과 얼마 전까지만 해도 황제 앞에서는 누구라도 납작 엎드려야만 했다. 그가 잡고 있던 긴 줄 끝에 장식으로 달린 금실 수술에나 겨우 입을 맞출 수나 있었다. 그 누구도 제대로 고개 들고 바라볼 수 없었던 이슬람 세계의 칼리프였다. 그런 그에게 '침 흘리는 광견병 걸린 개'와 같은 표현을 써 가며 공격하는 언론에 소령은 구역질이 났다. 압둘하미드가 하사한 재물과 지위를 받았고, 이스탄불 해협에 있는 연안 저택, 니샨타쉬에 있는 고급 저택을 선물 받은 자들이 오히려 더 앞장서서 이런 보도를 일삼았다. 이번에도 할머니께서 자주 하시던 '사람은 생젓을 먹잖니.[77]'라는 말이 떠올랐다. 끓인 젓을 먹는다고 뭐가 달라질까, 인간은 어차피 인간일 뿐인 것을.

---

77 역주- '선의를 베푼 자에게 악을 행한다.', '사람을 무조건 믿어서는 안 된다.'라는 의미의 튀르키예 격언

우유라고 하니 소령은 이스탄불에서 어렵게 기차에 실어온 암소 두 마리가 생각났다. 군인들이 정원 한구석에 소 축사를 짓고 있었다. 소화 장애가 있어서 음식을 잘 못 먹는 황제는 평생 갓 짠 생우유를 마셔야 했다. 그래서 이 암소들은 그에게 매우 소중한 것이었다. 사육사 메흐멧과 함께, 요리장, 후식장, 커피장도 테살로니키에 도착했다. 게다가 시종들 수도 늘었다. 저택에 가구들이 들어왔고, 침대도 제대로 된 것으로 바뀌었다. 여자들은 궁에서 온 옷을 받고는 너무나도 행복해했다. 소령은 홀과 연결된 방 한 곳에 목공 도구들을 옮겨 놓았다. 주름진 황제 얼굴에서 목공 도구를 만지며 기뻐서 어쩔 줄 몰라 하는 표정이 떠올랐다.

알라티니 저택은 작은 궁전이었다. 음식은 식사 시간에 맞춰 나왔다. 늘 그랬듯이 황제에게는 터키 커피 두 잔을 올렸다. 황제는 이곳에서도 신선한 달걀과 우유, 요구르트를 주 식단으로 하는 식습관을 이어갈 수 있었다. 매일 저택을 방문하는 군의관은 황제와 가족의 건강을 돌봤다. 황제는 궁에서와 마찬가지로 저택에서도 권위를 유지했기에 가족과 시종들을 다스릴 수 있었다. 매일 아침 동이 트기 전에 일어났고, 새벽예배를 본 후 찬물로 샤워를 했다. 우유와 달걀로 아침을 먹었고 커피를 마신 다음 홀로 나갔다. 규칙적인 보폭으로 더도 덜도 아닌 딱 30분 동안 걸었다. 황제는 자신 때문에 유배 상황을 겪어야 하는 아내들과 공주들의 처지에 마음이 아팠고, 그들을 위로하려 애썼다. 새장 문은 열려 있어서 앵무새는 하고 싶은 말을 흉내 내고 원하는 대로 날아다니다 다시 새장으로 들어갔다. 주변에서 앵무새가 중얼거리고 퍼덕이며 날갯짓을 하자 황제는 안정감과 평안함을 느꼈다.

그는 동물을 사랑했다. 이스탄불에 있을 때도 하루 중 일정 시간을 반드시 사랑하는 동물들에게 할애했다. 나랏일들로 숨통이 조여오면 백마 멘난을 타고 궁전 안에 있는 숲속을 달렸고, 희귀한 동물들을 보러 가곤 했다. 에티오피아 국왕 메네릭크 2세가 그 어떤 것과도 비교할 수 없는 선물을 보낸 적이 있었다. 그 선물에는 타조뿐만 아니라, 사향고양이, 표범, 호랑이, 여러 종류의 뱀, 원숭이, 뱀잡이수리 등이 있었다. 황제는 선물로 온 다양한 동물을 보고 기뻐서 어쩔 줄 몰라 했다. 에티오피아 국왕에게 보석과 순종 말, 헤레케[78]산 실크 카펫, 라호르[79]산 머플러 같은 갖가지 답례품을 보냈다. 에티오피아에서 온 얼룩말을 아주 좋아해서 직접 손으로 먹이를 먹이기도 했다. 하지만 이런 동물들보다 앵무새, 고양이, 개를 가까이했고 특히나 말, 종마를 아꼈다. 하지만 전장에서 다친 주인을 물어서 끌고 나온 사랑하는 말과는 다시는 만날 수 없게 되었다. 저택 홀에서 말을 탈 작정이 아니라면, 그 말을 테살로니키로 보내 달라고 하는 건 무리였다.

외부 사람 중에서 직접 만날 수 있는 사람은 단 두 명, 지휘관인 소령과 군의관 대위였다. 하루 평균 열여섯 시간 일하면서 3개 대륙을 연결한 전보전신망을 통해 제국의 가장 외딴곳까지 감시했고, 사진을 통해 변화하는 도시들을 확인했던, 세계 정치와 한 몸이나 마찬가지였던 사람에게 유배는 너무나 견디기 힘든 일이었다. 아무런 정

78 역주- 이스탄불 인근 코자엘리 지역 내 카펫으로 이름 난 마을

79 역주- 파키스탄 북동쪽 펀자브 지역에 있는 파키스탄 제2의 도시

보도 얻을 수 없고, 어디서 무슨 일이 일어나고 있는지 모르는 깜깜한 어둠 속 같은 가택연금 생활은 좀처럼 적응할 수 없었다. 황제는 지휘관과 군의관의 입만 살폈다. 보잘것없는 정보, 어떤 암시, 작은 느낌이라도 잡아내려고 온갖 방법을 다 시도했다. 두 사람과 가까워지려고 노력했고, 그들을 늘 추켜세웠으며, 때때로 동정심을 불러일으키게끔도 해 봤지만, 아무 소용이 없었다.

몇 날, 몇 주, 이런 격리된 삶은 계속되었다. 마침내 이스탄불에서 온 명령에 따라 황제는 더 많은 사람과 만날 수 있게 되었고, 몇몇 문제에 대해서는 자신이 직접 관여할 수 있었다. 그렇지만 환영할 만한 일만 있었던 건 아니었다.

어느 날 아침, 알리 페트히 소령은 테살로니키에 주둔하고 있는 제3군 사령부로부터 명령서를 받았다. 폐위된 황제가 소유한, 제국 내 모든 재산과 유럽, 아시아, 아프리카 대륙 내 새로운 국가를 세울 만한 면적의 부동산, (이교도들 표현에 따르면) 석유라는 모술-키르쿠크에 매장된 자원 그리고 예루살렘을 포함한 제국 내 7천 건이 넘는 토지 등기, 현금, 귀금속 등을 압수한다는 것이었다. 하지만 외국에 있는 재산은 압수할 수 없었다. 명령서에는 외국에 있는 막대한 재산을 자진해서 군에 기부하도록 조치하라는 내용도 포함되어 있었다. 절대 권력을 쥔 새 조정이라도 도이체 방크와 크레디 리오네에 함부로 명령할 수는 없었다. 두 은행이 황제 재산을 그냥 내놓을 리 만무했다. 폐위된 황제가 자진해서 내놓도록 압력을 행사하는 것 말고는 다른 방법이 없었다.

젊은 시절부터 자신이 번 돈을 한 푼도 헛되이 쓰는 법이 없었고,

제국의 재정 지출도 최대한 줄였던 '구두쇠 압둘하미드'가 외국 은행에 있는 자기 재산을 순순히 내놓지 않으리라는 건 너무나 확실했다. 그래서 이스탄불 새 조정은 '최종 결정'이라는 점을 전하라는 지시와 함께, 제3군 사령부에 황제 친필 서명이 필요한 서한 두 통을 보냈다. 서한은 두 외국 은행의 은행장 앞으로 보내는 것이었다. 자신의 모든 예치금을 찾길 원하며, 알라티니 저택으로 그 돈을 모두 보내 달라는 요청이 담겨 있었다.

소령이 이 편지를 전달하자 황제의 얼굴색이 창백해졌다. "이건 내 개인 재산이네. 제국과는 관련이 없단 말일세. 내 가족들에게 상속 권한이 있단 말이네."라고 말했지만, 그게 별 소용 없다는 걸 자신도 알고 있었다. 소령은 예의를 갖춰 부드러운 목소리로 황제에게 재산을 내놓을 수밖에 없다는 걸 설명했다. 평생 명령을 내리기만 했던 황제는 이런 단호한 명령을 받자 어떻게 해야 할지 몰랐다. 소령은 머뭇거리며 황제의 안전이 이 돈에 달렸다는 걸 느끼게끔 돌려 말했다. 그는 이런 식으로 개인 재산을 포기하도록 설득했다. 사령부가 내린 명령을 어떻게든 이행하려고 안간힘을 다했다. "우리 제국이 당면한 힘든 상황을 극복하기 위해 군은 황제 폐하의 해외 재산이 필요하다고 알려 왔습니다. 황제 폐하에 대한 이후 조치도 이번 결정에 달려 있습니다." 소령은 결국 이렇게 말할 수밖에 없었고 그 뒤로 입을 다물었다.

황제는 매우 현명한 사람이었다. 소령이 한 말을 곧바로 이해했다. 위험을 감지한 재빠른 사냥감처럼 목숨을 구하는 방법을 택했다. "상황이 그렇다고 하니, 내가 가진 모든 걸 국가와 군을 위해 희생하겠네." 소령은 한숨 돌렸다. "내가 가진 게 더 많았다면 좋았을 텐데." 황제가 한마디 덧붙였다. "그런데…."

소령은 황제의 눈동자에서 또다시 광기와 파괴, 피해망상의 그림자와 공포를 발견했다. '이 자가 죽음에 대한 공포를 극복하는 방법은 하나뿐이야. 죽어야만 가능해.' 소령의 생각은 틀리지 않았다. 황제는 목숨을 보장해 달라는 요구를 했다. 군이 목숨을 보장하고 있다는 사실을 상기시켰지만, 황제는 의회에서도 같은 내용을 서면으로 보장할 것을 요구했다. 소령의 인내심은 한계에 도달했지만, 그가 느끼는 광기에 가까운 공포 앞에서 어떻게 할 수가 없었다.

"폐하, 이 요구는 군의 심기를 건드리는 것 말고는 어떤 효과도 없을 것입니다. 군이 한 약속을 신뢰하지 않으신다는 의미가 됩니다. 게다가 의회는 회기마다 사람이 바뀌지 않습니까. 새로 구성된 의회가 생각을 바꾸기라도 한다면 어떻게 하시겠습니까?"

소령이 한 말이 황제에게 먹혀들었다.

"그렇다면 소령, 기쁜 마음으로 내 재산을 기부하겠네. 하지만 몇 가지 요구사항이 있네. 내일 서면으로 작성해서 자네에게 주도록 하지."

다음 날 황제가 소령에게 건넨 새로운 목록에는 여섯 가지 요구사항이 있었다. 자신이 데리고 있는 어린 왕자가 교육받을 수 있게 해 줄 것, 첫째 왕자와 세 딸의 혼인을 위해 이스탄불 귀향을 허락해 줄 것, 저택에 있는 시종들에게 좀 더 많은 자유를 허락해 줄 것, 자신에게 충분한 봉급을 지급해 줄 것, 알라티니 저택을 자신 명의로 매입해 줄 것, 마지막으로 미래에 대한 계획과 우려를 축약한 요구사항으로, 자신이 사망할 때까지 평화롭게 살 수 있도록 군이 보호해 줄 것이라는 내용이었다.

황제가 자녀 문제와 관련해서 걱정하고 있다는 것을 소령은 이미 알고 있었다. 황제는 매일 저택을 방문하는 군의관에게 첫째 왕자와 세 공주를 위한 진단서를 발급해 줄 것과 이스탄불로 돌아갈 수 있도록 도와줄 것을 간청했다. 세 공주 모두 약혼한 상태였다. 귀족이라고 할 수 있는 예비 사위 세 명은 이스탄불에 있었다. 이런 이별이 길어지면서 예비 사위들이 결혼 의사를 번복할까 봐 황제는 걱정스러웠다. 이젠 황제의 딸도 아니었고, 사람은 생젓을 먹는다는 말도 있으니.

황제는 다른 집안처럼 딸을 데려가겠다는 사람이 나타나기를 기다리지 않았다. 사윗감을 직접 골랐다. 공주와 결혼한다는 건 영광스러운 일이었다. 황제의 사위가 되면 누릴 수 있는 많은 혜택을 누구도 가볍게 여길 수 없었다. 하지만 폐위당하고 유배 중인 옛 황제의 사위가 된다는 건… 바로 여기서 모든 게 극명하게 달라졌다. 황제가 두려워하는 건 자신의 정치 생명이 딸들의 행복에 영향을 줄 수 있다는 것이었다.

소령은 황제가 요구한 사항들이 합리적이라 평가했고 상부에서도 이를 수용할 거라 확신했다. 결국, 황제가 요구한 모든 게 받아들여졌다.

어느 날 아침, 황제와 가족들은 일부만 열 수 있도록 허락된 덧창 사이로 저택 정원에서 벌어지고 있는 전에 없던 광경을 목격했다. 장교들이 사복을 입고 정원을 배회하고 있었다. 간간이 창문을 향해 위협적인 시선을 보내면서 신경질적으로 담배를 피웠고, 자기들끼리 뭔가 속삭였다. 저택에 있던 여인들은 공포에 사로잡혔다. 황제는 기도용 깔개 위에서 양손을 펼치고 조용히 입술만 움직이며 기도했다. 다행히도 한 장교가 곧바로 저택 안으로 들어와서 전령에게 독일 영사와 은행장이 곧 도착할 거라는 소식을 전하면서 공포에 사로잡힌 분위기는 누그러졌다. 황제는 프록코트를 입고 대형 테이블 상석에 자리 잡았고 둘째 왕자를 곁에 앉혔다.

현관문이 활짝 열리자 여름 아침 상쾌한 꽃향기가 한가득 밀려왔다. 뒤이어 가슴에 더 달 곳이 없을 정도로 많은 훈장을 달고, 그 훈장 무게로 인해 몸이 앞으로 기울어져 보이는, 콧수염을 기른 장군들의 절도 있는 안내를 받으며 누군가가 들어왔다. 잘 빗어넘긴 머리카락, 파리도 미끄러질 듯 매끈하게 면도한 홍조를 띤 피부의 유럽 신사 네 명이었다. 그들도 긴장한 듯 보였고, 의심에 찬 눈초리로 주위를 살폈다. 황제는 꼼짝하지 않았다. 앉은 자리에서 까만 눈동자로—의심에 찬 눈길로—자신을 찾아온 사람들을 관찰했다. 황제 곁에 있던 왕자는 얼굴이 테이블 위로 나올 만큼 키가 크지 않아 테이블 밑에서 두려움이 가득한 눈으로 그들을 바라보고 있었다.

침묵이 한참 동안 계속되었다. 장군들도 유럽 신사들도 침묵을 깨지 못했다. 그런데 느닷없이 새하얀 앵무새가 목청껏 소리 질렀다. "황제 폐하 만세!" 그것도 세 번이나. 제3군 사령관을 비롯한 모두가 순간 멈칫했고 앵무새를 향해 고개를 돌렸다. 순간 당황했던 장군들은 눈짓으로 부하 장교들에게 앵무새를 내보내라고 명령했지만, 쉬운 일이 아니었다. 앵무새는 자신을 잡으러 온 군인들을 피해 높은 천장으로 날아올랐다. 천장 가장자리에 자리를 잡은 앵무새는 날카로운 소리로 "황제 폐하 만세!"라며 계속 외쳤다. 명성이 자자한 제3군 사령부 장군들이 속수무책인 상황에서 당황해하고 있을 때, 유럽 신사들이 해결책을 내놓았다. 꽉 조이는 넥타이 때문인지 아니면 더운 날씨 때문인지 새빨갛게 달아오른 얼굴에 콜로냐 향기를 풍기는 한 신사가 말문을 열었다. 어떻게 해야 할지 몰라 천장만 바라보며 당황해하던 장군들에게 "허락하신다면 여러분들을 밖으로 모시겠습니다."라며 구원의 밧줄을 던졌다. 그리고 한마디 덧붙였다. "고객과 일대일로 대화하는 것이 우리 은행이 지키는 불변의 원칙입니다."

장군들은 의심을 떨쳐 버리지 못한 표정으로 홀에서 나갔다. 황제와 홀에 남게 된 유럽 신사들은 황제 앞에 예를 갖춰 고개를 숙였다. 콜로냐 향을 풍기던 한 신사는 그에게 폐하라는 호칭을 쓰며, 테살로니키 주재 영사라고 자신을 소개했다. 그리고 옆에 있던, 큰 키에 마르고 울대뼈가 계속 오르락내리락하는 남자는 도이체 방크를 대표해서 온 사람이라고 자신을 소개했다. 뒤이어, 크레디 리오네와 오스만 중앙은행에서 온 사람들도 자신을 소개했다. 그들은 큰 고객 중 한 명을 잃게 된 것에 안타까움을 표했다. 그리고 규정에 어긋나지 않게 절차를 진행해야 한다는 중압감을 느끼는 듯 행동했다. 긴장감이 흐르는 분위기 속에서 막대한 양의 예치금을 본인 의지에 따라 저택으로 가져와 달라고 한 것인지 황제에게 직접 물었다. 의심에 찬 시선과 질문에 황제는 침착한 자세로 본인 의사에 따라 서명했으며, 모든 재산을 국가와 군에 기부하길 원한다고 밝혔다. 은행을 대표해서 온 사람들은 차에 싣고 온 여러 종류의 화폐와 주식이 담긴 가방들을 가져오게 했다. 금과 귀금속이 든 금고도 군에 인계될 예정이었다. 그들은 황제의 재산을 홀로 옮기게 한 다음 한 곳에 쌓아 두었다. 황제가 서명을 하자 유럽 신사들은 정원에 있던 군인들과 어떤 말도 나누지 않고 빠른 걸음으로 저택을 나가 차에 올랐다. 그리고 곧바로 떠났다.

황제는 홀에 쌓여 있는 엄청난 자신의 재산을 바라봤다. 그리고 밖에 있는 군인들에게 소리쳤다. "와서 가져가게!" 사복을 입고 긴장한 상태로 대기하던 장교들은 즉시 병사들과 함께 정원에 세워져 있던 마차 두 대에 모든 가방을 실은 다음 곧장 떠났다. 창문을 통해 이 모든 걸 지켜본 공주들은 아버지가 혼잣말로 중얼거리는 소리를 들었다. "난 이제 살아있는 시체야. 먼저 정치로 날 죽이더니 이젠 배반으로 죽이는구나."

새 조정은 모술-키르쿠크 유전을 포함한 이집트, 헤자즈, 발칸반도, 그리스, 알바니아, 불가리아, 마케도니아, 레바논, 시리아, 팔레스타인, 이라크, 예루살렘, 메카, 리비아 같이 오스만 제국 내 여러 지역에 산재해 있던, 수백만 데카르[80]에 달하는 황제 개인 부동산을 압류하고 현금과 채권을 압수했다. 거기서 그쳤다면 그나마 다행이었을 텐데, 황제가 모르고 있었던 엄청난 양의 귀금속도 이을드즈 궁전에서 발견되어 압수되었다. 이 귀금속들은 '레 비쥬 드 에스. 엠므. 르 쉴땅 압둘하미드 두Les Bijoux de S. M. le Sultan Abdul-Hamid II'[81]라는 이름으로 열린 경매에서 이전 모든 기록을 갈아치우며 최고가에 팔

---

80 역주- 토지 단위로 1,000㎡를 말함

81 프랑스어로 '술탄 압둘하미드 2세의 보석'

렸다. 인도에서 보낸 다이아몬드에서 에메랄드 브로치, 진주 목걸이, 상아, 금, 은으로 장식된 상자에 이르기까지 지하에서 캐낸 것이 아니라, 마치 하늘에서 뿌려 놓은 것 같은 수많은 보석이 파리 사람들의 혼을 빼놓았다. 동방의 부(富)는 늘 서구를 매료했다.

공주가 궁을 급히 떠날 때 생수가 든 줄 알고 들고 나온 노란 가방 속에 든 보석들만이 이제 황제가 가진 전 재산이었다. 이 얼마 안 되는 재산을 목숨처럼 숨겨야만 했다. 누구도 알지 못하게.

꿈에 나타난 자리피 - 금지된 교회 타종 - 기념하지 않는 이스탄불 정복

황제는 평생 길을 인도해 주었던 그리스인 금융가 자리피[82]를 한밤중 꿈에서 보았다. 마슬락에 있는 자신의 저택에서였고, 왕자 시절이었다. 황제 자리에 오르기 전이었고 황제가 될 희망도 없던 때였다. 꿈에서 황제는 자리피에게 물었다. "제가 잘한 거죠?" 자리피는 미소를 지었다. "제대로 하셨군요. 재산을 제대로 쓰셨어요. 본인과 가족의 목숨을 구했으니 말입니다." 황제는 감사하다고 답했다. "고마워요. 그 말에 안심이 되네요."

이상한 건 꿈에 나타난 왕자는 매사에 서툴고, 운동을 좋아하며, 돈에 관심이 많아 장사를 해 보려고 하지만 그리 신통치 않은, 어설

82 역주- 오스만 제국에 막대한 자금을 고리로 대출해 주고, 압둘하미드 황제의 개인 재산을 불려준 것으로 알려진 금융업자(1810~1884)

프기 그지없는 청년이었다는 것이다. 어느 날 압둘하미드는 타라비야 출신으로 알려진 유명한 금융업자를 자신의 집으로 초대해 회계 장부를 봐 달라고 부탁한 적이 있었다. 장부를 살펴본 그리스 금융업자는 이렇게 말했다. “이래서는 안 됩니다. 왕자님은 회계에 대해서 모르시는군요. 투자를 잘못하고 계세요.” 그날 이후로 황제는 그에게 ‘어르신’이라는 호칭을 썼다. 황제는 재산을 많이 불려 준 그 금융업자를 계속 가까이했고, 황제로 즉위한 이후에도 제국의 부채 상환을 연기하거나 외채를 끌어오는 일을 믿고 그에게 맡겼다. 황제가 혼자 식사하는 건 황실 전통이었다. 그런 전통을 깨고 황제와 함께 식탁에 앉을 수 있는 영광을 안은 대표적인 사람이 바로 금융업자 자리피와 그의 부인 그리고 자녀들이었다. 황제는 가끔 그들을 황금 칠로 장식된 궁전 극장으로 초대해서 멋진 오페라를 감상할 수 있도록 특혜를 베풀었다.

그런 그리스인 자리피가 황제 곁에 있었는데도 몇 년 동안 교회에서는 종소리가 들리지 않았다. 귀에 익은 땡그랑 소리로 이스탄불 하늘을 울리던 종들이 소리 내지 못하는 슬픈 상황이었다. 종은 빛을 잃었고, 종에 달린 줄은 삭았다. 예민하디예민한 황제가 도무지 이해할 수 없는 이유로 기독교인들한테 불쾌감을 느껴서였다. 기독교인들을 벌하는 한편, 황제로서 구태에 젖어 속도가 느려진 사회 시스템에 활력을 불어넣을 요량으로 절대 권력을 과시한 것이었다. 자신이 올라타고 있는 사나운 호랑이에게 모두가 복종하는 재미를 맛보지 않고서야 어찌 황제가 되었다고 할 수 있단 말인가? 황제라고 해도 일상은 다른 이들과 크게 다르지 않았으니 그렇게라도 해야 황제가 되었다는 걸 체감할 수 있었다. 황제든 왕이든 벌거벗은 채 태어나서 벌거벗은 채 죽고 벌거벗은 채 사랑을 나누며, 먹고 자고 병 들고 화내고 기뻐하지 않는가? 모든 게 백성들과 똑같다면, 저 멀리 인도까지 뻗어 있는 알라신의 지상 그림자가 다 무슨 소용이란 말인가?

그리스인들은 압둘하미드에게 불만이 없었다. 젊은 시절부터 황제에게 자금 관리에 관해 조언을 아끼지 않았고, 필요할 때마다 제국에 자금을 빌려주기도 한, 게다가 황제가 어르신이라 부르는 자리피가 그리스인이라서였다. 그리고 오스만 제국이 갖고 있던 그리스인에 대한 호의적인 시각도 한몫했다.

몇몇 무슬림 지도자들이 황제에게 술탄 메흐멧 2세의 콘스탄티노플 함락을 기념하는 행사를 제안했다. 하지만 황제는 딱 잘라 말했다. "아니다. 절대 허락할 수 없다. 콘스탄티노플 점령을 기념하는 행사를 치르면 무슬림들은 좋아할지 몰라도 그리스인들에게는 상처가 될 것이다."

황제가 이런 생각을 하고 있었음에도 교회 타종을 금지하자, 마치 검은 담요를 뒤집어씌워 놓은 것처럼 그리스인들 사이에는 숨 막히는 침묵이 지배했다. 그러던 어느 크리스마스이브, 황제는 자비를 베풀어 종을 칠 수 있도록 허락했다. 이스탄불 전역에 있던 그리스정교회들은 비잔틴 시대에 주조된 크고 작은 종들을 흥겹게 울렸다. 크리스마스를 집에서 조용히 보내려고 했던 그리스인들은 예수의 새로운 기적이라도 목격한 듯 환희와 흥분에 휩싸였다. 남녀노소 할 것 없이 모두 교회로 달려갔다. 그해 크리스마스는 그리스인들에게 전에 없는 축제의 날이 되었고, 황제의 건강과 영원한 통치를 위해 모두가 기도를 올렸다.

그날 밤 꿈에 나타난 자리피는 늙고 지친 데다, 상심이 깊은 황제에게 위안을 주었다. “신경 쓰지 마세요. 돈을 버는 건 어렵지 않습니다. 또 벌면 됩니다.” 이해할 수 없는 건 자리피가 젊은 왕자에게 미소를 지으며 그 말을 했다는 것이었다. ‘그런데 자리피는 죽지 않았던가. 저세상에서 돈을 번다는 소린가? 꿈에서 그런 말을 했다면 혹시 내 죽음이 가까워졌다는 신호인가? 죽을 거란 말인가? 죽는 건가? 죽는 거야? 마침내 그 순간이 다가온 것인가?’

그러다 황제는 잠에서 깨어났다. ‘위대한 알라신이시여, 위대한 알라신이시여, 위대한 알라신이시여.’ 반복해서 되뇌며 몸부림치기 시작했다. 숨이 막혀 왔고, 쉰 목소리와 함께 가슴이 오르락내리락 들썩였다. 황제는 오른손을 뻗어 벽돌을 잡았다. 그리고 신앙고백을 시작했다. 어두운 방구석에서 저승사자의 그림자를 본 것 같았다. 그 진보주의자 군의관이 제대로 진료하지 않았던 것일까? 군의관이 무슨 짓을 했는지 모를 일이었다. 잘못된 약을 줬을 수도 있지 않은가? 어쨌건 군의관은 적이었다. 어릴 때부터 자신에 대한 적개심으로 세뇌된 자였다. 자신을 바라보는 반역이 서린 눈빛과 거친 행동에서도 알 수 있었다. 그 도적 같은 놈은 지휘관인 소령처럼 진실한 신사가 아니었다. 군의관이 하루 전날 저택을 방문했을 때, 전염병이 돌 수 있다며 가방에서 주사약 병 여러 개를 꺼냈다. 황제는 그중 하나를 들고 꼼꼼히 살펴봤다. 파리에서 생산된 작은 주사약 병의 마개는 봉인되어 있었다. 봉인된 곳 중간에는 고무로 된 부분이 있었고, 주사기를 그곳에 찔러 약을 빼내야 했다. 솔직히 꽤 믿을 만해 보였다. 군의관은 당상 황제와 가족, 시종들이 예방 주사를 맞아야 한다고 했지만, 황제는 들고 있던 주사약 병을 주머니에 넣었다. "이 약을 며칠간 내가 보관하고 있겠네. 다른 사람들에게 먼저 주사를 하게, 나는 마지막에 맞겠네." 이 말을 들은 군의관은 기가 차 한동안 황제를 바라봤다. 그리고 굳은 표정으로 황후들과 왕자, 공주, 시종들에게 차례로 예방 주사를 놓았다.

황제의 복수 - 불행한 신부

군의관을 떠올리는 동안 황제는 자기 몸 상태를 잊고 있었다. 심장에서 퍼덕이던 날갯짓은 잦아들었고, 호흡은 안정을 되찾았다. '이상한 일이군. 날 죽이려던 폭탄이 내 옆에서 터지고, 사람과 짐승들이 산산조각이 나서 공중에 흩어질 때도 난 냉정함을 유지했어. 그뿐만 아니라, 마차를 직접 몰아 주위에 있던 백성들을 안심시킬 정도로 침착했어. 그런데 왜 이렇게 캄캄한 방에서 홀로 있는 밤이면 온몸을 휘감는 죽음에 대한 두려움이 가슴을 조여 오는지 모르겠어. 어쩌면 이 두려움 때문에 갑작스럽게 죽음을 맞이하게 될지도 몰라. 내가 죽으면 사람들은 비웃겠지. 아마도 그 반역자 군의관은 아무 일도 없는데 황제가 피해망상 때문에 죽은 거라고 떠들 거야. 그놈은 날 독살하려고 기회만 보고 있어. 누가 알겠어, 주사약 병 속에 뭐가 들어 있는지? 그 많은 사건을 겪은 내가 그런 속임수에 속아 넘어가겠어? 주사기로 밀봉된 병에 뭐든 집어넣을 수 있잖아, 그 정도는 너무 쉬운 일이지. 정신 차려, 하미드. 제정신인 상태로 있어야 해. 죽은 널 보고 적들이 기뻐하게 해서는 안 돼. 이제부터 정신 차리고 좋은 것들만 생각해. 좋은 것들, 좋은 것들만 생각하라고.'

황제는 비몽사몽 간에 같은 말을 되풀이했다. 그때 눈앞에 가는 허리에 큰 키, 걸을 때마다 동화 속에 등장하는 동물의 갈기처럼 긴 금발을 흩날리던 그 체르케스 여인이 나타났다. 궁전 정원에서 처음 본 순간 온몸에 있는 혈관에 불을 댕긴 것만 같았던 그녀. 처음 본 순간부터 내 것이 돼야 한다고, 당장 내 여자가 돼야만 한다고 생각했던 그녀. 갖고 싶어 미칠 것만 같았던 그 시녀가 나타난 것이다. 제국 전체를 자기 발아래에 뒀으면서도 결코 복종시키지 못했던 여자. 하미드를 사랑의 열병으로 밤마다 끙끙 앓게 했던 시녀. 황제와 잠자리를 거부했던 대단한 노예. 간절히 원했는데도 갖지 못해 지금까지 마음에 두고 있는 유일한 여인이 바로 그녀였다. 황제는 오랫동안 괴로워하다 어느 날 그녀를 곁으로 불렀다. 염색한 수염을 쓰다듬으며 그녀에게 왜 자신을 거부하는지, 너무 추하고 늙어서 그런 것인지를 솔직하게 물었다. 이 질문에 체르케스 여인은 바닥에 엎드려 대답했다. "황제 폐하, 어떻게 감히 그럴 수가 있겠습니까. 저같이 천한 노예가 폐하를 마음에 들어 하지 않는다는 게 가당키나 하겠습니까?"

"그런데 어째서 내 얼굴을 똑바로 보지 않느냐? 왜 내 침실에 들지 않느냐?" 황제가 묻자 체르케스 여인은 이렇게 답했다. "황제 폐하, 폐하께 기꺼이 제 목숨도 바칠 수 있습니다. 하지만 스스로 한 약속이 있습니다. 결혼할 남자에게 하나뿐인 여자가 되겠다는 약속입니다. 제 남자를 다른 여자와 나누어 가질 수는 없습니다. 스스로 목숨을 끊는 한이 있더라도 이런 결심을 포기할 생각은 없습니다."

황제는 용기 있는 태도, 대답할 때 반항하는 암말처럼 똑바로 치켜든 아름다운 얼굴, 단호함 속에 흩날리는 담비 털 같은 머리카락을 멍하니 바라보고만 있었다. "좋다. 네가 하고 싶은 대로 하여라. 널 혼인시켜야겠다. 매일 내 앞에 나타나 내 마음속 불씨에 부채질을 못하도록 말이다!"

황제는 조금도 지체하지 않고 그녀를 황실 전령 중 한 명과 혼인시켰다. 하지만 궁전에서 쫓겨나 신랑 집으로 거처를 옮긴 그녀에게 깜짝 놀랄 만한 일이 기다리고 있었다. 이슬람 성직자 앞에서 혼례식을 올린 다음 신혼부부는 혼례 음식인 사프란 쌀밥과 과일주스를 먹고 마셨다. 새신랑이 기도를 올리며 신방에 들려던 순간 문을 두드리는 소리가 들렸다. 황제 폐하가 급히 찾는다는 전갈이 온 것이었다. 불쌍한 신랑은 황급히 옷을 챙겨입고 친위대 병사들과 함께 궁전으로 뛰어갔다. 궁전에서 아침이 밝아올 때까지 황제를 기다렸다. 하지만 오가는 사람은 없었다. 아침예배 후에도 계속 기다렸다. 그리고 근무 시간이 되었고 곧바로 일을 해야 했다. 새신랑은 힘들게 저녁까지 일한 뒤 졸리고 지친 몸으로 집에 돌아왔다. 급한 대로 수프 한 그릇을 비운 다음, 자신에게는 하늘에서 떨어진 행운이나 마찬가지인 카프카스 공주와 신방에 들기 위해 옷을 벗었다. 바로 그때, 쾅쾅거리며 문을 두드리는 소리가 또 들려왔다. 황제 폐하가 전령에게 명령을 내린 것이었다. 전령은 그날도 의자에서 밤을 지새워야 했다. 다음 날, 다음 밤도, 그리고 그다음 날도… 이런 고문이 보름 동안 계속

되었다. 그제야 화가 누그러진 황제는 그를 놓아주었다. 하지만 그는 언제 황제가 다시 부를지 모른다는 두려움과 피곤함에 젖은 채로 신방에 들었고, '7인의 잠자는 동굴[83]'에 등장하는 주인공처럼 미동도 없이 잠에 빠졌다. 신부에게는 손끝도 대지 못했다. 그 이후에도 신부가 다가오면 누군가 문을 두드릴 것 같은 두려움이 밀려왔다. 신부가 원했던 혼인은 이런 게 아니었다.

황제는 이 사건을 떠올리며 웃었다. 복수한 것이 기뻤다. 매일 밤 이런 신나는 기억을 떠올려야겠다고 생각하며 깊은 잠에 빠졌다. 그에게 좋은 기억이란 대부분 여자와 관련된 것들이었다. 그리고 작은 아버지와 함께한 유럽 방문도 잊을 수 없는 좋은 기억이었다. 그 기억도 여자와 관련된 것이었다. 샴페인이 곁들여지는 연회에서였다. 그때만 해도 온몸을 가리고 있는 오스만 제국 여자들에게 익숙했다. 코르셋으로 꽉 조여서 더욱 도드라지고, 크리스탈 샹들리에 불빛 아래에서 반짝이는 새하얀 대리석 같던 가슴은 그런 그를 단번에 사로잡았다. 유럽 여행에 대한 기억은 어찌 보면 가슴을 드러내놓은 아름다운 유럽 여자들에 대한 것이었다.

83 역주- 로마의 기독교인 박해를 피해 동굴로 숨은 일곱 명의 청년이 200년 동안 잠들었다가 깨어나 보니 기독교 국가가 되어 있었다는 전설

좋은 지휘관 - 나쁜 군의관

아, 저놈의 군의관, 저놈의 군의관! 황제가 보기엔 군의관은 전통을 존중하고, 예의 바르며, 교양을 갖춘 그런 무슬림 의사가 아니었다. 황제를 원수처럼 여기는 '친 서방 자유주의자에 이슬람 종주국에 적개심을 품은' 그런 부류에 속했다. 프랑스인들처럼 자른 턱수염, 하늘로 치솟게 포마드를 발라 세운 콧수염, 금속테 안경, 사복 차림을 할 땐 프록코트를 입고 나비넥타이를 매는, 오스만 제국 의사라기보다는 유럽 의사를 닮은 사람이었다.

황제도 서양 학문과 과학을 거부하지는 않았다. 오히려 스물네 살 때 서양을 돌아본 이후, 그도 서양에 빠졌었다. 하지만 서양 강대국들이 가지고 있는 유일한 목표가 오스만 제국을 산산조각으로 나누는 것이라는 걸 아픈 경험을 통해 배웠다. 군의관과 그의 동료 장교들은 그걸 모르고 있다고 생각했다. 빅토리아 여왕, 비스마르크 후작, 일렉산드르 2세, 니콜라이 2세, 프랑스 황제 나폴레옹 등과 수많은 외교 전쟁 끝에 확실히 알게 된 사실이 있었다. 이교도 국가들은 전 세계 원유의 절반이 매장되어 있는 오스만 제국 영토를 조각낸 다음 원유를 손에 넣는 것 외에 다른 목적은 없었다. 서구 열강들은 오스만 제국 내 서른 개가 넘는 민족들을 부추겨서 이 목표에 도달하고자 했다. 사실 벌써 시작된 것이나 다름없었다. 제국은 무너지고 있었다. 청년 자유주의자들은 스스로 애국자라고 여기며 제국이 폐망해 가는 걸 도왔다. 하지만 자신을 적대시하는 군의관에게 이 사실을 설명할 방법이 없었다. 군의관은 자신을 존중하지도 않았고, 제대로 된 대화조차도 하려 들지 않았다. 그래도 제국 안팎에서 일어나는 일을 들을 수 있는 유일한 통로가 군의관이었다. 소령이 가고 난 뒤 새로 부임한 지휘관은 딱딱한 군인이었다. 그 역시 꼭 해야 할 말 외에는 입을 닫았다.

> 비밀 메모: 더욱더 우울해졌다. 내 자식 같다는 생각이 들기 시작했던 선한 지휘관이 이스탄불로 발령이 났다. 내게는 엄청난 손실이 아닐 수 없다! 내 목숨을 보장해 온 가장 중요한 사람 중 하나가 이젠 여기에 없다. 내게 작별 인사를 하러 왔을 때, 슬퍼하는 그의 속마음이 얼굴에 그대로 드러났다. "제가 정치적으로는 반대 견해를 갖고 있습니다만, 황제 폐하와 가족분들에 대한 이런 대우는 저로서도 받아들이기 힘듭니다." 다시 한번 고귀한 성품을 알 수 있는 말을 했다. "슬퍼할 것 없다네. 모든 건 알라신의 뜻인 걸세. 이 저택에서 함께 지낸 날들 그리고 우리가 나눈 대화는 내게 가장 소중한 기억으로 남을 것이

네. 고백하건대 나를 반대해 봉기한 청년 장교들이 정말로 원했던 것이 무엇이었는지 자네를 통해 처음 들을 수 있었네. 안타깝게도 자네들은 날 이해하지 못했어. 물론 나도 자네들을 이해하지 못했지. 안타까운 일일세." 나는 내 생각을 그에게 말했다. 그의 목소리도 떨렸다. "지당하신 말씀이십니다, 황제 폐하. 우리 조국만 피해를 보았습니다." 그리고 예를 갖춰 인사하고 뒷걸음질로 방을 나갔다. 이제 그 난폭한 군의관과 둘만 남게 되었다. 지휘관이 나를 존중하고 내게 위안이 된 사람이었다면, 군의관은 나를 증오하는 자다. 자신에게 주어진 임무를 완수하는 사람이라는 건 맹세할 수 있다. 거기에 대해서는 뭐라고 할 말도 없고 죄를 물을 수도 없다. 냉정함과 가끔 드러나는 복수에 가득 찬 시선 그리고 나에 대한 증오를 그는 숨기지 않는다. 사실 지금까지 내게 황제 폐하라는 호칭을 쓴 적도 없다. 군의관은 폐하라는 말을 입에 담은 적이 없다. 그냥 존대만 할 뿐이다. 지금은 나와 내 가족들의 건강이 그의 손에 달려 있으니, 오히려 그가 황제처럼 굴고 있다. 마치 통치자가 자기고 나는 그가 하는 말을 따라야만 하는 백성인 것처럼 말이다. 이 고양이와 생쥐 놀이에 군의관이 재미를 느끼는 건 분명하다. 그도 이 사실을 숨기려 들지 않는다. 하지만 내가 할 수 있는 거라곤 아무것도 없다. 현재로선 군의관이 권력과 힘을 쥐고 있다. 군의관은 날이 갈수록 그 힘을 더해 가고, 나와 불쌍한 내 가족들은 그걸 견뎌야 한다.

어느 날 밤, 황제는 벽에 커다란 고양이 그림자가 스쳐 지나가는 걸 보았다. 꿈에서 본 것인지 실제였는지 알 수 없었다. 몇 달째 죽음의 공포를 느끼며 방에 은둔해 있다 보니 뇌가 그런 착각을 일으켰는지도 모르는 일이었다. 누군가가 자기 방에 고양이를 집어넣었을 수도 있다는 생각이 들자 온몸이 떨렸다. 압바스와 우마이야 왕조가 몰락할 때 마지막 칼리프는 혀가 잘렸고 그 혀는 고양이 먹이가 되었다. 정말 끔찍한 최후라고 생각했다. 입을 떼기만 해도 누구 할 것 없이 침묵하게 만드는 칼리프, 그 칼리프의 신성한 혀를 고양이 먹이로 주다니. 무서우면서도 굴욕적이라는 생각이 들었다. 자신도 폐위를 당한 칼리프인 데다, 너무 많은 적이 있다는 걸 생각하면 그런 일이 일어나지 말라는 법도 없었다. 자신도 모르게 두 손으로 입을 틀어막고 있다는 걸 알았다. 자리에서 일어났다. 등불을 켜고 방 구석구석을 뒤졌지만, 아무것도 찾을 수 없었다.

이런 공포 속에서 살아가고 있을 때, 군의관은 황제에게 가장 큰 악행을 저질렀다. 피해망상을 앓고 있는 황제를 더 우울하게 할 소식을 전한 것이었다. 게다가 황제가 오랫동안 보지 못했던 외국 신문까지 보여 주며 전한 소식이었다.

일상적인 검진과 치료를 받던 평범한 날이었다. 소화불량이나 목이 쉰 것 정도의, 별다를 게 없는 그런 증상들을 검진받았지만, 가장 많이 신경 쓰였던 건 치질 염증이었다. 군의관이 다양한 방법으로 치질을 치료할 때마다 황제는 곤란해하며 진땀을 뺐고 수치스러워했다. 하지만 다른 한편으로 생각하면 자신도 보잘것없는 알라신의 노예였다. 영생할 수 없는 노예니 당연히 다른 노예들이 앓는 병을 자신도 앓는다고 생각했다. 세상의 영광이신 선지자 모하메드께서도 자신은 사람이고, 영적인 존재가 아니라고 하셨던 걸 떠올리며 위안으로 삼으려 했다. 알라신의 사도 모하메드께서도 두 주 동안 엄청난 두통에 시달리다 돌아가시지 않았던가? 이슬람 세상을 슬픔에 빠지게 했던 모하메드의 죽음과 관련해 황제는 자신이 가지고 있던 사료를 찾아보고 의사들과 토론한 적이 있었다. 선지자 모하메드께서 어떤 병으로 돌아가신 것인지 알아내기 위해서였다. 한 의사가 황제에게 두 주 동안이나 계속된 심한 두통은 수막염이 원인일 것이라 했었다. 어쩌면 이승과 저승의 제왕이신 선지자를 이승에서 데려간 건 우후드 전투[84]에서 이마에 칼을 맞은 뒤 수막에 생긴 염증 때문일 수도 있었다. 이 추론이 가장 가능성이 커 보였다. 위대하신 선지자마저도 인간들의 병으로 목숨을 잃는다면 자신은 말할 것도 없었다. 당연히 황제도 사람들이 앓는 모든 병에 걸릴 수 있었다. 모든 병을 성숙하게 인내하고 운명에 순응하는 자세로 받아들여야만 했다. 하지만 그 군의관 앞에서… 그것도 치질 치료를… 견딜 수 없는 일이었다. 알라신이시여 용서하시길. 그래도 군의관이 연고를 발라 준 뒤로 증상이 호전된 건 부인할 수 없었다. 황제는 자신이 알고 있는 의학지식을 믿고 군의관에게 여러 특효약과 황산염, 연고 같은 약을 요구했으며, 군의관은 대부분 이런 요구를 들어줬다.

군의관과 황제는 매일 얼굴을 마주해야만 했다. 군의관의 방문은 매일 치러야 하는 의식 같았다. 어느새 황제는 애타게 군의관을 기다렸고 군의관은 드러나지 않게 폐위된 황제를 학대하며 즐거움을 느

---

84 역주- 625년 메디나 인근 우후드에서 메디나를 근거지로 한, 모하메드의 이슬람 군대와 메카에 근거지를 둔 쿠라이시 군대 사이에 벌어진 전투

꼈다. 알라티니 저택에 갇힌 황제는 세계정세가 이떻게 돌아가는지 궁금해 미칠 지경이었다. 군의관의 입을 통해 조그마한 정보라도 얻어 보려 했다. 가끔은 자신이 통치하던 시대의 정치 상황에 관해 군의관에게 이야기해 주기도 했다. 자신이 받는 비난에 대해서는 해명을 통해 결백하다는 걸 알리려 노력했다. 군의관은 주치의로 명령을 받았던 첫날의 충격을 넘기고 난 뒤, 이 폐위된 황제를 손아귀에 둔 재미를 만끽하고 있었다. 피해망상을 앓고 있는 자를 자기가 원하는 대로 조종할 수 있다는 것만으로도 군의관은 신이 났다.

죽임을 당할 수 있다는 걱정만 없다면, 황제는 이 저택에 연금된 것에 대한 불만은 없었다. 예전에는 높은 담장으로 둘러쳐진 궁전에서 스스로 갇혀 지내지 않았던가. 왕자들은 절대 자의로 뭔가를 할 수 없었기에, 그도 오랜 세월 자유롭다는 게 무슨 감정인지 몰랐다. 자신에게도 낯설기만 한 자유를 유일하게 느껴 봤던 건 스물네 살 때 작은아버지인 압둘아지즈 황제와 유럽을 방문했을 때였다. 파리, 런던, 빈에서 보낸 그 몇 주가 전부였다. 날씨 때문이었는지, 환경 때문이었는지, 사람들을 사로잡는 자유 정신 때문이었는지 몰라도 그 도시들에서는 깃털처럼 가볍고 자유롭다는 느낌을 받았다. 유럽에 도착한 후 처음 받은 인상을 황제는 또렷하게 기억했다. 그건 '누구도 다른 사람에게 간섭하지 않는구나.'였다. 오스만 제국 황족에겐 상상도 하기 힘든 일이었다.

핼리 혜성과 함께 온 종말

하루는 진료를 마치고 저택을 나오던 군의관이 음흉하다 할 수 있는 묘한 눈빛을 하고, 심각한 목소리로 이렇게 말했다. "말씀드려야 할 게 있습니다. 이건 아셔야 할 권리가 있다고 생각합니다." 그리고 주머니에서 신문을 꺼냈다. 먼저 맞은편에 있는 황제에게 보여 주었고, 뒤이어 큰 소리로 읽기 시작했다.

"지구를 향해 빠른 속도로 접근하고 있는 핼리 혜성이 내일 누벨칼레도니 상공에서 가장 선명하게 그 모습을 드러낼 것으로 보인다. (기독교계와 학계에는) 꼬리만 2,300만 킬로미터에 달할 것으로 추정되는 이 혜성이 지구와 충돌하여 종말을 맞이하게 될 것이라 주장하는 이들이 적지 않다."

황제는 당황해하며 신문을 건네받았고 그 기사를 다시 읽었다. 그리고 기사 내용이 사실인지 군의관에게 물었다. 군의관은 온 세상

사람들이 광분해 있고, 세상의 종말이 핼리라는 이름으로 왔으며, 하루 이틀 뒤면 혜성이 지구와 충돌해 모든 걸 파괴할 것이라 말했다. 크게 과장하며 이야기를 지어냈다. 황제의 얼굴은 갑자기 창백해졌고 눈빛에는 공포가 서렸다. 군의관은 그의 피해망상을 더더욱 자극하기 위해 계속 이야기를 이어갔다. 학자들이 한곳에 모여 혜성과 관련된 상황을 논의했고, 종말을 피할 수 없다는 결론을 내렸다고도 했다. 무슬림, 기독교인, 유대인, 불교도, 힌두교 같은 종교계도 세상이 종말을 맞이한 걸 깨닫고 예배와 기도로 세상과 이별을 준비하고 있다고 했다. 성서에서 반드시 올 것이라 예언했던 그 종말이 찾아왔다고 했다.

군의관이 가방을 챙겨서 떠난 뒤에도 황제는 오랫동안 앉은 자리에서 일어날 수 없었다. 그의 눈앞에는 불타오르는 저택과 살기 위해 발버둥 치는 가족들이 그려졌다. 두려움으로 안구가 튀어나올 만큼 눈이 휘둥그레졌다. 평소 학자들을 조금도 신뢰하지 않았기에, 종말이 닥쳤다는 걸 학자들은 절대 알 수 없다고 믿었다. 종말은 오직 위대하신 알라만이 알고 계신다는 생각으로 불안감을 떨쳐버리려 안간힘을 썼다. 인간은 무력하고 지혜는 모자라기 때문에 신의 영역에 있는 비밀을 풀기에는 학문은 부족하기 짝이 없다고 생각했다. 하지만 학자들이 옳다면? 정말 옳다면? 핼리라는 길고 긴 꼬리를 가진 재앙이 지구와 충돌해서 순식간에 모든 것을 재로 만들어 버린다면?

그날 밤, 황제는 창가에 앉아 하늘을 바라보며 담배와 함께 뜬눈으로 밤을 지새웠다. 그리고 평소와 다름없이 저택에 온 군의관에게 이렇게 말했다. “아니, 아니야. 내가 곰곰이 생각해 봤는데 말일세,

창조주께서 하시는 일을 무능한 인간들이 어떻게 알겠는가. 종말이 언제 닥칠지 어떤 인간도 그걸 알 수 없다는 말을 하는 걸세. 그 혜성이 지구를 스쳐 지나간다는 걸 누가 안단 말인지? 조종간이라도 있단 말인가? 학자들이 천체에 떠다니는 이 물체가 어디로 이동할지를 정하기라도 한단 말인가? 자, 보게. 코란에 '해와 달 그리고 별은 각자 이동 궤도가 있어서 서로 부딪히지 않고 떠다닌다.'라고 쓰여 있지 않은가 말일세. 알라신의 의도를 어떤 인간도 알 수 없네. 모든 건 알라신만이 알고 계신다네. 신성한 코란 구절이 이렇게 있는데 내가 유럽 학자들을 믿어야겠냐 말일세. 이 혜성은 지구와 충돌하지 않을 걸세. 왜냐하면, 그런 종말이 다가온다는 조짐은 없었거든."

군의관은 다른 프랑스어 신문들을 가져왔다. 대부분 신문에는 두려움에 가득 찬 모습으로 하늘을 바라보는 공황에 빠진 사람들을 묘사한 삽화들이 실렸다. 삽화 속 사람들은 런던, 파리 같은 도시에서 양손으로 얼굴을 감싼 채 놀란 눈으로 하늘에서 닥칠 대재앙을 기다렸다. 이 신문들은 그렇지 않아도 쇠약한 황제의 신경을 헤집어 놓기에 충분했다. 어쩌면 혜성이라는 모습으로 종말이 왔다는 걸 알리는 게 알라신의 뜻일 수도 있었다. 종말이 온 것인지 누구도 알 수 없지만, 그렇다고 오지 않는다는 보장도 없었다. 어쩌면 뜻하신 일에 이유를 물을 수 없는 전지전능하신 알라신께서 노아의 대홍수 때처럼 타락한 이 세상을 벌하시는 것일 수도 있었다. 아드와 싸무드[85] 백성들처럼 종말을 맞게 하고, 소돔과 고모라처럼 대재앙을 내리는 것일 수도 있었다. 어린 시절부터 황제를 괴롭혀온 피해망상 증상은 더 심각

---

85 역주- 코란에 등장하는 두 아랍 부족

하게 모습을 드러냈다. 피해망상은 굉장히 뛰어난 지능과 논리력을 눌렀다. 얼굴색은 노랗게 변했고, 두 눈에는 겁에 질린 희생양의 눈빛이 가득했으며, 담배를 쥐고 있던 손은 떨렸다.

다음 날 저택을 찾은 군의관은 황제의 이런 모습을 보고 더 신이 났고, 그 기분을 숨기려 하지도 않았다. "어쩌면 오늘 밤이 될지도 모릅니다. 오늘 밤 충돌할 것이고 지구는 사라질 겁니다. 이걸 막을 수 있는 건 아무것도 없습니다. 불길이 세상을 집어삼킬 겁니다. 엄청난 진동과 폭발, 천지를 뒤집어 놓을 재앙과 함께 무시무시한 마지막 밤을 맞이하게 될 겁니다." 황제는 군의관을 똑바로 바라보며 떨리는 목소리로 물었다. "그럼 이 상황에서 뭘 해야 하는가?" 군의관은 냉정하게 대답했다. "가족분들과 작별 인사를 하십시오. 마지막 예배를 드리면서 저세상을 준비하시면 됩니다." 그리고 늙은 황제를 치유 불가능한 고통 속에 남겨 두고 가 버렸다.

저택을 나오면서 군의관은 콧수염 아래로 미소를 지었다. 얼굴에 번지는 환한 표정에 다른 군인들은 놀라움을 금치 못했다. 군의관은 기분 좋게 마차에 올라 담배를 피워 물었다. 그리고 병사에게 멀리 돌아서 병원으로 가자고 했다. 드디어 폭군을 두려움에 몸부림치게 복수한 셈이었다. 그것도 업무적으로 전혀 과실 없이 사실을 알려 주는 방법으로. 조금 비현실적이고 과장은 됐지만, 그 정도쯤이야. 폭군이 평생 저지른 짓을 생각하면 이런 벌은 아무것도 아니었다. '폭군이 저지른 짓'이라고 하니 이번에도 사랑하는 멜라핫 양이 떠올랐다. 늘 심장이 박혀 있는 그 단검은 얼굴에서 웃음기를 앗아가 버렸다. 군의관은 어떻게 해야 할지 몰랐다. 고혹적이었던 이스탄불 해협에서의 그 밤, 자신에게 마법을 걸었던 요정을 어떻게 찾을 수 있을지 몰랐고, 알아낼 방법도 없었다. 고혹적이라는 단어가 머릿속에 맴돌자 아름다운 시가 떠올랐다.

아, 자유의 얼굴이여, 그대 그 얼마나 고혹적인가
노예에서 해방되었다 했는데 그대에게 사랑의 포로가 되었네

모든 청년 장교들 심장을 뛰게 만든 자유를 상징하는 영웅 나믹 케말의 시를 저택을 떠날 때마다 암송하는 게 군의관에겐 습관이 되어 버렸다. 자유라는 단어를 자주 썼고, '자유에 대한 찬사'라는 시를 남겨 한 세대를 격정으로 사로잡았던 대문호도 지금 공포에 질려 발버둥 치고 있을 저 폭군에게 희생됐을 가능성이 컸다. 케말은 죽었지만, 시는 그 후로 더욱더 퍼져 나갔다. 군의관이 알고 있는 바로는 나믹 케말과 황제 사이에는 기복이 있었다. 압둘하미드는 한때 나믹 케말을 새 헌법을 마련하는 연구회에 참가시키기도 했다. 그뿐만 아니라 다양한 공직에도 임명했다. 하지만 자유주의 사상을 신봉한다는 이유로 결국에는 유배를 보냈다.

오월 햇살 아래에 놓인 테살로니키는 아름다웠다. 주위에는 검정 모자를 쓴 유대인들과 챙이 없는 빨간 모자를 쓴 무슬림들이 많이 눈에 띄었다. 도시 인구 절반이 유대인, 삼 분의 일이 무슬림 터키인이라는 점을 생각하면 너무나 당연한 일이었다. 그리스인, 불가리아인 그리고 서로 다른 수많은 오스만 제국 백성이 모여 살면서 도시는 다채로운 개성을 띠었다. '신의 뜻이라면 멜라핫 양, 그대를 꽃단장한 신부로 이 아름다운 도시에 데려올 수 있겠죠.' 그때까지 군의관도,

유배 중인 황제도 그리고 제3군도, 오백 년 오스만 제국 통치가 이 도시에서 막을 내리기까지 겨우 2년 남짓 남았다는 사실을 상상하지 못했다.

군의관 아트프 휴세인 대위와 청년 장교들에게 너무나 아름다운 테살로니키가 압둘하미드에게는 크나큰 고통을 안겨 주는 곳이었다. 황제 압둘하미드에 대항한 모반의 싹을 틔운 곳이 바로 이 도시였다. 오스만 제국 장교들이 반란을 일으키고 마케도니아 산으로 올라간 사건이 도화선에 불을 댕겼다. 레스넬리 니야지[86]가 산으로 들어간 장교들의 우두머리였다. 이 사태를 진압하기 위해 파견된 셈시 장군은 테살로니키 우체국을 나오다 세 발의 총을 맞고 말았다. 연합진보위원회 결사대들은 여기서 그치지 않았다. 테살로니키 본부대대 지휘관이었던 나즘 중령을 다치게 했고, 경찰 감찰관 싸미, 연대 군종 장교 셰브켓을 사살했다. 매일 새로운 암살 사건 소식이 이스탄불로 날아들었다. 이런 고위급 장교들을 암살한 자들도 같은 군에 소속된 청년 장교들이었다.

테살로니키는 황제 자신에겐 골칫거리, 그것도 엄청난 골칫거리였었다. 황제가 보기엔 테살로니키는 타락한 곳이었다. 무슬림들도 골칫거리들과 섞여 돌아다녔고 좀처럼 질서가 잡히지 않았다. 분리주의자들과 청년 장교들만 없다면, 사실 테살로니키 백성들에게는 불만이 없었다. 오히려 두 번째로 입헌군주제를 선포했을 때에는 오

86 역주- 아흐멧 니야지(1873~1913)가 본명으로, 마케도니아 레스네라는 마을 출신이라 레스넬리 니야지로 불림. 연합진보위원회의 대표적인 인물 중 한 사람으로 1908년 7월 3일 휘하 부하들을 데리고 산으로 잠적, 게릴라 활동을 펼침. 2차 입헌군주제 선포 이후 자유의 영웅으로 환영받으며 테살로니키로 복귀한 인물

스만 제국에서 가장 성대한 축하 행사를 벌인 곳이 테살로니키였다. 궁전에 있던 사진들과 그리스인 마나키가 촬영한 영상에는 길거리에 인파와 함께 흘러가듯 이동하는 아치와 꽃으로 장식한 마차들의 기념 퍼레이드 장면이 있었다. 테살로니키 백성들은 놀랄 정도로 열광했다. 새하얀 옷을 입고, 자유를 상징하는 월계관을 쓴 그리스 처녀들은 장식된 마차 위에서 길 양옆으로 손뼉을 치고 있던 사람들에게 꽃송이를 던졌다. 당시 황제가 받아본 보고서에는 도시 곳곳에서 무슬림들은 '황제 폐하 만세!', 그 외 사람들은 '비브 르 쉴땅!Vive le Sultan![87]'이라고 쓰인 현수막을 들고 있었다고 기록되어 있다. 이 잊을 수 없는 날을 기리기 위해 세워진 기념 아치는 태양 아래에서 반짝였다. 오스만 제국 영토에서 그때까지 한 번도 볼 수 없었던 환희의 물결이 거리 곳곳에서 넘쳐 흘렀다. 이런 환희에는 절대 권력자를 굴복시키고 의회를 탄생시켰다는 자부심이 저변에 깔려 있었다. 그리고 황제 자신도 그 사실을 알았다. '피 냄새를 맡은 늑대들처럼 자유를 원하는 수백만 명을 이제 어떻게 상대할 것이며, 반란을 일으킬 성향이 있는 지역을 어떤 강제력으로 통제하란 말인가?' 다행히도 이집트를 제외한 동부에 있는 주들은 좀 더 안정적이었다. 아직 불씨가 큰불로 번지지는 않은 상태였다. 대재앙은 루멜리[88]에 있는 오스만 제국 도시 중 특히 마케도니아, 테살로니키, 비톨라, 레센 등에서 닥쳐왔다. 산속으로 숨어든 불가리아인, 마케도니아인, 세르비아

---

87 역주- 술탄 만세!

88 역주- 오스만 제국 당시 그리스계 인구가 주로 거주하던 지역으로, 현재의 그리스, 불가리아, 보스니아, 세르비아 등이 포함된 지역의 통칭

인 무리로도 모자라 오스만 제국 장교들끼지도 산으로 들어갔다. 레센 출신의 니야지라는 장교는 자신의 부하들을 데리고 산적들처럼 산으로 들어갔고, 제국에 대항하기까지 했다. 자유라는 개념이 얼마나 어처구니없게 변했던지 니야지 곁을 항상 따라다니던 야생 사슴을 '자유 사슴'으로 선포하기까지 했다. 이 '자유 사슴'은 포스터, 현수막, 신문 등에도 등장했다. 이 소식을 들은 황제는 이런 생각을 했다. '사슴이 군인들 사이에서 돌아다닌다니 차라리 계급을 달아 주지 그랬어.' 하지만 아주 황당한 생각이 아닐 수도 있었다. 어쩌면 사슴도 장교 계급을 달고 있을지도 몰랐다. 황제 눈에는 청년튀르크당[89] 청년 장교들 지능은 겨우 사슴 정도에 불과했다. 황제는 깊은 한숨을 들이쉬었다. '이 청년 장교들은 거대한 제국을 어떻게 통치한다고 생각할까? 러시아, 영국, 프랑스 같은 맹수 국가들과 어떻게 대적할 생각인 거야? 모두 이빨을 드러낸 굶주린 하이에나들처럼 다가오는데.' 황제는 이놈한테 받아서 저놈에게, 저놈한테 받아서 이놈에게 넘기면서 제국이 맞이한 힘든 상황을 겨우 유지하고 있었다. 독일 황제를 우리 편으로 만든 것만으로는 충분치 않았다. 자신에게 '보스포러스 해협의 환자'라는 별명을 붙인 자들은 제국을 산산조각 낸 다음 가장 큰 조각을 차지하려고 발광했다.

나폴레옹도 그럴 속셈으로 이집트주州를 공격한 것이었다. 영국은 메카, 메디나, 예루살렘을 포함한 모든 종교 성지와 함께 이라크와 시리아주州에 있는 원유에도 욕심을 냈다. 러시아 차르는 이스탄

---

89 역주- 입헌군주제 체제를 지지하는 청년 지식과 위관 장교들이 주축이 된 압둘하미드 2세 반대 세력

불에 눈독을 들였다. 불가리아인들이 차리그라드라고 부르던 거대한 도시를 차지하려는 꿈을 꾸고 있었다. 황제는 '아… 아…'라며 속으로 탄식을 내뱉었다. '이 어리석은 애송이들이 수백 년간 내 조상들이 통치해 왔던 제국의 영토들을 다 내줄 거야. 황제 자리에 앉아있는 내 동생도 바보 중의 바보라 이런 상황을 이해하지 못할 테고. 제국이 무너지는 건 머지않은 일이야. 치밀한 정치를 해야 해. 만약 내가 불가리아, 그리스, 세르비아 교회들이 연합하려는 걸 다양한 전술을 동원해 막지 않았더라면, 루멜리에서 일어난 반란을 진압하지 못했을 거야. 아나톨리아 반도에서 봉기한 아르메니아인들을 쿠르드족과 함께 진압하지 않았더라면, 그들도 분명히 독립을 선언했을 테니 말이야. 이런 치밀한 정치를 누가 한단 말인가? 무식한 애송이들이? 바보인 내 동생이?

의회가 있어야 한다고 그렇게 주장하더니, 연합진보위원회라고 하는 것들은 의회 때문에 얼마나 많은 대가를 치르게 될지도 모르는 얼간이들이야. 오스만 제국을 프랑스 같은 국가로 생각하고 있을 테지. 하지만 오스만 제국은 그 어떤 나라와도 비교할 수 없는 나라야. 세상에 존재하는 온갖 인종, 민족, 종교들이 제국 안에 모두 존재하니까. 아랍인들을 세르비아인들과 카프카스 사람들을 아프리카 사람들과 어울리게 하고, 불교를 포함해서 모든 종교 신자들이 서로 어울려 살도록 하는 게 어디 쉬운 일인가? 그것도 지금, 이 20세기에 말이야. 시대는 변했고, 모두 독립을 원하고 있어. 그래서 내가 권좌에 오르는 조건으로 의회를 해산해 줄 것을 요구한 게 아니었나? 터키족 의석수가 얼마 되지 않았으니까 그랬겠지. 제국을 무너트리려는 온갖 민족 대표들이 의회에 의석을 차지하고 있었고 아랍 무슬림들조차 영국의 사주로 여러 사상에 물들어 있었잖아. 의회가 아니라 민족 대잔치를 벌이는 곳이었어. 의회에서는 수많은 언어로 대화가 오갔고, 예배를 보는 방식도 천차만별이었잖아. 그 모습을 봤다면 한 국가의 의회라고 아무도 믿지 않았을 거야. 아르메니아인, 불가리아인, 루마니아인, 세르비아인, 그리스인, 라즈인, 조지아인, 알바니아인, 터키인, 유대인, 아랍인, 베르베르인, 포막인[90], 체르케즈인 대표들이 모두 의회에 의석을 갖고 있었으니까. 이들을 대표하는 의원들은 각자 다른 언어로 발간된 신문을 읽었지. 전쟁을 치르다 허리가 부러져 버린 제국의 앞날을 이런 의회에 맡긴다는 게 가능할까? 당연히 아니지. 그런데 의회를 닫아 버리고 나니 독재자라 비난하다니. 파리에 근거지를 두고 외국인들 꼭두각시로 놀아나던 청년튀르크당은 그들로부터 날 쫓아내라는 임무를 받은 것이 분명했어. 의회 개회를 요구하며 압박해서 그렇게 해 줬잖아, 원하는 대로 해 줬는데도 날 폐위시키다니. 보자고, 이 의회라는 게 영악한 통치자 없이 거대한 이 제국을 어디로 몰고 가려는 건지. 더 정확히 말해서, 언제 제국을 망하게 할지 보자고.'

호박석 색깔이 도는 연초를 말아 만든 독한 담배를 피우던 황제는 이 모든 이야기를 함께 나눌 사람이 없다는 사실에 마음이 아팠다. 군의관은 결코 믿을 사람이 못 됐다. 황제는 군의관이 자신의 건강만 돌보는 게 아니라, 매일 상부에 보고하고 있다고 확신하고 있었다. 군의관의 보고는 곧장 이스탄불로 전해질 게 뻔했다. 자신이 권

90 역주- 슬라브계로 불가리아어 방언을 사용하는 무슬림 민족

좌에 있었다면 틀림없이 그렇게 지시했을 것이다. 츠라안궁에 가둬 둔 형 무라드에 관해서도 한동안 일일 보고를 받았듯이 자신도 그렇게 감시를 당하고 있을 게 분명했다. 형 무라드의 짧은 통치가 막을 내린 뒤, 그가 갇혀 있던 궁에서 회복의 기미가 보인다는 보고를 받은 적이 있었다. 이런 위험을 그냥 보고 있을 수만은 없었다. 자신을 권좌에 앉힌 미탓 장군처럼 힘을 가진 자들, 영국인들 표현으로 '킹메이커'들이 자신을 폐위시키고 무라드를 다시 권좌에 앉힐 수도 있는 일이었다. 황제 자리를 지키는 유일한 방법은 미탓 같은 자들을 제거하고 무라드가 낫지 않다는 걸 백성들이 믿게 하는 것뿐이었다. 그래서 황제는 비밀경찰 조직을 이용해 무라드와 닮은 자를 찾아냈고 무라드처럼 옷을 입혔다. 그리고 매일 밤 츠라안궁 지붕에 올라가서 배회하도록 지시했다. 밤 예배시간을 알리는 아잔이 울릴 때, 궁전 지붕 위에서 걸어 다니는 검은 옷을 입은 남자를 보고 백성들이 무라드가 완전히 미쳤다고 여겨야만 했다. 실제로 그가 바라던 대로 됐다. 소문은 빨리 퍼져나갔다. 무라드는 이제 지붕을 타고 다니는 미치광이로 사람들 속에서 기억되기 시작했다. 계략에 능한 압둘하미드는 이 소식을 듣고는 뛰어난 자기 머리를 더더욱 신뢰하게 되었다. 똑똑한 머리를 가진 사람에겐 무력, 사형, 전쟁 같은 게 필요치 않았다. 폭력을 쓰는 건 지능이 떨어지는 자들의 특징이라고 생각했다.

아르메니아 조직이 오스만르 은행을 점거하고 수많은 사람을 살해했을 때에도 황제는 같은 방식으로 대처했다. 모두를 극형에 처할 것으로 예상할 때, 자비로운 황제의 이름으로 그들을 용서했다. 단지 모두 배에 태워 외국으로 추방했다. 하지만 그들이 추방된 다음 날,

이스탄불에서 복수의 불길이 일기 시작했다. 곧 수백 명에 이르는 아르메니아인을 죽음을 몰고 간 난동으로 번졌다. 하지만 황제는 걱정스러운 모습으로 그 광경을 지켜보기만 했다. 그는 어떤 상대와도 직접 대적하지 않았다. 때를 기다렸고, 전혀 예상치 못한 시간과 장소에서 공격해 자기 목적을 달성했다. 황제가 가장 자랑삼아 말하던 자신의 장점도 바로 이것이었다. 동방 정교회인 발칸반도 교회들이 연합해서 자신에게 대항하지 못하도록 온갖 방법을 다 동원했다. 같은 방법을 중동에서도 써먹었다. 세계에서 가장 혼란스러운 지역을 수백 년 동안 '오스만식 평화'로 유지한 비밀이 있었다. 바로 모든 주와 도를 시아파, 수니파, 쿠르드족 거주 지역에 따라 나눈 것이었다. 바스라, 바그다드, 모술을 종파와 민족에 따라 나눈 것이 좋은 사례였다. 그는 이런 식으로 균형을 맞췄다. 적대적인 그룹을 서로 떼어놓고 경쟁하게 했다. 이걸 두고 균형이라고 할 수는 없었다. 공포 정치 정도라고 말할 수 있으리라. 하지만 이런 식으로나마 이렇게 큰 제국을 겨우 통치할 수 있었다. 다른 방법은 없었다. 압둘하미드의 위대한 조상인 카누니 술탄 슐레이만[91]도 교황청과 대립한 마틴 루터에게 비밀리에 자금을 지원했다. 이 역사적 사실은 황실 기록에 남아 있다. 교회를 분열시키고 기독교 심장부에 반란의 불씨를 남겨 놓기 위해 압둘하미드도 같은 전술을 사용했다. 자신도 조상들에게 배운 방식으로 조상들에게 부끄럽지 않은 통치자임을 증명한 셈이었다. 아나톨리아 반도에서 반란을 일으킨 아르메니아인들을 직접 탄압해서

---

91 역주- 슐레이만 1세(1494~1566)로도 알려졌으며 헝가리를 정복하고 지중해의 패권을 차지한 오스만 제국의 황제

유럽 국가들을 자극할 이유가 있을까? 아르메니아인들과 원수지간인 쿠르드족들로 하미디예 연대를 조직해서, 그 우두머리들에게 꿈도 꿀 수 없었던 장군이라는 계급을 내려주고 반란군과 싸우게 하면 되는 일인데. 황제는 이런 식으로 모든 반란을 진압했고, 지역민들의 자발적인 반발로 인해 희생자가 발생했다고 해명했다. 유럽 언론들은 손에 피를 묻힌 붉은 황제로 묘사하며 압둘하미드를 괴롭혔지만, 신문과 잡지들을 꼼꼼히 검열해서 제국 내 반입을 차단했다. 국내 언론도 강도 높은 사전 검열을 통해 원치 않는 기사를 막았다.

백성들이 무라드가 미쳤다고 완전히 믿게 만든 뒤, 해결해야 할 중요한 숙제가 하나 남아 있었다. 그건 미탓 장군이라는 영향력 있는 자를 숙청하는 일이었다. 그자가 살아 있는 한 황제 자리는 위험했다. 하지만 시대는 변했다. 과거에는 영국, 프랑스처럼 오스만 제국에서도 황제 결심만으로도 그게 누구건 사정없이 제거할 수 있었다. 크롬웰처럼 그리고 앤 불린 왕비처럼. 하지만 더는 그런 방식이 허용되지 않았다. 그래서 황제는 며칠 밤을 고민하며 묘안을 찾아야만 했다. 황제는 작은아버지 압둘아지즈 황제를 죽인 자들을 재판하면서 미탓 장군을 그들의 우두머리로 조작했다. 궁전 뜰에 천막을 세우고 재판을 진행했다. 자기 수하에 있던 재판관들에게 재판을 맡겼고 사법 정의와는 거리가 먼 재판이 진행되었다. 미탓 장군과 측근들에게는 사형이 내려졌다. 미탓 장군의 정적 중 한 명인 흐리스토 포리데스가 이 재판의 부재판장이었다. 재판관들이 피고인 미탓 장군의 변론을 막고 발언권을 주지 않자, 장군은 다음의 유명한 말을 남겼다. '이 공소장은 알라신께 바치는 서두와 마지막에 기록된 날짜만 옳을 뿐이다.'

하지만 황제의 명령 한마디면 모든 게 가능했던 제국에서 이런 말은 아무 소용이 없었다. 미탓 장군과 측근들은 사형을 선고받았다. 여기까지는 여느 권력에서도 볼 수 있는 광경이었다. 하지만 압둘하미드는 다른 이들과 다르다는 게 사형 선고 이후 드러났다. 모든 이스탄불 백성들이 공포 속에서 옛 총리 대신이었던 미탓 장군의 사형 집행을 기다리고 있을 때, 황제는 그와 측근들을 사면해 주었다. 유배와 징역형으로 감형한다고 발표했다. 자신의 자비와 공정함에 모두가 찬사를 보내길 기대했고, 그렇게 되었다. 황제는 장군을 멀고 외진 예멘 감옥에 가둬 사람들의 기억 속에서 사라지게 했다. 하지만 온 세상이 다 잊었다고 해도 그걸 잊을 수 없는 한 사람이 있었다. 바로 자신이었다. 미탓 장군과 측근인 마흐무드 젤라레틴 장군이 어느 날 예멘에서 사체로 발견되었다. 교도소장이 이 저주받을 짓을 저질렀다. 하지만 황제의 명령 없이 교도소장이 혼자만의 결정으로 옛 총리 대신을 처형했다는 사실을 누구도 믿지 않았다.

황제는 이 무시무시한 사형 집행 명령을 자신이 내렸다고 절대 인정하지 않았다. "어차피 사형을 선고받지 않았나? 죽이고 싶었다면 내가 사면을 했겠는가? 그곳에서 무슨 일이 있었겠지." 하지만 황제가 어떤 사람인지 알고, 생각이라는 걸 할 수 있는 사람이라면 이스탄불에서 발생할 수 있는 반발을 막기 위해 장군을 외진 곳으로 유배 보내, 그곳에서 교수형을 집행했다는 것 정도는 알아챌 수 있었다. 천벌은 오히려 그런 의혹을 제기하는 사람들 몫이 되어 버렸다.

어두운 밤하늘 - 어느 망자의 손

군의관이 재수 없는 올빼미처럼 핼리 혜성 소식을 전하고 간 뒤, 황제는 당장 그런 일이 일어나지 않을 것이라 속으로 되뇌었다. 그리고 몇 시간 동안 코란을 읽으며 마음속 평온을 되찾았다. 하지만 다음 날 군의관이 보여 준 신문 기사는 그렇지 않아도 피해망상을 앓고 있던 황제를 겁에 질리게 했다. 황제는 저녁 식사로 약간의 애호박 요리와 요구르트만 먹고 방으로 들어갔다. 호박석 묵주를 들고는 알라신을 읊조리며 기도를 올리려 했지만, 도무지 기도에 집중할 수 없었다. 무시무시한 광경과 지옥의 불바다, 저택이 불에 타 재만 남는 모습이 머릿속에 떠올랐다. 잠깐 침대에 누워 담요를 머리까지 덮은 채 안정을 찾으려 애썼다. 어둠이 짙어지자 망상은 광기에 다다랐고 황제를 더욱 괴롭혔다. 침대에서 나와 창가로 갔다. 어둠에 싸인 밤하늘에서 한시도 두 눈을 떼지 않았고 연거푸 담배를 피워 댔다. 심장은 빠르게 뛰었다. 오늘 밤 일어날지도 모를 대재앙의 실미리를 찾고 있었다. 어쩌면 한밤중에 섬광이나 여명처럼 밝아 오는 빛을 발견할지도 모르는 일이었다. 그렇게 거대한 혜성과 충돌한다면 먼저 밝은 광채가 나타나야 하는 게 아닌가? 하지만 하늘은 어두웠다. 밝게 빛나는 별 몇 개를 제외하고는 아무것도 보이지 않았다. 황제는 순간 자신이 땀을 흘리고 있다는 걸 느꼈다. 등에 닿는 속옷, 머리카락, 목이 흥건하게 젖어 있었다. 이건 황제가 가장 두려워하는 것 중 하나였다. 알라신께서 보호하시길, 흘린 땀이 식으면 병에 걸리고 몸져누워야 할 수도 있었다. 그는 감기로 목숨까지 잃는 사람을 많이 봤다. 황제는 감기에 걸리면 시종에게 버드나무 껍질에 요구르트를 섞어 자기 몸에 바르게 했다. 시종을 부를까도 잠시 생각했다. 그러다 하늘을 지켜보는 걸 그만둘 수 없어서 생각을 바꿨다. '종말의 날에 감기가 대수인가? 하늘에서 불벼락이 내리는데 누가 감기에 걸리겠어? 혹시 저세상에서 최후의 심판이 내리는 날, 내게 앙심을 품은 수천 개 손이 옷자락을 붙잡고는 알라신께 심판을 요구한다면?' 이런 생각을 하자 그 손들이 방에 있는 것처럼 목을 조르기 시작했다. 어두운 방에서 손들이 돌아다녔다. 손목까지 잘린 손이었다. 벨기에 국왕을 안심시키려고 식민지에서 보낸 반란자들의 수천 개 잘린 손과 똑같이 생긴 것들이었다.

황제는 숨을 거의 못 쉴 지경에 이르렀다. 뭔가 틀어막고 있는 것 같던 가슴을 쓰다듬으며 '알라신이시여, 알라신이시여.'라고 계속 외치려 했지만, 아무 소리도 낼 수 없었다. 어둠 속에서 잘린 손이 돌아다니는 걸 느낄 수 있었다. 방 천장까지 잘린 손으로 가득했다. 하얀 손, 검은 손, 아이 손, 시골 농부 손, 서기 손, 대신 손, 죄인 손, 장군 손, 장군 손, 장군의 손…, 길고 가느다란 손, 반지를 낀 총리 대신의 긴 손가락. 어둠 속에서 돌아다니는 수많은 손이 서로 스치면서 나던 소리가 갑자기 멈췄다. 소름 끼치는 정적이 감돌았다. 황제는 흥분을 가라앉힌 다음 숨을 쉬려 했고 뛰는 가슴을 진정해 보려 애썼다. 좋았던 날, 아름다웠던 날, 그런 기억만을 떠올리려 했다. 시원한 이스탄불 해협에서 저었던 노, 우람한 종마 위에서 바람과 경쟁하며 달린 시간, 하렘, 황궁에 진상되었던 아름다운 처녀들. 완전히 안정을 되찾았다는 생각이 들었을 때, 자기 목을 조르고 있는 두 손이 있다는 걸 알고 소름이 돋았다. 이번에는 조여드는 힘 때문에 숨을 쉴 수가 없었다. 황제는 바닥에 넘어졌다. 엎어진 채로 발버둥 치며 목을 조르는 손에서 벗어나려고 안간힘을 썼다. 목을 감고 있던 손을 잡고 떼어내기 시작했다. 손은 얼음장 같았다. 얼음으로 만든 손이 아닌가 하는 생각이 들 정도였다. 냉기가 도는 쇳덩어리로 만들었을 수도 있겠다고 느꼈다. 안간힘을 다했지만 손은 조금도 움직이지 않았다. '내게서 뭘 원하는 거야? 넌 누구냐? 누구 손이란 말이냐?'라는 생각이 머릿속에서 맴돌았다. 하지만 입 밖으로는 도무지 내뱉을 수가 없었다. 황제가 생각하고 있는 걸 듣기라도 한 듯 목을 조르고 있던 두 손이 말했다. "이 손은 어느 망자의 것이다. 무덤에서 나온 손이다. 그것도 먼 곳에 있는, 아주 먼 곳에 있는 무덤에서 말이다. 저기 예멘에서, 사막에서, 예멘의 수도 사나에서, 사형당한 자들의 손이다." 황제는 '미탓'이라고 생각했다. '미탓, 이건 미탓의 손이야. 무덤에서 나와 내 목을 조르려고 온 거야.' 황제는 온 힘을 다해 이 쇳덩이 같은 손에서 벗어나려고 했지만, 조르고 있던 손을 풀기는커녕 조금도 벗어날 수 없었다. '내가 죽는구나. 미탓 장군의 손에 내가 종말을 맞게 되나 보다.' 독실한 무슬림, 이슬람 세계 칼리프임에도 죽기 전에 신앙고백조차 큰소리로 할 수 없다니. 황제는 속이 타들어갔다. 마음속으로 되뇌기 시작했다. '알라신 외 다른 신은 없습니다. 모하메드는 알라신의 사도입니다. 알라신 외 다른 신은 없습니다. 모하메드는 알라신의 사도입니다. 알라신 외 다른 신은 없습니다. 모하메드는 알라신의 사도입니다.' 그 순간 문을 두드리는 소리와 전령이 외치는 소리가 들렸다. "황제 폐하 괜찮으십니까?" 황제가 허락하지 않았는데도 전령은 방문을 열어젖혔다. 그리고 다급하고 흥분된 목소리로 외쳤다. "무슨 일이십니까 폐하? 넘어지기라도 하셨습니까? 알라신이여, 굽어살피소서." 전령은 두 손으로 자신의 목을 조르며 바닥에 누워 있던 황제를 부축해 일으켰다. 황제를 의자에 앉히고는 물 한 잔을 가져왔다. 군의관을 호출하기 위해 황제에게 허락을 구했다. 조금 안정을 되찾은 황제는 전령에게 무슨 일이 있었는지, 왜 자신의 방에 들어왔는지를 물었다. 전령은 방 안에서 소음과 함께 세 차례 신앙고백 소리를 들었으며 옥체가 상하기라도 할까 봐 들어올 수밖에 없었다고 고했다. 황제는 그 말을 듣자 서서히 상황이 파악됐다. 전령을 내보낸 뒤 황제는 담배에 불을 붙였다. 방 안을 잠시 배회하다가 불을 끄고 창가에 있는 의자에 앉았다. 황제는 하늘을 쳐다보기 시작했다. 안정을 되찾자 핼리 혜성이 지구와 충돌하는 일은 없을 것이라는 생각이 들었다. 이런 일은 코란 구절과 배치된다고 반복해서 되뇌었고 알라신에 대한 믿음에 의지했다. 하지만 무슨 일이 일어날지 모른다는 생각에 아침이 밝을 때까지 계속 하늘만 살폈다. 아침이 밝아왔다. 찬물에 몸을 씻고 예배를 보고 나니 황제는 훨씬 기분이 나아졌다. 얼마 뒤 저택을 찾은 군의관에게 황제는 보란 듯이 말했다. "군의관, 자네가 말한 학자들은 실패했군. 땅과 하늘, 별과 달을 창조하신 건 알라신이네. 종말의 날도 그분이 정하시는 것이지. 그가 종말을 결정하시기 전에는 아무 일도 일어나지 않는다네. 자, 보게. 감사하게도 모든 게 제자리에 있지 않은가."

이 말을 한 뒤 황제는 건방진 군의관을 이겼다는 기쁨에 담배를 피워 물었다. 그리고 실눈을 뜬 채로 기분 좋게 군의관을 훑어봤다.

신경이 날카로워진 가족들

황제의 일상이 저택에서 자리를 잡아가고 있었다. 매일 아침 이른 시간에 일어나 찬물로 몸을 씻었다. 예배를 올린 뒤, 두 개의 다른 잔으로 커피를 마시고 홀에서 걸었다. 매일 규칙적으로 30분 걸으면서 머릿속에 맴도는 숨 막힐 듯한 부정적인 생각에서 벗어나려고 노력했다. 궁전에서처럼 저택에서도 경건한 침묵이 지배했다. 가족들과 시종들은 어떤 소리도 내지 않으려고 주의했다. 황제를 뵙고자 할 땐 사전에 허락을 구했고, 폐하나 황제 폐하처럼 통치자의 칭호를 사용했다. 폐위되었다 할지라도 저택에서는 영원한 황제였다. 이젠 그 누구도 황제 앞에서 바닥에 얼굴이 닿을 만큼 엎드리지 않았다. 하지만 남자들은 황제 앞에서 고개를 숙였고, 여자들은 허리를 굽혀 예를 갖추는 것을 잊지 않았다.

어느 날, 황제는 홀에서 걷고 있었다. 최근 들어 머릿속을 복잡하게 하는 '자서전 쓰기' 계획 때문에 정신이 팔려 있던 와중에 난데없이 깜짝 놀랄 정도로 큰 소음이 들렸다. 위층에서 황급히 오가는 발걸음 소리와 함께 물건이 떨어지는 소리, 여자들의 비명 같은 알 수 없고 생소한 소리가 들렸다. 그러다 이 모든 소리가 한순간에 사라졌다. 저택에는 다시 침묵이 찾아왔다. 무슨 일인지 궁금했던 황제는 전령에게 자초지종을 알아보라고 소리쳤다. 잠시 뒤, 전령은 황제 앞에서 허리를 굽힌 채 자신이 알아본 내용을 고했다. 작은 왕자인 아빗이 의자에 걸려 넘어졌지만 다친 데는 없다는 것이었다. 황제께서는 신경 쓰거나 걱정할 일은 없다고 고했다. 피해망상이 있는 황제는 의심에 찬 표정으로 듣고 있다가 왕자를 자기 방으로 데려오라 명했다. 그 어떤 말이라도 일단 믿지 않는 천성이 다시 그 모습을 드러냈다. 방으로 와서 자신의 손에 입을 맞춘 아빗에게 황제가 물었다. "무슨 일이냐, 아들아? 괜찮으냐, 다친 곳은 없느냐?"

"없습니다, 아버지. 괜찮습니다. 아무 일도 없었습니다."

이 대답을 듣고 황제는 자초지종을 캐묻기 시작했다. 거짓말을 시키는 바람에 왕자가 마음에도 없는 말을 하고 있다는 게 표정과 행동에서 드러났다. 황제는 왕자에게 사실대로 이야기하라고 다그쳤다. 샤디예 공주와 아이셰 공주는 원래부터 사이가 좋지 않았다. 각자 공간에서 자유롭게 살았던 궁전 생활을 뒤로하고, 나란히 붙어 있는 방에 갇혀 지내다 보니 공주들은 신경이 날카로워질 대로 날카로워져 다툼이 이어졌다. 가끔 군의관으로부터 진정제 처방을 받기도 했던 두 공주가 그날도 역시 다툰 것이다. 그러나 이번에는 이성을 잃고만 아이셰 공주가 협탁에 놓인 접시를 바닥에 내던져 박살을 냈다. 소리를 듣고 달려온 부인들은 안간힘을 다해 싸움을 말렸다.

이 사실을 들은 황제는 방에서 혼자 생각에 잠겼다. 사실 황제도 이런 긴장 상황을 느꼈고, 언제가 되었든 큰 싸움이 있으리라 예상했다. 비단 공주들만의 문제는 아니었다. 한때는 궁전에 모두 들어와 살 수 없어서 자기들만의 작은 숲과 별궁을 차지하고 지내던 부인들도 일 년 가까이 방 네다섯 개를 나눠 써야 하는 상황이었다. 정원은 고사하고 발코니에 나가는 것조차 허락되지 않다 보니 서로 부딪힐 수밖에 없었다. 그녀들 내면에서 잠자고 있던 질투, 분노, 증오라는 감정들이 겉으로 드러나기 시작했다. 특히나 공주들 상황은 애처롭기 그지없었다. 이스탄불에 있는 약혼자를 그리워하고 있었다. 어쩌면 약혼자와 가정을 꾸리려 했던 꿈이 절대 이뤄질 수 없을지도 모른다는 깊은 절망감에 빠졌다. 폐위당한 황제 딸이다 보니 예비 사위들이 자신들을 버릴 것이라는 걱정 속에 살았다. 공주들은 아버지 모르게 눈물을 쏟곤 했다.

제국이 당면했던 큰 문제들을 해결했듯이 황제는 가족 내 불화도 같은 방법으로 해결해야 했다. 폐위당했다 하더라도 황제는 황제로서 역할을 다해야만 했다.

입에서 뿜어져 나온 동그란 담배 연기가 천정을 향해 올라가는 걸 보며 황제는 오랫동안 생각에 잠겼다. 그리고 전령에게 지휘관과 만나고 싶다는 말을 군인들에게 전하라 명했다. 지휘관으로부터 바빠서 오늘은 힘들고 내일 오겠다는 대답을 전해 들은 황제는 쓴웃음을 지었다. 새로 부임한 지휘관 라심은 이해심 많고, 호의적이며, 동정심을 가진 이전 지휘관과는 거리가 멀었다. 그래도 군의관 같은 이상한 자는 아니었다. 알라신을 믿고, 자신에게 무례를 범하지 않을뿐더러 부여받은 임무를 완벽하게 해내는 사람이었다. 하지만 아주 경직된 군인이었다. 받은 명령을 완벽하게 수행하기 위해서만 최선을 다했다. 다음 날 지휘관이 황제를 찾았을 때, 황제는 그에게 담배와 커피를 권했지만, 사양하면서 원하는 게 무엇인지를 물었다. 황제는 설득력 있는 말투와 예의 있는 태도로 자신은 동생 레샤드 황제와 조정에 종속된 사람임을 재차 강조했다. 그리고 새로 즉위한 황제와 조정의 성공을 기원하는 기도를 매일 올린다고도 했다. 그러면서 긴급을 요구하는 작은 요청을 들어 달라고 말했다. 공주들이 가정을 꾸릴 수 있도록 이스탄불로 귀향을 허락해 달라는 청을 올린 바 있었지만 어떤 대답도 받지 못했다. 황제는 지휘관에게 상부와 직접 연락해서 이 문제에 대한 해결책을 찾아 줄 것을 간청했다. 그리고 학교에 입학할 나이가 된 아빗 왕자를 테살로니키에 있는 학교에 보내는 문제도 있었다. 이 문제도 해결해 준다면 고맙겠다고 했다. 어찌 되었건 공주와 왕자들은 위대하신 황제의 조카들이었다. 조카들에게 이 정도의 애정은 보여 줄 것이라고 확신했다. 황제는 말을 마치면서 마지막으로 요청했다. "아들 같은 지휘관 양반, 끝으로 나와 관련된 부탁을 하나 해도 되겠는가? 일 년이 넘도록 이 집에 갇혀 있었네. 정원에 나가지 못하게 하는 건 이해하겠네만, 정 그렇다면 정원 쪽 발코니만이라도 나갈 수 있게 해 준다면 좋겠네. 늙은 이 몸이 햇볕이라도 쬐고 신선한 공기라도 마실 수 있게 말이네."

지휘관 라심은 예의를 갖추고 신중한 태도를 유지한 채 대답했다. "알겠습니다. 요청하시는 사항을 상부에 보고하겠습니다." 그리고 황제에게 경례한 뒤 자리를 떴다.

그날 저녁, 황제는 가족 모두를 아래층에 모이게 했다. 가족들만 모은 것이었다. 아내들과 딸들 그리고 두 아들이 예의를 갖춰 황제 손에 입을 맞췄다.

그는 오른손에 묵주를 들고 팔걸이의자에 앉아 있었다. 가족들은 황제 맞은편에 서 있었다.

황제는 "다들 건강한 모습을 보니 기쁘고 행복하구나…."라는 말로 입을 열었다. 그리고 저 깊은 곳에서 들리는 듯한 저음으로 말을 이어갔다. "가문의 통치권이 해를 입었고, 황제 자리도 빼앗겼다. 우리 가족의 명성과 행복도 큰 타격을 입었다고 할 수 있겠지. 이 모든 건 알라신의 뜻이니라. 절대 그 뜻을 거역할 생각을 해서는 안 될 것이다. 모든 건 알라신께서 내리신 것이니 숙명으로 알고 받아들여야 한다. 하지만 우리는 세계 역사에서 가장 훌륭한 가문의 일원이고, 어쩌면 최고 가문에 속한 사람들일 것이다. 역사적으로 오스만 가문을 제외하고 그 어떤 가문도 600년 동안 권좌를 지키지 못했다. 로마와 비잔틴 제국도 다양한 가문이 권좌를 차지했었다. 프랑스와 영국도 마찬가지다. 하지만 오스만 가문 후손들은 몇 세기에 걸쳐 통치하고 있지 않으냐. 알라신이 허락하신다면 앞으로도 몇 세기 더 이어질 것이다. 지금 내가 황제 자리에 있지 않다고 하더라도 영광스러운 가문의 일원이라는 책임감이 우리 어깨 위에 있다. 우리는 품위를 지키며 이 책임을 다하고 있다는 걸 세상에 보여 줘야만 한다. 젊은 너희들이 이 저택에서 오랜 시간 갇혀 지내면서 어려움을 겪고 있다는 걸 내가 모르는 바 아니다. 이 문제를 가능한 한 이른 시일 내 해결하기 위해 최선을 다하고 있으니 그때까지 지금 상황을 인내와 끈기로 견뎌 주길 바란다. 그리고 불평에 가득 찬 행동을 자제해 줬으면 한다. 잊지 말아라, 모든 결정은 알라신의 몫이다."

아이셰 공주와 샤디예 공주는 고개 숙인 채 아버지가 하는 말씀을 들었다. 왜 이런 말씀을 하는지 그 이유를 너무나 잘 알고 있었다. 하지만 황실 법도에 맞게 황제가 말하는 동안 아무런 대꾸도 하지 않았다. "자 이제 쉬도록 하여라." 황제가 이 말을 하자 두 공주는 창피해하며 다른 가족들과 함께 뒷걸음쳐 황제의 방에서 나왔다.

이스탄불 귀향이라는 기적
- 좋은 분위기를 망쳐 놓은 사회주의자 왕자

기다리던 희소식은 열흘 후 도착했다. 측은함 때문인지 아니면 옛 황제가 이젠 위협이 되지 않는다고 느껴서인지 조정에서는 공주들과 부인들을 포함한 일부 가족의 이스탄불 귀향을 허락했다. 냉정함을 유지하고 있던 황제는 이 소식을 듣고 마음을 놓았다. 가족들이 기거 중인 위층은 기쁨과 환호성으로 넘쳐났다. 적어도 가족 중 일부는 유배라는 운명에서 벗어난 셈이었다. 아들과 공주들은 혼인할 것이고, 압둘하미드의 대를 이을 후손들이 태어날 수 있게 되었다.

세 딸과 큰아들 그리고 아내 중 세 명은 이스탄불로 돌아가기 위한 준비를 했다. 하지만 아내 중 뮤쉬피카와 나지예는 남편을 홀로 남겨 둘 생각이 전혀 없었다. 특히나 뮤쉬피카 부인은 남편과 다른 운명을 생각지도 않았다. 죽을 때까지 남편 곁을 지킬 생각이었다.

아내들은 황제와 나이 차이가 크게 났고, 푸르거나 녹색 눈동자를 가진 카프카스 미인들이었다. 선택받았기에 궁에도 들어올 수 있었다. 오랜 기간 시, 음악, 외국어와 같은 교육을 받았다. 나이 많은 황제는 아내들을 모두 사랑했지만, 뮤쉬피카의 자리는 특별했다. 그녀 품속에서 숨을 거두고 싶어 했다.

이스탄불로 돌아가길 원한 부인들은 자신의 아이들과 함께 가고 싶어 했다. 황제도 그녀들의 의사를 존중했다. 사실 뮤쉬피카의 딸도 이스탄불로 돌아갈 생각이었다. 젊은 아내 뮤쉬피카는 어쩌면 다시는 딸의 성장과 혼인을 보지 못할 수도 있는데도 늙고 폐위당한 남편 곁에 남기를 원했다. 어쩌면 하렘에 들어온 수많은 젊은 여자 중에서 황제를 진심으로 사랑한 유일한 여자가 뮤쉬피카였을 것이다. 카프카스 지역에서 압하지야인으로 태어난 이 아름다운 여인은 아버지가 전사하자 궁전에 시녀로 들어가게 되었다. 열네 살이 되던 해, 자신에게 빠져 버린 황제의 아내가 되었다. 황실 법도에 따라 이름을 뮤쉬피카로 개명했고, 원래 이름이었던 아이셰는 딸에게 물려주었다. 자신은 시녀 출신이고 딸은 황제의 후손이다 보니 엄마임에도 불구하고 딸에게 극존대했다. 딸이 방에 들어오기라도 하면 바로 자리에서 일어났다. 황실 법도가 이런 것이었다. 이스탄불로 귀향 허가를 받자 아이셰 공주는 엄마에게 같이 가자고 간청했다. 하지만 뮤쉬피카는 운명의 장난으로 바닥까지 추락한 남편 곁에 남기로 했다. "폐하껜 제가 필요합니다." 이 말 외엔 다른 말은 하지 않았다. 황실 내부 사정을 아는 사람들은 황제가 뮤쉬피카 부인에게 정말로 의지했었다는 걸 기억하고 있었다. 어느 날 황제는 주치의들이 작당해서 독을 먹이려 한다고 생각했다. 그래서 아픈데도 불구하고 주치의가 처방한 약을 먹지 않겠다고 고집했다. 당연히 황실 내 주치의들은 모두 쫓겨났다. 황제를 진정시키고 안정을 되찾게 한 다음 직접 약을 먹일 수 있었던 유일한 사람이 뮤쉬피카 부인이었다. 이처럼 두 사람 사이에는 깊은 신뢰와 연민에 바탕을 둔 사랑이 있었다. 젊은 뮤쉬피카 부인은 알라티니 저택에서의 유배 생활 동안 피해망상을 앓고 있는, 늙은 칠십 대 남편 곁을 절대 떠나지 않았다. 그녀는 가끔 밤에 황제 방으로 찾아가 황제를 진정시키고 편안하게 잠들 수 있게 해 줬다. 이런 행동을 본 다른 아내들은 그녀를 존경했다.

이스탄불로의 귀환 허가는 저택 위층을 축제 분위기로 만들었다. 공주들은 손뼉 치고 춤을 추었고, 피아노로 신나는 곡을 연주했다. 서로 싸울 때도 있었지만, 귀환 소식을 듣자 서로 부둥켜안고 신나는 노래를 불렀다. 그리고 이스탄불로 돌아갈 수 있게 허락해 준 작은아버지 레샤드 황제에게 감사 기도를 올렸다. 너무 기뻐 눈물을 참을 수 없을 정도였다. 이젠 감옥 같은 테살로니키 저택에서 늙어 죽지 않아도 됐다. 약혼자와 재회하고, 각자 가정을 꾸리는 일만 남은 것이었다. 그녀들은 벌써 자비로운 황제 작은아버지 보호 아래 화려한 황실의 결혼식을 꿈꾸고 있었다. 아버지가 절대 권력의 권좌에 있을 때, 자신들과 혼인하려던 잘생긴 왕자들과 장교들의 진짜 목적이 권력과 돈이었다는 걸 공주들은 생각지도 못했다. 그들이 자신들과 사랑에 빠진 것이라고만 생각했다. 하지만 이제 독초 같은 의심이 마음속을 파고들기 시작했다. '마음이 변했다면? 모두가 저주하는 황제 딸이라서 원치 않는다면?'처럼 온갖 질문들이 뇌리에 맴돌았다. 식욕이 사라졌고 밤마다 소리 없이 손수건을 적셨다. 이런 회의적인 생각들이 근거 없는 것이 아니라는 게 얼마 지나지 않아 증명되었다.

마침내 그날이 왔다. 공주들과 아내들이 시종들을 데리고 떠나야 하는 날이 온 것이다. 올 때처럼 이번에도 밤 기차로 이스탄불로 갈 예정이었다. 기뻐서 어찌할 줄 모르던 공주들은 아버지를 이렇게 남겨 두고 떠나면 다시는 보지 못할지도 모른다는 슬픔과 새로운 인생이 시작된다는 흥분에 뒤엉켜 있었다. 이 두 감정 중 어느 한쪽으로 치우치지 않도록 균형을 잡으려 노력했고, 저택 현관문에서 아버지 손에 입을 맞추고 눈물 속에서 작별했다. 황제는 이별의 순간을 견디지 못해 뛰다시피 빠른 걸음으로 자신의 방으로 돌아갔다.

정원에 부는 부드러운 바람과 상쾌한 공기는 공주들에게 삶에 대한 열정을 가득 불어넣었다. 1년 만에 문밖으로 나온 것이다. 적개심 가득한 병사와 장교들의 시선조차도 그들에게는 아무렇지 않았다. 이때 지휘관이 그들을 막아서며 말했다. "여러분들을 방으로 안내하겠습니다. 그곳에서 몸수색을 받으셔야 합니다. 수색은 여자들이 할 겁니다. 그리고 여러분께 새 옷이 지급될 겁니다. 지금 입고 있는 옷은 다 두고 가세요." 공주와 부인들은 이런 무례한 행동에 얼굴이 붉게 달아올랐다. 불타듯 끓어오르는 반발심과 반항심이 속에서 솟구쳤지만, 근엄하고 무표정한 지휘관 얼굴을 보자 용기를 내지 못했다. 이 마지막 고문도 참아 내는 것 외에는 다른 방법이 없었다. 하지만 그건 예상했던 것보다 더욱 참담했다. 경비실 건물에 모여 있던 장교 부인들은 한 사람씩 방으로 들어오게 한 다음 옷을 전부 벗겼다. 가족들은 엄청난 공포와 수치심에 사로잡혔다. 화려했던 황실 삶에서 비록 거지꼴로 추락했다고 해도 그들에겐 자부심이 있었다. 그런 그녀들을 나락으로 떨어트리는 비인간적인 대우는 물론 은밀한 곳까지 수색받아야 했다. 적개심 가득한 장교 부인들은 차가운 손으로 칼리프의 딸과 아내들의 맨몸을 더듬었다. 허리까지 내려오는 머리카락을 한 올 한 올 들춰 가며 뒤졌다. 정원으로 다시 나왔을 땐 서로 얼굴을 쳐다볼 수도 없었다. 그 어떤 것도 이보다 더 모멸감을 줄 수는 없었다. 시녀들과 함께 집단 추행을 당한 것만 같았다. 마차에 올라 저택 대문을 나설 때까지 모두 꾹 참았다. 저택 모퉁이를 지나자마자 눈에 고여 있던 눈물이 주체할 수 없이 흘러내렸다. 기차역에 도착할 때까지 누구도 입을 열지 않았고, 훌쩍이며 울고만 있었다. 경호를 맡은 군인들과 함께 기차에 올랐다. 레피아 공주가 자매들에게 말했다. "우리가 아니라 저 진보주의자 도적 떼들이 부끄러워해야 해. 이승에 있든 저승에 가든 저 장교들과 소름 끼치는 그들 아내의 목을 우리 양손이 조르고 있을 거야. 알라신이시여, 저자들이 행한 악행으로부터 우리를 보호해 주소서."

아이셰 공주는 맞장구를 쳤다. "옳은 말이야, 하나 더 있지. 자기들도 당해 봐야 해. 아무것도 할 수 없는 아버지가 얼마나 무서웠으면 종잇조각 한 장, 메모 하나 찾겠다고 그런 천벌 받을 짓을 했을까. 저들이 느끼는 공포는 우리가 느끼는 것에 몇 배는 될 거야."

마침내 이스탄불로 향하는 기차가 일정 간격을 두고 덜컹거리며 움직였다. 공주들은 이스탄불에서 자신들을 기다리고 있을—더 정확히 말하자면 그렇게 희망했던—꼬아서 치켜세운 콧수염에 챙 없는 붉은 모자를 '당신을 향한 내 마음을 불타고 있어요'라는 듯 기울여 쓴 잘생긴 왕자들의 모습을 상상했다. 친척들과 함께 약혼자들도 시르케지 기차역으로 마중 나올 거라 기대했다. 반드시 올 것이고, 와야만 했다. 그러다 마음 한쪽에서 불신이 고개를 들기 시작했다. 올까? 모두가 저주하는 폐위당한 황제 딸을 두 팔 벌려 환영해 줄까? 그럼 형제들은? 모두가 다 온다고 해도 압둘카디르[92]는 오지 않을 거라 확신했다. 자신이 사회주의자라고 하는 압둘카디르 왕자는 황실일에 관심이 없었다.

압둘카디르 왕자 눈에는 황실, 권좌, 황제 모두 무의미했다. 그의 삶에는 바이올린과 사회주의만이 존재했다. 아버지와는 한 번도 잘 지낸 적이 없었고, 세상을 보는 아버지의 견해도 존중하기 힘들었다. 그는 아버지 시대가 가진 뒤떨어진 생각에 맞섰기에 평생 꾸지람 속에서 자랐다. 아버지가 황제였던 시절, 황제는 위협이라도 하듯 지팡이를 들어 올렸다 내렸다 하며 "쓸데없는 짓 그만둬라, 넌 왕자다. 공산주의라는 썩어 빠진 사상이랑 네가 무슨 상관이 있단 말이냐? 하층민들 사상에서 뭐 좋은 게 나오겠어? 그런 건 러시아 바보들이나 하는 짓이다."라고 왕자를 꾸짖었다.

반란을 일으킨 병사들에게 장악된 뒤, 흑해를 돌아다니며 주요 항구에 정박하던 포템킨[93]호라는 전함이 있었다. 황제는 러시아 차르도 해결하지 못한 이 전함을 추적하라고 지시했다. 이 전함이 이스탄불 해협으로 진입할 가능성에 대비해 대포와 기뢰로 방어선을 갖

---

92 역주- 메흐멧 압둘카디르(1878~1944). 압둘하미드 2세의 둘째 왕자

93 역주- 1905년 6월 27일 처우에 불만을 가진 평민 출신의 수병들이 일으킨 반란의 무대가 된 러시아 제국 해군 소속 전함

추도록 했다. 전함에서 반란이 발생하는 건 압둘하미드가 가장 두려워하는 것 중 하나였다. 이런 반란은 작은 불씨에서 시작되어 큰불로 번지게 마련이었다. 오스만 제국 영토로 번지는 건 시간문제였다. 전함들이 해협에서 궁을 향해 발포한다면 대응할 방법이 없었다. 모든 게 한순간에 끝날 수도 있었다. 다행히도 전함이 이스탄불로 오는 일은 없었다. 포템킨 호는 콘스타나항으로 입항한 뒤 투항했다. 황제는 한시름 놓았다. 하지만 반란에 가담한 장교 중 일부가 이스탄불에 잠입했다는 망상에 빠져 온 도시를 수색하도록 지시했다. 그리고 압둘카디르 왕자를 매일 질타하면서 "바보 같은 너희 공산주의자들이 무슨 일을 저지르고 있지? 이런 짓을 흉내 내고 싶었던 것이냐?"라며 설교를 늘어놓았다. 그런데도 왕자는 검열된 신문 기사와 외국 언론을 몰래 찾아보는 호기심을 버리지 못했다. 여러 기자가 아버지를 평가한 기사도 찾아봤다. '고작 배 한 척을 무서워하는, 전함 포템킨이 와서 궁전을 포격할까 봐 밤낮으로 덜덜 떨고 있는 황제.' 작은할아버지 시대 때만 해도 세계에서 두 번째로 강한 함대를 보유했었다. 아버지는 망상 때문에 그런 오스만 제국 함대를 녹슬게 버려뒀다. 바다는 무방비 상태가 되었다. 포템킨호가 오면 안 된다는 생각에 황제는 해군 대신을 흑해 해안으로 보내면서 "뭘 원하든 내주어라, 이스탄불만 건드리지 않는다면 모든 요구사항을 들어주어라."라는 굴욕적인 말도 서슴지 않았다. 이런 기사를 쓴 기자들 눈에는 위대한 세계 대제국을 아버지가 하찮은 국가로 전락시킨 것이나 다름없었다. 몇몇 기자들은 포템킨호 사건 이후 이렇게 보도했다. "보시라, 함대에 관해 경고했던 내 말이 옳지 않았는가?" 그리고 예멘의 반란 세력을 진압하기 위해 보내기로 했던 군함 두 척에도 출동 명령이 취소되었다는 보도도 있었다. 그러던 어느 날, 황제는 압둘카디르 왕자를 불렀다. 자만심에 찬 미소를 짓고 "읽어 보아라!" 하며 외국 신문을 왕자 앞에 던졌다. 신문을 본 왕자는 놀라지 않을 수 없었다. 러시아 황제를 무너트리려던 블라디미르 레닌과 레온 트로츠키라는 러시아 공산주의자들이 각각 다른 시기에 리콜라이 황제보다 자신의 아버지가 더 똑똑한 사람이라고 평가한 기사였다. 놀라운 기사였다. 압둘카디르 왕자는 아버지 앞에서 물러난 뒤 오랫동안 생각에 잠겼다. 그리고 이 두 사람이 아버지에 대해 잘 모르기 때문에 그렇게 평가했다는 결론에 도달했다. 명연주자 수준인 왕자는 스트라디바리우스 바이올린을 다시 들고 중단했던 협주곡을 이어서 연주했다. 황제 자리는 관심이 없었다. 그에게 바이올린이 없는, 음악이 없는 삶은 생각할 수도 없었다. 그러나 음악에서도 아버지와는 경쟁 상대가 되지 못했다. 세계 곳곳에 있는 음악가들이 황제에게 바치는 곡을 매일 보내왔다. 빈 출신 작곡가 요한 슈트라우스가 황제에게 헌정한 '동양에서 온 동화[94]'라는 작품은 문화 도시 빈에서 무대에 올려졌다. 빈 곳곳에 나붙은 포스터 중 한 장을 황실에서도 볼 수 있었다. 황제도 터키풍 음악이 아니라 이교도들 음악을 좋아했다. 하지만 왕자가 이교도 음악에 쏟은 노력에 비하면 그 정도 음악 사랑은 아무것도 아니었다. 왕자의 삶에는 오로지 음악만 존재했다. 하지만 음악에서도 아버지만큼이나 유명해질 수는 없었다. 왕자가 보기에 아버지는 참으로 이상한 사람이었다. 하루에 다섯 차례 예배를 올렸고 이슬람을 극

94 역주- 요한 슈트라우스 2세의 작품 번호 444번 왈츠곡

도로 숭배했다. 그러면서도 제국 내 맥주와 라크 공장 설립은 허락했다. 게다가 공장을 여는 것도 문제 삼지 않았다. 큰 폭으로 증가한 외국어 번역물, 유럽 시간 개념의 도입 그리고 여성의 베일 금지 모두 그의 작품이었다.

암살

헬리 혜성에 대한 공포와 밤낮으로 계속된 공주들 걱정에서 벗어난 황제는 발코니로 통하는 문 앞에서 넋을 잃고 밖을 바라보았다. 독한 담배 연기를 깊숙이 들이마시며 살랑거리는 바람에 나부끼는 나뭇잎과 흔들리는 나뭇가지, 꽃밭 그러니까 이젠 외울 정도가 된 창밖 풍경을 보고 또 보았다. 그 순간 갑자기 들려온 총소리에 화들짝 놀랐다. 그리고 총알이 귓불을 스치고 지나간 걸 느꼈다. 황제는 곧바로 벽 뒤로 몸을 숨겼다. 정말로 위험한 상황이 벌어지면 공포 속에서 살아와 습관이 되어 버린 망상과 조급증 대신, 자신을 통제하는 냉정함과 자제력이 발휘되었다. 황제는 숨을 고르며 기다렸다. 저택 안팎으로 발걸음 소리와 당황해서 여기저기로 분주히 뛰어다니는 소리가 들려왔다. 그때 방문을 두드리는 소리와 함께 "황제 폐하!"라고 외치는 흥분한 전령의 목소리가 들렸다. "나는 괜찮다." 황제가 대답했다. 전령이 방으로 들어오는 걸 황제는 허락하지 않았다. 주위에서 나는 소리에 귀를 기울이는 한편, 머릿속을 스치고 지나가는 여러 생각을 정리하려 했다. 총성은 단 한 번 들렸을 뿐 그 뒤로는 들리지 않았다. 이스탄불에서 내린 명령에 따른 처형이었다면 이런 식으로 하지 않을 게 확실했다. 지휘관이 직접 찾아와 바로 앞에서 명령서를 낭독할 것이고, 예배를 순서대로 두 차례 볼 수 있게 허락한 다음 사형을 집행할 게 분명했다. 그러니까 이건 형 집행이 아니었다. 총성이 뒤이어 들리지 않는 것으로 봐선 어느 장교가 저지른 암살 시도일 가능성이 컸다. 창가에서 서성이지 말고 조용히 기다리는 게 최선이었지만, 이걸 실행으로 옮기기란 쉽지 않았다. 다시 문을 두드리는 소리가 들렸고, 이번에는 문이 열렸다. 뮤쉬피카의 아름다운 얼굴은 공포에 질려 있었고, "황제 폐하, 폐하, 해를 입기라도 하신 겁니까?" 하고 비명을 지르면서 방으로 뛰쳐 들어왔다. 남편에게 아무 이상이 없는 걸 확인한 뮤쉬피카 부인은 바닥에 쓰러져 남편 무릎에 얼굴을 기댔다. 그리고 그치지 않는 소낙비처럼 눈물을 쏟으면서 큰 소리로 계속 통곡했다. 황제는 그녀의 어깨를 붙잡고는 몸을 일으켰다. 손으로 그녀 턱을 받친 채 자신의 눈을 바라보라고 말했다. "나는 괜찮다. 정말 괜찮으니 걱정할 것 하나 없다." 황제는 다정한 목소리로 그녀를 진정시켰다. 그러나 젊은 아내는 울음을 참지 못하고 흐느꼈다. "폐하의 옥체가 해를 입기라도 한다면 저도 살고 싶은 마음이 없습니다, 황제 폐하. 저도 함께 데려가 주소서." 아름다운 얼굴, 눈물로 젖은 볼에 살짝 입을 맞춘 황제는 아내를 꼭 껴안았다. 황제 품에 안긴 젊고 가녀린 육체는 가을 낙엽처럼 떨고 있었다. 그 순간 문을 두드리는 소리가 들렸다. 지휘관이 황제 폐하를 뵙고자 한다는 소식을 전령이 전했다. 황제는 아내의 머리를 쓰다듬은 다음 거실로 나갔다. 선 채로 기다리고 있던 지휘관 앞으로 가서 물었다. “무슨 일인가 아들 같은 지휘관 양반? 이게 무슨 일이지?” 지휘관은 곤란해했다. 짙은 피부가 더 검게 변한 것 같았다. “일어나서는 안 되는 일이 벌어졌습니다. 다치지는 않으셨습니까?” 황제는 “아니, 보다시피 괜찮네. 무슨 일이 일어난 건가?”라며 되물었다.

“장교 중 한 명이 불경한 일을 저질렀습니다.” 지휘관이 대답했다. “저택을 향해 한 발을 발사한 모양입니다. 현장에서 체포했고 영창에 가뒀습니다. 조사를 위해 사령부로 이송될 겁니다.”

“이런 세상에! 누군가? 이런 짓을 한 자가?” 황제가 이렇게 질문하자 지휘관은 당황했다.

“살림 소위입니다.”

“쿠르드족 살림 말인가?”

“네, 그렇습니다.”

황제는 잠깐 말이 없었다. 수염을 쓰다듬으며 생각하더니 혼잣말로 중얼거렸다. “맞는 말이군”

“맞는 말이라니 무슨 뜻인지요?”

“선의를 악행으로 갚는다는 말일세. 그 살림이라는 자를 내가 많이 도와줬었네. 가난한 집안 출신이라 하더군. 군인이 되고 싶어 한다는 이야기를 들었지. 하루는 궁전 앞에서 이스멧 장군을 기다렸다가 간청했다더군. 그 이야기를 장군이 내게 해 줬네. 그 얘기를 듣고 내가 살림을 학교에 입학시켰지. 이제 소위가 되었나 보군. 그런데 내게 뭘 하려고 했지? 그자가 뭐라고 말하던가?"

지휘관은 창피함에 몰둘 바를 모르며 고개를 숙인 채 작은 소리로 대답했다. "첫 심문에서는 사고로 총이 발사되었다고 했습니다. 하지만 더 다그치며 심문하자 영웅적인 행동이라는 생각으로 암살을 시도했다는 정황이 밝혀졌습니다."

압둘하미드는 쓴웃음을 지었다. "최근 유행 아니겠나. 압둘하미드 황제를 죽이고, 모욕하고, 모든 잘못을 내 탓으로 돌리는 것 말일세. 압둘하미드가 그대들에게 뭘 했기에? 제국을 위해 봉사한 것 말고 뭘 했단 말인가? 이보게 지휘관, 내가 펼쳤던 외교 대비책 때문에 이 제국이 여태껏 유지되고 있단 말이네. 그런데 내게 돌아온 보상이 고작 이건가?"

황제는 이성을 잃고 연이어 불만을 쏟아내다 순간 상황을 파악하고 침묵했다. 긴 인생에서 어쩌면 처음으로 신중하지 못하게 자신의 감정을 그대로 드러냈고, 지휘관의 분노를 자극하는 위험 수위에까지 도달한 것이었다. 황제는 곧바로 목소리를 낮췄다. "물론 모든 건 알라신이 정하시는 게지. 이것이 알라신의 뜻이라면. 사실 나도 정말 지쳤다네. 이런 큰 책임을 벗어던지고 황제의 자리를 동생에게 물려줄 생각이었네. 알라신이시여 우리 황제를 보살펴 주시고, 저에게는 편안한 여생을 살게 해 주소서."

"무사하셔서 다행입니다." 지휘관은 콧수염 아래로 미소를 지으며 경례한 뒤 저택에서 나갔다.

아침 햇살이 거실 바닥을 향해 손을 내밀고 있었다. 황제는 그 햇살 속에서 춤추고 있는 먼지를 넋을 잃고 바라보며 담배 연기를 깊게

들이마셨다. 외부와 소식이 차단되었다고 해도, 말도 안 되는 중상모략이 난무할 것이고, 잘못된 거짓 기억들이 언론을 장악하고 있을 뿐만 아니라, 기자들이 온갖 모욕적인 표현으로 자신을 비방할 거라는 정도는 짐작하고 있었다. 이걸 막을 수는 없지만 그래도 뭔가 할 수 있는 게 있어야 했다. 제국을 위해 오랜 세월 헌신했는데 자신의 공은 새까만 천으로 다 가려져 버렸다. 이 어둠 속에서 진실이 묻히는 걸 보고 있을 수만은 없었다. 머지않아 죽음이 찾아올 테고, 눈을 감으면 어떤 질문에도 답하지 못하게 될 것이라는 생각이 들었다. 가장 좋은 방법은 자신이 겪었던 중요한 사건들을 직접 들려주는 것이었다. 어쨌든 역사는 자신의 누명을 벗겨 줄 테니 진실만은 가리지 말았으면 하는 마음이었다.

그날 저녁, 황제는 서기 중에서 알리 뮤흐신을 자신의 방으로 불렀다. 그는 궁에 있을 때 서류들 때문에 고개도 제대로 들지 못하고 일만 했었다. 저택으로 유배 온 뒤로는 파리 수나 셀 정도로 할 일이 없었다. 마침내 그런 그에게 일이 생긴 것이었다. 흥분한 채로 황제의 말에 온 신경을 집중했다. 황제는 매우 작은 소리로 이렇게 말했다. "알리 뮤흐신, 네게 꼭 비밀로 해야 하는 임무를 내리겠다. 너 말고는 누구도 알아서는 안 된다, 너도 일을 마치면 모두 잊어야 한다. 회계 장부가 필요하다는 핑계를 대고 군인들에게 공책을 한 권 달라고 하여라. 그리고 매일 다른 시간에 내 방으로 오너라. 내가 하는 말을 그 공책에 기록하여라. 이 방을 드나들 때 공책을 손에 들고 있어서는 안 된다. 옷 속에 숨겨야 하며 절대 누구도 보아서는 안 된다. 자, 해낼 수 있는지 한번 보자."

알리 뮤흐신은 황제 방을 나서며 매우 중요한 임무를 받았다고 생각했다. 흥분으로 온몸이 떨렸다. 폐위된 황제의 비밀을 아는 유일한 서기가 되는 것이고, 세계를 들썩이게 할 정도로 굉장한 회고록을 쓰게 될 것이라는 느낌이 들었다. 미래에 이 회고록이 '알리 뮤흐신의 압둘하미드 회고록'이라는 제목으로 출간되어 엄청난 명성을 얻을 수도 있다는 생각에 가슴이 뛰었다. 게다가 이 회고록이 큰 부를 가져다줄 수도 있었다. 머리 위에서 커다란 행운의 새가 날개를 펼치고 있다는 걸 느끼며 그는 곧바로 황제로부터 받은 명을 실행에 옮겼다. 하지만 서기의 이런 꿈은, 공책을 달라고 하는 걸 수상쩍게 여기고 그를 미행한 군인들에 의해 채 3일을 넘기지 못하고 수색을 받으면서 깨지고 말았다. 이렇게 위험천만한 시도는 결국 서기가 어두운 저택 지하실에 감금되는 것으로 막을 내렸다.

이 일로 황제는 엄청난 우울감에 빠졌다. 위안을 얻기 위해 목공실로 사용하던 방에 들어가 며칠이고 톱, 저울, 끌, 만력기, 아교를 손에서 놓질 않았다. 이렇게까지 부당한 대우를 받는 것에 숨이 막혔다. 손에 들고 있던 만력기가 심장을 죄고 또 죄는 것 같았다. 늙고 재주 많은 손으로 비밀 장치가 있는 상자, 숨겨진 서랍이 있는 작은 장을 만들고 있었지만, 머리는—아마도 자신의 안전은 보장받았다고 느껴서이겠지만—제국의 미래에 관한 궁금증들로 복잡했다. 오랜 세월을 견뎌 온 오스만 제국도 할아버지인 마흐무드 2세가 세웠던 강력한 대비책에도 불구하고 해체 직전에 놓여 있었다. 자신이 황제에 즉위하고 곧바로 발발한 재수 없는 93전쟁[95]이 제국의 관에 못을 박은 것이나 다름없었다. 제국을 수호하기 위해 어떤 고통을 감내해야 했는지, 영국이 탐내고 있던 유전을 지키기 위해 무엇을 했는지 황제 자신은 잘 알았다. 물론 영국만 그런 건 아니었다. 하지만 다른 국가들을 그리 큰 위협으로 보지 않았다. 영국 사람들이 원래 그랬던가? 황제는 늘 영국인들을 동경했고, 그들 앞에서 주눅이 들었다. 반쯤 타들어 간 담배를 물고 손에 있는 나무를 대패질하며 속으로 생각했다. '영국인들과 쥐를 무서워하지.' 잠든 동안 쥐에게 코와 귀를 파먹힌 사람들을 많이 봤다. 쥐는 느끼지 못하는 사이에 인간의 영혼마저도 파먹을 수 있는 녀석이었다. 파먹으려는 부위를 입김으로 불어서 먼저 마취시켰다. 그래서 당하는 쪽에서는 어느 부위를 파먹히고 있는지 전혀 알 수 없었다. 영국인들도 그랬다. 어느 한 지역을 빼앗아야겠다고 작정하면 악마도 생각해 내지 못할 방법을 동원하고, 어떤 희생이 따르더라도 목적을 달성하는 사람들이었다. 게다가 피해국은 모든 일이 돌이킬 수 없는 상황에 이르기 전에는 그걸 느끼지도 못했다. 누가 지금 제국의 조정을 장악하고 있는지 알 수 없었지만 제대로 된 대신들이 없는 것만은 분명했다. 특히나 루멜리 출신 반란군 장교들이 장악했다면 조상들이 피 흘리고 목숨을 바친 제국이 10년 안에 패망할 게 뻔했다. 유대인들은 예루살렘 근처에 토지를 매입해

95 역주- 튀르크-러시아 전쟁(1877~1878)으로 더 많이 알려져 있으며, 튀르키예 공화국 수립 이후인 1926년까지 사용한 루미력(율리우스력에 기반을 둔 달력) 기준으로 1293년에 발발하였다 하여 붙인 이름

서 그곳에 자신들의 새 국가를 건설하고 싶어 했다. 와하드 반란[96] 이후로 메카와 메디나도 위험한 상황이었다.

---

96 역주- 비이슬람적 풍습들을 제거하여 순수 이슬람으로 회귀를 주장하는 와하비즘 추종자들이 오스만 제국에 대항하여 독립 국가 건설을 시도한 일련의 사건들

뮤쉬피카 부인

군의관은 자기 삶에 만족하고 있었다. 하지만 매일 병원이 아닌 저택을 찾아 황제 가족과 시종들을 검진하는 건 제쳐 두고라도 진료에 간섭하는 황제의 태도에 짜증이 났다. 여자들이 보이는 증상은 설사, 가려움증, 종기가 전부였다. 아빗 왕자처럼 계속 감기에 걸리는 가족도 있었다.

이해가 안 되는 건, 이 모든 증상을 환자가 직접 말하는 게 아니라 황제가 전달한다는 것이었다. "우리 군의관 양반, 세 번째 아내에게 시럽 약을 준비해 주시게. 알로에 조금, 아카시아 조금 그리고 진짜 시나몬을 섞어서 말이네." 자기가 할 역할이 없다고 느낀 군의관은 약간 화가 섞인 목소리로 이런 것들이 왜 필요한지를 물어보기도 했다. 황제의 세 번째 아내에겐 신경통이 있었다. 이런 작은 병들은 모두에게 있었다. 황제는 소화 기능이 완전히 망가져 있었다. 어떤 음식도 소화를 시키지 못해서 새 모이 정도밖에 먹지 않았다. 가장 선호하는 음식은 애호박 요리와 요구르트였다. 집 밖으로 나갈 일이 없는데도 자주 감기에 걸렸다. 더 심각한 건 늙고 지친 육체에 고통을 안겨 주는 치질이었다. 종종 출혈도 있었다. 통증을 견디지 못할 때면 군의관에게 증상을 말했다. 하루는 군의관이 이 말을 남긴 뒤 돌아갔다. "치질을 제대로 살펴봐야 할 것 같습니다. 꽤 심하게 통증을 느끼시는 것 같습니다."

다음 날 아침 군의관이 가방에서 꺼낸 기구는 황제를 겁에 질리게 하기에 충분했다. 황제는 금속 재질에 양쪽으로 고리가 있는 집게를 닮은 그 기구가 무엇인지 물었다. "스페큘럼[97]입니다. 이걸로 검진해야겠습니다." 군의관이 대답했다.

황제는 새하얗게 질렸다. "그러니까 지금 이 커다란 것이… 실례하네, 거기에 들어간다는 말인가?"

'예, 폐하' 군의관은 속으로 대답했다. 그리고 이상한 농담이 생각났지만, 예의에 벗어난 행동이라는 걸 깨닫고 곧바로 머릿속에서 지웠다. 어떤 상황이라 하더라도 이 자를 돌봐야 하는 것이 자신의 임무였고, 의사 윤리 선서에 벗어나는 행위는 절대 하지 말아야 했다.

황제는 스페큘럼 검진을 완강히 거부했다. "죽으면 죽었지 그걸로 검진하는 건 안 되네."

---

97 역주- 검경 또는 벌리개라고도 하는 눈, 코, 항문 등의 신체에 있는 구멍을 넓히는 의료 기구

군의관은 매일 에테르[98], 퀴닌[99], 타닌[100], 아편팅크[101], 박하수[102], 계피수, 스커비풀[103] 정제액, 뱀무액[104], 칸타리스[105] 그리고 다양한 약제와 지사제를 가방에 채워 넣었다. 이 약으로 날이 갈수록 증상이 늘어가는 황제 가족들과 시종들을 치료했다. 치료에 있어 가장 큰 골칫거리는 황제였다. 고집불통 노인네는 어떤 화학적 의약품도 거부했고, 군의관의 치료를 탐탁지 않게 생각했다. 계속해서 주위 사람들에게 자신이 터득한 치료법을 알려줬다. 황제는 의학 지식에 있어서는 누구보다 앞선다는 확신에 차 있었다. 군의관 의견에 반대하는 것만으로 그치지 않았다. 오히려 그를 가르치려 들면서 머리끝까지 화가 치밀도록 만들었다. 오랜 기간 매일 만나면서도 두 사람의 관계는 깊어지지 못했다. 하지만 묘하게도 거리를 둔 친밀함이 생겨났다. 군의관은 아주 천천히 황제가 정치적 정체성을 잊어버리게 되는 지점으로 접근해 갔다. 황제는 망상과 건강 염려증 속에서 살았다. 군의관을 어떻게 대해야 할지 몰라서 어떤 경우에는 좋은 아버지 같이 행동했고, 또 어떤 경우에는 친절했다. 때로는 잘난 척했다가 어떤 날은 극존대해서 군의관을 놀라게 했다. 저택에 연금되었던 초창기에 비

98 역주- 마취제

99 역주- 해열, 진통, 말라리아 예방약

100 역주- 지혈제로 사용함

101 역주- 적포도주 등의 술에 적정량의 아편을 녹인 진통제

102 역주- 박하유와 정제수의 혼합액으로, 위장약으로 사용함

103 역주- 괴혈병 치료제

104 역주- 염증 치료제

105 역주- 이뇨제

해 더 안정된 모습이었다. 적어도 현재로선 처형당할 수 있다는 공포에서는 벗어난 것처럼 보였다.

저택에 사는 사람 중에 군의관이 가장 관심 있게 본 사람은 뮤쉬피카 부인이었다. 황제가 가장 아끼는 부인이자 아이셰 공주의 어머니였다. 너무나 차분하고, 예의 바르며, 친절한 젊은 여인이었다. 군의관은 품위 있게 거리를 두는, 반투명에 가까운 피부와 적갈색 눈동자를 가진 순수한 아름다움에 매료될 수밖에 없었다. 이 젊은 여인은 다른 가족들이나 시종들처럼 아무 때나 군의관을 찾지도 않았고, 답답하다고 꾀병을 지어내는 일도 없었으며, 버릇없는 황실 사람들처럼 굴지도 않았다. 주위에 선행을 베풀고 밝은 빛이 되어주는 천사 같았다. 이 범상치 않은 여성에게서 볼 수 있을 거라고 예상하지 못했고, 그를 너무나도 놀라게 했던 건 바로 연로한 남편에 대한 이해할 수 없는 사랑이었다. 그녀는 종종 이렇게 말하곤 했다. "군의관님, 황제 폐하의 건강이 너무 걱정됩니다. 우리는 됐으니 황제 폐하를 진료해 주세요. 가까이서 함께 지내 보지 않은 사람들은 모릅니다. 황제께서는 매우 예민하십니다. 그분은 자비로우시며, 다른 사람을 위해 자신을 희생하시는 특별한 성품을 가지셨어요. 그런 은인 같은 분께서 무사하시면 우리도 무사한 겁니다. 간청드립니다, 황제께 아무 일이 없도록 해 주세요. 그분께 무슨 일이라도 생기면 제 인생도 끝나는 거나 마찬가지예요."

남편을 언급할 때마다 붉게 달아오르는 두 볼, 순진한 소녀처럼 뛰는 가슴을 누르지 못하는 흥분, 그리고 감정에 북받쳐 말을 제대로 잇지 못하는 이 젊은 아내의 진한 사랑을 보고 군의관은 놀라지 않을 수 없었다. 어쩌면 이런 사랑을 찾지 못했기에 노인을 질투하는 것인지도 몰랐다. 이스탄불로 돌아갈 수 있다는 허락을 받고 딸이 떠났지만, 젊은 아내는 남편 곁을 떠나지 않았다. “내 자리는 폐하의 무릎 밑입니다. 어떤 것도 폐하의 곁에서 절 떼어놓지 못합니다.”

군의관은 매일 저녁 집에 돌아오면 이젠 꿈인지 현실인지 자신도 분간이 안 되는 연인에게 정성 들여 편지를 썼다. 그리고 그 편지를 봉투에 넣은 다음 책상 서랍에 고이 보관했다. 제약회사 메모지를 가져와 황제와 무슨 이야기를 나눴는지도 기록했다. 깨알 같은 글씨로 채워진 수백 장이나 되는 메모지를 책상에 두지 않았다. 만일을 대비해 누구도 찾지 못할 만한 난로 속 손이 겨우 닿는 공간에 넣어두었다. 이 비밀은 가장 가까운 사람에게도 말하지 않았다. 알라신께서 보호하시겠지만, 만약 다른 사람 손에 들어가기라도 한다면 엄청난 화를 당할 수도 있었다. 매일 함께 있다 보니 군의관에겐 특별한 게 아닐지 몰라도 병든 노인과의 대화처럼 보이는 그 모든 것이 폐위된 황제의 생각들이었다. 새로운 조정은 폐위된 황제와 관련된 것들에 매우 민감했다. 군의관은 아무리 생각해 봐도 새로운 집권 세력이 예전과 별반 다르지 않은 것 같았다. 반대파를 야만적인 방법으로 탄압하기 위해서 백성들을 공포로 몰아넣는 새로운 조치들을 단행했다. 그렇다면 ‘붉은 황제’를 폐위시킨 이유는 뭐란 말인가? 아무것도 달라지지 않을 거였다면 왜 이런 대혼란을 일으킨 것일까?

황제가 가장 궁금해한 건 오랫동안 요동치고, 모든 강대국이 무너트리려 하는 제국의 상황이었다. 끓는 솥이 돼 버린 발칸반도에서는 무슨 일이 일어나고 있는 지도 궁금해했다. 트리폴리에 눈독을 들이고 있는 이탈리아와 관계는 어떻게 진전되고 있는지, 무슐-키르쿠크에 매장된 유전은 지켜지고 있는지, 당연히 팔레스타인도…. 유대인들이 팔레스타인에 새로운 나라를 건설하겠다는 억지는 어떤 상황인지? 이 모든 질문이 아침 이른 시간부터 한밤중까지 머릿속을 복잡하게 만들었다. 모든 일을 낱낱이 파헤쳐 제국을 지켜내는 것이 그의 일이자 직업이었다. 하지만 지금은 티끌만 한 정보도 얻을 수 없었다. 군의관은 자신의 입을 통해 황제가 뭔가를 얻어 내려고 한다는 걸 알고 있었다. 그러나 그는 늙은 황제의 함정 질문을 노련하게 피해 갔다. 제국은 재앙에 직면하고 있었다. 발칸반도 대부분을 빼앗겼고, 내부 불화를 극복한 정교회 국가들이 러시아를 등에 업고 하나씩 독립을 선언했다. 빼앗긴 영토에서 살고 있던 수백만 명이나 되는 오스만 제국 백성들은 황급히 이스탄불로 피난을 떠나야 했다. 이스탄불로 향하는 피난민들은 발칸 지역 곳곳에 있던 도적 떼와 반군들에 의해 학살당했다. 영국은 중동 지역 유전을 차지하기 위해 엄청난 공을 들이고 있었고, 아랍인들이 오스만 제국에 맞서 싸우도록 반란을 부추겼다. 간단히 말해, 늙은 황제가 병을 낫게 하는 약제와 연고, 뜸으로 시간을 보내고 바이러스 공포증으로 쉴 새 없이 아킨슨 콜로냐로 손을 소독하는 동안, 거대했던 제국은 빠르게 영토를 상실하고 있었다. 그나마 다행인 것은 이 사실을 황제는 모른다는 것이었다. 알았더라면 엄청난 공포에 휩싸였을 것이다. 유럽 잡지 삽화에서는 오스만 제국을 사냥꾼에게 난도질당하는 사냥감으로 묘사했다.

콜레라가 유행하는 테살로니키 – 파스퇴르 세균학 연구소

수십 년 동안 궁전 밖을 나가지 않았던 황제에겐 저택 연금 생활이 그리 힘들지 않았다. 누릴 수 있는 건 제한적이었다. 자신을 위한 번역실, 오페라 극장은 없었지만, 사실 힘든 건 이런 문제가 아니라 정원으로 나갈 수 없다는 것이었다. 봄, 비, 추위, 눈이 그리웠다. 허락만 한다면 넓은 저택 정원에서 몇 시간이고 걸으며 식물들을 하나하나 살펴볼 생각이었다. 하지만 이 요청은 늘 거부당했기에 저택 주변에 있는 골목과 집, 멀리 지나가는 배를 망원경으로 보는 것만으로 만족해야 했다.

하루는 저택 담장 너머 길에서 특이한 움직임이 보였다. 사람들이 볼품없는 짐들을 수레에 싣고 시내 외곽으로 빠져나가고 있었다. 옷차림을 봐서는 형편이 넉넉지 않은 사람들이었다. 자세히 살펴보니 테살로니키에 거주하는 가난한 유대인들 같았다. 그들이 도시를 빠져나가는 걸 본 황제는 궁금증에 휩싸였다. '어디로 가는 거지, 저 사람들이? 왜 떠나는 거야?' 다음 날 아침 이른 시간에 저택 주위 곳곳에 석회를 뿌리는 걸 보고 황제는 콜레라가 유행하고 있다는 걸 알아챘다. 갑자기 심장이 뛰었다. 전염병과 많이 싸워 봤기에 두려웠다. 평생 수많은 전염병 창궐을 경험했고, 그걸 막는 게 얼마나 어려운지도 알고 있었다. 황제는 할 수 있는 조치를 하고 예방 주사를 통해 전염병 유행을 차단하려고 노력했다.

오스만 제국에서 예방 주사는 널리 쓰이는 방법이었다. 예방 주사를 놓는 여성 의료진은 천연두 환자 상처에서 딱지를 채취해 호두껍데기에 모았다. 그리고 피부에 작은 상처를 낸 다음 채취한 딱지 일부를 넣고 장미잎으로 덮었다. 유럽도 천연두 예방법을 오스만 제국으로부터 배워 갔다.

압둘하미드 황제가 세균 분야에서 가장 찬사를 보낸 사람은 파스퇴르였다. 이 세균학자와 접촉하기 위해 알렉산데르 장군을 수행원들과 함께 파리로 보냈다. 황제의 인사말과 함께 1급 훈장인 메지디에 훈장을 수여했고, 설립 중이던 파스퇴르 연구소에 1만 프랑을 기부했다. 이 연구소가 받은 기부금 중에서는 가장 큰 액수였다. 알렉산데르 장군은 파스퇴르 곁에 6개월 동안 머물면서 세균학 지식을 물려받으려 노력했다.

황제는 콜레라가 얼마나 큰 재앙인지 잘 알고 있었다. 한때 이 전염병이 새까만 죽음의 먹구름처럼 이스탄불 하늘을 뒤덮은 적이 있었다. 마을마다 여자들과 아이들은 숨죽이며 눈물을 삼켰지만, 대책이라곤 없었다. 골목마다 관을 나르느라 사람들 어깨는 축 늘어져 있었다. 오스만 제국 백성들은 주변에 있는 모든 것, 공기, 나무, 새, 고양이, 바람, 흔들리는 나뭇가지조차도 두려워했다. 그러나 생각할 때마다 자긍심에 차오르는 자신의 대책 덕분에 이스탄불을 정면으로 덮친 죽음의 저주는 8개월 만에 막을 내렸다. 모든 선착장과 교차로에 검역소를 세웠고 이스탄불로 들어오는 모든 물건은 소독을 거치도록 했다. 환자가 입었던 옷과 소지품은 곧바로 소각했으며, 모든 물은 정수 과정을 거쳤다. 새로 설립된 세균학 연구소 의사들은 보건 분야에서 최고인 선진국들을 선례로 삼았다. 전염병 환자가 발생한 마을에서 수거한 생필품들은 검역소의 110℃ 수증기로 훈증 소독을 거쳤다. 이런 대책들로 8개월 만에 전염병의 대확산을 막을 수 있었다. 하지만 지금은 어떤 대비책도 없는 테살로니키에서 전염병이 도는 것이었다. 동생은 이런 일을 해결할 수 없을 거라 확신했다. 어디에도 관심이 없고 멍하니 살아가는 그런 성격이었다. 황제가 그렇다 보니 모든 백성이 위험했다.

정오 무렵 저택을 찾은 군의관에게 황제는 이런 자기 생각을 털어놓았다. 군의관은 먼저 숨기려고 했지만, 늙은 황제가 제대로 파악하고 있다는 걸 알고는 전염병이 돌고 있다는 사실을 인정했다. 테살로니키에 전염병이 발생했고 더 확산되는 걸 막기 위해 시외로 이주를 포함한 온갖 종류의 대응책들이 다 동원되었다.

“내가 이 문제에 관해서는 많은 경험이 있네! 몇 차례나 재난 상황을 통제했고, 얼마나 많은 전염병을 막았는지 자네는 모를 거네. 내 경험을 이용하게.” 황제는 자신 있게 말했다.

황제는 이 말을 하면서도 크게 기대하지는 않았다. 자신에게서 그 어떤 조인도 빋지 않을 거라는 길 알고 있었기 때문이었다. 그래서 군의관이 가자마자 곧바로 저택을 보호하기 위한 대비를 시작했다. 모두 끓인 물로 깨끗이 씻고 가능한 새 옷, 새 옷이 없으면 세탁한 청결한 옷으로 갈아입고 벗어 둔 옷은 조심해서 문밖에 쌓아 둘 것을 지시했다. 지휘관에게 소식을 전해 이 옷들을 손이 닿지 않도록 주의해서 소각해 달라고 요청했다. 황제는 전령에게 쉬지 않고 지시를 내렸다. 저택 모든 구석, 바닥, 창문, 계단 난간, 손잡이를 식초 탄 물로 소독할 것과 함께 저택 모든 곳을 솔로 닦아 낼 것을 명했다. 이런 조치에서 그치지 않고 저택을 격리시켰다. 지휘관과 군의관을 제외한 누구도 저택에 출입할 수 없었다. 이 두 사람과도 거리를 두고 대화를 했다. 악수를 금지하고 누구도 자신에게 손을 대지 못하도록 했다. 저택에 있는 모두에게 내리는 명령이었다. 외부에서 들어오는 모든 식자재는 먼저 주방에서 식초로 씻은 다음 반입이 허락되었다. 옛날처럼 계속 명령을 내리다 보니 굽어 있던 등도 펴진 것처럼 보였고, 핏기없던 얼굴에도 화색이 돌았다. 목소리도 안정된 톤을 되찾은 것 같았다.

"나는 콜레라, 흑사병, 발진티푸스, 장티푸스를 이긴 사람이네." 황제가 군의관에게 말했다. "이런 전염병에 대한 최선의 대비책은 경각심을 갖고 또 경각심을 갖는 것이라는 걸 자네도 알겠지. 전염병은 두려워해야 하네. 보이지 않는 적이지. 그래서 최악의 적이라네. 한번은 이스탄불에 콜레라가 발생했는데 의사들이 콜레라라는 통일된 진단을 내리지 못했지. 누구는 콜레라라고 하고, 누구는 아니라고 했다네. 또 누구는 세균이 존재한다는 것조차도 믿지 않더군. 모든 곳에 있는 식수를 채취해서 세균학자들에게 보냈고 검사 보고서들을 하나씩 다 읽어 봤지. 무슨 일이 있었는지 아나? 의사마다 다른 소리를 하는 것 아니겠나. 그들 말이 다 달랐네. 그래서 내가 파스퇴르에게 도움을 요청했네. 전에 말했던 그런 교류가 있다 보니 파스퇴르는 우리에게 호의를 갖고 있었지. 자신의 오른팔인 샨티메스라는 자를 보냈더군. 그 두 사람에게 감사하는 마음을 갖고 있네. 우리 의사들이 좀처럼 합의에 이르지 못했던 문제를 바로 화학적인 분석을 거쳐 유행하고 있는 병이 콜레라라는 걸 밝혀 냈지. 샨티메스와 함께 대응책을 마련하기 시작했다네. 그가 뭘 원하든 들어줬고, 무슨 말을 하든 우리는 그 말을 따랐지. 자네도 알다시피 나는 과학을 존중한다네. 백성들을 격리했고 집에서 나오지 못하게 했지. 작고하신 마흐무드 2세께서도 그렇게 하셨어. 다행히도 콜레라에서 벗어날 수 있었다네. 샨티메스를 이스탄불에 남게 하려고 파스퇴르에게 간청했지만, 샨티메스 없이 연구를 계속할 수 없다는 이유로 거절하더군. 샨티메스를 설득하기 위해 엄청난 선물과 훈장을 내렸지만 그것도 소용없었다네. 그는 파리로 돌아갔고 대신 연구소에 있던 니콜 박사를 보냈더군. 자네도 그 유명한 니콜 박사를 알지 않나? 그는 오랫동안 이스탄불에 남았었지. 세균학을 창설한 사람이네. 그런데 왜 웃는 건가? 웃긴 이야기를 한 게 아닌데….”

황제의 일장 연설이 지겨웠던 군의관은 본의 아니게 미소를 짓고 말았다. 황제가 한 이야기를 당연히 알고 있었다. 의료에 종사하는 사람들은 다 아는 이야기였다. 하지만 의대생일 때 들은 황제를 조롱하는 짧은 풍자시도 기억났다.

청결한 중절모를 쓰고 이 도시에 왔던 샨티메스
씌워 놓았네, 낮은 계급의 더러운 튀르키예식 모자만!

“아닙니다. 다른 게 떠올랐습니다. 죄송합니다.” 군의관은 방의 한쪽 귀퉁이에서 이 말을 하면서도, 입과 코를 막은 노인을 예전처럼 미워하지 않는 자신을 발견했다. 마치 황제라는 정체성을 벗어던진, 전통적인 터키인 가정에 사는 노인네 같았다. 방 한구석에 앉아 손에는 묵주를 들고 저세상을 준비하려는 사람처럼 기도만 중얼거리는, 귀엽기도 하다가 성깔도 부리는, 벗어진 머리에 수염 기른 늙은이 같았다. 마치 자신의 할아버지를 보는 듯했다. 군의관은 마음속으로 생각했다. ‘이 사람이 탄압을 했다고 해도 너무 두려워서 그랬을 거야.’ 한편 황제는 군의관이 온 뒤로 손과 목과 얼굴에 콜로냐를 바르는 게 몇 번째인지 몰랐다. 방에는 상쾌한 향이 퍼졌다. 황제는 한쪽 구석에서 조용히 앉아 있던 아들에게 콜로냐 병을 내밀었다. “자, 아빗 왕자. 이 병을 받거라. 너도 바르고 군의관께도 드려라.”

“아닙니다. 저는 괜찮습니다. 저는 가지고 다니는 세정제가 있습니다.” 군의관은 사양했다.

“군의관 양반, 내가 보기엔 이 아이가 너무 마른 것 같네. 맥주를 먹여 봐야 하나?”

군의관은 자신의 귀를 의심했다. “세상에, 꼬마 아이에게 맥주를 먹이다니요?”

“하지만 너무 말랐어. 맥주가 힘을 키워 줄 걸세.”

“그렇다면 맥주 효모가 괜찮겠습니다. 같은 효능이 있지만 술은 아니잖습니까.”

이스탄불 최초의 맥주 공장은 압둘하미드 황제가 집권하던 시기에 특별 허가를 받은 보몬티 형제들이 세웠다. 테살로니키에서는 알라티니 형제들이 맥주를 처음으로 생산했다. 집권하고 있을 때 이들 공장을 허가한 그는 대부분의 백성처럼 체력을 보강하는 데 맥주가 도움이 된다고 믿었다.

군의관은 오늘 나눈 대화를 잊어버리지 않기 위해 곧장 메모로 남겼다. 이슬람 세계의 칼리프가 어린 자식에게 맥주를 먹이려는 걸 목격하는 게 어디 쉬운 일인가.

연애편지보다 중요한 군의관의 궁금증

군의관은 저녁에 집에 돌아와 언제나처럼 난로 연통 구멍에서 작은 메모장을 꺼냈다. 책상으로 가서 자신도 읽기 어려울 정도로 작은 글씨로 글을 써 내려갔다. 이렇게 작은 글씨로 쓰는 이유는 두 가지였다. 메모장이 자리를 많이 차지하게 되면 나중에 들킬 위험이 컸고, 또 써 놓은 글에 소름이 돋았기에 판독하기 힘든 글로 남기기 위해서였다. 이날 밤, 자신이 하는 일이 얼마나 중요한지 다시 한번 크게 깨달았다. 유배 중인 전 황제의 과거 회상을 기록으로 남기는 것이었다. 쉬운 일은 아니었다. 황실에서 알기라도 한다면 곧장 군사법원에 넘겨서 총살형을 내릴 만한 일이었다. 불과 얼마 전, 서기가 같은 이유로 지하실에 감금되지 않았던가. 아주 위험한 행동이었지만, 그만큼 흥미로웠다. 그가 아는 한 압둘하미드 회고록은 없었다. 그가 과거를 회상하며 한 말을 기록한 유일한 메모였다. 후세에 남길

단 하나뿐인 진짜 기록이었다. 군의관은 자신에게 부여된 역사적인 임무가 바로 이것이라고 생각했다. 저택과 집을 오가는 지루한 테살로니키에서의 삶에서 갑자기 의미를 찾게 되었다.

그날 있었던 일을 메모하던 중 책상에 놓여 있던 편지지와 편지봉투에 눈이 갔다. 멜라핫 양에게 마지막으로 편지를 썼던 게 한참 전이라는 걸 깨달았다. 그리움과 사랑이 식은 건 아니었지만 편지의 자리를 비밀 메모가 차지해 버린 것이었다. '쓴다고 해도 보내지도 못하는걸. 이걸 어느 정도 끝내 놓고 다시 쓰면 되지.'

황제가 테살로니키로 처음 왔을 땐 당연히 흥분된 분위기였다. 하지만 다른 모든 일처럼 사람들은 적응했다. 어차피 오랫동안 이을드즈 궁전 밖을 나가지 않던 노인네였다. 인제 와서 테살로니키 저택에 연금됐다고 해도 누구도 이상하게 생각하지 않았다.

군의관은 건강 염려증에 자기 말만 하는 황제를 햇병아리 의사처럼 진료하는 일에 신물이 났었다. 다른 의사로 교체를 해 달라고 상부에 건의할 생각까지 했다.

그런데 지금은 모든 게 변했다. 황제는 자기 이야기를 하고, 군의관은 그 이야기를 듣고 기록으로 남기고 있다. 황제와 자기 사이에 말로 하지는 않았지만, 비밀스러운 무언의 합의가 존재한다는 게 느껴졌다. 황제도 같은 생각일 거라 확신했다. 왜냐하면 쉬지 않고 자기 이야기를 늘어놓았기 때문이었다. 앞으로는 그가 하는 말을 끊지도 않고, 다른 일을 핑계로 자리를 뜨지도 않을 생각이었다. 유심히 듣는 것에 그치지 않고 질문까지 할 작정이었다. 예를 들면, 나믁 케말에 관해 물어볼 생각이었다. 청년튀르크당, 동생 무라드 5세, 작은

아버지 압둘아지즈 황제의 암살, 교살당한 미탓 장군 그리고 외국 정상들 그러니까 빌헬름 2세, 빅토리아 여왕, 나폴레옹 3세에 관해서 물어보려고 했다. 그리고 작은아버지 압둘아지즈와 외제니 간의 사랑 이야기가 정말인지, 유럽에서 무슨 일이 있었는지, 제국을 발전시키기 위해 왜 유럽을 모델로 삼지 않았는지, 3월 31일 반란[106] 등 머릿속에서 떠오르는 모든 것들을 물어보고 기록할 생각이었다.

군의관은 그날 밤, 줄담배를 피워 댔다. 아주 드물게 찾던 치프로 병을 꺼냈고 간단한 안주를 놓고 마셨다. 너무나 흥분됐다.

---

106 역주- 오스만 제국에서 사용하던 루미력으로 1325년 3월 31일(서기 1909년 4월 13일) 발생하여 13일 동안 계속된 군사 반란 및 민중 봉기

심문받는 황제

다음 날 아침, 군의관이 평소보다 이른 시간에 저택을 방문한 데다 말과 질문이 많아진 걸 늙은 늑대가 눈치채지 못할 리 없었다. 황제는 여느 때처럼 무엇을 먹었는지 어떤 자연 치료제를 사용했는지 간단히 말하더니, 속을 꿰뚫어 보고 있다는 듯 말했다. "호기심은 좋은 것이지만 마음속으로만 품고 있으면 병이 된다네." 그리고 군의관이 놀라는 걸 보면서 말을 이어 갔다. "며칠 동안 속으로 끙끙 앓으면서도 내게 물어보지 못하고 있다는 걸 아네. 자 물어보시게!"

"다 여쭤봐도 되겠습니까?"

"그렇네. 가능한 모든 걸 다 말해 주지."

이렇게 해서 제국의 옛 통치자와 군의관 사이에 직접 말을 하지는 않았지만, 비밀 합의가 이뤄졌고 황제의 기억이 역사로 남게 되었다. 기분이 좋아진 황제는 커피장에게 커피 석 잔을 가져오라고 했다. 두 잔은 자기에게 그리고 한 잔은 비밀을 털어놓을 새로운 서기 앞에 놓도록 했다.

그리고 질문으로 대화를 시작했다. "군의관 양반, 피해망상이 뭔가?"

"실제 존재하지 않는 환상, 의심, 공포를 말합니다!" 군의관은 대답했다. 황제가 왜 이런 질문을 하는 건지 군의관은 알고 있었다.

"실제로 존재하지 않는 것이란 말이지. 만일 공포와 의심의 원인이 있다면 피해망상이 아니네, 그럼."

이 말을 한 다음 황제는 담배를 길게 한 모금 빨아들였다. "세상에는 다양한 시대가 존재했다네. 그 누구도 자신이 속한 시대를 벗어나 살 수는 없지. 나는 오스만 제국 전체를 무너트리고 권좌에 있는 자를 죽이려는 시대에 황제가 된 것일 뿐일세. 내가 알고 있는 수많은 황제가 살해당했다네." 황제는 이 부분에서 담배 연기를 깊이 들이마셨다가 코와 입으로 천천히 내뱉었다. "누구는 암살당했고 또 누구는 전쟁터에서 처형됐지. 카자르 왕조의 나세르 알 딘 샤[107]의 최후는 절대 잊지 못한다네. 그렇게 죽어 간 왕들과는 대부분 아는 사이였지. 선하고 친절한 사람들이었다네. 하지만 불행하게도 살해당했지. 요즘에도 그렇게 죽어 가는 왕들이 있을 걸세. 내가 세상이 어떻게 돌아가는지 모르니 말이야. 작은아버지인 압둘아지즈 황제도 눕혀 놓고 팔다리를 붙잡은 뒤 두 손목을 잘랐다네. 그리고 과다 출혈로 사망할 때까지 기다렸고 자살로 위장하려고 했지. 하지만 목격

---

107 역주- 서구 문물과 기술을 도입하고 군사력을 강화에 힘쓴 페르시아 카자르 왕조의 전성기를 대표하는 왕

자가 있었다네. 게다가 말일세, 손톱 자르는 가위로 어떻게 양 손목을 연달아 그렇게 깊이 자른단 말인가? 궁전에 법정을 세워 범인들을 재판했다네. 미탓 장군을 비롯해 사형이 내려진 자들도 있었지만, 내가 그들을 종신형으로 감형해서 예멘으로 보냈지."

군의관은 가슴이 뛰었다. 최근 역사의 가장 중요한 사건 중 하나에 관한 이야기였다. "제가 질문 하나 드려도 되겠습니까? 미탓 장군이 타이프[108] 지하 감옥에서 교살되었습니다. 이건 어떻게 된 일입니까?"

"맹세하건대 난 그 일과 무관하다네. 그자가 죽기를 바랐다면 왜 감형해 줬겠나? 그냥 사형을 집행하라고 명령했겠지. 사형을 명령한다고 해서 어느 누가 나한테 무슨 말을 할 수 있었겠나?" 압둘하미드는 군의관에게 되물었다.

그 순간, 군의관은 앞으로 어떤 방식으로 대화를 이어갈 수 있을지 시험해 보기로 마음먹었다. 황제가 반대 의견을 밝히는 자신을 받아들이고 토론을 허락할까? 황제가 허락해야만 했다. 그렇지 않다면 이 메모들은 재미없는 변명 일색으로 남을 뿐이었다.

"죄송합니다. 말씀하시는 중에 제가 궁금한 걸 질문해도 되겠습니까? 그걸 용인해 주시겠습니까?"

황제는 담배를 들고 있던 손으로 계속하라는 손짓을 했다.

그리고 군의관과 황제 사이에 이런 대화가 오갔다.

"타이프 교도소장이 황제의 명령 없이 보통 사람도 아닌 총리 대

---

108 역주- 과거 오스만 제국이 지배한 예멘의 영토, 현재 사우디아라비아 메카 지역 내 도시

신과 장군을 목 졸라 죽일 수가 있습니까?"

"죽여서는 안 된다고 보네."

"그럼 어떻게 된 일이기에 총리 대신과 장군을 죽일 용기를 냈을까요?"

"나도 이해 안 되는 게 그 부분일세. 어떻게 내 명령 없이 그럴 수가 있지? 누가 명령을 내린 거야?"

군의관은 미소를 지었다.

"위대하신 황제만이 할 수 있는 일입니다. 누구도 명령할 수 없다는 걸 알고 계시지 않으십니까?"

황제는 침묵했다. 군의관은 다시 질문하기 시작했다.

"그럼 그 살인을 저지른 교도소장은 처벌받았습니까?"

"기억나지 않네." 황제는 대답했다. 기분이 썩 좋지 않다는 게 얼굴에 그대로 드러났다.

"기억해 내려 애쓰지 않으셔도 됩니다. 저희는 알고 있습니다. 그 교도소장은 어떤 벌도 받지 않았습니다. 미탓 장군은 황제께서 그 자리에 오르도록 도운 사람이 아닙니까?"

황제는 쉰 목소리로 답했다. "그렇다네."

"입헌군주제로 전환하고 의회를 여는 조건으로요."

"그렇네. 결국 의회를 개원하지 않았나."

"그러셨습니다. 하지만 1년도 안 되어서 의회를 폐쇄하고 절대 권력을 사용하기 시작하셨습니다." 군의관은 비난 섞인 투로 말했다.

"그랬지. 하지만 이유가 있었다네. 그렇게 할 수밖에 없었네."

그리고 황제는 그 이유를 하나씩 설명했다.

“내가 즉위하자마자 튀르크-러시아 전쟁이 벌어졌다네. 난 전쟁을 증오하는 사람이네. 이기든 지든 전쟁에 뛰어든 나라는 허리가 부러지는 법이거든. 그래서 가능한 협상으로 해결하려고 노력했네. 하지만 전쟁은 벌어졌지. 러시아 민족은 역사적으로 우리와 가장 많이 싸운 민족이라네. 우리 상황이 그리 밝지만은 않았어. 자원이 고갈된 상태였거든. 내가 생각해 둔 여러 전술이 있었네만 의회라는 빌어먹을 것이 이런 전술을 무용지물로 만든 거네.”

“왜 그렇게 생각하십니까? 어쨌거나 황제의 의회 아니었습니까?” 군의관의 질문에 황제는 쓴웃음을 지으며 턱수염을 쓰다듬었다. 마치 이런 복잡한 문제를 어떻게 설명할지 당황해하는 것 같았다.

“오스만 제국 의회라고 하는 집단에 대해 자네에게 설명해 주지. 의회는 그리스인, 아르메니아인, 터키인, 아랍인, 쿠르드인, 라즈인, 루마니아인, 알바니아인, 보스니아인, 불가리아인, 유대인 의원들로 구성되어 있었네. 세르비아, 몬테네그로, 루마니아, 이집트, 튀니지에서도 의원을 보냈지. 보게, 의회의 다수를 제국에서 독립하고 싶어 하는 소수 민족이 차지한 셈이 아닌가? 그들은 오스만 제국을 무너트리려 했네. 어떤 나라가 이런 상황을 이겨 낼 수 있겠는가? 게다가 전쟁 중에 말일세… 터키인이 소수로 전락한 의회라니, 이해가 되는가? 그래서 의회를 폐쇄할 수밖에 없었다네. 미안하네만 예니 오스만르라르라고 하는 자들이 좀처럼 이해하지 못한 의회 폐쇄에 대한 진실이 바로 이거네. 그들은 유럽에 가서 그곳의 통치 방식과 관리제도에 감명을 받고는 우리는 왜 그렇게 못 하느냐고 생각하는 게지. 하지만 모르고 있는 게 있어. 오스만 제국은 유럽 국가들처럼 단일 민족으로 구성된 게 아니라는 것이네. 세상에 있는 수많은 민속과 종교 그 모두가 우리 제국에 존재하지 않느냐 말이네. 이젠 자유를 주장하고 나섰는데, 어떻게 될지 한번 보세."

군의관은 이 부분에서 생각에 잠겼다. 발칸 전쟁은 제국의 영토 축소와 인구 감소를 불러왔다. 많은 주와 도, 지역을 상실한 것으로 그치지 않았다. 이제는 적군이 테살로니키를 향해 다가오고 있었다. 이런 일이 벌어질 걸 황제는 꿈에도 생각지 못했을 것이다. 이 소식을 들으면 심장 마비를 일으킬지도 모를 일이었다.

군의관은 그날 밤도 들뜬 마음으로 담배와 치푸로 병을 옆에 두고 제약사 메모지에 깨알 같은 글을 써 내려갔다. 옛 황제와 합의에 이르렀다는 확신이 들었다. 군의관은 재판관이고 황제는 피고인이 된 것 같았다. 한 명은 심문을 하고 다른 한 명은 심문을 받았다. 세상을 움직이던 통치자 중 한 명이 자기 손아귀에서, 자기 입만 바라보고 있었다. 군의관은 손에 쥐고 있는 이 엄청난 주도권에 행복해하며 큰 소리로 웃었다. 웃다가 담배 연기를 들이마시는 바람에 사레가 들렸고 기침을 하기 시작했다. 기침이 그치자 이런 생각이 들었다.
'그럼 어때, 권력이라는 건 좋은 거군.'

군의관은 테두리에 문양이 들어가 있는 예쁜 편지지 한 장을 꺼내 정성스럽게 글을 써 내려갔다.

> 단 한 번의 눈길로 내 마음을 앗아간 내 눈동자 빛이자 내 마음의 환희인 그대
>
> 당신에 대한 그리움과 우리가 함께 하지 못하는 하루하루로 인

해 몇 년째 고통받고 있습니다. 그대가 어디에 있는지, 이스탄불로 돌아왔는지, 아니면 그곳에 있는지조차도 알지 못합니다. 압둘하미드가 폐위되고 나서 존경하는 아버님께서도 유배형에서 사면되셨을 거라 기대합니다. 제가 이스탄불로 가서 그대를 직접 만나고, 아버님께 승낙을 얻는 것이 더 빠른 길이겠지요. 매일 저택을 방문해서 폐위된 황제와 그의 가족들을 검진하는 것 외에 다른 중요한 일이 없는 게 테살로니키에의 제 삶입니다. 하지만 저는 마치 단번에 큰 변화와 기적이 일어나 이 그리움에 종지부를 찍을 것 같다는 희망에 가득 차 있습니다. 옛 황제가 제게 들려주는 이야기들과 저에 대한 공손한 태도, 칭찬 섞인 말을 그대가 보고 들을 수만 있다면. 황제만 그러는 것이 아니라, 그의 가족들과 시종들 모두가 그렇게 행동합니다. 우리가 혹시 이 사람들에 관해 잘못된 이야기를 들었고, 소문으로 인해 오해했던 것이 아닌가 하는 생각들이 가끔 들기도 합니다. 하지만 곧바로 그가 저지른 악행들이 떠오릅니다. 사람들은 권력을 쥐고 있을 때 다르고, 그 권력을 잃었을 때 다르다는 생각을 합니다. 한구석으로 밀려난 순진한 노인처럼 보일지라도 수많은 사람의 원한이 서려 있습니다. 어떤 날은 반쯤 감긴 눈으로 지치고 피곤한 모습을 하고 앉아 있는 걸 보고 스스로 자문하기도 합니다. '이 자가 파티흐 술탄 메흐멧, 야부즈 술탄 셀림, 카누니 술탄 슐레이만의 후손이란 말인가?' 원정에 한 번도 나선 적이 없고, 전장에 직접 나가 본 적도 없는 황제였지요. 조상들 같지는 않습니다.

그는 말하는 걸 매우 좋아합니다. 쉬지 않고 과거의 추억을 늘어놓습니다. 그가 이야기할 때면 왠지 몰라도 제 마음에 들려고 애쓰고 있다는 느낌을 받습니다. 어쩌면 자신과 가족들의 건강을 걱정하고 있어서 일 것이고, 그게 아니면 자신에 관해 좋게 말하고 이야기 해 주기를 바라서겠지요. 하지만 솔직히 고백하자면, 예전에는 폭군에다 양심도 없는 짐승이라고 생각했습니다. 그런데 지금은 저를 힘들게 하는 겁쟁이에다 가족을 사랑하는, 피해망상을 앓고 있는 가엾은 환자처럼 느껴집니다. 가끔은 혹시 그 유명한 술수로 저를 속이고 있는 것이 아닌가 하는 생각을 떨쳐 버릴 수가 없습니다.

군의관은 써 놓은 편지를 다시 읽어 보았다. 마지막 문장이 마음에 들지 않았다. 혼란스러운 감정을 제대로 표현하지 못했다는 생각이 들었다. 만약 이 편지가 다른 누군가의 손에 들어가면 큰일이 날 게 뻔했다. 편지를 잘게 찢어서 난로에 던져 넣었다.

다음 날, 평소와 다르지 않은 하루가 시작됐다. 3미터 떨어져 앉은 황제는 지난 밤새 치질 통증으로 잠을 이루지 못했다는 말로 대화를 시작했다. 저녁 식사 때 식욕을 참지 못해 먹어 버린 쾨프테[109] 세 개 때문에 속이 쓰리고 가스가 차는 바람에 녹나무로 배를 문질렀다고 했다. 심한 통증을 앓고 있는 시녀 쥴펫 칼파에게 시럽을 준 이야기며, 아빗 왕자에게 맥주 효모를 먹이기 시작했다는 이야기도 했다.

---

109 역주- 중동, 중앙아시아, 동유럽 등지에서 흔히 먹는 다진 고기나 채소로 만든 다양한 크기의 미트볼의 튀르키예식 이름

저택에 있던 침대보, 담요, 옷 등을 정원 한쪽 구석에서 태웠다는 말과 함께 테살로니키의 콜레라 상황에 관해서도 물었다. "이런 전염병은 가난한 사람들에게 큰 피해를 준다네. 테살로니키도 분명히 그럴 텐데." 군의관은 콜레라가 진정 국면에 접어들었고, 사망자도 매일 줄어들고 있다는 말로 황제를 어느 정도 안심시킨 다음 말했다. "하시던 이야기를 계속하는 게 어떻겠습니까?"

"그러지. 커피를 가져오면 시작하세."

군의관은 밤새 머릿속에서 맴돌던 의문부터 물어보았다.

"키프로스 섬을 왜 영국에게 넘겨주셨는지에 대해 논란이 많이 있었습니다. 조상들께서 남긴 그 큰 섬을 왜 넘겨주셨습니까?"

"군의관 양반, 내가 앉아 있던 자리에 자네가 앉았다고 해도 똑같이 했을 거네. 다른 방법이 없었네." 황제는 쓴웃음을 지었다.

"우리의 영원한 적수인 러시아 군대가 발칸반도에서 내려와 이스탄불 코앞까지 왔었네. 예실쿄이에 진을 치더군. 이스탄불이 다 넘어간 것이나 다름없었지. 다른 방법이 없었네. 아주 불리한 조건인데도 러시아와 합의했지. 내가 가장 견딜 수 없었던 건 위대한 오스만 제국의 황제가 러시아군 사령관 니콜라이 대공[110]을 직접 찾아간 것이었네. 그런 와중에도 나는 강대국들끼리 싸움을 붙일 생각을 했지. 영국이 러시아와 우리가 맺은 조약 때문에 신경이 많이 곤두서 있었거든. 마르마라해에 영국 군함이 들어와 있었지. 결국, 러시아에 대비해 힘의 균형을 잡아야겠다는 생각으로 100년 동안 키프로스를

---

110 역주- 니콜라이 니콜라예비치 대공(1859~1929). 1차대전 당시 러시아 제국의 육군 총사령관까지 역임한 인물

영국에게 맡기겠다고 한 거였네. 영토를 넘겨준 게 아니라 통치권을 준 것이지. 영토는 오스만 제국 소유였다네. 그런데 영국놈들! 어디든 발을 들여놓았다 하면 절대 나가지 않는다고 내가 말한 적이 있지 않은가."

군의관은 속으로 생각했다. '이런 사람과 내가 뭘 하겠다고. 뭘 물어보든 핑계가 다 있어. 자기한테 한 질문도 거꾸로 우리 반대파들에게 죄를 덮어씌우려고 하고 있잖아.' 그러다 '이 작자 직업이 이건데 뭐. 그 긴 세월 동안 협상에 협상을 거듭해 왔으니 당연한 거지.' 라고 속으로 중얼거렸다.

군의관은 대화 주제를 바꿔 보기로 했다. "재미난 사건을 많이 겪으셨을 것 같습니다. 세계의 국왕들과 황제들을 겪어 보셨을 텐데 그 이야기를 좀 해 주십시오."

황제는 이 제안에 흡족해했고, 얼굴에는 미소가 번졌다. 그는 세계를 통치한 사람들 그리고 그들과의 관계에 관해 이야기하는 걸 늘 재미있어 했다.

"내일부터는 유럽 여행에 관해서 이야기해 줄까 하네. 어쩌면 내 평생 가장 이상한 일들을 그 여행 중에 겪었다네."

제 2 장

젊은 왕자 시절

"삶의 즐거움을 골수까지 만끽하며 숨을 들이쉴 때마다 모든 세포가 살아나던, 너무나 행복한 시절이었다네. 쪽빛 환영 같아 보이던 이스탄불 해협에서 은빛으로 반짝이는 전갱이를 잡았고, 으스타른자 숲[111]에서 사냥했지. 여름, 겨울 할 것 없이 매일 수영하고, 뛰고, 말 타던 그리고 피아노를 연주하던 청년이 바로…."

군의관은 이 말이 믿기지 않았다. 망상에 빠져 포악한 행위를 일삼던, 맞은편에 앉아 있는 초라한 늙은이가 자기 입으로 하는 이야기였다. 젊은 시절에는 그랬다고 하지만, 지금 모습을 보면 전혀 상상되질 않았다. 황제가 이야기하는 젊은 왕자와 압둘하미드 사이엔 닮은 구석이라곤 없었다. 그런데도 그는 계속해서 설득시키듯 이렇게

111 역주- 흑해 연안을 따라 불가리아에서 이스탄불까지 이어지는 으스타른자 산맥에 있는 숲

말했다. “내가 그런 사람이었네. 알라신께서 증인이시네, 내가 젊었을 땐 그랬다네.”

1867년 그는 인생에서 가장 행복한 시절을 보내고 있었다. 다른 왕자들은 언젠가 황제 자리에 오르겠다는 생각이 있었지만, 그는 꿈도 꾸지 않고 있었다. 두 살 위인 무라드 형은 황제 자리에 관심이 있는 게 분명했다. 그 당시 압둘하미드는 그리스 금융업자 자리피로부터 조언을 받아 투자했고 엄청난 돈을 벌었다. 그렇다 보니 생각지도 못한 순간 황제 자리에 올랐을 때, 그는 이미 막대한 재산을 보유하고 있었다. 황실에서 하사하던 격려금도 개인 재산에서 지출해 재정 부담을 덜었다.

1867년만 해도 황제 자리에는 그의 작은아버지 압둘아지즈가 있었다. 건장한 체구에 여러 색깔이 섞인 눈동자를 가졌고, 마음 내키는 대로 행동하고 자주 화내는, 레슬링에 관심이 많던 황제였다. 솔직히 조카들을 잘 돌본 황제이기도 했다. 궁이나 저택에 조카들을 가두지도 않았고 문제만 일으키지 않으면 제재를 가하지도 않았다. 돌아가신 형 압둘메지드 황제만큼 잘생기거나 기품이 넘치지는 않았지만, 대단히 위엄 있는 황제였다. 인상을 쓰면서 눈을 한번 희번덕거리면 신하들은 물론 황실 사람들도 가슴이 철렁할 정도였다. 종종 페흘리반[112]들을 궁전으로 불러들였던 압둘아지즈 황제는 선수 복장으로 궁전 정원에서 그들과 레슬링을 하기도 했다. 사냥과 지릿 경기[113]에도 관심이 아주 많았다. 태생적으로 운동을 좋아했다. 하지만

112 역주- 튀르키예 전통 씨름 경기인 야을르 규레쉬(오일 레슬링) 선수

113 역주- 말을 타고 끝이 뭉툭한 나무창을 던져 상대편을 맞히는 단체 경기

레슬링 선수 같은 체구에서 전혀 짐작할 수 없는 재주도 있었다. 당시 유행하던 베니스 뱃노래를 피아노나 류트[114]로 직접 작곡하고 연주해, 듣는 이를 매료시키기도 했다. 그런 작은아버지와는 달리 아버지는 하렘에서 나올 줄 몰랐다. 여자들에게 관심이 많았고 품위를 중요시하는 사람이었다. 마흔 명이 넘는 자녀가 있었지만, 알려지지 않은 자녀까지 합치면 더 많았다. 하지만 135명이나 되는 자녀를 뒀던 무라드 3세에는 미치지 못했다.

여기까지 이야기를 듣던 군의관은 웃음을 겨우 참았다. 머릿속에서 스치고 지나간 생각을 황제에게 말할 수는 없었다. 호색한인 압둘메지드 황제가 병이 나자 유럽에서 의사를 데려온 적이 있었다고 한다. 의사는 황제에게 옷을 벗으라고 했고 그때 수석 통역관은 의사와 황제의 대화를 통역했다. 검진 중에 의사가 황제의 음부를 보고 뭐라고 말하자 압둘메지드 황제는 "뭐라고 하는 것이냐?" 하고 통역관에게 물었다. "황제 폐하의 그곳은 아주 좋은 상태라고 합니다." 통역관이 답하자 그는 큰소리로 이렇게 말했다. "저 이교도에게 '대단합니다.'라고 말하라 하여라. 어서 그렇게 말하라고 전해라." 백성들 사이에서 한때 유행처럼 회자되었던 이야기를 노인네에게 말할 수는 없어서 군의관은 헛기침으로 넘기려 했다. 그런데 그때 황제가 놀라서 "이런! 무슨 일인가? 자네 기침하잖나? 왜 그러는가? 병이라도 난 것인가?" 하고 묻더니, 거실에서 나가려 했다. "아무것도 아닙니다. 그냥 기침입니다." 군의관이 감기가 아니라고 말하자 황제는 안심하고 다시 자리에 앉았다.

---

114 역주- 기타와 유사한 현악기

“아버님께서는 돌마바흐체에 궁전을 짓도록 하셨지. 옛날에는 황제들이 화려하지 않은 궁전에 머무셨다네. 하지만 무슨 이유에서인지 아버님께서는 화려한 유럽 궁전에 견줄 수 있을 만한 궁전을 건설하시겠다고 작정하셨네. 작은아버지는 이 막대한 건설 비용을 더 늘리셔서 다른 궁을 하나 더 지으셨지. 나는 이해할 수가 없었었네. 난 돈이 뭔지 아는 사람이네. 제국의 예산으론 이런 공사를 감당할 수 없었지. 그렇다 보니 계속 돈을 찍어 낸 것이네. 작은아버지는 6천 명의 시종과 하렘이 있는, 그 거대한 궁전 밖으로 나오지 않으셨지. 너무 과한 황실의 지출과 갈수록 백성들이 빈곤에 허덕이는 걸 누구나 느낄 수 있었다네. 백성들은 작은아버지를 싫어하고 배척하기 시작했지. 다행히도 유능한 인재 두 명을 나중에 만나셨다네. 알리 장군과 푸아드 장군이네. 대단한 사람들이었지. 그들은 황제의 부족한 부분을 메꿔 나가고 실수를 고치려 애썼다네. 사실 제국은 황제 혼자가 아니라, 조정 대신들이 관리하는 것일세. 대신들이 훌륭하면 황제가 훌륭해지는 것이고, 대신들이 형편없으면 황제가 형편없어지는 것이네.

아버님은 유럽 방식을 선호하신 분이었네. 그렇지만 작은아버지는 정반대셨지. 그래서 작은아버지께서 유럽 국가들을 방문한다는 말을 들었을 때 믿을 수가 없었지. 몇 세기 동안 그 어떤 오스만 제국 황제도 제국 영토 밖으로 발을 디딘 적이 없었거든. 대군을 이끌고 유럽이나 아시아를 정복하러 간 적은 있었어도 말일세. 유럽식 교육을 받은 무라드 형에게 이 소식을 전했더니 다음과 같이 말하면서 웃더군. ‘이런, 파리에 가서 바닥에 양반다리를 하고 앉아 두 손으로 음식을 먹는 걸 봐야 하는데.' 형은 작은아버지가 그렇게 행동하는 걸 매우 싫어했지."

군의관은 늙고 교활한 황제가 젊은 시절 자신은 완전히 다른 사람이었다는 걸 믿게 하려고 애쓰던 모습을 이해할 수 없었다. '왜 그렇게 집착하는 걸까? 왜 그리 오래전 이야기를 예까지 들어가며 열성적으로 이야기했을까? 어째서 흥분하며 젊은 왕자 시절을 굳이 설명하려는 것일까? 그럴 필요가 뭐가 있다고? 게다가 그가 한 말이 진실일 리가 없잖아. 백성들 가슴에 커다란 돌덩이 하나씩 안겨주었던 압둘하미드를 우리가 모르는 것도 아니고.'

황제가 그렇게 애쓰던 게 의심스러웠던 군의관은 저택을 나와 곧바로 도서관으로 가서 과거 발행된 신문들과 책을 훑어보았다. 1909년까지만 해도 이스탄불 언론은 압둘하미드를 찬양하기에 정신없었다. '지상에 존재하는 알라신의 그림자, 장엄하신 우리의 주인, 선망의 대상이신' 등과 같은 이해할 수 없는 찬사를 늘어놓았다. 하지만 폐위되자마자 논조를 바꿔 옛 황제에게 '저주받은 자, 천박한 사람, 악마의 영혼'과 같은 굴욕적인 표현을 썼다. 이런 언론을 통해 뭔가 알아낼 수 없다고 생각한 군의관은 국내외 서적을 뒤졌다. 압둘하미드 황제에 관한 많은 회고록이 있었는데 그중 두 권에 눈이 갔다. 군의관은 집으로 그 책을 가져와 꼼짝 않고 아침이 될 때까지 읽었다. 자신이 알고 있던 것과 전혀 다른, 황제에 관한 기록들에 놀라지 않을 수 없었다. 특히, 몇몇 외국인의 평가는 경악할 정도였다. '혹시 다른 사람에 관한 이야기인가?'라는 생각이 들 정도로 흥미로웠다. 이스탄불 주재 미국 대사 티렐은 1897년 <뉴욕 타임스>를 비롯한 몇몇 잡지들과 인터뷰에서 압둘하미드에 대해 찬사를 아끼지 않았다. '유럽에서 만나 본 가장 지적인 사람이다. 러시아 차르는 압둘하미드와 비교하면 동방 사람이다.' 이런 평가와 함께 그를 '완벽한 서구인'이라고까지 했다.

유럽에 나타난 오스만인들

"1867년이었네. 절대 권력을 쥔 작은아버지 그늘에서 난 왕자로서 아주 감사할 정도로 잘살았다네. 아무도 서로를 죽이지 않았으니 말일세. 그렇지만 우리 가문에서는 '세상의 질서'를 위해 황제 자리에 오를 황태자를 제외하고 다른 왕자를 죽이는 건 명문화되어 있었네. 콘스탄티노플을 점령한 뒤 전통적으로 허락된 3일간 약탈을 과하다고 생각해서 이틀로 줄이신 파티흐 술탄 메흐멧께서 이런 법률을 제정하셨지. 잔인해서 그런 게 아니라, 칭기즈칸의 아들들처럼 형제간에 권력 다툼으로 제국을 분열시키지 말라는 뜻에서였다네. 요람에 있는 동생까지 포함해 모두 열아홉 명이나 되는 형제를 한꺼번에 목 졸라 죽였던 조상들을 도무지 이해할 수가 없었지. 하지만 그 시대는 지금과는 달랐던 모양이야. 내가 왕자일 때만 해도 곧 20세기를 맞이할 즈음이었으니 그런 일이 벌어질 수는 없었네. 이런 식의 해결법은 유럽에서 반길만한 게 아니었지.

우리가 늘 무시했었던 유럽이 점점 더 중요해지고 있었고, 유럽에서 들려오는 소식들에 더 관심을 가졌다네. 유럽에 관한 소식을 듣고 놀라지 않을 수가 없었네. 역사상 처음으로 그들이 우리를 어떻게 생각하는지가 중요해졌다고 해야 하나. 예전에는 '이교도'의 생각은 전혀 중요치 않았네. 우리를 보고 야만인이라고 하는 것조차도 웃어 넘겼지. 어쨌거나 진짜 야만인들은 십자군 원정이라는 이름으로 동방으로 쳐들어온 그들이라는 걸 모두가 알고 있었으니까. 라틴계 야만인들은 콘스탄티노폴리스[115]마저 약탈했었다네. 영면에 드신 우리 할아버지께서 당시 폐허가 된 도시를 다시 일으켜 세우려고 오랜 세월 재건 사업을 하셨지. 그건 그렇고, 그때 들은 이야기나 외국 잡지에 난 기사를 보면 유럽은 완전히 다른 곳이었네. 우리도 유럽에 호기심을 갖기 시작한 것이지.

바로 그 무렵, 프랑스 황제 나폴레옹 3세가 작은아버지에게 초청장을 보냈다네. 파리에서 개최되는 세계박람회에 오스만 제국 압둘아지즈 황제를 초청한 것이었지. 이 초청으로 얼마나 떠들썩했는지 말로 다 못 할 정도였어. 외국 대사들은 궁전 복도와 접견 대기실을 메웠고 날카로운 신경전을 펴며 로비 활동을 벌이느라 정신이 없었지. 오스만 제국 황제가 파리를 방문하는 걸 러시아 황실이 가장 반대했지만, 작은아버지가 정말로 가실 거라고는 생각지 않았던 모양이야. 오스만 제국 황제는 수 세기 동안 제국이 점령한 땅이 아닌 곳은 발도 딛지 않았으니까. 그것뿐만이 아니네, 제국 영토인 예루살렘

115 역주- 지금의 이스탄불로 오스만 제국에 함락되기 전까지 동로마 제국의 수도였음

은 제쳐 두고라도 이슬람 성지인 메카에 순례도 가지 않았지. 그래서 작은아버지께서 이 전통을 깨고 프랑스를 방문할 거라고는 누구도 생각지 않았던 거였네. 마침내 그럴 리가 없다고 예상했던 일이 현실이 되었지. 작은아버지께서 알리 장군과 푸아드 장군을 어떻게 설득하신 건지 당시엔 알 수가 없었네. 그렇게 회자 되고 칭송받는 이교도 세상이 어떤 곳인지 저세상으로 가기 전에 꼭 봐야겠다는 말씀이라도 하셨던 건지. 황제 폐하가 프랑스를 방문해서 나폴레옹 황제를 만날 거라는 놀라운 소식이 제국 전역에 퍼져 나갔어. 그렇지 않아도 유럽에 빠져 있던 무라드 형이 보인 반응은 볼 만했지. '아! 레슬링 선수나 어울리는 작은아버지가 거기 가서 무슨 일을 벌이고, 무슨 엉뚱한 행동을 하시려고 저러실까!'

형과 나는 우리를 절대 데려가지 않을 거라 확신하고 있었다네. 유럽을 보지 못하다는 생각에 슬펐지. 그런데 우리 생각과는 정반대였다네. 다음 날 우리에겐 기적과도 같은 소식이 들려왔지. 우리도 함께 데려간다고 하신 거였네. 형과 나, 사촌 유수프 이젯딘, 그러니까 세 왕자 모두 간다는 소식이었지. 우리 모두 기대에 부풀었던 놀라운 유럽 여행이 어떻게 가능했는지 나중에 알게 되었다네. 알리 장군이 건의한 거였어. '왕자들도 데려가시옵소서.'라고 말이네. 장군에게 알라신의 은총이 내리길! 우리는 장군을 위해 온갖 감사의 기도는 다 올렸다네. 사실 작은아버지가 황제 자리에 앉게 될 거라고도 생각지 못했었지. 수백 년 동안 폐위에 폐위를 거치고, 죽이고 죽여서 황제 자리에 올랐기에 누구도 믿을 수 없는 분위기였거든. 피로 얼룩진 우리 가문 역사를 두고 가끔 형제들과 이야기 나누곤 했었네.

그럴 때마다 우리는 이런 말을 했었다네. '황제 자리도, 이런 불상사도 원치 않아. 재미나게 살 수도 있는데 뭐하러….'

우리는 19세기에 걸맞게 바뀐 생각과 현대적인 사람으로 살아야만 한다고 생각했지. 형과 나는 권좌와 명주실 타래 사이를 오가던 과거 피로 물든 권력 이동을 너무나 잘 알았으니까. 그래서 우리는 서로를 속이지 않았고 솔직히 다 털어놓고 이야기했다네. 권좌라는 곳에는 끝이 하늘을 향하고 있는 검이 있지. 다들 알다시피 그 검으로 뭐든지 할 수는 있지만, 그 위에 앉을 수는 없다네.

그때 난 스물네 살이었고 유럽을 볼 기회가 생긴 것이었어. 믿을 수 없는 일이었지, 그건 기적이었어. 내가 말했 듯이 유럽은 말일세, 멸시와 천대받고 무시당하던 이교도들 나라였네. '이교도들 화폐는 아무짝에 쓸모가 없다.'라는 말은 거짓이 아니었지. 그 정도로 유럽 경제는 형편없었다네. 선대 황제들은 종종 '이교도들의 땅을 거쳐' 원정을 나가셨지. 빈으로 향하는 원정길에 있던 수많은 큰 나라들과 고원, 성을 점령한 뒤 명예와 영광을 안고 이스탄불로 돌아오시곤 했었네. 그런 점령국을 방문했던 칙사 한 명은 시원찮은 대접에 화를 내고 중간에 돌아오기도 했다네. 시원찮은 대접이 뭔고 하니 말일세, 대사에게 체임버 오케스트라 연주를 들려주고 희귀한 해산물을 메뉴로 내놓은 것이었지. 이런 접대가 자신을 모독하는 행위라고 생각한 칙사는 만찬을 연 귀족들에게 이런 말을 했다지. '이런 무례한 것들! 부끄러운 줄도 모르고 나한테 이런 더러운 벌레 같은 걸 먹으라고 내놓고 끼익 끼익 대는 이교도 악기나 연주하다니. 나는 내 나라로 돌아가서 메흐테르[116]를 불러다 놓고 맛난 양고기를 먹을 테다.' 그렇게 화를 내며 나가 버렸다는 거야. 하지만 세월이 모든 걸 바꿔 놨네. 유럽에서 들려오는 발전된 과학, 문명에 관한 소식들, 직접 방문했던 이들이 들려주는 이야기들, <일러스트레이티드 런던 뉴스[117]> 또는 <르 몽드 일뤼스트레[118]> 같은 잡지 속 삽화에 등장하는 광경 등은 천천히 오스만 제국이 그동안 가지고 있던 자신감을 흔들어 놓기 시작했지. 그리고 유럽이라는 거부할 수 없는 유행의 바람은 신비로운 동방 세계까지 불어 왔다네. 특히나 유럽식 패션은 이스탄불에서 크게 유행했지. 이런 유행에 가장 영향을 많이 받은 곳은 황실이었다네.

유럽 방문이 확정되면서 유럽과 오스만 제국에서는 분위기가 달아올랐지. 수많은 큰 회사들이 황제의 유럽 방문을 이용해 보려고 로비를 폈고, 프랑스에서 열리는 행사에 초청받으려고 경쟁했네. 작은아버지는 이런 행사 중에서 '발레 뒤 크리스탈'만 참석하기로 하셨지. 각국 대사들과 종교 지도자들은 황제께서 무사 귀환하시도록 기도를 올렸다네. 그리스정교 대주교는 이런 말도 했었네. '황제께서 계시지 않는 동안은 슬프겠지만 매우 성공적인 방문이 될 것이라 확신합니다. 이번 방문이 가져다줄 성과를 생각하면서 위안으로 삼겠습니다. 매우 성공적인 방문이 될 것이라 확신합니다.' 황제를 의지하고 따르던 유대교 랍비장長은 별점을 보고 예언까지 했네. '황제께

116 역주- 전통 타악기와 관악기 위주로 구성된 오스만 제국의 군악대

117 역주- 세계 최초 삽화가 들어간 영국 주간 뉴스 잡지

118 역주- 프랑스의 대표적인 삽화 뉴스 잡지

서 이번 유럽 방문에서 금지된 과일을 드시지 않으신다면 모든 일이 순조로울 것'이라고 말이지. 이 별점에 황태후께서도 걱정하셨다네. 다행히 푸아드 장군이 '금지된 과일은 황제의 평안을 헤칠 수 있는 중요한 문제이지만 자신이 늘 황제 폐하 곁에서 보좌할 테니 전혀 걱정하실 필요가 없다고' 황태후를 안심시켰네.

외무성은 황제 폐하께서 1867년 6월 21일 출발해서 6월 28일 프랑스 툴롱항에 도착하는 것을 시작으로 프랑스 영토를 방문하실 것이라 공표했지.

난 그날을 절대 잊지 못하네. 오르타쿄이 해변에 있는 큰 사원에서 금요예배가 있었지. 체구가 건장했던 작은아버지는 훈장을 단 예복 차림으로, 백마를 타고서 웅장한 행렬과 함께 사원으로 들어가셨지. 예배를 마치고 곧바로 궁전으로 돌아오셨다네. 우리는 이미 준비를 마치고 배에 오르고 싶어 안달이 나 있었지. 그런데 작은아버지가 오시지 않는 거야. 러시아 제국의 왕자 알렉세이와 올가가 배편으로 이스탄불에 온 것이었지. 황제는 왕자들과 그들을 수행하고 온 이그나티예프 장군을 만나고 계셨던 거였어. 출발은 예상보다 많이 늦어졌지.

네 시가 되자 마침내 이스탄불 해협 양쪽에서 포성이 들렸다네. 황제가 탄 보트가 궁전을 출발하자 궁전 앞에 정박해 있던 구축함에서는 예포를 쏘며 황제 폐하가 이스탄불을 떠나신다는 걸 알렸네. 우리는 벌써 자리를 잡고 있었지. 객실에 짐을 풀어놓은 상태였어. 작은아버지는 황금 별로 장식된 황제 전용 보트를 타고 오셨고, 거대한 황실 범선 '술타니예호'에 오르셨네. 이스탄불 해협의 새파란 바닷물 위에서 가벼운 해풍에 흔들리던 술타니예호는 황제와 수행원들을 맞이했지. 페르테브니얄호는 시종들과 필수품 운송을 맡았네. 게다가 증기기관 구축함인 오스마니예호, 오르하니예호 그리고 프랑스 대사 뷰헤가 탄 범선 포르벤호도 동행했다네.

그런데 말일세, 이 방문의 다른 측면에 관해서도 이야기해야 할 것 같군. 어쩌면 그럴 수도, 어쩌면 그렇지 않을 수도 있네만, 여하튼 자네에겐 이상하게 들릴 걸세. 작은아버지는 이교도 땅에 있는 국가를 방문한 첫 황제가 되고 싶어 하지 않았다네. 그럴 의도가 전혀 없으셨지. 하지만 발칸반도 지역, 이집트, 크레타섬 같은 오스만 제국의 많은 주에서 불안한 상황이 커지고 있었고, 독립하려는 움직임이 보이기 시작했지. 게다가 이 혼란을 강대국들이 뒤에서 부추기고 있다는 믿을 만한 정보들이 들어왔어. 그런 상황에서 나폴레옹 3세의 초청을 핑계로 프랑스와 영국을 방문해 그들과 새로운 협정을 맺고, 러시아가 오스만 제국에 적대적인 행동을 하지 못하도록 이들 강대국에 협조를 요청하는 건 논리적인 해결책이라 할 수 있었네. 하지만 모든 일에 간섭해 대고 판결을 내리는 울레마[119]들이 이교도 땅을 오스만 제국 황제가 밟아서는 안 된다고 주장했지. 백성들이 다른 생각을 갖지 않도록 하기 위해서는 이 장애물을 넘어야 했네. 결국, 약삭빠른 전령들이 해결책을 찾아낸 거야. 황제의 신발과 부츠 바닥에 별도 칸을 만들었고 거기에 이스탄불 흙을 채워 넣은 것이지. 이렇게 해서 대제국이 풀지 못하고 있던 큰 문제를 전령들이 해결한 셈이 되었고 황제는 이교도 땅을 밟지 않게 되었지. 황제 발밑에는 늘

---

119 역주- 아랍어로 '울라마', 이슬람 법학자

오스만 제국의 흠이 있게 될 테니 말일세. 무라드 형과 나는 이 말도 안 되는 해결책을 듣고 웃었다네. 이런 걸 트집 잡다니!

선단이 이스탄불에서 출항할 때, 해협 양쪽 해안에 모여 있던 이스탄불 백성들은 귀가 먹을 정도로 환호성을 질렀고, 성곽과 구축함에서는 굉음을 울리며 예포를 쏘아댔다네. 말로 설명할 수 없을 정도로 대단했지. 작은아버지는 이 모험과도 같은 여행이 시작되자 근심이 가득해 보였어. 하지만 겉으로 전혀 드러내지 않았지. 황제답게 백성들에게 화답하시는 장면을 지켜보는 건 솔직히 내겐 흥미로웠네.

다르다넬스 해협[120]을 통과할 때도 이스탄불에서처럼 백성들의 함성으로 하늘과 땅이 울릴 정도였네. 진짜 문제는 이틀이 채 지나지 않아 발생했지. 폭풍을 만난 거였네. 술타니예호의 감스즈 하산 선장은 지중해에서 폭풍이 일기 전에 출항해야 한다고 황실을 설득했었다네. 하지만 선장이 우려하던 일이 일어나고야 말았으니, 우리 선단이 폭풍을 만났던 걸세. 지중해는 배보다 더 큰 성난 파도로 술타니예호를 호두 껍데기처럼 흔들어 댔지. 선수가 바다로 빠졌다가 나올 정도로 배가 요동치자 배에 탄 모두가 멀미를 시작했다네. 토하는 사람이 있는가 하면 난간을 붙잡고 있는 이도 있었네. 다들 정신이 나갔었고 각자 살아남을 방법을 스스로 찾아야 했지. 그때 거구의 작은아버지께서 갑판에 나타나셨다네. 불을 뿜을 것 같은 두 눈으로 선장을 바라보며 큰소리로 호통치는 소리가 들렸어. '당장 이걸 멈추게 해라. 배가 흔들리지 않게 하란 말이다. 해결 못 하면 어떻게 될지는

120 역주- 튀르키예식 명칭으로 '차낙칼레 보아즈', 에게해와 마르마라해를 연결하는 해협

네 놈이 알 것이다.'

가엾은 선장은 폭풍과 황제의 분노에 자신이 희생양이 될까 봐 새하얗게 공포에 질린 얼굴로 바닥에 주저앉아 버렸지. 그때 파도가 황제를 덮쳐 흠뻑 젖지 않았다면, 레슬링 선수처럼 거구인 그가 선장을 바다로 던져 버렸을지도 모르는 일이었네. 다행히 현명한 외교대신 푸아드 장군이 황제를 선실로 모시는 데 성공했다네. 황실 주치의는 신경안정에 특효인 약을 써서 황제를 긴 잠에 빠지게 했지. 다음 날 아침, 작은아버지가 깨어났을 땐 폭풍은 지나간 후였고 바다는 고요했네. 여행 시작부터 닥친 위기를 그렇게 넘겼지. 그리고 황제가 내린 명을 받들어 폭풍을 멈추게 했다고 속여 선장은 목숨을 겨우 건질 수 있었다네.

그 이후 항해는 문제가 없었지. 나폴리에 도착한 후 사흘 휴식 시간을 가졌지만, 우리는 배에서 내리지는 않았네.

일주일 뒤 툴롱에 도착했을 때 푸아드 장군을 또다시 곤경으로 몰아넣은 사건이 일어났다네. 프랑스인들은 툴롱항에서 깜짝 놀랄만한 환영식으로 황제를 영접했지. 남녀 가릴 것 없이 툴롱의 모든 귀족이 화려한 옷을 입고 항구로 나왔더군. 여자들은 햇볕을 가리려고 색색의 양산을 쓰고 있었지. 여자들이 남자들과 함께 있는 걸 보고 놀랐지만, 유럽에서는 그렇다는 걸 들었기에 크게 신경 쓰지 않았네. 항구는 컸고 근사한 기념 아치와 곳곳에서 휘날리는 오스만 제국 깃발을 보니 자부심이 차오르는 건 어쩔 수 없더군. 백 척이나 되는 선박들이 우리를 맞이했다네. 그때 연이어 포성이 들려왔어. 백 척의 선박에서 들리는 엄청난 포성에 시체도 벌떡 일어날 것 같았고, 종말이 닥친 것 같은 두려움을 느낄 정도였지. 작은아버지는 배에서 내리기 위해 포성이 끝나길 기다리셨고 우리는 작은아버지 뒤에 서 있었다네. 포성이 좀처럼 그치지 않았지. 작은아버지는 기다리고 기다리다 인상을 쓰며 푸아드 장군을 바라봤어. 예포 101발을 쏠 거라고는 누구도 예상하지 못했던 거지. 그런데 그걸 다 쏠 게 분명해 보였어. 작은아버지는 늘 의심 가득한 눈으로 유럽을 봐 왔고 언제든 돌발 사건으로 자신을 당황하게 할 수 있다고 생각하셨지. 작은아버지는 무슨 이유에서인지 자신이 모욕당하고 있다고 생각하셨다네. 분노로 얼굴이 새빨갛게 달아올라 푸아드 장군에게 복귀 명령을 내리셨지. 그 순간 갑판에 나와 있던 모두가 얼어붙어 버렸어. 형과 나는 두려움 속에서 서로 바라보기만 했지. 형은 입술을 깨물었어. 그렇게 성대한 환영 행사를 거부하고 돌아간다는 게 말이 되냔 말이지. 그렇지만 거구의 황제가 부들부들 떨 정도로 화가 나 있었네. 가엾은 푸아드 장군은 유럽 방문 일정에서 두 번째로 찾아온 위기를 반드시 해결해야만 했지. 그렇지 않아도 푸아드 장군에겐 심장병이 있었는데 그런 위기 속에서 어떻게 심장이 견뎠는지 모르겠어. 다행히도 비범한 두뇌와 문화적 소양을 갖춘 푸아드 장군은 곧바로 해결책을 찾더군. 포성이 들리는 와중에 우리 제국이 툴롱 역사에 아주 중요한 위치를 차지하고 있다고 황제에게 말했고, 최고 수준의 환영식을 거행하는 중이라 설명했다네. 우리는 그곳이 그렇게 중요한지 모르고 있었지. 푸아드 장군이 갑판에서 해 줬던 설명과 나중에 들은 상세한 이야기를 통해 우리도 사실을 알게 되었어. 프랑스의 프랑수아 1세[121]가 신

---

121 역주- 1515년부터 1547년까지 프랑스를 통치한 국왕(1494~1547)

성로마제국에 맞서 벌인 전쟁에서 패배하고 카를 5세[122]가 그를 마드리드 감옥에 가둬 버린 적이 있었지. 위대한 우리 조상 쉴레이만 황제와 연락이 닿은 프랑수아 1세가 도움을 청했고 보호를 요청했다고 하더군. 이 요청을 수락하신 쉴레이만 황제께서는 바르바로스 하이렛딘 장군을 사령관으로 해군 함대를 파견하셨지. 오스만 제국 함대가 프랑수아 1세를 카를 5세의 손아귀에서 구출해 내자 툴롱에서 아주 성대한 환영식이 열렸네. 3만 명에 달하는 해군 장병들이 그해 겨울을 툴롱에서 보냈다더군. 툴롱 대성당은 이슬람 사원이 되었고, 오스만 제국 화폐가 툴롱에서 통용되었다지. 이 일이 있고 320년이 지난 뒤, 오스만 제국 선단을 툴롱에서 다시 보게 되니 그곳 사람들이 흥분한 것이었네. 푸아드 장군의 설명에 황제는 조금 누그러졌고, 때마침 포성도 멈췄지. 그리고 해안에서는 오케스트라가 작은아버지가 직접 작곡한 곡을 연주하기 시작했네. 우리 모두를 놀라게 한 깜짝 선물이었던 건 물론이고 작은아버지가 무척 흡족해하셨지. '이건 아버님의 곡이 아닙니까?' 10살이던 유수프 이젯딘 왕자가 물었고, 작은아버지는 환하게 번지는 미소를 감추지 못하고 자랑스럽게 답하셨지. '그렇단다 왕자.'

도시 곳곳, 보이는 사람들 모두 깨끗했고 멋진 데다 잘 단장된 모습이었어. 우리는 귀족들이라 그런 모양이라고 생각했었다네. 작은아버지는 예복을 입고 있으셨고, 우리는 그 뒤로 줄지어 서 있었지. 푸아드 장군은 유창한 불어로 통역을 맡았어. 그건 정말 마음에 들더군. 우리가 불어를 하지 않아도 됐으니 말일세. 툴롱에서는 붉고 흰

---

122 역주- 1519년부터 1556년까지 신성로마제국을 통치한 황제(1500~1558)

꽃과 초록색 월계수 잎으로 장식한 열차를 탔다네. 이동하는 동안 아름다운 초원과 포도밭, 아주 잘 조성된 도시와 마을, 웅장한 대성당 그리고 우리를 환영하는 프랑스인들을 구경하면서 파리에 도착했지.

리옹역은 사람들로 넘쳐났다네. 하늘에서 바늘을 떨어트려도 땅에 닿지 않을 정도였지. 작은아버지가 열차에서 내려 새로운 역사에 발을 내디뎠고, 프랑스 황제 나폴레옹 3세가 바로 작은아버지에게 다가왔어. 동방의 술탄, 무슬림들의 칼리프와 프랑스 황제가 악수를 한 것이었지. 그렇게 해서 47일간의 꿈같은 여정이 시작된 거네. 두 황제는 지붕이 없는 무개차에 올랐다네. 모든 파리 사람들이 거리로 나온 것 같았고 다들 '술탄 만세'를 외치고 있었네. 온 도시 사람들이 우리를 보러 나온 것 같더군. 나중에 알게 된 사실이네만, 프랑스 사람 중 일부는 우리를 중국인으로, 또 일부는 흑인으로 상상하고 있었다지 뭐야. 그들이 지르는 환호성은 하늘을 울릴 정도였네. 우리는 어디를 봐야 할지 몰랐지. 높이 솟은 건물들, 넓은 대로, 두 줄로 줄지어 있는 마로니에 나무들, 카페들, 남녀가 함께 있는 모습까지… 마치 동화의 세계에 와 있다는 느낌을 받았다네. 화려한 환영 행사와 함께 튀일리궁[123]에 도착했고 황후 외제니가 우리를 맞이했지. 젊고 아름다운 여성이었네. 가느다란 허리를 꽉 조여 주고 아름다운 곡선을 그대로 드러내는 우아한 드레스를 입고 있었지. 프랑스 잡지 표지에서 보았던 삽화가 생각났다네. 우리뿐만 아니라, 여자들을 새장 속에 가둬 두는 모든 동방 세계를 향해 보란 듯이 새하얀 가슴을 드러내는 옷이었지. 하지만 무슬림 황제를 맞이하는 자리라서 그랬던 건

---

123 역주- 나폴레옹 3세 때 황국으로 지정되었으며 1871년 화재로 소실된 프랑스 궁전

지 가슴은 가리고 있더군. 그녀가 가볍게 허리를 숙여 작은아버지를 맞이하는 모습에 우리는 넋을 잃었지. 그의 행동을 보고 우리는 경악을 금치 못했다네. 작은아버지는 프랑스 신사처럼 백조보다 더 하얀 황후의 작은 손에 입술을 가까이 가져가셨지. 황후의 손에 입을 맞추지는 않으셨지만, 입술의 온기를 느낄 수 있을 정도로 가까웠다네. 사실 이렇게 하는 게 이교도들 사이에는 정중하고 귀족적인 행동이라 하더군. 소리를 내며 잡은 손에 입을 맞추고 이마에 갖다 대는 것만 알던 우리가 이런 걸 듣기나 했겠나 말일세. 어쩌면 무라드 형은 알았을지도 모르겠군. 형은 오스만 제국 왕자라기보단 유럽 왕자 같았으니까. 취향도 유럽식이었지.

무슨 이야기를 하고 있었지? 그러니까 튀일리궁에서 오찬을 하고 나면 우리가 묵게 될 엘리제궁으로 가야 하는 일정이었지. 턱시도를 입은 시종들이 대기하고 있는 긴 식탁으로 자리를 옮기던 중 작은아버지는 푸아드 장군의 귀에 대고 무슨 말을 하셨어. 푸아드 장군은 그 말을 황제와 황후에게 통역했지. 나폴레옹 3세가 약간 당황하더군. 하지만 '비앙쉬흐, 비앙쉬흐, 엡쏠뤼멍Bien sur, bien sur, absolument.'[124]이라고 했지. 작은아버지는 고갯짓으로 황실의 수석 뮤에진[125]을 불렀고, 그는 긴 가운과 터번을 쓰고 앞으로 나섰어. 모두 일어서 있었다네. 아잔이 튀일리궁 대리석 천장에 메아리쳤고, 뮤에진이 '알라신은 위대하다.'를 외칠 때마다 그 소리가 사방에 울렸지. 아잔이 끝나자 옆에 있는 큰 홀로 갔고 전령들이 깔아 놓은 깔개 위

124 원작자주- '물론입니다, 물론입니다, 당연합니다.'

125 역주- 사원 첨탑에서 육성으로 아잔을 낭송하며 기도 시간을 알리는 성직자

에서 우리는 메카를 향해 예배를 올렸다네. 예배를 보는 동안 프랑스 대신들이 우리를 지켜보고 있다는 게 느껴지더군. 여행 중이라 작은아버지께서 예배를 나중에 볼 수도 있었지만, 아마도 외교적으로 세를 과시하기 위해 프랑스 황제와 가족들 그리고 대신들을 서서 기다리게 한 것 같았네. 열차 안에서 예배를 위해 몸을 정갈히 씻었던 게 헛되지 않게 된 셈이었지.

미안하네, 이 기침이 좀처럼 떨어지지 않는구먼. 종종 사레가 들린 듯이 이렇게 기침을 한다네. 지금처럼 말이야. 아니, 아니네, 각혈이 있는 건 아니네. 약을 하나 처방해 주면 안 되겠나? 내 아내 뮤쉬피카가 밤이면 통증이 심해서 어찌할 바를 모른다네. 어떻게 설명해야 하나, 내 아내는 세상에서 가장 훌륭한 여자네. 아내를 치료해 주면 정말 고맙겠네. 내가 부탁하면 오늘 봐줄 수 있겠나? 그런데 모르핀은 안 되네. 나는 모르핀을 너무 싫어하네, 내 아내 중 한 명에게 의사가 모르핀을 주사했는데 그날 밤 세상을 뜨고 말았지. 불쌍하게도 말이야.

그건 그렇고, 내가 뭐라고 했었나? 프랑스 이야기를 하고 있었지, 지금 다른 주제로 넘어갈까 하네. 나를 이해하기 위해서는 자네가 들어야 하는 이야기네. 자네도 알다시피 프랑스를 방문하고 9년 뒤, 막강한 권력을 쥐고 있던 작은아버지는 폐위당했지. 방에 가둬 놓고 온갖 모욕을 다 주면서 말이네. 게다가 황실 시종 두 놈은 작은아버지를 의자에 앉힌 다음, 그의 넓은 어깨에 제 놈들 팔꿈치를 기대고 복수심에 불타는 미소를 지으며 사진도 찍었어. 치욕스러움을 안겨 준 뒤 양 손목을 잘라서 죽인 거라네. 권좌라고 하는 게 바로 이런 것 아니겠나? 앞에서는 엎드려 고개를 땅에 처박고는 목숨을 바칠 것처럼 하던 측근 신하들이 기회가 오면 얼마나 잔인하게 복수를 하는지 자네는 상상도 못할 걸세. 주눅 들지 않고 자신감에 가득 찬 동방 세계 황제로 튀일리궁에서의 오찬을 끝내고 엘리제궁에 마련된 숙소로 향할 때만 해도 이런 종말을 맞이할 것이라곤 작은아버지는 생각지도 못했을 거네. 작은아버지가 살해당한 것을 가슴 아파한 백성들은 이런 장송곡을 불렀지.

나를 권좌에서 끌어내렸네
작은 배에 태우더니
톱카프 궁전으로 보냈네
일어나세요 아지즈 황제여, 일어나세요
피눈물을 흘려요 온 세상이

권력과 죽음은 이렇게 가까운 것이라네. 권력은 죽음을 불러오고, 절대 권력은 절대 죽음을 가져오는 것이지. 하물며 황실에서는 어땠겠나? 예언자 모하메드의 장례식 예배에 겨우 열일곱 명이 참석했다는 건 자네도 알지 않나. 이승과 저승의 주인이신 예언자 장례식이 겨우 집에 있던 사람들 손으로 치러졌던 걸 자네도 알지 않는가? 그분 자리를 누가 차지할 것인가를 두고 장례식이 끝나기도 전에 싸움이 시작된 것이었지. 예언자와 함께 메카에서 온 사람들은 칼리프 권한을 자신들이 가져가야 한다고 했네. 메디나에서 온 사람들은 당신네를 받아 준 우리 안사르[126]중에서 칼리프가 나와야 한다고 고집

126 역주- 메디나에서 모하메드와 이슬람교를 지지했던 집단

했고 말일세. 풀리지 않았던 이 매듭을 성인 외메르[127]가 해결했다네. 보통 사람들보다 키가 두 배나 큰 외메르가 칼을 뽑으며 이렇게 말했다지. '나는 에부 베키르의 밑으로 들어가겠노라.' 이 말에 누구도 찍소리를 못했네. 에부 베키르가 일 년 뒤 사망하자 외메르가 칼리프 자리에 앉았지만, 결국은 살해당했다네. 그다음 칼리프인 오스만도 살해당했고. 그 뒤에 칼리프 자리에 오른 성인 알리도 살해당했네. 알리는 알라신을 영접하는 동안은 누가 칼로 찌른다고 해도 예배를 멈추지 않겠다고 했지. 이 말을 들은 이브니 뮬젬은 사원에서 독을 묻힌 칼로 그에게 상처를 냈다네. 알라신의 사자인 성인 알리는 칼이 아니라 독으로 살해당한 것이지. 그다음은 말하나 마나 아니겠는가, 군의관 양반. 예언자의 손자들도 살해당했고, 뒤를 이은 칼리프 중에서 자기 명대로 산 사람은 거의 없다네. 내 칼리프 조상들도 이스탄불에서 살해당했지. 군의관 양반, 이제 날 이해하겠는가? 권좌를 차지하고 칼리프가 된다는 건 매 순간 죽음을 기다린다는 걸 의미한다네. 밤낮 어디서 죽음이 닥칠까? 어떤 방식으로 찾아올까? 단검일까? 독극물일까? 총탄 아니면 명주실 타래로 목을 졸라서? 알 수가 없는 일이지. 복종하는 것처럼 행동하는 대신 중에서 누가 반역자고, 어느 관리가 매수당했으며, 어느 장군이 누구 편에 있을까? 게다가 어느 신하와 시종이 누구를 위해 일하고 있는지도 모른단 말일세. 궁전 복도에서는 무슨 이야기가 오갈까? 어떤 암살 계획이 입에서 입으로 전해지고 있을까? 밤에 들었던 잠자리에서 아침까지 무사할 수

---

127 역주- 외메르 빈 하탑(583~644). 예언자 모하메드를 직접 만난 사람들을 일컫는 사하비 중 한 사람으로 이슬람 세계의 첫 번째 칼리프 에부 베키르 이후 두 번째 칼리프에 오른 성인

있을까? 금요예배에 갔을 때 어떤 자가 폭탄을 터트릴까? 33년 동안 이런 생각들이 내 목을 죄어 온 데다 날 피폐하게 만들었고 신경쇠약에 걸리게 한 거네.

사람들이 나에 관해 이야기하면서 뭘 잊고 있는 줄 아나? 나도 사람이라는 걸세. 한 가족의 아버지, 웃고 울고 아프고 기뻐할 줄 아는 사람이라 걸 잊고 있는 거네. 나를 사람이 아니라 통치자로 봤던 게지. 나는 테살로니키에서 유배 생활하는 게 더 편하다네. 처음 여기 와서는 걱정이 많았지. 그런데 동생이 날 죽일 생각이 없다는 걸 알게 된 후부터는 여기에서 사는 게 더 편안하고 평온하다네. 그런 일이 있어서는 안 되겠지만, 당장이라도 날 납치해서 다시 황제 자리에 앉히려는 시도라도 있으면 황실에서는 날 곧바로 처치할 거네. 시도가 아니라 그런 풍문만 떠돌아도 사형 선고를 내리기엔 충분하지. 제발 누구도 내 목숨을 두고 이런 미친 짓을 꾸미지 말길. 아, 그렇지, 우리가 권력과 죽음에 관해서 이야기하고 있었지.

다른 나라들도 별다르지 않았다네. 예를 들면, 파리를 방문했을 때 유럽의 황족들도 고통받고 있었다네. 우리가 도착하기 이틀 전 멕시코에서 막시밀리아노 1세[128]가 처형당했다는 소식이 도착했다더군. 그는 프란츠 요세프[129]의 동생이었지. 나폴레옹 3세도 전쟁에서 계속 패전하면서 폐위당했고 포로로 잡혔네. 그리고 런던에서 고통받다 사망했지. 나는 황후 외제니가 황태자를 낳은 뒤 나폴레옹과 잠

---

128 역주- 오스트리아 황제 프란츠 요제프 1세의 동생으로 프랑스의 괴뢰국인 멕시코 제2제국의 황제이자 마지막 군주(1832~1867)

129 역주- 1848년부터 1867년까지 오스트리아 제국 황제였고, 1867년부터 1916년까지 초대 오스트리아-헝가리 제국의 황제(1830~1916)

자리를 갖지 않는다는 보고를 받았네. 나폴레옹에겐 수많은 정부가 있었고, 그녀들과 늘 같이 지냈다더군. 하지만 나중에 받아 본 정보에 따르면, 마흔 살이 되었을 때 전립선염, 신장결석과 같은 여러 병으로 인해 이미 남자로서는 끝났다지 뭔가. 놀랍고도 교훈적인 이야기 아닌가? 모든 제국 황제들의 건강 상태와 사생활을 다 알고 있으니 말일세. 어떻게 아느냐고? 이걸 말해도 될지 모르겠네만, 많은 금화를 주고 매수한 의사들 덕분이었네. 내 주치의들도 분명히 내 건강 상태를 누군가에게 보고했을 걸세.

물론 자네는 그들과 다르지. 자네는 조정에 곧바로 보고할 테니. 알라신께서 자네를 보살피시길."

군의관은 황제의 입에서 나온 이런 말을 조그만 제약사 메모지에 기록하면서 꽤 힘들어했다. 한편으로는 황제가 한 말을 그대로 기억해야 했고, 다른 한편으로는 아무도 찾을 수 없도록 가능한 부피를 줄여야 했기에 깨알 같은 글씨로 기록해야 했다. 쉬운 일은 아니었다. 하지만 그럴만한 가치는 충분히 있었다. 매우 흥미로운 사실들을 알아가고 있었다. "한 사람을 알아가는 게 곧 한 제국을 알아가는 셈이군." 그는 혼자 중얼거렸다. 외부와 소식이 완전히 차단된 황제의 운명이 참 묘하다는 생각이 들었다. 자신이 폐위당했던 그때처럼 제국이 처한 상황도 그대로일 거라 황제는 생각하고 있었다. 아프리카 대륙에 마지막으로 남아 있던 영토를 잃었고, 제국의 군대는 연패를 거듭하고 있었다. 러시아로부터 지원받은 발칸반도 국가들이 처절한 전투 끝에 하나씩 독립하고 있다는 사실을 황제는 모르고 있었다. 이 사실을 모르는 유일한 사람이 바로 그였다. 그는 유배 생활에 완전히 적응해 갔다. 가구를 만들거나 예배를 드리는 데 집중했고, 자기 인생에서 가장 행복했던 유럽 여행 이야기를 군의관에게 들려주면서 평온한 삶을 살았다. 침몰 직전인 배에 물이 차오르기 시작했지만, 복도로 나가는 문이 닫혀 있어 아무것도 인지하지 못하는 불쌍한 옛 선장 같았다.

요한 슈트라우스의 왈츠

다음 날 저택에 들어선 군의관의 귀에 아주 아름다운 왈츠 연주가 들려왔다. 현관문을 열고 저택 안으로 들어가자 왈츠는 더 크게 들렸다. 왈츠는 저택으로 반입이 허가된 축음기에서 나오는 것이었다. 황제는 늘 앉아 있던 팔걸이의자에서 머리를 가볍게 뒤로 기대고 눈을 감은 채 한 음도 놓치지 않으려는 듯 음악에 심취해 있었다. 가벼운 기침 소리에 군의관이 온 걸 알아챈 황제는 검지를 입술에 갖다 댔다. 그리고 맞은편에 있는 의자를 가리켰다. 두 사람은 레코드판이 끝날 때까지 조용히, 숨도 쉬지 않고 음악에 집중했다. 마침내 곡이 끝났고 황제는 군의관에게 곡에 관한 설명으로 말문을 열었다.

"자네 아는가? 이 곡은 날 위해서 작곡된 곡이라네. 빈 출신인 요한이라는 작곡자가 내게 헌정한 곡이지. 아주 유명한 음악가라고 하더군. 이 곡이 빈 오페라 극장에서 연주되었다고 들었네. 그 소식을 듣고 작곡가에게 훈장과 황금을 보냈지. 이 레코드판이 그때 그 시절로 날 데려가는 것 같군."

물론 군의관도 요한 슈트라우스를 알고 있었다. 하지만 그 위대한 작곡가가 압둘하미드를 위해 곡을 만들었다는 건 몰랐다. '이상한 일이군. 이 자에 관해 좋은 말을 들은 적이 한 번도 없었어. 두려움과 증오로 인해 더욱 짙어진 검은 가림막 뒤에 모든 걸 숨기고 있어. 두 번이나 이 자의 조상들에 의해 포위당했다가 겨우 살아남은 빈에서 이 자를 위해 작곡된 왈츠가 연주되다니 이상하잖아?'

압둘하미드가 음악과 목공에 무척 관심이 많다는 건 알려져 있었다. 하지만 무슨 이유에서인지 엄청난 가치를 가진 역사 유물에는 전혀 관심이 없었다. 그는 고대 페르가몬과 다른 유적지들을 독일에 선물하는데 주저하지 않았다. 발굴 허가를 요청하는 외국인들에게 '황금과 보석이 나오면 내 것이지만, 석재들은 가져가라.'라고 한 바람에 유럽으로 수많은 유물이 유출되었다. 제우스 신전과 제단, 페르가몬, 트로이, 아프로디시아스 같은 고대 도시들에 있던 석상들은 모두 약탈당했다. 압둘하미드는 갈수록 모술-키르쿠크 지역에 있는 유전이 더욱 중요해질 것이라는 걸 알고 있었다. 그래서 유전 지역이 제국 영토인 것만으로는 미덥지 않아 황제 개인 토지로 만들어 버렸다. 하지만 로마, 이오니아, 카리아, 프리기아 그리고 겹겹이 쌓인 고대 문명의 유적지들은 중요하게 생각하지 않았다. 그의 조상인 정복자 술탄 메흐멧은 호메로스를 읽고 감명을 받아 헥토르와 아킬레스의 무덤을 찾기 위해 트로이에 간 적도 있었다. 하지만 오스만 가문의 후손 중에서 극소수만 이런 역사 지식을 갖고 있었다. 압둘하미드도 역사에 관한 지식이 없는 후손 중 하나였다.

"어서 오게 군의관 양반. 밤잠을 제대로 못 잤다네. 목이 따가웠는데, 아직도 그렇군. 감기에 걸린 것 같아. 매일 아침에 하는 찬물 샤워 때문에 그럴지도 모르겠네. 그렇다고 해도 평생 습관처럼 해 오던 일이네. 혹시 이 저택 안으로 들이치는 맞바람 탓에 감기에 걸린 건가? 나뿐만 아니라 아내들과 몇몇 시녀들도 아프다네. 나는 말라리아 약을 먹어야 할 것 같다는 생각이 드네만 자네가 적당한 약을 처방해 주게. 밤잠을 설치게 하는 게 목 통증과 기침만은 아니네. 어제 자네와 이야기한 뒤로 그 당시 기억이 생생하게 되살아났지 뭔가. 마치 스물네 살로 돌아간 것 같았네. 파리 특유의 냄새마저 내 코끝에서 느껴지는 것 같았네. 환영식이 얼마나 화려했던지 잊을 수가 없고 오늘 일처럼 생생해. 튀일리궁에서 오찬을 마치고 우리는 숙소로 마련된 엘리제궁으로 갔지. 아, 잊어버릴 뻔했군. 튀일리궁에서의 식사 때 붉은색이 도는 얇고 보석처럼 빛나는 잔이 식탁 위에 있었네. 잔에는 초승달과 별이 도금되어 있었고 말이야. 그들의 섬세함에 놀라지 않을 수 없었다네. 우리 방문에 맞춰 이 잔을 특별히 제작했다는 파리 주재 대사의 말에 우리 모두 깜짝 놀랐었네. 바카라라는 유명한 회사에서 제작했다더군. 게다가 식탁에 있던 은장식품들은 방문을 기념하기 위해 크리스토플이라는 공장에서 제작한 것이었네. 프랑스가 보여 준 이런 세심한 배려에 방문 첫날부터 우리는 감동했었다네. 작은아버지는 자신감에 찬 태도를 계속 유지하셨지. 하지만 표정만으로도 우리는 성대한 영접에 만족스러워하신다는 걸 알 수 있었다네. 엘리제궁을 자네에게 어떻게 설명해야 하나…. 금박 나뭇

잎으로 장식된 홀과 방들, 보석 같은 샹들리에, 화려한 침실, 잘 차려입은 숙련되고 예의 바른 시종들까지. 황후 조제핀이 남편인 나폴레옹 1세와 함께 지냈던 곳이었지. 이 모든 것이 다 좋았지만, 내게 가장 인상 깊었던 곳은 새까만 천으로 덮여 있던 어두운 홀이었다네. 나폴레옹이 프랑스제국에 대한 권리 포기 각서를 그곳에서 서명했지. 수많은 통치자가 맞이했던 고통스러운 종말이 그곳에도 있었던 게야.

조제핀이라는 이름이 나왔으니 자네가 관심 가질 만한 이야기를 해 줄까 하네. 나폴레옹 3세가 작은아버지께 책을 선물했다네. 위비시니[130]라는 프랑스인이 1855년 발간한 책이었지. 나폴레옹은 작은아버지에게 책을 선물하면서 이렇게 말했다네. '황제의 가문과 우리 가문은 친척 관계입니다. 황제의 할머니께서는 우리 가족이셨습니다. 프랑스 백작이셨지요.'

작은아버지는 나폴레옹의 말에 흥미를 느끼시고 얇은 그 책을 하룻밤 새 번역하라고 명령을 내리셨고, 다음 날 번역된 책을 읽으셨네. 그 책에 따르면, 나폴레옹 보나파르트의 아내 조제핀의 친척인 에미 뒤 리베리가 마르티니크섬에서 프랑스로 돌아오던 중 해적에게 포로로 잡혔다는군. 해적들은 젊고 아름다운 그 귀족 처녀를 오스만 제국 황실에 선물했는지 팔아넘겼는지 했다는 거야. 이 부분은 여전히 확실치 않네. 압둘하미드 1세께서는 이 여인을 아내로 삼으셨고, 낙스딜 술탄이라는 이름을 내리셨다는군. 낙스딜 술탄은 여러 명의 자녀를 출산했고 그중 한 명이 술탄 마흐무드 2세라는 내용이었

130 역주- 프랑스 역사학자이자 언론인(1818~1884)

네. 그렇게 해서 나폴레옹 가문과 오스만 가문은 사돈이 됐던 걸세. 작은아버지는 푸아드 장군에게 이 사실을 확인해 보라 명령하셨고 우리 할머니의 친척들이 오를레앙에 살고 있다는 걸 알아냈지. 프랑스 황제 나폴레옹은 그들을 불러 작은아버지와 만나는 자리를 마련하려고 했었지만 촉박한 일정을 이유로 작은아버지께서 원치 않으셨네. 나중에 내가 황제가 된 뒤, 파리 주재 대사에게 이 문제를 비밀리에 조사하게 했지. 대사가 할머니의 친척인 바론 듀 곤세와 만나서 몇 가지 사실을 알아냈더군. 낙스딜 술탄께서 살아 계실 때 프랑스에 있는 친척들과 연락하고 지내셨고 그들에게 여러 선물을 보내셨나 보더라고. 게다가 작은아버지께서는 친척들에게 낙스딜 술탄의 축소 인형을 보내셨다더군. 중년의 나이가 되어서도 처녀 때와 똑같은 모습인 걸 보고 가족들은 모두 좋아했다지. 하지만 프랑스 귀족이 무슬림이 되어 오스만 제국 황실 하렘에 들어갔다는 소식에 가족들은 상심이 컸나 보더군. 자네도 알다시피 터키인 부인이 우리 가문에 아들을 남긴 경우는 매우 드물다네. 1300년대에 이 나라를 건국하신 조상 오스만의 아들인 오르한조차도 비잔틴 제국 여자와 결혼했지. 그때부터 지금까지 하렘에는 늘 다른 민족 출신 여자들이 들어갔어. 러시아인, 프랑스인, 이탈리아인, 유대인, 세르비아인, 헝가리인 등 다양한 민족 출신이었지. 내 어머니도 그렇고 아내들 대부분도 체르케스인이잖나.

그건 그렇고, 다시 파리 방문 이야기로 돌아가세. 우리 방문단에는 조정 대신들과 함께 이탈리아와 그리스 출신 시종들도 있었다네. 그 시종들은 우리 옷에 신경을 많이 썼지. 우리가 입고 있는 옷이 프랑스인들 앞에서도 기죽지 않도록 애썼네. 그리고 대화가 잘 통하고, 바른말을 잘하는 이스탄불 시장 외메르 파이즈 에펜디도 방문단에 있었다네. 그와는 재미나게 이야기 나눌 수 있어서 방문 간 받은 인상이라든지 방문단은 뭘 했는지를 물어보았지. 외메르 파이즈 에펜디는 나이가 있음에도 인생을 재미있게 사는 사람이라 파리를 무척이나 좋아했어. 어딜 가도 마주치는 프랑스 여자들이 샴페인보다 자기를 더 취하게 했다고 하더군.

우리가 가장 놀란 점도 여자들이었네. 집 안에 갇혀 있거나 머리를 가린 모습이 아니었지. 남자들이 있는 곳엔 여자들도 있었네. 그 광경을 보니 마흐무드 2세의 매형인 할릴 장군이 러시아에 관해 보고했던 게 생각나더군. 할아버지인 마흐무드 2세는 영원한 적수인 러시아가 어떻게 이런 발전을 이뤘는지, 어떻게 우리를 앞지를 수 있었는지를 알아내기 위해 매형을 러시아로 보냈다네. 할릴 장군은 러시아에서 돌아온 뒤 보고서를 황제에게 올리면서 가장 큰 차이는 여자를 보는 시각이라고 솔직하게 밝혔다더군. '유럽과 러시아에서 여자는 소중한 존재이고 모든 곳에 존재합니다. 남자들과 마찬가지로 여자도 백성입니다. 우리나라에서 여자는 새장에 갇힌 존재입니다. 그렇다 보니 우리 제국의 인구는 실제의 절반밖에 되지 않는다고 할 수 있습니다. 가장 먼저 해결해야 할 문제가 이것입니다.'

할릴 장군의 말이 옳았네. 우리도 유럽 방문 때 그걸 직접 눈으로 확인했으니까. 자네는 33년을 통치하면서 왜 여자들을 자유롭게 해주지 않았냐고 내게 묻겠지. 맞는 말이네만, 이슬람 종교법에 맞선다는 건 쉬운 일이 아니네. 종교 대신, 종교 선생들, 종교학교 교사들,

종단들, 교주들. 이런 자들의 힘이 얼마나 강한지 황제도 마음대로 할 수 없다네. 한때 여성들의 두건 착용을 강제하는 제도를 폐지한 적이 있었지. 내가 얇은 면사포면 충분하다는 말을 했다고 내게 온갖 비난을 다 했었다네. 자네도 기억해 보게. 유럽화를 두고 빚어진 갈등 때문에 셀림 3세[131]는 난도질당해 방에서 돌아가셨네. 아들이었던 마흐무드 2세는 겨우 목숨을 건지셨어. 마흐무드 2세한테는 '이교도 황제'라고까지 했지. 말해 보게, 이런 상황에서 자네라면 어떻게 했겠는가? 황제가 말만 하면 뭐든지 된다는 건 없네. 겉으로 보기엔 그럴지도 모르지. 힘의 균형이 깨지면 살해당하거나 유배길에 올라야 하네. 내가 얼마나 독실한 이슬람 신자인지는 자네도 알 테지. 하지만 날 이슬람의 적이라는 낙인을 찍어 폐위시키지 않았나.

작은아버지도 나도 무라드도 장님이 아니네. 유럽과 우리 제국 사이에 얼마나 큰 격차가 나는지, 유럽인들이 우리보다 얼마나 앞서 가 있는지 두 눈으로 목격했다네. 그것도 눈물을 흘리면서 봤다고 하면 자넨 과장한다고 하겠지. 파리에서 열린 세계박람회장을 찾았을 때 그 사실을 확실히 체감할 수 있었네. 작은아버지를 박람회장으로 모시기 위해 루이 14세가 사용하던 마차를 박물관에서 꺼내 왔더군. 우리도 말 여섯 필이 끄는 마차를 타고 갔지. 세상에, 박람회가 얼마나 대단하던지 말로 표현할 수 없을 정도였네. 정말 대단한 기계들을 발명하고 새로운 것들을 창조해 놓았더군! 눈으로 보았던 모든 것들이 믿기지 않았지. 상상도 할 수 없던 것들이었다네. 작은아버지는

131 역주- 서구화 추진과 근위대인 예니체리의 해체를 추진하다 예니체리의 반란으로 처형당한 오스만 제국의 29대 황제(1761~1808)

이만 명의 초청자들이 모인 어마어마한 규모를 자랑하는 전시장에서 나폴레옹과 함께 자리했고, 많은 사람에게 상을 내리셨지. 천 명이나 되는 군악대 합창단이 오스만 행진곡을 연주하며 노래하는 걸 듣고 우리는 의기양양해졌었지. 하늘에 날아다닐 정도로 우리를 띄워 주더군. 그렇지만 우리가 느끼는 상심을 그들이 알 리가 있나. 우리는 그들을 따라잡을 수 없고, 과학의 시대를 놓쳐 버렸다는 걸 가장 고통스러운 방식으로 확인한 셈이었다네. 오스만 제국 전시관에서는 카펫, 촛대, 실크 제품, 금이나 은으로 수를 놓은 보자기, 문양을 새긴 총기류, 기도용 깔개 정도나 볼 수 있었네. 그리고 전통 복장을 입은 오스만 제국 청년들이 '어서 오세요, 커피 드세요.'라며 지나가는 사람들에게 호객 행위를 하는 오스만 카페도 있더군. 터키 커피나 마시고 긴 담뱃대로 담배나 피울 수 있는 곳이었네. 우리에겐 기계, 발명품, 기술은 없고 동방의 기호품들만 있었던 게지."

군의관은 이야기를 잠시 중단한 황제가 담배에 불을 붙여 한 모금 들이마실 때까지 기다렸다. 군의관은 한심한 생각이 들었다. '아, 수백 년간 쌓인 권태를 짊어진 채 세상과 단절되고, 유흥에만 매달려 비천하고 베일에 싸인 우리 동방 세계의 꼴 좀 봐.' 이런 것들이 화근이 되어 테살로니키에서 반란은 싹을 틔웠고, 마침내 맞은편에 앉아 있는 자를 권좌에서 끌어내린 것이었다. 하지만 이해할 수 없는 건 그도 똑같은 생각을 하고 있다는 것이었다. 과거의 질서를 고집한다고 생각해서 황제를 폐위시키고 그 자리에 동생을 꼭두각시로 앉혔지 않았는가. 고삐를 자신들이 틀어쥐면 제국이라는 마차가 서쪽을 향해 직진할 거라고, 그것도 내달릴 거라고 믿었다. 하지만 상황은 전보다 더 나빴다. 어쩌면 황제도 어찌할 수 없었을 것이다. 오스만 제국 황실도 유럽과 벌어진 격차를 알고 있었음이 틀림없었다. 누구보다도 더 잘 알고 있었을 것이다. 적어도 셀림 3세 때부터 서구화를 위해 안간힘을 다했고, 그 서구화 시도 때문에 목숨도 잃었다. 압둘하미드는 어쩌면 자기 목숨을 보전하려고, 아니면 다른 방법이 없어서 시도하지 않았을지도 모르는 일이었다. 겉으로는 이슬람적인 것처럼 보였지만, 서구 방식의 개혁을 통해 교육 기관을 현대화했고, 이전 황제들보다 곱절이나 많은 번역 서적을 출간했다. 그것 말고도 여학교 개교, 유럽식 시간 개념 도입, 철도 확충 등 나름대로 최선을 다했다고 할 수 있었다. 그렇다면 이 반란은 왜 일어난 것일까? 오랜 세월 파리에서 황제에 대항해 신문을 발행하고 투쟁을 벌여 왔던, 서방 국가들을 등에 업은 청년튀르크당이 집권한 뒤 뭐가 바뀌었지? 군의관도 할 말이 없었다. 모든 것이 더 엉망진창이 되었고, 제국은 빠른 속도로 폐망의 길을 걷고 있었다. 청년튀르크당은 애초부터 아르메니아인 학살 사건으로 황제를 비난했었다. 그들은 다양한 종교를 믿는 신자들과 소수 민족들을 '구성원'이라고 불렀다. 그리고 그들을 하나로 통합하겠다고 일을 벌였지만, 지금은 그들에게 더 심한 박해를 가하고 있었다.

"제가 질문을 하나 해도 되겠습니까?" 조용히 있던 군의관이 입을 열었다. 군의관이 보이는 관심에 기분이 좋아진 황제가 대답했다. "물론이네, 물어보시게. 아주 흥미로운 주제이긴 하지."

"당연한 말씀입니다. 작은아버지 되시는 압둘아지즈 황제께서 통치하시는 동안 반대파들의 움직임이 있었습니다. 이 반대파 지식인들은 주로 파리로 모여들었고, 그곳에서 신문을 만들기도 했습니다. 파리를 방문하시는 동안 무슨 일은 없었습니까? 그들과 접촉이 있으셨습니까?"

황제는 독한 담배를 한 모금 깊게 들이마셨고 도넛 모양의 담배 연기를 내뿜었다. "만나지 못했네. 우리는 그들이 누군지 다 알고 있었다네. 모두 신사들이었고, 훌륭한 사람들이었지. 파리 주재 우리 대사가 보고서를 보내왔었네. 나믁 케말, 시나시, 알리 수아비 같은 반대파들이 파리 경찰청을 직접 찾아가 말했다더군. '황제가 방문하는 동안 우리가 이 도시에 머무는 건 적절치 않다고 판단했습니다. 런던으로 가고자 합니다.' 경찰청장은 '저희도 여러분께 똑같은 부탁을 드리려고 했습니다. 먼저 이렇게 찾아주셔서 감사합니다.'라고 했다지. 일이 그렇게 되다 보니 반대파들과 만날 일은 없었네. 난 그들을 잘 아네. 특히 나믁 케말과는 함께 일한 적도 있었지. 아주 훌륭한 사람이지만 자유에 대한 이상한 사상에 빠져서 말이야. 게다가 무라드 형이 술을 좋아하게 된 것도 그 사람 때문이라네."

수천 명이나 되는 비밀경찰을 풀어서 반대파의 씨를 말렸던 황제가 이처럼 부드럽게 표현하는 것을 보고 군의관은 혼란스러웠다. '혹시 우리가 이 사람을 잘못 알고 있었던 건가?'라는 생각이 들었다. 어찌나 설득력 있게 말하고 예의를 갖춘 태도를 보이던지 자신이 알고 있던 폭군과 이 사람이 동일인이라는 게 믿기지 않았다. 군의관은 이 문제를 동료 장교들과 이야기해 봐야겠다고 마음먹었다.

황제는 파리 방문에 관한 이야기를 이어갔다. 파리에서 목격한 문명 발전에 다들 감명받은 게 분명했고 어느 정도 충격까지 받은 것 같았다. 예를 들면, 세계 최초로 전등으로 불을 밝힌 건물인 파리 시청사를 보고는 '이 사람들 밤을 낮으로 바꿔 놨네.'라며 경탄했다.

방문 일정에 어려움이 전혀 없었던 건 아니었다. 오스만 제국 황제는 평생 규칙이나 시간, 약속 등에 구애를 받을 일이 없었다. 프랑스 황제와 면담 시간을 지키기 위해 황제를 깨우고 의관을 갖추게 해서 행사에 참석하도록 하는 건 너무나 힘든 일이었다. 궁전에서는 자신이 하는 말이 곧 법이었던 오스만 제국 황제에게 그날그날 일정을 상기시키는 건 불가능했고, 분노를 폭발시키기도 했다. 이런 분노 폭발은 그렇지 않아도 심장병을 앓고 있던 푸아드 장군의 안색을 보랏빛으로 질리게 할 정도로 무시무시한 상황으로까지 발전했다. 가엾은 푸아드 장군은 유럽 방문 뒤 치료를 받기 위해 니스로 갔고 그곳에서 운명했다.

하루는 프랑스 황제가 약속된 시간에 엘리제궁을 찾아왔다. 누구도 압둘아지즈 황제를 깨울 용기를 내지 못하고 있었다. 프랑스 황제는 홀에서 화가 난 채로 배회하다 참지 못하고 불평을 쏟아냈다. "이 동양 야만인들 때문에 골치가 다 아프군. 시간이라는 걸 알길 하나, 약속이라는 걸 알길 하나." 그러다 문 앞에서 기다리던 푸아드 장군을 발견하고 다시 말했다. "이런, 방금 내가 한 말은 못들은 걸로 하시게. 황제께는 말씀드리지 마시게." 푸아드 장군은 곧바로 "걱정하지 마십시오, 황제 폐하. 저희 황제께서 폐하에 대해 하셨던 말씀을 제가 전한 적이 없는데, 폐하께서 하신 말씀을 전할 리가 있겠습니까?"라고 대답했다.

먼 나라에서 겪은 무용담 같은 황제의 회상을 듣는 건 재미났지만 군의관은 갈수록 혼란스러웠다. 수많은 황제에 관한 이야기와 세계 정치, 그리 오래되지 않은 역사적 사건들을 듣고 집에 돌아오면 그날 들었던 내용을 깨알 같은 글씨로 기록했다. 그리고 앉아서 한참 동안 생각에 빠졌다. 어떤 날은 아침까지 잠을 이루지 못하기도 했다. 그러다 보니 연인에게 편지를 쓰는 것도 소홀해지기 시작했고 동료 장교들과 함께하던 술집도 드문드문 찾게 되었다. 하지만 오늘 저녁은 미리 약속한 자리였다. 동료 장교들은 당연히 저택에서 무슨 일이 벌어지고 있는지, '사탄의 영혼을 가진 자'가 무슨 말을 했는지, '당장 뒈질' 것인지를 궁금해했다. 황제에게 '사탄의 영혼을 가진 자'라고 했던 사람은 독실한 이슬람교도에다 민족주의자이자 보수주의자인 시인 메흐멧 아키프였다. 황제가 탄 차를 보기만 해도 토할 것 같다는 심정을 직접 밝히기도 했다. 황제에 대한 그의 증오는 그 정도로 컸다. 최근 들어 군의관은 머릿속에 가득 차 있는 수많은 질문 때문에 넋이 나간 것 같았다. 그는 무거운 발걸음으로 올림포스 클럽을 향하는 동안에도 생각에 잠겨 있었다. 무슨 운명일까? 자신은 쿰카프[132]에서 휴세인의 아들로 태어나 군 의대를 어렵게 마친 평범한 청년일 뿐이었다. 그런 청년이 세상을 손가락 하나로 움직였고, 높은 담장 너머에 있는 보이지 않는 존재라고 상상했던 황제와 말동무가 되었단 말인가? 압둘하미드가 말한 것처럼 자신과 다른 황제들도 제국을 일으켜 세우려고 고민했고 방법을 찾기 위해 노력했던 것일까? 압둘하미드가 동서양을 비교하며 했던 말은 황제가 잘못된 길을 가고 있다고 주장한, 청년튀르크당 지식인이나 알고 있을 법한 것들이

---

132 역주- 이스탄불 남쪽 마르마라해 인접 지역

었다.

날이 어두워지면서 도로는 여느 저녁처럼 가게 문을 닫고 조용히 집으로 향하고 있는 상인들과 공무원, 군인, 학생들로 가득했다. 그들 대부분은 유대인, 그리스인, 무슬림들이었다. 평범한 테살로니키 저녁 풍경이었다. 이 모습은 수백 년 동안 변하지 않은 테살로니키의 견고한 질서와도 같은 것이었다. 군의관은 솔직히 이런 평온함이 경이로웠다. 이곳저곳에서 반란이 일어나고 있었다. 제국에서 독립한 무리들은 연이어 그들만의 국가를 건설했다. 게릴라들과 발칸반도 산악 지대에서 전투를 벌였고, 그곳에서는 참담한 소식들이 들려왔다. 그 난리와 이런 평온이 공존한다는 게 믿기지 않았다.

튀김 냄새가 새어 나오는 그리스인 집 앞을 지나는데 창밖으로 몸을 내민 여인이 식사 시간에 늦은 아이를 부르는 소리가 들렸다. "야니!" 모든 엄마가 아이들 부를 때처럼 이름에 멜로디가 섞여 있었다. "야아아 니이이. 엘라 브레 페다키무[133]." 야니는 팽이를 치느라 정신이 없었다. 얼마 지나지 않아 야니는 팽이를 챙겨 집으로 들어갔다. 그 순간 군의관은 잠시 뒤 동료 장교들과 이야기를 나눌 때 이 팽이를 비유해서 예로 들어야겠다고 생각했다. 어릴 때 팽이 놀이를 해 보지 않은 사람은 없을 것이다. 팽이가 돌다가 최고 속도에 다다르면 마치 돌지 않는 것처럼 보일 때가 있다. 이걸 보고 '팽이가 자고 있다.'라고 말하곤 했다. 자는 팽이는 얼마 뒤 갈팡질팡하기 시작하고 팽이 줄로 다시 팽이를 쳐 주지 않으면 넘어지고 만다. '야니의 팽이와 같은 거야. 아무 일도 없는 듯 보이는 거지. 팽이가 자는 것처럼

---

133 역주- '어서 얘야'라는 뜻의 그리스어

우리도 잠든 거야. 알라신이시여, 우리의 마지막을 살펴 주소서.'

다시 올림포스, 다시 우윳빛으로 변하는 라크에 필라키[134] 그리고 동료들…. 모든 게 3년 전과 같았다. 아무것도 변한 게 없었다. 그런데도 이상하게 마음은 불안했다. 제3군 소속 청년튀르크당 장교들은 말수가 더 줄었고 더 위축되어 보였으며 더 지쳤다. 대화 중에도 예전에 보이던 흥분과 굳은 결심은 드러나지 않았다. 대응군이 폭군을 몰아내고 반역의 도시에 그를 유배시킨 것에 대한 긍지, 패전을 면치 못해도 제국은 굳건할 것이라는 믿음, 유럽의 문명 수준을 따라잡을 거라는 희망은 서서히 회의적인 생각과 미래에 대한 두려움으로 바뀌었다. 게다가 가끔 자신들도 감당할 수 없는 비관론에 빠지곤 했다. 서로에게 솔직히 털어놓지는 못해도, 꼭두각시를 조종하는 줄을 잡은 채 커튼 뒤에 숨어 제국을 움직이는 옛 동료들이 제국을 더 나은 길로 이끌지 못할 거라는 걸 그들도 느끼고 있었다. 이스탄불에서 연달아 암울한 소식들이 들려오고 있었다. 암살당한 기자들과 반대파 지식인들, 아르메니아인들과 아랍인들에 대한 무시무시한 탄압들…. 모든 정황으로 봐서 너무도 명확하게 제국이 독재 체제로 가고 있었다. 그렇다면 폭군을 왜 폐위시켰으며, 폐위시킨 게 무슨 도움이 됐단 말인가? 제국은 여전히 '유럽의 환자'였다. 경제는 엉망이었고 군병력 다수가 제대한 상태였다. 더 큰 문제는 군 내부에 당원과 당원이 아닌 자들 사이에서 계급을 무시하는 하극상이 벌어진다는 것이었다. 이날 밤 대화 주제는 발칸반도 지역에서 급속히 퍼지고 있는 범슬라브주의 움직임이었다. 제국 영토였던 몬테네그로, 세르비아,

---

134 역주- 흰강낭콩에 양파, 마늘, 파슬리, 당근 등을 첨가해서 만드는 그리스 요리

보스니아-헤르체코비나, 불가리아, 루마니아, 알바니아가 연합해 수도인 이스탄불에 선전포고 하기 직전이었다. 러시아가 이들 국가를 지원하고 있었다. 해체 수준에 다다른 오스만 제국 군대는 그들의 상대가 되지 못했다. 이젠 옛 열정이 사라져 버린 사펫 소령이 군의관에게 물었다. "자네가 돌보는 그자는 어떻게 지내? 병중인가? 밖에서 무슨 일이 벌어지는지 알고는 있나? 이탈리아가 리비아 벵가지를 점령했고 알바니아가 독립을 선언한 건? 크레타섬이 그리스와 합병한 건 아나?"

"아니요." 군의관은 대답했다. 무대에서는 사즈[135] 그룹의 연주에 맞춰 젊은 그리스 여자가 노래를 부르고 있었다. 라크와 가장 잘 어울리는 음악이라고 했던, 라크 효과를 열 배나 높이는 음악이라고 늘 말해 왔던 그 음악이 이젠 두통을 유발하고 짜증을 불러왔다. 단지 그들만 그런 건 아니었다. 클럽 전체에 여흥과 즐거움은 사라지고 없었다.

"아무 소식도 듣지 못하죠. 궁금해서 안달이 났지만, 동생이 어떤 사람들로 조정을 꾸렸는지, 누가 총리 대신인지조차도 몰라요." 군의관은 대답했다.

"그럼 온종일 무슨 이야기를 나눠? 아픈 곳에 관해서만 이야기하나?"

"아니, 아닙니다. 자신의 작은아버지 압둘아지즈 황제와 함께 유럽을 방문했던 걸 자랑스럽게 이야기합니다. 방문단 모두가 유럽의 발전을 보고 경탄했다더군요. 증기기관, 공장, 높은 기술력, 경제력

135 역주- 튀르키예, 그리스, 발칸반도 지역 민속 현악기

그리고 남녀가 함께 어울려 생활하는 것에 찬사를 늘어놓더군요."

"그럴 리가. 설마 그 말을 믿는 거야?"

"솔직히 말하는 겁니다. 내가 그 말을 믿는다고 해도 놀라지들 마세요. 어찌나 솔직하게 이야기하고 자세히 평가하던지 나도 놀랐어요. 마치 내 앞에 보수주의자 폭군 황제가 아니라, 정신이 똑바른 오스만 제국의 지식인이 있는 것 같았다니까요. 제국이 당면한 끔찍한 상황을 알고 진정으로 슬퍼하는, 유럽화가 해결책이라고 보는 지식인 말이죠. 그래요, 놀라는 거 이해합니다. 나도 어떨 땐 믿기지 않으니까요. '이 자가 자신을 숨기는 건가? 나를 속이려는 건가?'라는 생각을 하죠. 솔직히 이야기하면 그가 한 말 대부분에서 허점을 찾지 못했습니다. 얼마나 확신에 차서 이야기하던지…."

"그렇다면 왜 그런 생각을 현실에 적용하지 못한 거야?"

"그래, 내가 묻고 싶은 것도 그거였어요! 광신자들이 자기 손발을 다 묶어 놨다고 하더군요."

"이 나라에 자기보다 더한 광신도가 있다는 거야, 뭐야?"

"그렇다면 '우리는 유럽처럼 단일 민족이 아니다.'라는 그자의 주장은 어떻게 생각하나요? 우리가 믿고 있는 사상의 틀을 프랑스 혁명이 만들었잖아요? 프랑스나 영국처럼 우리도 단일 민족일까요?"

이 질문에 두 장교는 한동안 생각에 잠겼다. 그리고 사펫 소령이 말했다. "아니지. 불행하게도 그건 그자 말이 맞아. 우리 제국엔 일흔두 개나 되는 민족이 살고 있어. 각자 자기만의 종교와 언어, 피부색과 정체성이 있지. 금요일엔 무슬림들이 쉬지만, 토요일에는 유대인, 일요일에는 기독교인들이 쉬잖아. 세상에서 우리 제국 말고 이렇게 괴상하게 사는 나라가 또 있을까?"

니핫 대위가 대화에 끼어들었다. "하지만 이 사람들이 600년을 함께 살았는데도 왜 동화되지 못했을까? 어째서 하나가 되지 못했을까?"

"우선, 너무 방대한 지역에 흩어져 있어." 군의관이 대답했다. "북아프리카, 카프카스, 아랍 반도, 발칸반도를 하나로 만드는 게 쉬운 일인가? 그 어느 곳도 닮은 구석이 없잖아? 인종마저도 달라."

"옳은 말이야. 봐, 우리 셋도 다르잖아. 군의관 자네는 금발이고, 사펫 소령님은 찢어진 눈, 나는 그러니까 원숭이보다 좀 낫고."

이 말에 세 장교는 웃음을 터트렸다.

"지금까지 들은 바로는 자네가 그자와 좀 가까워진 것 같군. 적어도 예전처럼 증오하지는 않잖아." 니핫 대위가 말했다.

"그가 한 말을 전달하는 거야. 모든 면에서 자신이 깨끗하다는 걸 밝히고 싶어 하더군. 아르메니아 문제도 그렇고 다른 문제들에서도 '난 누구도 죽이지 않았어'라는 주장을 해. 자신은 자비롭고 백성들에 대한 애정이 넘치는 황제라고 믿게끔 말하지."

"물론"이라며 니핫 대위가 끼어들었다. "자기 손으로 누구도 죽이지 않았지. 어쩌면 신하들에게 명령도 내리지 않았을 거야. 하지만 서로를 물어뜯게 만든 걸 부인할 사람이 있을까? 하미디예 연대를 누가 창설했지? 누가 쿠르드족을 풀어서 아르메니아인들 공격했나? 누가 그 많은 사람의 목숨을 앗아 갔을까? 그자는 자네를 속이려고 하고 있네, 아트프."

"나를 왜 속이려 하지? 자기가 뭘 얻는다고?"

"뭘 얻기는? 회고록을 쓰는 게 허락되지 않는다고 자네가 말했었잖아."

"그래, 맞아."

"자네를 통해 그 회고록을 역사에 남기려는 거야. 이해가 안 돼? 자네는 그자의 회고록이나 마찬가지야."

술에 취한 니핫 대위는 이 말을 하면서 웃었다. 그리고 검지로 군의관의 이마에 대고 "자네 이마에 쓰인 운명은 회고록이 되는 건가 봐."라고 놀리자 분위기가 냉랭해졌다.

군의관의 얼굴은 붉게 달아올랐다. 들고 있던 나이프를 세게 내려놓으며 소리쳤다. "내가 말인가? 내가 회고록이라고? 어디서 난 용기로 날 보고 회고록이라는 말을 해? 나도 너와 같은 위관 장교잖아. 게다가 난 군의관이야. 어떻게 내게 그런 말을 해?"

목소리가 높아지자 다른 테이블에 앉아 있던 사람들도 장교들 사이에 벌어진 언쟁에 귀를 기울이기 시작했다. 반란자들, 암살자들이 넘쳐나는 이 도시에서 언쟁을 벌이던 장교들이 허리에 찬 권총을 잡는 장면은 심심찮게 볼 수 있었다. 하지만 술에 취한 니핫 대위가 먼저 사과했다. "형제, 자네가 잘못 이해한 거야. 어쩌면 내가 표현을 잘못한 것일 수도 있어. 난 그자의 의도를 말한 거잖아. 어쨌거나 그자는 음모를 꾸미는 자야."

"그럼 내가 그자한테 속아서 그런 짓이나 할 정도로 순진하다는 말이야? 그자의 의도를 내가 모를까 봐? 아니면 비밀리에 내가 황제를 위해 일하고 그를 보호라도 한다고 돌려 말하는 거야?"

군의관이 지나치게 과민해진 걸 본 사펫 소령은 두 사람의 언쟁에 끼어들었다.

“그럴 리가 있나. 그 빌어먹을 인간이 아트프 자네가 자기를 싫어한다는 것과 자기를 두둔하는 말을 하지 않을 거라는 걸 모를까 봐? 당연히 알고 있을 거야. 교활한 인간이야. 자기 목숨줄을 쥐고 있는 군의관을 이용하려는 거야. 왜냐하면, 두려우니까.”

니핫 대위는 “미안하네, 아트프. 내가 지나치게 흥분했나 봐. 자네가 연합진보위원회 소속이라는 것에 대해 의심할 사람이 누가 있겠나?” 이 말을 하고는 대화 주제를 바꾸려고 했다. “자네들 들었어? 알바니아 정교회에서도 이젠 알바니아어로 기도를 한다더군. 얼마 전까지만 해도 교황청에서 ‘알바니아어로 하는 기도는 신이 알아들을 수 없다.’라고 하지 않았나 말이야. 이 무슨 바보 같은 소리야. 신이 알아들을 수 있는 언어가 한 가지뿐이란 말인가?”

사펫 소령이 그 말을 거들며 나섰다. “그런데 우리도 아랍어로 기도하지 않잖아? 그렇다면 알라신께서 터키어도 못 알아들으시겠군.”

“천만에, 그럴 리가요!” 니핫 대위가 웃으며 말했다. “그런데 발칸반도 교회들이 연합한 건 큰일입니다. 한꺼번에 우리에게 공격해 오진 말아야 할 텐데.”

“공격해 오진 말아야 한다고? 그건 순진한 말이야. 아니, 순진한 걸 넘어선 거지. 전쟁은 언제든 일어날 수 있어. 이젠 게릴라들이 벌이는 전쟁이 아니야. 러시아의 지원을 받은 정규군과의 전쟁이야.” 군의관이 말했다.

“그럼 자네가 보기에는 우리 친구들은 뭘 하는 것 같나? 이렇게 위험한 상황을 못 보는 건가?” 사펫 소령이 물었다.

이 질문에 니핫 대위가 답했다. “당연히 보고 있겠죠. 엔베르도, 니야지도, 탈랏[136]도 이 지역 출신이잖습니까. 여기 산맥을 속속들이 알고 있지만, 불행하게도 그들이 완전히 권력을 쥔 게 아니에요. 황제와 조정을 움직일 수 있을 정도에 불가합니다. 합의당[137] 소속들도 있다는 걸 잊어서는 안 돼요.”

라크 잔을 치켜든 사펫 소령이 말했다. “그렇다면 새로운 정변에 대비하세. 내가 아는 엔베르는 이런 상황을 받아들이지 않을 거야. 무슨 짓을 해서라도 모든 권한을 쥐려고 할 거야.”

세 명의 장교는 잔을 부딪친 다음 마지막 잔을 들이켰다. 군의관은 ‘그래, 보자고.’라고 속으로 말했다. 한편으로는 새로 들어선 조정에 믿음이 가지 않았고 다른 한편으로는 이런 상황에 마음이 아팠다. 집에 돌아올 때까지 니핫 대위한테 화가 났던 게 여전히 수그러들지 않았다. ‘생각 없는 장교야. 아무것도 이해 못 하면서 무식함에서 나오는 용기로 모든 일에 끼어들려 해. 그걸 보고만 있자니 너무 힘들어. 또다시 그 녀석과 함께 자리했을 땐 내 화를 돋우도록 보고 있지만은 않을 거야.’ 군의관은 마음먹었다. 이젠 사펫 소령도 천박해 보였다. “이 친구들은 작은 세상, 하루살이 인생의 굴레에서 벗어나지 못하고 있어.” 좋건 싫건, 어쨌든 저택에 있는 노인네는 다른 제국 황제들과 알고 지냈고, 그들의 비밀을 알고 있는 사람이었다. 30년 넘게 세계 정치에서 주역을 맡았다. 그런 그가 중요한 사실을 털어놓

---

136 역주- 연합진보위원회 설립에 이바지한 사람으로 1917년 총리 대신직을 역임한 장군(1874~1921)

137 역주- 자유합의당, 1911년 창당되었다가 1913년 해체, 1918년 재창당하여 1919년까지 활동한 연합진보위원회 반대 정치 세력

는 것이었다. 군의관은 매번 만날 때마다 그가 하는 말에 귀를 기울였다. 동료 장교들은 이런 이야기에 전혀 관심이 없었고 질문도 하지 않을 뿐더러 알려고 들지도 않았다. '혹시 내가 니핫에게 과한 반응을 보였나?'라는 생각이 들었다. '어쩌면 이렇게까지 화를 낼 일도 아니었는지 몰라.' 그리고 "회고록!"이라는 말이 다시 입에서 튀어나왔다. 혹시 황제와 가까워졌다는 말에 과하게 화를 낸 것이었을까? 하지만 독재자와 가까워진 건 아니었다. 여전히 황제를 증오했다. 모든 백성의 삶을 망쳐 놓은 사람에게 조금이라도 동정심을 가질 수 있을까? '어쩌면?' 어쩌면 가능한 일이었다. 마음속에서 의문이 일었다. 처음 만났을 때처럼 분노하고 있고, 내면의 증오가 그때만큼 차 있는 것일까? 집 현관문을 열면서 생각했다. '그래, 맞아. 그 사탄에 대한 내 감정은 조금도 변하지 않았어. 단지 의사로서 내 임무에 충실한 거야. 그게 전부야.' 황제를 처음 만난 날처럼 여전히 분노하고 있었다. 그건 확실했다. 군복을 벗으려다 잠깐 균형을 잃었고 군의관은 라크를 과하게 마셨다는 걸 알았다. 니핫 대위가 한 말을 들은 뒤로 술 마시는 속도가 조금 빨라졌었다. 만취는 아니었고 취기가 도는 정도였다. 그는 이 표현을 아주 좋아했다. 취기가 도는, 흥이 오르는…. 이 말을 입에서 내뱉는 것만으로도 좋았다. 비밀 장소에서 메모지를 꺼내 하루 동안 있었던 일을 기록했다. 그런 뒤 책꽂이에서 메흐멧 아키프의 시집을 찾아서 다음의 시구를 큰 소리로 읽어 내려갔다.

여기저기 엉망이 아닌 곳이 없네
아, 이을드즈 궁전에 사는 부엉이가 죽지 않는다면

부엉이라고 한 번 더 외치며 크게 웃었다. 정말로 부엉이를 닮았다고 생각했다. 아키프가 제대로 된 비유를 한 셈이었다.

오랫동안 계속된 나의 고통
폭군을 찾아가 경고하고 싶네

계집처럼 창살 뒤에 숨은 하미드
이 겁쟁이가 오스만 가문에서 나오지 않았기를

군의관이 웃는 소리가 얼마나 컸던지 아래층에 사는 집주인이 잠에서 깰 것 같았다. 아키프는 시를 통해 제대로 표현했다. 이어지는 시구를 읽어 내려가던 군의관은 집주인이 듣든 말든 배가 아플 정도로 웃어 젖혔다.

아, 이 무슨 짐승, 이 무슨 당나귀 같은 놈인가!
아, 그 붉은 무신론자, 그놈은 어디에 있나

아, 추악한 폭정의 시대는 막을 내렸고 넌 망해서 쫓겨났지
백성들 마음에 지워지지 않는 더러운 기억만 남기고

백성들의 영웅을 절망으로 몰아넣다니
사탄이 든 영혼에 명복을 빌게 하다니 이 저주받은 자여

그림자조차 두려워 비명 지르는 겁쟁이가
종교법을 들먹이며 33년 동안 우리를 겁박했네

이렇게 웃을 수 있다는 건 심리적 변화를 의미했다. 부엉이가 테살로니키에 온 날 이후로 군의관은 웃음은커녕 입가에 작은 미소조차 보이지 않았다. 신경은 날카로웠고, 긴장과 흥분 속에 있었다. 그에 대한 증오로 속에서는 불이 일었다. 3년이라는 세월이 군의관을 유순하고 안정된 사람으로 만들었고, 부엉이의 친구가 되게 했다. 군의관은 터져 버린 웃음을 참을 수가 없었다. 그자와 그의 가족들에 대한 감정은 복잡했다. 뮤쉬피카 부인과 다른 가족들을 분리해서 생각했다. 뮤쉬피카 부인에겐 존경심을 갖고 있었다.

'3년 전 비밀 회합에서 대위 무스타파 케말이 한 말이 정말이었나?' 군의관은 스스로 자문했다. 비밀 회합이 있던 어느 날 밤, 조직을 지휘하는 사람들에게 전혀 호의적이지 않았던 이 반항적이고 반체제적인 청년 장교는 발언할 기회를 얻었다. 그는 용기를 내 군인이 정치에 관여하는 상황에 대해 강하게 비판했다. 군인들이 정치인처럼 행동하는 건 매우 위험하다는 생각을 하고 있었다. 군 내부의 질서를 무너트릴 뿐만 아니라, 국가 통치에도 해가 되고, 결국에는 국력의 쇠퇴를 가져오게 된다는 것이었다. 조직을 지휘했고 압둘하미드를 폐위시킨, 엄청난 성공의 주역인 지휘부는 제대해서 민간인 신분으로 정치 활동을 할 것을 제안했다. 금발의 깡마른 장교가 말을 이어갈수록 지휘부는 크게 긴장했다. 콧수염을 꼬는 사람이 있는가 하면, 다리를 꼬고 앉아 있던 엔베르 장군은 부츠를 신고 있던 다리를 좌우로 흔들었다. 상황은 순식간에 총성이 울릴 것 같은 분위기로 바뀌었다. 모두 권총집에 손을 올려두고 만일의 사태에 대비하고 있었다. 군의관은 무스타파 케말과 잘 아는 사이는 아니었지만, 그에게 호감이 있었다. 그는 군 내부에서도 사랑받지 못했다. 삶의 방식이나 누구에게도 굴복하지 않는 '외로운 늑대' 같은 태도로 인해 소수 동료를 제외한 대부분으로부터 배척당하고 있었다. 군의관도 그걸 알고 있었다. 하지만 그날 밤만큼 팽팽한 긴장감을 조성한 적은 없었다. 모든 조직원과 마찬가지로 그도 자신을 불편하게 여긴 사람들이 야쿱 제밀[138] 같은 '결사대'를 보낼 것이라는 걸 알고 있었다. 솔직히 이 결사대들 손에서 벗어나는 건 매우 힘든 일이었다. 그들은 목숨을 내놓고 다니는, 언제든 죽고 죽일 준비가 된 암살자들이었다. 무스타파 케말은 젊어서 그런 것인지, 경험이 부족해서인지 몰라도 이런 위험을 감수하고 있었다. 군의관은 그가 마나스트르 군사고등학교를 나왔고, 어린 나이에 고아가 되었으며, 그의 어머니는 쥬베이데 몰라라는 이름의 아주 독실한 이슬람 신자였다는 것 말고는 더 아는 게 없었다. 푸른색 눈동자에 금발 콧수염을 위로 치켜세운 마른 체구의 장교였다. 엔베르 장군도 똑같은 유행을 따라 콧수염을 기르고 있었지만, 두 사람의 얼굴 생김새는 전혀 닮지 않았다. 엔베르 장군은 오스만 제국 본토 사람이었다. 금발에 가는 얼굴형인 무스타파 케말은 유럽인들 외모와 비슷했다. 확실한 건 두 사람이 서로를 좋아하지 않는다는 것이었다. 이 비밀 회합 이후로 조직은 무스타파 케말을 죽이기 위해 결사대 행동대원을 보냈다. 이 사실을 알아챈 무스타파 케말 대위가 노련하게 그 위기를 넘겼다는 소문이 여기저기서 들려왔다. 군의관은 어디까지가 사실인지 알 수 없었다. 테살로니키는 늘 소문

---

138 역주- 오스만 제국 장교로 연합진보위원회 결사대로 활약하였으나, 이후 연합진보위원회 반대파가 되었으며 반역죄로 처형당한 인물(1883~1916)

이 무성한 곳이었다. 소문에 의하면 무스타파 케말은 결사대 행동대원이 자신의 방에 들어오고 나서야 상황을 파악했다고 한다. “넌 왜 엔베르 장군의 생각에 분별없이 반대하고 나선 거야?”라고 묻는 행동대원에게 무스타파 케말은 자신의 맞은편에 있는 의자를 가리키며, “자 앉으시게, 내가 설명하지. 먼저 커피 한 잔 대접하고 싶네만.” 이라는 말로 분위기를 부드럽게 바꾼 뒤 자신의 말을 들어 달라고 설득했다는 것이다. 내키지 않았지만, 행동대원은 의자에 앉았고 커피와 담배에 이어 두 사람은 대화를 나눴다. 무스타파 케말은 장시간 군인이 정치에 개입하는 게 왜 위험한지 설명했다고 한다. “조국은 위험에 처해 있네. 생각해 보시게, 전쟁 중에 대령은 당원이고 장군이 당원이 아니라면 누가 누구의 명령을 따라야겠나? 장군이 대령의 명령을 따라야 하나? 아니면 대령이 장군의 명령을 따라야 하나? 이렇게 되면 군 내부에 혼란이 발생하고 우리 군은 약해질 수밖에 없네.” 이 이야기를 들은 행동대원 대위는 이렇게 말했다고 한다. “설명 잘 해 줬네. 자네의 생각을 듣고 나니 자네가 옳았다는 걸 알겠네. 솔직히 털어놓지. 사실 난 자네를 쏘기 위해 온 사람이라네. 만약 자네가 이 말을 해 주지 않았더라면 벌써 죽었을 걸세.” 이 말을 들은 무스타파 케말은 이렇게 대답했다는 것이다. “자네가 내 방에 들어오는 순간부터 총구는 자네를 향하고 있었네. 만약 커피를 마시지 않겠다고 하고 총을 꺼냈다면 내가 쏜 첫 총탄이 자네 이마 정중앙을 뚫었을 걸세.”

‘사실인지 거짓인지는 이 이야기를 들려준 사람들이 알겠지.’ 군의관은 생각했다. ‘하지만 그 왜소한 체구의 장교에 관해 작은 전설들이 만들어지기 시작했다는 것만은 사실이야. 이상해. 그를 따르는 무리도 없고, 자부심만 가득 찬 한낱 위관 장교일 뿐인데. 게다가 오스만 제국의 보통 무슬림 장교와는 다른 구석이 있어. 이런 사람들은 명이 길지 못할 거야.'

영국 – 빅토리아 여왕

“프랑스 황제는 작은아버지에게 레지옹 도뇌르[139]를 수여했다네. 프랑스 최고의 훈장이라 하더군. 우리의 메지디예 훈장 같은 것이지. 막시밀리아노 1세의 사망 소식에도 불구하고 애도를 미루고 환영식을 열어 주었지. 우리를 맞이하고 대접하는 데에 소홀함이 없었네. 어느 날 만찬에서 파리 시장인 오스만 남작이 외메르 파이즈 에펜디에게 뭔가 물어보더군. 그들 사이에 무슨 이야기가 오갔는지 궁금했었지. 파리 시장이 이스탄불 도로를 어떻게 물청소하는지 물었다고, 나중에 외메르 파이즈 에펜디가 나와 형에게 말해 주더군. 파리에서는 매일 저녁 살수차로 깨끗하게 청소한다지 뭐야. 이스탄불에서 그런 게 가능했을까? 재치 있고 임기응변에 강한 외메르 파이즈 에펜

139 역주- 1802년 나폴레옹이 제정한 최고 명예 훈장

디는 이렇게 대답했다고 하더군. '시가 나서서 직접 물청소하지는 않습니다. 그 일은 상인들이 하죠. 식료품점 주인은 치즈 통이나 올리브 통에 든 물을, 이발사는 면도할 때 쓴 물을 길에 붓는 겁니다. 이런 식으로 청소를 합니다.' 파리 시장의 놀란 표정이 그 대답 때문이었다는 걸 알고 우리는 웃었지. 하지만 유럽을 방문하는 내내 그랬던 것처럼 그건 쓴웃음이었네. 무라드 형이 말하더군. '내게 권한이 있다면 저 남작을 데려와서 이스탄불 개발을 맡길 텐데. 문명화된 삶은 이렇게 아름다운 도시에서나 나올 수 있는 거야.' 그리고 외메르 파이즈 에펜디에게 기회가 있으면 파리 시장과의 대화를 황제께도 말씀드리라고 했지. 파리를 방문하는 동안 우리는 늘 그랬듯이 작은아버지의 모든 행동과 눈빛, 심리 상태를 놓치지 않았다네. 작은아버지는 갈수록 넋을 잃은 듯했고, 이따금 손에 든 손수건을 만지작거리셨네. 그리고 깊은 생각에 잠기실 때도 있으셨지. 그런데 작은아버지의 전혀 다른 모습도 목격했네. 프랑스 황후를 흘깃 훔쳐보시는 게 아니겠나. 그리고 세 번이나 두 사람의 눈이 마주쳤고, 황후 외제니가 고개를 숙이는 것도 직접 봤다네. 그렇지 않아도 여자에 관심이 많은 작은아버지와 아름다운 황후 사이에 뭔가 있는 게 분명했어. 그 뒤에 일어난 일들을 보면 내가 본 게 틀리지 않았던 거지. 이 흥미로운 사랑 이야기는 나중에 때가 되면 하겠네. 약속하네, 자네에게 꼭 해 줌세.

다음 날, 다시 거창한 환송식에 이어 불로뉴쉬르메르[140] 항에서 영국으로 출발하기 위해 오르탕스 호에 올랐다네. 영국 해협의 파도는 우리가 타고 있던 거대한 범선을 마구 흔들어 놓더군. 작은아버지

---

140 역주- 프랑스 북부 도버 해협에 접한 항구 도시

는 자리에 앉아 계셨고 우리에게도 앉으라고 손짓하셨지. 얼마 지나지 않아 파도가 잔잔해진 덕에 작은아버지가 크게 노하시지 않고 넘어갈 수 있었다네.

도버항에서 열린 성대한 환영식은 툴롱항에서 보았던 환영식 못지않았지. 빅토리아 여왕을 대신해 왕세자와 케임브리지 공작이 승선해서 작은아버지에게 환영 인사를 하더군. 런던 주재 대사인 그리스계 뮤쥐뤼스 장군도 있었지. 오스만 제국에서 가장 뛰어난 능력을 갖춘 대사였던 뮤쥐뤼스 장군에게 닥친 불행은 나중에 이야기하도록 하지.

도버에서 식사를 마친 뒤 기차를 타고 런던으로 이동하는 동안 내가 본 장면을 평생 잊지 못한다네. 공장 굴뚝들과 산업 생산 시설들이 보이더군. 석탄 냄새가 진동했고 하늘은 공장 매연으로 뒤덮여 있었지. 모든 곳에서 영국인들의 부지런함이 보였다네. 런던에 도착하니 박물관에서 가져온 조지 3세의 마차가 준비되어 있더군. 작은아버지가 그 마차에 오르자 대규모 공식 행렬이 그 뒤를 따랐지. 우리는 버킹엄 궁전으로 갔어. 런던은 파리처럼 눈부신 화려함은 없었지만, 산업과 기술, 과학은 더 발전했더군. 조선소에서 거대한 배를 어떻게 건조하는지 직접 보았지. 그리고 공장에서 만들어 내는 기적을 직접 보고 놀라지 않을 수 없었다네. 입을 다물지 못했다는 표현이 맞을 거네. 솔직히 방문 일정 내내 벌어진 입을 다물 수가 없었지.

빅토리아 여왕은 대부분 시간을 스코틀랜드에 있는 밸모럴성에서 지낸다고 하더군. 부군이던 앨버트 공이 사망한 뒤 은둔 생활에 들어갔다지 뭔가. 병색이 짙었고, 초췌한 데다 피곤해 보였네.

영국인들은 아주 영리한 사람들이야. 안개 끼고 비만 내리는 작은 섬나라가 온 세계를 통치하니 말일세. 난 영국인들을 가장 멀리했네. 자네에게는 솔직하게 이야기하지, 군의관 양반. 난 말일세, 영국과 쥐를 무서워한다네. 아니, 웃지 말게. 농담이 아니야, 고작 쥐라고 생각하고 넘길 게 아니라네. 이 괴상한 짐승한테 코와 귀가 파먹혔는데도 그걸 알아채지 못한 사람들을 많이 봤다네. 밤에 잠든 사람에게 다가와서는 귀나 코, 다른 뭐가 됐든 마취시킨 다음 갉아 먹지. 본인이 느끼지도 못하는 사이에 귀와 코가 없어지지만 잠에서 깬 뒤에야 그걸 발견한다네. 자넨 영국이랑 쥐가 무슨 관련이 있냐고 하겠지. 내 설명을 들어 보게. 영국도 생쥐처럼 어느 지역에 들어갔다 하면 전혀 눈치채지 못하게 그 일대를 마취시키고, 그 지역 사람들을 바보로 만들지. 그리고는 그곳을 차지해 버린다네. 나라가 그들 손에 넘어가는지도 모르는 게지. 솔직히 난 영국인들을 가능한 한 멀리하려고 했네. 내가 통치하던 동안에는 영국이 펴는 정책에 신경을 곤두세우고 있었다네. 세계를 손아귀에 넣은 건 물론, 자기 나라도 발전시켜 거대한 문명을 건설했더군. 그 광경을 보고 가슴이 찢어졌다네. 자만심에 가득 차 있고 독선적인 작은아버지조차도 자주 감동하는 모습을 목격했지. 우리는 어디에 머물고 있고 그들은 어디까지 가 있는지 단번에 알 수 있었네. 엄청난 발전을 확인할 때마다 우리 마음속 근심도 커졌다네. 서로 솔직히 털어놓지 않았다고 해도 모두 마음속으로는 같은 질문을 하고 있었지. '우리는 어디서부터 잘못한 것일까?'"

이 말을 마친 뒤 황제는 한동안 침묵하며 줄담배를 피웠다. 담배 연기를 코로 뿜어내는 늙은 황제에게서 손에 잡힐 것 같은 상심을 느낄 수 있었다. 정말로 마음 아파하고 있었다. 오랜 세월이 지났는데도 그때 느꼈던 감정이 전해졌다. 이 모든 걸 스물네 살 때 직접 봤다면 왜 기회를 잡고서도 하지 못했을까? 어째서 제국을 그 나라들 수준으로 올려놓지 못한 걸까? 이 질문을 해 봐야 그가 할 대답은 뻔했다. 그렇게 하도록 날 가만 놔두지 않았다고 하겠지. 자신이 원하는 대로 할 수 없었고, 황제의 권한도 한계가 있다고 할 것이다. 총리 대신과 조정 그리고 항상 압력을 행사했다던 울레마에게 책임을 돌릴 게 뻔했다.

어쩌면 그가 옳을지도 몰랐다. 황제를 가까이에서 알아가는 동안 '어쩌면 그가 옳을지 몰라'라는 생각을 한 자신에게 군의관 스스로도 놀라고 있었다.

어느 날, 황제는 감정을 숨기지 못하고 건드리면 눈물이 쏟아질 것 같은 모습으로 평화 협상을 위해 러시아 차르의 삼촌인 니콜라이 니콜라예비치 대공을 직접 찾아갈 수밖에 없었던 일을 털어놓았다. 그날 하루 동안 그가 느낀 고통은 말로는 설명할 수 없었다. 대 오스만 제국의 황제가 노 젓는 작은 배를 타고 베이레르베이궁으로 가야 했다. 승리를 쟁취하고 우쭐대는 지휘관처럼 행동하는 2미터 거인이 황제를 기다리고 있었다. 황제는 온몸에 훈장을 두른 대공과 마주 앉아 협상안을 논의했다. 오스만 제국 군대가 황제에게 승리를 선물했었더라면, 그도 당연히 자기 조상들처럼 자부심에 가득 차 거만한 태도를 보였을 것이다. 하지만 러시아군은 카프카스와 발칸반도에서 승리했고, 다뉴브강 유역을 포함한 대부분 지역을 점령했다. 그리고 예실쾨이[141]까지 진군해서 이스탄불 목에 칼끝을 들이댔다. 전쟁에서 대패한 제국의 황제가 자신과 대등한 위치에 있지도 않은 대공을 직접 찾아가는 것 말고는 뭘 할 수 있었을까? 그렇지 않아도 자존심에 상처를 입은 채로 찾아갔던 베이레르베이궁에서 난처하고 가혹하며 수치스럽기까지 한 항복 조건에 서명하는 것에서 그치지 않았다. 거구의 러시아 장군 앞에서 황제로서 위엄마저 벌거벗겨져 평범한 인간이 된 것 같았다.

황제 자리에 오르자마자 러시아와 전쟁을 안겨 준 장군들과 조정 대신들에게 마음속으로 저주를 퍼부었다. 외교적인 방법으로 해결할 수 있는 문제를 전쟁으로 몰아가는 바람에 제국은 폐망의 길로 들어서고 있었다. 다수가 터키 민족을 대표하지 않는 의원들로 채워진 반역 단체이자 음모의 산실인 의회도 이 엄청난 재앙을 두 손 들고 환영했다. 위대한 정복자 술탄 메흐멧의 후손을 이런 치욕적인 상황으로 내몬 자들에게 반드시 복수해야만 했다. 조정을 개혁하고 뱀 소굴이 되어 버린 의회를 폐쇄해야만 했다. 이 모든 걸 해결하고 난 뒤에야 제대로 된 통치자가 될 수 있었다. 사형이 내키지 않았기에 누구도 죽일 마음이 없었다. 하지만 반대파 우두머리들을 제국 영토에서 가장 외진 곳으로 유배 보냈다. 가슴에 비수로 박힌 니콜라이 니콜라예비치 대공과의 협상에서 돌아온 뒤, 황제는 이 모든 것을 계획했다. 이 계획을 통해 자신이 받은 충격에서 조금이나마 벗어날 수 있었다.

황제는 누가 첩자인지 밝혀내는 데 온 힘을 쏟았다. 수만 명이나

---

141 역주- 이스탄불 남서쪽 마르마라해 연안 지역

되는 비밀경찰을 동원했고, 수백만 건의 첩보에 돈을 지불했다. 생각하고 조사할 필요도 없었다. 모두가 첩자고 적이었다. 주치의, 군 지휘관들, 심복들까지. 모두가 첩보 보고서를 줄줄이 써 댔다. 의심 가는 자들에 관해서는 숨 쉬는 것부터 뭘 먹는지, 담배를 몇 대 피우는지, 몇 번 몸을 씻으러 가는지도 보고했다. 기침을 몇 번이나 했고, 아내와 가족들과의 관계는 어떠하며, 몇 시에 자고 몇 시에 일어나는지 황제는 모두 알고 있었다. 그는 "오!" 하며 안도의 한숨을 내쉬었다. 마침내 안심할 수 있었다. 모두가 첩자고 적이었다. 이게 안심할 일이었나? 황제는 기분 좋게 호박석 색깔이 도는 독한 연초를 말아 만든 담배를 피워 물었다.

가터 훈장 - 대사 부인의 고통스러운 죽음

"런던에서는 어이없고도 슬픈 일이 일어났다네, 군의관 양반. 당시만 해도 세계에서 가장 강력한 함대를 영국이 보유하고 있었고, 두 번째가 우리였지. 빅토리아 여왕은 우리를 놀라게 할 만한 화려한 시범으로 영국 해군의 힘을 과시할 속셈이었다네. 하지만 하루 전날 폭풍이 일고 기상이 나빠지면서 함대 시범이 취소될 상황이었어. 여왕이 명령을 내리지 않았더라면 취소됐을 걸세. 날씨가 그렇게 좋지 않은데도 우리는 오스본호를 타고 포츠머스항으로 갔지. 예포를 쏘며 우리를 맞이하더군. 잠시 뒤 여왕이 도착했고, 우리는 빅토리아 앤 앨버트호로 이동했다네. 폭풍이 얼마나 심했던지 배를 움직일 수도 없는 상황이었지. 안개와 화약 연기 때문에 군함은 돛대만 남기고 하나도 보이지도 않았네. 닻을 내리고 정박하지 않았다면 서로 부딪쳐서 박살이 났을 걸세. 상황이 이렇다 보니 시범은 취소하고 예포만

쏘라는 명령이 내려졌지. 양쪽으로 나뉜 함대는 한 시간가량 예포를 쏘며 야단법석을 떨더군.

불어닥치는 폭풍우 속에서 왕실 가족들이 빅토리아 앤 앨버트호 갑판에 서 있는 건 불가능했네. 그런데도 빅토리아 여왕은 그날 작은아버지에게 영국 최고 훈장인 가터 훈장을 수여할 계획이었지. 생각한 건 반드시 실행에 옮겨야 직성이 풀리는 여왕은 이 계획을 취소할 생각이 없어 보였네. 훈장 수여식은 폭풍이 최고조에 다다랐을 때 갑판에서 치러졌다네. 어떻게 됐는 줄 아나? 순간 불어닥친 폭풍이 빅토리아 여왕을 바다로 날려 버리는 줄 알았다네. 주위에서 겨우 여왕을 붙잡았지. 그 자리에 있던 귀족 부인들 치마가 들춰지는가 하면 모자도 날아가고… 어쨌든 그 소동은 그렇게 넘어갔다네. 영국 최고 명예 훈장을 받는다는 것만으로도 반길 일이었지. 작은아버지께서 프랑스의 레지옹 도뇌르에 이어 가터 훈장을 받은 건 아주 명예로운 일이었네. 이 소식도 다른 유럽 방문 소식들과 마찬가지로 신문 기사를 통해 이스탄불에 전해졌다네. 백성들은 기뻐했지. 하지만 난 진실을 파헤쳐야 직성이 풀리는 성격이라네. 그래서 알아보았지. 가터 훈장 수여가 그렇게 명예로운 게 아니더군. 하지만 난 그걸 혼자만의 비밀로 하고 있었네. 나랑 상관도 없는데 다른 사람을 굳이 자극할 필요는 없으니 말일세. 가터 훈장은 에드워드 3세 때 창시되었다네. 그게 어떻게 시작되었냐면 말이지, 어느 날 무도회에서 에드워드 3세가 모두로부터 무시당하던 솔즈베리 백작 부인과 춤을 추었지. 그때 그녀의 가터벨트가 흘러내렸다네. 귀족들이 부채로 얼굴을 감춘 채 비웃으며 그 상황을 즐기는 걸 본 에드워드 3세는 바닥에 떨어진 가터벨트를 들고 이렇게 외쳤네. '앞으로 영국의 가장 명예로운 훈장은 이것이다. 나쁜 생각을 하는 자여 부끄러운 줄 알라!' 그때까지 솔즈베리 백작 부인을 비웃던 사람들은 이후로 그녀의 가터벨트 앞에 존경을 표하며 고개를 숙여야만 했지. 이 문제를 한참 동안 생각해 봤네, 의사 양반. 사람들이 왜 이렇게 행동하는지 이해할 수가 없어. 한때는 대신, 장군 할 것 없이 축일 인사를 오면 말일세, 내 근처로는 오지도 못하고 내가 잡은 긴 줄 맞은편 끝에 달린 금실 수술에나 입을 맞출 수 있었네. 그게 내겐 전혀 이상하지 않았어. 황실의 법도가 그랬으니까. 지금 생각해 보면 우스꽝스러운 일이지."

"그때는 다른 쪽에서 보고 계셨으니까요. 황제께선 이제 저희와 같은 평범한 백성이잖습니까." 군의관은 이 말을 마음속에 더는 담고 있을 수 없었다.

황제는 이 말에 쓴 웃음을 지었다. "맞는 말일세. 평범한 백성들 그 이하네. 모든 권리를 빼앗긴 불쌍한 수감자일 뿐이지."

'기도나 하시지, 당신이 죽인 총리 대신과 같은 종말을 맞지 않게 말이야. 기름칠한 끈으로 목 졸라 죽이지만 말아 달라고, 목을 부러트리지 말아 달라고 말이야.' 군의관은 속으로 이런 생각을 했지만, 입 밖으로 내뱉지는 않았다. 말을 한다고 해도 황제는 아니라고 부정할 게 뻔했다. '내가 죽이라고 한 게 아니네'라며 거듭 맹세하며 변명하겠지만, 개혁주의자 총리 대신을 누가 죽였는지 모두가 알고 있었다.

군의관이 이런 생각에 빠져 있는 동안, 이 주제에 관해 꽤 생각이 많았던 황제는 말을 계속 이어갔다. "어쩌면 왕에 대한 경외심은 현

세상이 아니라 저세상과 관련이 있는 것일지도 모르네. 왕을 무서워하고 그에게 종속되는 건 단지 공포와 출세욕만으로는 설명되지 않는다네."

"맞는 말씀입니다. 앤 불린[142]이 참수형을 당하기 전에 왕의 건강을 기원하는 기도를 올렸다고 합니다. 단두대에 올라간 사람이 도끼가 자기 목을 내려치기 직전에 왜 자신을 죽이라고 한 남편이자 왕인 사람을 위해 기도했을까요?"

"내세를 위해서 아니겠나." 황제가 답했다.

"아마도 그럴 겁니다. 모든 인간의 주인이신 알라신의 이름으로 통치하고 있기에 통치자를 창조주의 일부라고 모두 여기는 것일 겁니다. 영국에서도 우리 제국에서도요."

"맞는 말이네. 하지만 나는 같은 사람이네. 알라신께서 내게 그런 권한을 주셨기에 알라신의 지상의 그림자로 살지 않았나. 뭐가 바뀌었지? 내가 알라신의 저주를 받은 것도 아닌데 어째서 날 권좌에서 끌어내린 것이지?"

"어쩌면 그 자리를 잠깐 거쳐 가셨던 것일지도 모릅니다. 어쩌면 알라신께서 권좌에서 내려오게 하셨을지도."

"그 생각도 했네. 더 비참한 상황에 빠지지 않게 굽어살펴 주신 알라신께 매일 감사 기도를 올린다네. 국정에서 손을 뗄 수 있어서 행복하네. 내 동생, 새로운 황제를 위해서도 기도를 올린다네. 알라신이시여 황제가 하시는 모든 일이 순조롭도록 보살피소서."

---

142 역주- 헨리 8세의 계비이자 엘리자베스 1세의 생모로 간통과 반역, 근친상간 혐의로 재판을 받아 남편인 헨리 8세에 의해 참수형 당한 인물(1501~1536)

그 순간 군의관은 둘만의 친밀한 대화가 끝났다는 걸 느꼈다. 황제는 다시 마음의 문을 닫고 뭔가를 꾸미기 위해 주위에 벽을 치고 있었다. 이런 순간이 찾아오면 표정이 변했다. 무슨 생각을 하는지 도무지 알 수가 없었다.

"군의관 양반, 자네에게 런던 주재 대사 뮤쥐뤼스 장군에 관해 전에 이야기한 적이 있었네. 그리스계 오스만 제국 백성인 뮤쥐뤼스 가문은 우리 제국을 위해 많은 봉사를 했지. 그래서 그에게 장군이라는 칭호를 내렸다네. 그는 런던에서 우리 제국을 대표해 성공적으로 임무를 수행하고 있었지. 런던에서 35년 동안 오스만 제국을 대표한 탁월한 인물이었네. 그는 8개 국어를 구사했지. 유명한 이탈리아 문학 작품인 단테의 『신곡』을 터키어와 그리스어로 번역하기도 했네. 그의 아내인 뮤쥐뤼스 부인도 런던 사교계에서 총애를 받는 사람이었네. 내가 들은 바로는 빅토리아 여왕과도 가까운 관계여서 여왕이 부인의 집을 방문하기도 하고 아이들을 품에 안기도 했다더군.

하루는 인디아 하우스라는 화려한 궁에서 작은아버지를 위해 마련한 만찬 무도회에 참석했지. 가파른 대리석 계단을 오르던 중에 뚱뚱한 한 부인이 내 눈에 들어오더군. 얼굴은 붉게 상기되었고, 가쁜 숨을 몰아쉬며 계단을 힘들게 오르고 있었지. '누가 이 부인을 좀 도와주지.' 했던 게 기억나네. 그런데 그 부인이 바로 뮤쥐뤼스 부인이었다네. 홀에 들어서니 정말 대단하더군. 너무나도 화려한 장식, 샴페인을 나르는 시종들, 오케스트라, 만찬에 참석한 귀족들까지. 오케스트라는 춤곡을 연주하고 있었네. 정확하게 기억나지는 않지만, 영국 왕세자가 겨우 숨을 고르고 있던 뮤쥐뤼스 부인에게 다가가 춤을 신청했다네. 왕세자와 첫 번째로 춤을 출 수 있는 영광을 그녀가 안게 된 것이었지. 하지만 그녀의 상태가 말이 아니었네. 얼굴은 울긋불긋 상기된 데다 숨이 차서 가슴은 오르락내리락했지. 다른 사람들은 잘 몰랐을 수도 있었겠지만, 나는 유심히 그녀를 봤네. 두 사람은 춤을 추기 시작했지. 왕세자는 부인을 빙빙 돌리며 들어 올리려고 했고 부인은 거기에 보조를 맞추려 애쓰고 있었다네. 그것도 오스만 제국 황제가 보는 앞에서 말이지. 춤을 추기 시작한 지 채 1분도 지나지 않아 부인의 몸이 기울어지기 시작했네. 왕세자가 부축하지 못하자 뚱뚱한 부인은 바닥에 쓰러졌다네. 왕실 주치의들과 호위병들이 달려왔고 부인을 들것으로 옮겼지. 이 소동은 금세 잊혔고 다들 무도회를 즐겼다네.

자네에게 재미난 이야기를 하나 해 주지. 그 무도회에 나는 무라드 형과 함께 있었다네. 그때 우리는 젊었고 몸매가 드러나는 옷을 입은 아름다운 런던 여자들에게서 눈을 뗄 수가 없었네. 그러던 와중에 우리 옆에서 피아노를 치던 아름다운 여자가 우리 눈에 들어왔지 뭔가. '저 엄청난 미모를 좀 봐!' 같은 말로 그 여자에 대한 칭찬을 늘어놓기 시작했지. '오늘 밤 데리고 자고 싶어?' 내가 무라드 형에게 물었더니 형이 바로 대답하더군. '너무 좋지.' 그때 한 남자가 우리 곁에 오더니 이렇게 말하는 게 아니겠어. '왕자님들, 피아노를 연주하고 있는 저 젊은 여자는 제 딸입니다. 저는 키오스[143] 출신입니다. 그리고 터키어를 잘합니다. 더는 제 딸에 관해 이야기하지 말아 주셔

143 역주- 오스만 제국의 영토였던 에게해에 있는, 그리스에서 다섯 번째로 큰 섬으로 지리적으로 튀르키예와 매우 근접해 있음

으면 합니다.' 끓는 물을 머리에 부은 것처럼 얼굴이 화끈거렸어. 형과 나는 곧바로 그 자리를 떴지. 화가 많으신 작은아버지께서 이걸 듣지 못하신 게 정말 다행이었어.

그날 만찬이 끝날 무렵, 안나 뮤쥐뤼스 부인이 사망했다는 소식을 듣게 되었다네. 단지 우리뿐만 아니라 런던 사교계도 이 소식에 매우 슬퍼했지. 런던 신문들은 '뮤쥐뤼스 부인의 갑작스러운 사망'이라는 기사를 보도했어. 부인의 장례식에 빅토리아 여왕도 참석했다네. 이런 비보 속에서도 뮤쥐뤼스 장군은 영국 방문 일정 내내 조금도 자신의 임무를 소홀히 하지 않았네. 아픔과 슬픔을 가슴에 묻고 황제를 위해 봉사를 한 것이었지. 매우 충성스러운 사람이었네. 아테네에서 대사로 있을 때, 크레타[144] 출신 그리스인이 오스만 제국을 위해 일한다는 이유로 그리스인들이 암살을 시도한 적이 있었어. 그에게 다섯 발을 쏘았지만, 천만다행으로 재빠르게 그 자리를 피해 목숨을 구했다네. 오른팔에만 총상을 입었지. 뮤쥐뤼스 장군은 런던에서 35년 동안 대사로 있었네. 내가 황제였을 때도 가장 아끼는 대사 중 한 사람이었고 말이네.

빅토리아 여왕은 우리 같은 '동양인' 손님들을 위해 시간을 할애하기 원치 않았지. '나는 아픈 사람이다. 발모랄성에서 조용히 지내는 내 삶을 방해하지 말라.' 했다더군. 하지만 프랑스가 베풀었던 화려한 초청 행사를 언급하며 영국이 가만히 있어서는 안 된다고 프랑스 주재 영국 대사가 왕실에 보고한 모양이야. 여왕도 어쩔 수 없이 윈저성으로 와야 했지. 여왕은 무표정했고 얼굴에는 비탄과 슬픔이

---

144 역주- 그리스 남부 지중해에 위치한 그리스 최대의 섬

묻어 있었다네. 하루는 빅토리아 여왕이 보석이 박힌 귀걸이를 보여주며 작은아버지가 보낸 보석 목걸이에서 보석만 꺼내 만들었다고 했지. 작은아버지는 웃으며 대답하셨다네. '반가운 소리군요, 늘 여왕님의 귀에 귀걸이로 남게 되었으니까요. 크레타와 몬테네그로 문제도 여왕님 귓전을 맴돌지 않을까요?'

그제야 내키는 대로 행동하는 '동방 사람' 작은아버지께서 전혀 좋아하지도 않는 이 여행에 왜 나서셨는지, 왜 이런 고생을 사서 하시는지 이해하게 되었네. 제국이 당면한 문제를 강대국들 도움을 받아 해결하고 그들을 우리 편으로 만들기 위해서였던 거였지. 이집트 정복 이후 몇 세대가 바뀌었지만, 이집트 땅을 밟은 오스만 제국 황제는 작은아버지가 처음이었고 유일한 분이셨네.

그건 그렇고 빅토리아 여왕이 무라드 형을 아주 마음에 들어 했다네. 유럽인 같은 행동, 생기 넘치고 우아한 자작곡 왈츠들, 완벽한 프랑스어로 젊은 여성들을 매료시켰지. 빅토리아 여왕이 무라드를 바라보는 눈길에서 '오스만 제국의 황제 자리에 이런 유럽 젊은이가 앉게 되면 얼마나 좋을까.'라는 생각을 하고 있다는 걸 느낄 수 있었다네. 사실은 말일세, 빅토리아 여왕이 '영국 왕실 출신 여성과 무라드를 결혼시키면 어떨까?' 하는 믿기 힘든 생각을 하고 있다는 말이 나돌았다네. 떠도는 풍문이었는지, 사실이었는지 알 수 없었지만, 영국 여왕이 이런 계획을 세웠을 가능성은 있었네. 칼리프로 등극할 사위를 얻어 무슬림들과 가까워지는 것을 어느 왕이 거부하겠나?

그날 이후로 작은아버지가 암살당하고 무라드가 권좌에 오르기까지 모든 과정에 영국이 개입했다는 생각이 내 머릿속에 자리 잡았다네. 결혼은 성사되지 못했지만, 영국을 방문하는 동안 무라드를 메이슨에 가입시킨 거지. 나는 메이슨과 전혀 관련이 없네. 관심도 없다네. 마침내 무라드를 황제 자리에 앉히는 데 성공한 것이지. 만약 정신이 나가 93일 만에 폐위되지 않았더라면 몇 년을 통치했을지 모르는 일 아닌가…?

어쩌면 나로서도 그편이 더 나았을지 모르지. 장사나 하면서 마음대로 돌아다닐 수 있었을 테니. 이렇게 무거운 짐을 지지 않았어도 됐을 거고, 매 순간 죽음의 공포를 느끼지 않았어도 됐을 테니 말일세. 운명이라네 군의관 양반. 이 저택에서 많은 생각을 할 수 있는 충분한 시간이 있었네. '나는 무엇인가?'라는 생각을 늘 했지. 알라신께서 선택하신 노예인가? 그분께서 세상을 다스리는 도구인가? 아니면 평범한 인간인가? 황제 자리에 있을 때는 이 질문에 대한 답이 내 머릿속에 있었다네. 당연히 알라신께서 선택하신 대리인이었고, 예언자의 후손이라고 생각했네. 그런데 알라신께서 나를 선택하셨다면 의회 결정으로 이 신성한 권한이 어떻게 빼앗길 수 있단 말인지? 아니면 이 모든 것이 꿈이었는지? 그것도 아니라면 모두가 동시에 믿게 된 또 다른 그 무엇인지? 오해하지 말게. 나는 지금 상황에 만족한다네. 통치권이라는 건 많은 책임을 의미하네. 세 개 대륙에 퍼져 있는 한 나라를 통치하는 것이지 않나. 총리 대신과 조정 대신들, 관료들, 총독들과 종교 대신까지… 수천 명의 사람이 나라를 통치하지만, 조그마한 문제라도 발생하면 책임은 한 사람이 지는 걸세. 너무나 과한 책임이지. 제국을 위해 내가 쌓아 온 모든 업적은 이제 잊혔다네. 모든 잘못에 대한 책임은 내게 전가됐고, 몇 세대에 걸쳐 쌓인 문제들이 내 어깨에 지워졌네. 그리고 모든 곳에서 내게 저주를 퍼붓지."

유럽 방문에 관해서는 군의관도 궁금했었지만, 이렇게 이야기가 길어지자 지겨웠다. 물론 유럽을 방문하는 동안 흥미로운 일들이 있었던 건 사실이었다. 특히나 뮤쥐뤼스 부인이 모두가 보는 앞에서 갑자기 쓰러져 사망한 사건은 너무나 극적이었다. 원래부터 부인은 심장병을 앓고 있었다. 너무나 과한 흥분을 심장이 견뎌 내지 못했던 게 분명했다. 황제 앞에서 유럽 음악에 맞춰 춤을 춘다는 게, 그것도 모두가 지켜보는 가운데…. '가엾은 부인 편히 쉬시길.' 군의관은 마음속으로 명복을 빌었다.

담배 연기를 뿜어내며 옛 추억에 깊이 잠긴 황제를 현실로 불러올 생각으로 다른 화제로 돌렸다. "외국 언론에서 폐하에 관해 나쁜 기사만 실은 건 아닙니다. 예를 들어 미국 대사 테럴은 황제를 매우 칭송했습니다."

"아아! 아주 괜찮은 사람이었지. 기억나네. 미국과는 좋은 관계를 유지했네. 선황제께서도 그러셨지. 에이브러햄 링컨 대통령이 보낸 감사 서한도 황실 기록물로 보관하고 있다네. 미국이 내전을 겪는 동안 워싱턴을 지지했었지. 테럴 대사도 다른 대사들처럼 정중한 사람이었네. 그는 나를 위해 콜트사에서 특별히 제작한 권총과 근사한 말안장을 선물했지. 그리고 자네에겐 이상하게 들리겠지만 인디언 복장도 선물했다네."

"인디언 복장이라고 하셨습니까?"

"그래, 그렇다네. 내가 인디언에게 관심이 있다는 걸 알고 있었던 모양이야."

군의관은 하마터면 입어 보셨냐고 물어볼 뻔했다. 하지만 압둘하미드가 머리에 깃털을 꽂고 여기저기로 뛰어다니는 말도 안 되는 장면이 눈앞에 떠오르자 질문을 할 생각을 그만두었다.

"자네에게 흥미로운 낙타 이야기를 해 줄까 하네." 황제가 웃으며 말했다. "매우 재미난 이야기지. 미국에서 내전이 한창일 때였네. 한 장교가 미 대륙에서는 살지 않는 낙타가 전투에 유용할 수도 있다고 생각하고는 보고서를 올렸다지. 미국 정부도 이를 받아들여 돌아가신 선황제께 요청해 왔네. 낙타라는 생명력이 강한 동물을 보내달라고 말이네. 간단히 이야기하지. 이즈미르 근처에서 낙타들과 사육사를 모아서 미국으로 보냈다네. 내가 듣기로는 낙타들이 그곳 기후에 잘 적응하지 못했고 유용하지도 않았던 모양이야. 하지만 미국 사람들이 낙타를 좋아했다더군. 그리고 사육사 하즈 알리를 하이 콜리라고 불렀다지. 게다가 한 담배 회사가 카멜이라는 이름을 붙여서 우리 잎담배를 가져가 담배를 생산하기 시작했다더군."

다음 날 아침, 내가 저택에 도착하니 황제가 허둥대고 있었다. "뮤쉬피카가 아프네. 아프다는 말을 절대 하지 않네만, 나는 알지. 뮤쉬피카는 내게 가장 소중한 사람이라네. 딸이 이스탄불로 갔는데도 날 두고 떠나지 않은 사람이네. 내가 아끼는 사람이네. 제발 모르핀은 주사하지 말게, 군의관 양반."

"알고 있습니다. 전에 말씀하셨습니다. 아내 중에 한 분이 모르핀 때문에 돌아가셨다고 말입니다."

"그래, 그랬지."

황제는 시녀를 통해 뮤쉬피카 부인에게 내가 왔다는 소식을 전했다. 위층에 있는 그녀 방으로 들어가니 침대가 아니라 의자에 앉아 있었고, 평상복을 입은 채였다. 가녀린 얼굴이 더 수척해 보였다. 눈 아래 보라색 눈그늘이 두드러져 보였다. 불안해 어쩔 줄 몰라 하고 있었다.

"어디가 안 좋으십니까?" 나는 물었다.

"불편을 끼쳐서 죄송합니다."

"술탄, 그런 말씀 마십시오. 이건 제 일입니다."

"밤에 도통 잘 수가 없어요."

"왜 잠을 못 주무십니까?"

그녀는 왼팔을 보여 주며 희미한 목소리로 말했다. "너무 아파요, 아침까지 잠을 이룰 수가 없습니다."

"맞거나 부딪힌 적이 있습니까? 아니면 그냥 통증이 있는 겁니까?"

잠깐 생각하더니 대답했다. "없습니다. 부딪히거나 넘어진 적이 없어요. 찌르는 것 같은 통증이 있어요."

"진통제를 드리겠습니다. 지금 드시고 주무시기 전에 한 알 더 드세요. 그리고 증상을 지켜보겠습니다."

나는 가방에서 진통제를 꺼내 주었다. "어떻게 될지 모르니 이것도 드리겠습니다. 밤에 주무시기 전에 드십시오. 낮에 드시면 안 됩니다."

“이 약의 이름이 뭡니까?”

“새로 나온 약입니다. 독일 의사가 제조한 것입니다. 만병통치약입니다. 헤로인이라고 합니다.”

“알라신의 가호가 있기를”

헤로인도 모르핀에서 파생된 약품이지만, 전 세계에서 사용되고 있었다. 전혀 위험하지 않은 약이었다. 이 여리디여린 여인은 훨씬 좋아졌다고 느낄 것이다. 황제에게 모르핀 파생 약품을 처방했다고 말할 필요는 느끼지 못했다. 마시는 물도 의심하는 사람이니. 게다가 자가 치료에 빠진 사람이었다. 그는 의학을 믿지 않는다. 증상을 설명하고는 “내게 이런 물약을 준비해 주게.” 또는 “저런 연고를 만들어 주게.” 식의 명령투로 말했다. 정신적인 문제 외에 육체적으로 가장 심각한 노인네의 병은 위와 장의 소화 기능 문제, 치질, 만성적인 감기 등이었다.

이 사람은 자기 자신 외에 누구를 사랑할까? 더 솔직하게 말하자면 누구를 사랑하기는 할 수 있을까? 사랑한 적은 있기나 할까?

군의관은 자신에게 던진 이 질문에 답을 찾을 수 없었다. 처음으로 자신의 환자에 대해 정확히 파악하는 게 불가능했다. 신체 곳곳 모르는 부위가 없었지만, 머릿속은 그가 허락한 곳까지만 들여다볼 수 있었다. 정신세계 심연에 혼탁한 흐름이 있는 건 분명했지만, 아무것도 보이지 않았다. 그가 가진 특별한 성격이거나 모든 황제가 어린 시절부터 그런 교육을 받아서라고 생각했다. 군의관은 살짝 미소를 지었다. ‘다른 황제를 본 적도 없으면서 무슨 비교를.’

병원에서는 일이 크게 늘었다. 부상자들, 팔다리가 잘려나간 군인들, 결핵과 이질과 콜레라로 픽픽 쓰러져 나간 사람들, 기아와 병으로 죽은 아이들, 피난길에 병에 걸린 사람들, 포대기에 싸인 채 길에 버려진 아기들, 발칸 지역 게릴라들이 눈을 파내고 귀를 잘라 버린 사람들…. 견딜 수 없을 정도였다. 제국은 이런 식으로 무너지고 있었다. 마치 온 나라가 뜯겨 나간 곳을 봉합하고 있는 것 같았다. 먼저 이탈리아가 트리폴리와 벵가지 그리고 열두 개 섬[145]을 차지했다. 그 뒤로 불가리아인, 그리스인, 세르비아인 연합 군대가 오스만 제국의 500년 발칸반도 통치를 끝내기 위해 격렬한 전투에 돌입했다. 물론 그들 뒤에는 늘 그랬듯이 제국의 영원한 맞수 러시아가 있었다. 제3군은 무슨 이유에서인지 혼수상태에 빠져있었다. 장군들은 턱수염을 길게 길렀고, 군복이 보이지 않을 정도로 단 훈장에서 나오는 자부심과 허세로 무장하고는 오스만 제국이 융성했던 그 시대 사고에 머물러 있었다. 그리고 젊은 장교들은 불타는 변혁의 의지와 '자유, 박애, 평등'이라는 슬로건을 내세우는 한 명 한 명 모두 로베스피에르[146]가 되어 있었다. 장군들과 젊은 장교들은 서로 융화되지 못했다. 그러다 보니 반복적으로 크나큰 실수들을 저지르며 전략적 요충지를 적에게 내어 주었다. 이런 상황은 재앙을 초래했다. 이 모든 게 눈에 보였지만, 이스탄불에 있는 꼭두각시 장군과 탐욕에 눈이 멀어 동료들마저 의혹에 찬 눈으로 바라보기 시작한 연합진보위원회 친

145 역주- 튀르키예와 그리스 사이 에게해에 있는 12개의 섬

146 역주- 막시밀리앵 드 로베스피에르(1758~1794), 프랑스 혁명을 주도한 프랑스 혁명가이자 정치인, 법률가, 작가

구들은 제국이라는 배를 폭풍우 속으로 떠밀었다. 게다가 선장이 누군지 알 수 없고, 서투르기만 한 초짜 선원들 손에 오래되고 낡은 배를 맡겼다. 그들은 배를 침몰로 몰아가고 있었다. '잠자는 팽이처럼' 이 말이 수없이 군의관의 머릿속에 떠올랐다. '아무것도 변하지 않는 것처럼 보이지만, 우리 발밑에서부터 무너지고 있어.'

처음에는 늙은 황제의 개인 재산이 날아갔지만, 이젠 황실의 재산이 산산이 조각나서 적들 손에 넘어가고 있었다. '불쌍한….' 군의관은 '불쌍하다니?'라며 소스라치게 놀랐다. '불쌍하다고? 내가 지금 그자한테 불쌍하다고 했어?' 황제는 아무 소식도 모른 채 정원에도 나가지 못하고 저택에서 몇 년을 보내고 있었다. 어쩌면 이 모든 걸 알지 못한 채로 어느 날 죽음을 맞이할지도 모르는 일이었다. 사실 황제에게는 그게 최선이 아닐까.

뮤쉬피카 부인 - 헤로인

그날, 늙은 황제는 넋이 나가 있었다. 그것도 완전히 넋이 나간 것처럼 보였다. 마치 육체는 그곳에 있지만, 영혼은 다른 세상에 가 있는 것 같았다. 그곳에 있으면서도 없었다. 군의관이 들어오는 것조차도 인지하지 못했다. 순간 군의관은 이런 생각이 들었다. '혹시 졸고 있나?' 반쯤 감긴 눈꺼풀만 보고 파악하기란 쉽지 않았다. 조용히 의자에 앉았다. 황제는 묘한 기쁨에 취해 눈을 가늘게 뜨고 있었다. 혼이 나간 상태로 모든 걸 완전히 내려놓은 모습이었다. 반쯤 내려온 눈꺼풀, 커피색 얼룩들로 덮인 쭈글쭈글한 피부, 제때 염색하지 못해 뿌리 부분은 희고 담배 연기로 인해 노랗게 변한 입가 턱수염을 살펴보기 시작했다. 군의관은 의사이기 때문에 인간이라는 종은 똑같은 생물학적 법칙을 따른다는 걸 알고 있었다. 단지 인간들만이 아니라 짐승들도 기본적인 생물학적 법칙을 따른다는 점에서 같았다. 그런데도 수명이 정해진 한 인간에게 신의 능력이 있다고 믿고 숭배해 온 것이다. '바로 이 인간을 두고 하는 말이다. 치질 통증으로 몸부림치는, 죽음을 앞둔 이 노인네가 도대체 어디가 신성하다는 거야?' 담배를 피우고 싶은 마음이었지만, 황제가 깨어날까 봐 참았다.

그 순간 황제가 입술을 움찔거리며 뭔가 중얼거렸다. 하지만 무슨 말인지 알아들을 수는 없었다. 군의관은 자리에서 일어났다. 목재 바닥에서 삐걱거리는 소리가 나지 않게 조심스럽게 발걸음을 옮겨 노인네 곁으로 다가갔다. '플로르'처럼 들렸다. '플로르라고? 약 이름인가? 플로라리스? 꽃 진액을 말하나? 콜로냐인가?' 황제가 무슨 말을 하는지 듣기 위해 군의관은 귀를 더 기울였고 마침내 그의 입에서 나온 단어를 알아들을 수 있었다. 플로라라고 했다. 플로라, 플로라…. '이 플로라라는 사람이 누구일까? 하렘에 있던 누군가? 프랑스 방문 때 만났던 여자인가?' 군의관은 플로라라는 여자를 알지 못했다. 황제를 깨우지 않으려고 천천히 까치발을 들고 홀에서 나오다가 아비드 왕자를 보았다. 군의관이 검지를 입에 대고 조용해야 한다는 신호를 보내자 왕자는 고개를 끄덕였다. 착한 아이였다. 침착했고 공주들처럼 성격이 고약하지 않았다. 정원에 나갈 수 있고, 학교에 갈 수 있게 된 게 성격 발달에 좋은 영향을 미쳤다. 가끔 허락된 색연필을 받기라도 하면 행복해했다. 여전히 혼란스러운 자기 정체성을 기억해 내려는 것처럼 때때로 왕자 복장을 한 채 거울 앞에 서기도 했다. 세련된 검정 터번 아래로 보이는 우울한 눈빛에는 가슴을 아프게 하는 뭔가가 있었다. 빨간 천이 덧대어진 소매와 옷깃, 수술 달린 견장 줄이 부착된 작은 검정 재킷, 다리를 감싸고 있는 회색 양모 바지 그리고 검정 부츠는 겁먹은 아이의 눈빛과 전혀 어울리지 않았다. 궁전이었다면 왕자의 복장을 완성하는 작은 검을 허리에 차고 있었겠지만, 이곳에서는 가당치 않은 일이었다. 사람의 심리에 관해 관심이 많았던 군의관은 생각했다. '저 어린 꼬마는 뭘 느낄까? 이 감옥에서 눈을 떴으니 당연히 궁에 대한 기억은 없겠지. 황제로 즉위, 폐위, 권좌가 무엇을 의미하고, 집권한다는 게 무엇인지, 유배가 무엇인지, 그 어느 것도 모를 테고. 자기 아버지가 다른 아버지들과 똑같다고 생각할까? 그걸 어떻게 알겠어… 다른 가족, 다른 아버지를 본 적이 없는데. 바깥세상에 대해 생각해 보지 못한 채 이 저택에 갇혀서 자란 아이잖아. 이런 꼬마 아이가 앞으로 행복해질 수 있을까? 삶이 뭔지 모르는데 뭘 기대할까.'

창백한 아이의 얼굴과 슬픔 어린 눈동자에서 평생 이어질 가택 연금 생활을 직감하는 어두운 그림자를 보고 있자니 슬퍼졌다. 그리고 뒤이어 자신의 어린 시절이 눈앞에 그려졌다. 무겁고 암울한 독재의 그림자 아래에서 지낸 불행했던 시절. 아버지는 운카파느[147]에 있던 초라한 집에서 다른 모든 공무원처럼 오지로 발령이 날까 봐 두려움에 떨며 초조한 삶을 살았다. 사람들은 서로를 고발했고, 황제는 두려움에 떨었다. 이을드즈 궁전으로부터 사방으로 퍼져 나가던 의심에 찬 눈초리들, 불안한 속삭임과 두려움에 가득 찬 시선들. 그야말로 '폭정의 시대'였다. 이런 공포 분위기를, '플로라'라는 여자 이름을 부르며 낡고 해어진 팔걸이의자에서 졸며 잠꼬대하는 저 한심

147 역주- 이스탄불 남쪽에 있는 지역으로 오스만 제국 당시 곡물을 하역하는 항구가 있던 곳

한 노인네가 조성했단 말인가?

군의관은 우울해하는 아이의 머리를 쓰다듬으며 현관문을 나서려다 갑자기 발걸음을 멈췄다. 어쩌면 졸린 게 아닐 수도 있었다. 황제가 저런 모습을 보인 적이 한 번도 없었다. 저 상태로 두고 가 버리는 건 옳은 행동이 아니었다. 황제와 가족들에 대한 책임이 있었다. 곧바로 발걸음을 돌렸다. 노인네는 여전히 같은 모습을 하고 있었다. 군의관은 전령들을 불러 황제를 침대로 옮겨야 한다고 말했다. 두 명의 전령이 황급히 양팔을 어깨에 걸고 황제를 부축해서 가려고 했다. 하지만 황제를 이렇게 옮기는 건 예의가 아니라고 생각한 것인지 다시 황제를 팔걸이의자에 앉힌 다음 의자를 통째로 들어서 방으로 옮겼다. 그런 다음 전령들은 온갖 예의와 세심한 주의를 기울여 가며 황제를 침대에 눕혔다. 그런 상황에서도 황제가 깨어나지 않는 게 이상했다. 졸고 있는 게 아니었다. 나가지 않고 돌아온 건 잘한 일이었다. 맥박과 호흡은 정상이었다. 단지 혈압이 조금 낮았지만, 그걸로는 이 상황을 설명하기엔 부족했다. 군의관은 뮤쉬피카 부인에게 소식을 전해 달라고 전령들에게 부탁했다. 전령들이 부인의 방에 갈 수는 있을까?

계단을 황급히 내려오는 소리가 들리더니, 곧바로 "어떻게 된 일입니까? 무슨 일이에요? 말해 주세요, 제발."이라며 방으로 들어서는 아름다운 부인의 두려움에 가득 찬 눈동자를 보았다. 그녀는 군의관이 살면서 보았던 가장 아름다운 젊은 여성이었다. 뮤쉬피카 부인은 침대에 걸터앉아 황제의 머리를 쓰다듬으며 진심으로 걱정스럽다는 듯 황제에게 말을 걸었다. "무슨 일이십니까, 폐하? 무슨 일이에요, 황제 폐하? 무섭게 제발 이러지 마소서!" 그리고 눈물을 쏟았다. 군의관은 이 광경을 보고 감탄에 마지않았고, 어쩌면 질투심마저 느꼈다. 폐위된 황제를 이렇게까지 불타는 열정으로 사랑하는 사람은 이 여자뿐일 거라고 군의관은 생각했다. 황제는 그녀의 아버지뻘이었다. 혈관은 튀어나오고 커피색 얼룩 같은 점들로 가득한 앙상한 손에 그녀가 입을 맞췄다. 그리고 흘러내리는 눈물로 그 손을 적셨다. 그러다 한 번씩 애걸하는 듯한 눈으로 군의관을 바라보며 물었다. "무슨 일입니까, 무슨 일이 있는 겁니까? 황제께 무슨 일이 있는 겁니까? 제 목숨과도 같은 황제께 무슨 일이 생긴 겁니까?"

"혹시 뭘 잘못 드시기라도 하셨습니까? 저녁과 아침에 뭘 드셨습니까?"

"늘 드시던 걸 드셨습니다. 다른 건 드시지 않았어요. 그러니까… 저녁 진지로는 호박, 요구르트, 사과콩포트[148]를 조금 드셨어요. 아침으로는 흰 치즈 한 조각, 빵, 커피 그리고 장미잼을 조금 드셨고요. 별다른 건 없어요."

"그래도 한번 생각해 보시기 바랍니다. 늘 드시던 것 말고 드신 게 혹시 있었습니까?"

"다른 건 드시지 않았어요. 그런데 밤에 팔이 많이 아프시다고 저를 부르셨어요. 너무 통증이 심해 어찌할 바를 모르셨어요. 군의관님을 부를까도 생각했답니다."

"절 부르시지 그러셨습니까. 통증은 어떻게 됐습니까?"

뮤쉬피카 부인의 얼굴에 당황스러워하는 표정이 희미하게 스치

148 역주- 설탕물에 사과를 잘라 넣고 끓인 뒤 식혀서 먹는 디저트의 일종

고 지나갔다. 군의관은 그 표정을 놓치지 않았다.

"어떻게 됐습니까? 통증은 어떻게 가라앉았습니까? 혹시 약을 드렸습니까?"

"너무 아파하셨어요. 군의관님께서 제게 처방하셨던 약이 생각나더군요. 황제 폐하께 말씀드리면 아파서 죽는 한이 있어도 약을 안 드셨을 거예요. 폐하가 고통 속에 계시는 걸 참을 수 없었어요. 그래서 군의관님께서 주신 약 중에서 한 알을 따뜻한 우유에 녹여서 아침에 드렸습니다. 그렇게 하길 잘한 것 같아요. 얼마 지나지 않아 통증이 사라졌거든요. 안정을 되찾으시더니 깊은 잠에 빠지셨답니다. 저는 제 방으로 가서 두 번에 걸쳐 감사의 예배를 드렸어요. 그런데 지금 왜 이러시는지… 제가 뭘 잘못한 건가요? 저 때문에 그런 거예요?"

군의관은 계속 눈물을 흘리고 있던 부인에게 물었다. "진정하세요, 술탄[149]. 제발 진정하세요. 폐하껜 아무 일도 없습니다. 어떤 약을 주셨는지 제게 보여 주시겠습니까?"

"세상에나, 알라신이시여. 알라신이시여." 뮤쉬피카 부인은 혼잣말하며 방에서 나갔다. 뛰는 걸음으로 위층에 가더니 곧바로 내려왔다. 그녀가 가져온 약을 유심히 살펴보던 군의관이 물었다. "술탄께 약 네 알을 작은 병에 넣어서 드렸습니다. 세 알이 남아 있군요. 술탄께서 드셨습니까?"

"진통제라고 주신 약을 받았습니다만 그 약이 통증을 완화해 준

---

149 역주- 오스만 제국 초기에는 황제에게만 사용되던 호칭이었으나, 중기 이후 점차 공주들에게 사용되었고, 황제의 어머니인 황태후에게도 '나디데 술탄'이라는 호칭을 사용함

다고 하셔서 황제께 드렸어요. 제가 잘못한 건가요? 알라신께서 굽어살피시길."

군의관은 웃음을 지었다. "아닙니다. 안 좋은 약이라면 제가 드렸겠습니까? 단지 저녁에 드셔야 한다고 말씀드렸는데, 황제께서 아침에 약을 드신 겁니다. 걱정하지 마십시오. 황제께서는 몇 시간 뒤면 깨어나실 겁니다."

연신 알라신을 찾던 뮤쉬피카 부인 눈에서 다시 눈물이 쏟아졌다. "군의관님께 알라신의 은총이 있기를. 마음이 놓이네요. 우리가 군의관님을 전적으로 신뢰한다는 걸 아시죠. 황제께서도 대단히 마음에 들어 하세요. 매일 군의관님을 위해서도 기도를 올리신답니다."

군의관은 감사의 인사를 했다. "허락하신다면 황제 폐하의 곁에 조금 더 있을까 합니다."

"물론입니다. 당연하죠." 부인은 방에서 나갔다. 방문을 채 닫기 전에 군의관을 보며 말했다. "다시 한번 감사드려요, 군의관님. 그런데 제게 술탄이라는 호칭만은 쓰지 말아 주세요. 전 황실 출신이 아닙니다. 제 딸 아이셰가 술탄일 뿐입니다."

'황실의 법도는 참 이상해. 호칭이 중요한가 보군.'

부인이 잘못한 건 없다고 말해 마음을 놓게 했지만, 남편에게 준 게 마약 성분이 든 약이라는 건 비밀로 했다. 밤에 복용해야 한다고 처방한 헤로인을 아침에 먹는 바람에 황제는 몽환 속에서 헤매야 했다. 아주 절제해서 술을 마시고, 술을 마시더라도 럼과 맥주 약간 정도에 그치는 황제에게 헤로인이 주는 약효는 컸다. 겨우 일어나 의자에 앉았지만, 환각에서는 깨어나지 못했다. 지금은 깊은 잠에 빠져 있었다. 군의관은 미소를 지었다. '다행이야. 노인네를 행복하게 해 준 셈이네. 나를 위해 기도까지 한다는데 나도 이 기적 같은 약으로 그 빚을 갚은 셈이군.'

정오 무렵, 황제는 기침하면서 잠에서 깨어났고 주위를 돌아봤다. "내게 무슨 일이 있었던 건가?" 군의관을 곁에 있는 걸 보고는 물었다. 모르핀이라면 경기를 일으키는 터라 군의관은 문제를 만들기 싫어서 사실대로 말하지 않았다.

"밤에 못 주무셨다고 들었습니다. 진통제가 통증을 가라앉힌 모양입니다. 그냥 주무신 겁니다. 걱정하실 것 없습니다."

"새벽예배 시간에 일어났는데 그 뒤에… 예배를 봤던가 보지 않았던가? 기억이 나지 않네. 이상한 일이군. 기억 상실인 건가?"

"아닙니다. 잠깐 그러신 겁니다. 모두에게 일어나는 일입니다."

"확실한 건가? 제발 솔직하게 말해 주게. 신경통 때문인가? 지능이 떨어지는 건가? 아, 뇌출혈일 수도. 이건 뇌출혈이네."

피해망상에 빠진 황제는 몸을 덜덜 떨며 머릿속에 떠오르는 모든 병명을 늘어놓았다. 군의관은 간접적이긴 해도 원인을 제공했기에 환자 곁을 떠나지 않기로 했다. 황제를 진정시키기 위해서 하루 동안 같이 있기로 마음먹었다. 병에 걸린 게 아니라는 걸 믿도록 온갖 예를 들어가며 설명해야 했다.

양팔을 앞으로 뻗게 했고, 머리 위에서 양손을 붙잡아 보라고 했다. 양손 검지를 맞닿게도 시켰고, 코끝을 손으로 만지게 했다. 황제에게 움직이는 자신의 손가락에서 눈을 떼지 않도록 주문했고 무릎 반사도 확인했다.

"아무 이상이 없습니다. 걱정하지 마십시오."

"하지만 내가 홀에 있는 의자에 앉아 있지 않았나? 옷을 어떻게 입었는지, 거기까지 어떻게 갔는지 전혀 기억이 나지 않네."

"전령들이 옷 입으시는 걸 도왔다고 합니다. 홀에 가야겠다고 하셔서 그리로 모신 모양입니다. 걱정하실 것 없습니다. 이런 때도 있습니다."

황제는 조금 안심이 된 표정을 지으며 말했다 "우울증에 빠졌던 것 같다고 말하지 그러나."

"우울증이 맞습니다. 그런데 플로라라고 하시더군요. 그게 약 이름입니까?"

황제는 "플로라, 플로라, 플로라." 몇 차례 중얼거리더니 피곤했던지 다시 잠들었다. 플로라라고 중얼거리던 순간 눈에 맺힌 눈물 한 방울을 군의관은 놓치지 않았다. 까치발을 들고 황제 방에서 나온 군의관은 걱정하며 기다리던 전령들에게 편히 쉬실 수 있도록 방해해서는 안 된다고 일렀다. "깨어나셔서 자네들을 부르시면 가벼운 음식을 가져가게. 수프, 채소 같은 음식 말일세. 소화가 안 되는 음식은 피하게."

황제의 가장 큰 비밀, 플로라 코르데아

젊은 왕자는 말을 타고 돌아다니는 걸 매우 좋아했지만, 그날은 말이 끄는 근사한 마차에 올라 페라[150]로 향했다. 이교도들이 그랑 뤼드 페라라고 부른 잣데-이 케비르[151]에는 화려한 식당과 음악당, 극장 그리고 파리와 직거래하는 옷 가게들이 양쪽으로 늘어서 있었다. 마음을 들뜨게 하는 곳이었다. 누추하게 입은 사람을 볼 일이 없는 이 거리에는 문명이 반짝반짝 빛을 발하고 있었다. 유럽인들이 사는 동네여서 온갖 모자와 레이스가 달린 옷에 색색의 양산을 쓴 여인들을 볼 수 있었다. 그것만으로도 막힌 속이 트이는 것 같았다. 잠시 뒤 이 여인들 가운데 가장 아름다운 한 사람을 만나게 되리라는 것도 모

---

150 역주- 이스탄불 구도심 중심가 중 한 곳

151 역주- 이스탄불 중심가에 있는, 현 이스티크랄 거리의 옛 이름

른 채, 왕자는 거리를 내려갔다. 가게 유리 진열장들과 화려한 색깔의 차양, 중절모에 잘 차려입은 사람들이 빠르게 그의 옆을 지나갔다. 왕자는 호위병과 치렁치렁한 견장줄을 단 친위대 없이 돌아다니는 걸 좋아했다. 자유를 더 만끽할 수 있었다. 그가 들어선 거리 아래쪽에 자리 잡은 가게가 자신의 운명에 큰 이정표가 될 거라는 걸 그때까지만 해도 알지 못했다. 왕자는 프랑스에서 들여온 것처럼 보이는 가죽 장갑에 관심이 있었다. 장갑을 보고 있는 동안 매대 뒤쪽에서 한 판매원이 다가오는 걸 느꼈고 고개를 들었다. 그 순간 초록색과 파란색이 섞인 두 눈동자만 보였다. '매혹적인 눈'이라는 생각이 들었다. '매혹적인.' 왕자는 그렇게 멍하니 그 눈동자만 바라보았다. 어눌한 터키어로 자신에게 뭔가 물어보는 젊은 여인의 눈동자 다음으로 긴 금발, 새하얀 피부, 입술에도 눈이 옮겨갔다.

"봉주르 마드모아젤.Bonjour mademoiselle."[152]

불어를 할 수 있는 손님이라 다행이라는 듯 여인은 미소를 지었다. 왕자는 '햇살 같군.'이라고 생각했다. '해가 구름을 헤치고 나온 것 같아.'

"봉주르 무슈. 엉 꾸아 퓌 쥬 부 제데? 앙떼레쎄 파 레 겅?Bonjour monsieur. En quoi puis-je vous aider? Intéressé par les gants?"[153]

'세상에나.' 왕자는 속으로 생각했다. '이런, 세상에나.' 그 순간 이 여인과 함께할 수 있다면 어떤 미친 짓도 할 수 있겠다는 생각이 들었다. 마치 장정들이 자신을 매대 맞은편에 서 있는 여인 쪽으로

---

152 원작자주- "안녕하세요, 숙녀분."

153 원작자주- "뭘 도와드릴까요? 장갑에 관심이 있으신가요?"

밀어붙이고 있는 것 같았다. 어지러웠다. 얼굴은 창백해지다 못해 노랗게 변했고, 숨이 막혀 왔다. "괜찮으세요?" 그녀는 당황해하며 의자를 가리켰다. "자, 앉으세요."

그 순간 자신이 누구인지 깨닫고는 숨을 깊이 들이쉬었다. 왕자는 괜찮다고 대답했다.

"예, 예. 장갑을 사고 싶어서요. 아주 괜찮아 보이는군요."

그녀가 추천하는 가죽 장갑 두 켤레를 샀다. 부드러운 장갑이었는데 하나는 회색이었고 다른 하나는 베이지색이었다.

"이름을 알려주시겠습니까, 마드모아젤?" 왕자는 터키어로 물었다.

"플로라, 플로라 코르데아."

"에트 부 프헝쎄즈?Etes-vous française?"[154]

"농 무슈 쥬 비앙 드 벨지끄.Non monsieur je viens de Belgique."[155]

왕자는 길모퉁이에서 대기하고 있던 마차에 올랐다. 장갑을 껴보던 순간 살짝 닿았던 그녀 손에서 전해진 체온, 부드럽고 촉촉했던 비단 같은 피부가 그 순간까지 느껴졌다. 왕자라는 자리도, 궁전도, 황제인 작은아버지도, 황제에 오를 수 있다는 꿈도, 돈도 다 부질없다는 생각이 드는 묘한 사랑에 빠져 버렸다. 눈을 뜨고 있어도 눈에 들어오지 않는 이스탄불 길거리와 자신에게 예를 갖추는 사람들을 그냥 지나쳐 타라비야까지 갔다. 그날 이후로 플로라 외에는 다른 어떤 것도 생각나지 않았다.

다음 날은 비단 스카프, 그다음 날은 프록코트, 그리고 그다음 날

154 원작자주- "프랑스인이세요?"

155 원작자주- "아닙니다, 신사분. 저는 벨기에인입니다."

은 이스탄불린과 파리에서 유행하는 신발을 사기 위해 매일 그 가게에 들릴 것이라는 걸 자신도 알았다. 그리고 실제로도 매일 그곳을 찾았다. 매시간 그녀를 생각했고, 매일 그녀를 보기 위해 그 가게로 갔다. 가게 주인은 당연히 만족스러워 했다. 두 손을 비비며 왕자를 맞이했다. 하지만 여자 점원은 왕자가 누구인지 모르는 것 같았다. 좋은 단골손님처럼 대했다. 까만 올리브를 닮은 눈동자에 비치는 넋 잃은 시선도 알아채지 못하는 것처럼 보였다.

하루는 회색 정장을 산 다음 집으로 배달해 줄 수 있는지 그녀에게 물었다.

"물론입니다. 원하신다면 보내 드리겠습니다. 주소를 알려 주시겠습니까?"

그녀는 메모지와 펜을 들었다.

"메모할 것까진 없어요, 마드모아젤. 아주 간단해요."

놀란 눈으로 자신을 바라보는 여자 점원에게 말했다. "츠라안궁." 그녀의 마음을 흔들어 놓기 위해 타라비야에 있는 저택이 아니라 궁전이라고 주소를 말했다.

그녀는 이해하지 못하고 다시 질문하는 듯한 눈으로 왕자를 바라보았다.

왕자가 이번에는 불어로 말했다. "빨레 드 츠라안Palais de Çırağan[156], 팔레 임뻬리알.Palais Impérial."[157]

그때 가게 주인이 여자 점원 곁으로 다가와 귓속말로 뭔가 속삭

---

156 원작자주- "츠라안궁"

157 원작자주- "황실 궁전"

였다. "죄송합니다, 폐하. 죄송합니다." 놀란 점원은 무릎을 살짝 굽히고 공손하게 인사했다.

밤이 되자 우아한 백조가 깃털을 바닥에 살짝 스치듯 인사하던 그녀가 떠올랐다. 신분을 밝혔던 게 실수였을지도 모른다는 생각에 속이 타들어 갔다. '이제 완전히 내게서 멀어지면 어쩌지? 겁을 먹었으면?'

다음 날 그는 옷 가게로 가지 않았다. 가게 문을 닫을 저녁 시간즈음 길모퉁이에 세워 둔 마차 안에서 그녀를 기다리고 있었다. 점원들이 하나둘씩 가게를 나서고 있었다. 그리고 그녀! 경이로움 그 자체. 옷깃에 모피가 달린 망토를 걸쳤고 가녀린 손에는 장갑을 끼고 있었다. 동료들과 헤어진 플로라는 멕테비 술타니[158]를 향해 걸어갔다. 압둘하미드는 뛰어가 그녀를 따라잡았다. "아! 제가 늦었나요? 가게 문은 닫은 거죠?"

그 소리에 놀란 플로라는 가게를 향해 돌아서 몇 걸음 내디디며 말했다. "예, 폐하. 하지만 폐하를 위해서라면 당장 열어 드릴 수 있습니다."

"아니, 아니에요. 내일 오죠. 괜찮습니다."

"하지만 여기까지 오셨는데."

"그게 대순가요. 당신을 이렇게 볼 수 있는데 다른 게 뭐 중요하겠소."

왕자에게만 그렇게 보였는지 몰라도 그녀의 얼굴은 홍조를 띠고

158 역주- 프랑스 교육 시스템에 따라 1868년 이스탄불에서 개교한 중등 교육 기관으로, 현 갈라타사라이 고등학교

있었다.

"부탁할 게 있습니다만. 내 마차가 저기서 기다리고 있다오. 당신을 집까지 데려다줄까 합니다만?"

그녀가 주저하는 걸 본 왕자는 다시 한번 용기를 냈다. "내 청을 거절하지 말아요. 물건 사고파는 이야기 말고 그대와 다른 이야기를 나눠 보고 싶어 오랫동안 기회만 보고 있었답니다."

플로라는 미소를 지었다. 고개를 숙인 채 간청하는 왕자에게 대답했다. "다꼬 마제스떼.D'accord majesté."[159]

그 후로는 꿈만 같았다. 판갈트[160]까지 덜컹거리며 지나갔던 돌길, 마차를 끌던 말발굽 소리, 그녀의 부드러운 음성에 생각지도 못했던 행복감이 밀려왔다.

다음 날도 역시 그녀를 집까지 바래다주었다. 그리고 그다음 날도, 또 그다음 날도.

그러는 와중에도 압둘하미드는 부정적인 생각을 했다. 왕자라는 지위는 그녀를 소유하는데 크나큰 장애물이었다. 어떤 황제 후계자도 개종하지 않은 기독교 여인과 결혼할 수 없었고, 아이를 낳아서도 안 됐다. 만약—신이 보호하시길—작은아버지 귀에라도 들어가면 화가 나 자신을 페잔[161]으로 유배를 명할 게 뻔했다. 왕자는 플로라를 위해서라면 황제 자리도 포기할 마음의 준비가 되어 있었다. 사실 그런 자리에 관심도 없었지만, 그래도 작은아버지는 허락하지 않을 게

---

159 원작자주- "좋습니다, 폐하."

160 역주- 이스탄불 구도심 근처의 지역 이름

161 역주- 현 리비아 남서쪽 사막 지역

분명했다.

어느 저녁, 압둘하미드는 모든 용기를 다 모아 플로라에게 그녀의 집이 아니라 자신의 저택으로 가자고 했다. 일종의 식사 초대였다.

"날 실망시키지 말아 줘요, 마드모아젤. 제발, 제발…."

테살로니키 저택 침실에서 헤로인에 취해 잠든 노구는 플로라의 살갗, 허벅지 사이에서 이는 불꽃, 자신과 하나가 되려는 입술의 장미꽃 향기를 다시 느꼈고 "플로라!"라며 신음을 내뱉었다.

몰래 혼인하고 누구에게도 들키지 않으려고 타라비야에 있는 저택에 보물처럼 숨겨 두었던 플로라. 두 사람은 밤이고 낮이고 떨어질 줄 몰랐다. 그녀는 갈증으로 몸부림치는 그에게 느닷없이 나타난 옹달샘과도 같았다. 미친 듯 샘물로 목을 적셔도 갈증은 가시지 않았다. 누구에게도 주어진 적도 없고 주어질 거라고도 생각지 못했던 그 환상적인 날들, 아름다운 여인, 황홀하게 나누었던 사랑, 불타는 듯한 맹세….

거칠고 뼈만 남은 황제의 두 손은 마치 장갑을 낀 것처럼 어색하게 움직였다. 황제는 그 시절로 돌아가 부드럽고 사랑스러운 표정을 짓고 있었다. 어쩌면 유배 생활 동안 처음 짓는 미소일지도 몰랐다.

헤로인 약효가 떨어지면 다시 고통스러운 현실로 돌아오듯, 플로라와 '영원한 행복'을 누릴 운명은 아니었다.

어느 날 미탓 장군과 그의 동료들이 찾아와 무라드 5세가 정신이상을 보여 폐위를 결정했다고 알려 왔다. 입헌군주제를 조건으로 자신을 황제에 즉위시키려 한다는 말을 들었을 때, 압둘하미드는 인생에서 가장 힘든 결정을 내려야만 했다. 전혀 원치 않았던 황제 자리였지만, 현실로 다가오자 엄청난 흥분에 휩싸였다. 하지만 여전히 헤어나지 못하던 슬픈 사랑도 있었다. 두 가지 모두를 가질 수는 없었다. 비밀 혼인이 밝혀지면 황제 자리에 오르는 꿈이 깨질 수 있었다. 플로라가 무슬림으로 개종하고 하렘으로 들어가는 것이 어쩌면 유일한 방법일 지도 몰랐지만, 그것 또한 쉽지 않았다. 자유 여성인 플로라가 받아들일 리 없었다. 왕자는 어찌할 바를 몰랐다. 조상 중에서 파티흐 술탄 메흐멧처럼 어머니와 아내가 무슬림으로 끝까지 개종하지 않은 선례도 있었다. 하지만 그런 시대는 벌써 저물었다.

결국, 이 사랑의 모험은 상심과 눈물만 남겼다. 남자는 황제 자리에 올랐고, 여자는 벨기에 대사관 정문에 있던 직원에게 이렇게 말하며 두 사람의 사랑은 끝을 맞이했다. "제 이름은 플로라 코르데아이고 벨기에 국민입니다. 벨기에로 돌아가고 싶어요."

압둘하미드는 자신의 비밀 혼인 사실을 아무도 모른다고 생각했지만, 외국 정보기관은 이미 알고 있었다. 벤저민 디즈레일리[162]는 솔즈베리 후작[163]에게 이스탄불 주재 대사관 보고서를 통해 플로라는 새로운 록살란[164]이 될 것이라고 보고했다. 록살란이 슐레이만 1세를 조종했듯이 플로라도 압둘하미드를 황제 자리에 앉힐 것이라는 내용이었다. 하지만 실현될 수 없는 상상으로만 남았다. 록살란이 명성을 떨쳤던 시대는 수백 년 전이었다. 압둘하미드는 슐레이만이 될 수 없었고, 플로라도 록살란이 될 수는 없었다!

---

162 역주- 전 영국 총리, 정치가, 작가(1804~1881)

163 역주- 세 차례 영국 총리를 역임한 귀족 정치가(1830~1903)

164 역주- 휴렘 술탄(1502~1558) 등으로 불림. 슐레이만 1세와 혼인 후 셀림 2세를 낳았으며, 섭정과 수렴청정을 통해 오스만 제국을 통치한 일명 '여자들의 통치' 시대를 연 인물

이렇게 해서 압둘하미드가 한 여자만을 아내로 두었던 시대는 막을 내렸고, 그는 하렘에 있던 여자들을 거느리며 동방의 황제처럼 살기 시작했다. 아내 여러 명과 후궁 수백 명을 두었고, 심지어 나이를 먹을수록 하렘에서 데려온 여인들 나이는 오히려 어려졌다.

근심이 커지는 군의관

그날 밤 군의관은 언제나처럼 무슬림 마을에서 밤 예배를 마치고, 다들 집으로 돌아가 인적이 끊긴 골목으로 들어섰다. 야경꾼의 인사를 받으며 집에 도착한 군의관은 근심이 가득했다. 신문에서는 크게 보도하지 않았고 오히려 정반대 소식을 전했다. 하지만 병원에서 들리는 이야기, 전선에서 도달한 소식들은 전쟁에 희망이 없다는 걸 보여주었다.

책상에 앉아 편지지를 꺼냈다.

아, 아름다운 여인이여. 아, 내게 생명을 불어넣어 주는
영혼 같은 당신.

이와 같은 문장으로 시작하는 편지를 빠른 손글씨로 써 내려갔다.

> 생각지도 못했지만 온 세계가 아무 일 없을 것이라고 여겼던 대제국이 우리 눈앞에서 녹아내려 없어지는 양초처럼 끝을 맞이하고 있습니다. 전선에서는 끔찍한 소식들이 들려옵니다. 동루멜리에 이어 발칸반도에서도 완전히 철수하려나 봅니다. 테살로니키마저 빼앗길까 봐 두려워하고 있어요. 불가리아군과 그리스군이 이곳을 향해 오고 있습니다.

멜라핫 양에게 쓰는 편지에 처음으로 사랑의 단어들을 늘어놓고 싶지 않은 날이었다. 편지도 쓰다 말았다. 무너져 내리는 제국에 대한 걱정이 가슴을 틀어막고 밤낮으로 심장을 짓누르는 것 같았다. 숨을 쉬는 것조차도 힘들었다. 젊고 경험이 없는 데다, 비밀 결사, 암살 결사대, 기습에만 유능한, 피 끓는 연합진보위원회 소속 동료 장교들이 일을 이 지경으로까지 만든 게 분명했다. 마음속으로는 엔베르 장군에 대한 분노가 일었지만, 누구에게도 말할 용기가 없었다. 목숨이 위험할 수도 있었다. 33년 통치하는 동안 겨우 죄수 서너 명을 사형시켰고, 그것도 친족 살해범들이었다고 한 황제의 말이 정말이라면, 군의관의 동료들이 죽인 사람 수는 비교가 안 될 정도로 많았다. 그것도 조사나 심문 과정도 없이. 불행하게도 연합진보위원회는 암살 조직처럼 돌아가기 시작했다. 플로라나 찾고 있는 노인네를 폐위시킨 뒤 오스만 제국 조정은 정치 세력 간 분열의 장이 되었다. 누구도 이를 봉합하려 하지 않았다. 그래서 발칸반도에서 터져 나온 여러 반란에도 속수무책으로 당하고 말았다. 이젠 가지 무흐타르 장군[165]도 조정에서 물

165 역주- 군인이자 천문학자, 교육자, 작가로 1912년 짧은 기간 동안 총리 대신을 역임함(1839~1919)

러났다. 연합진보위원회에 맞서 창당된 자유합의당은 최근 선거에서 승리했지만, 이에는 이 눈에는 눈으로 양당 간 충돌은 계속 이어졌다. 두 정당이 말하는 승리란 외부 적에 대항한 승리가 아니었다. 자기들 간 경쟁에서 반드시 이겨야만 하는 승리였다. 군은 두 개로 나뉘었다. '어쩌면 두 개가 아니라 더 많이 분열됐어. 연합진보위원회 소속, 자유합의당 소속, 구세주 장교들[166], 구세대 장교들, 신세대 장교들, 서로 비난하는 장군들까지. 이 나라에 얼마나 많은 반목과 질시가 쌓였는지, 모두 서로를 증오하고 서로를 죽이려 들고 있어. 예전에는 압둘하미드에 대한 분노로 하나가 되었어. 뭔가 잘못되면 그 이유는 한 사람 때문이라고 믿었던 건 일종의 착각이었고, 쉽게 눈에 보이는 해답이었을 뿐이야. 하지만 진실은 그게 아니었잖아. 압둘하미드가 폐위된 뒤 모든 문제가 한꺼번에 터져 나왔어. 어쩌면 공통된 증오 대상이 존재해서 오히려 사회가 균형을 이뤘다는 게 증명된 셈이야.'

군의관은 순간 소름이 돋았다. '독재자 편에서 사고하기 시작한 건가? 알라티니 저택에서 인간적으로 가까워진 것이 내 사고를 바꿔 놓을 지경에 이른 것일까?' 만약 이게 사실이라면 이 정도로 나약한 성격을 가진 걸 부끄러워해야 할 일이었다. '그래, 3월 31일. 이스탄불을 피로 물들인 보수 군인들의 반란을 그 교활한 늙은이가 사주한 게 아니었던가?' 이 반란에 대해서 압둘하미드는 알라신과 코란, 자신의 명예를 걸고 부인했고, 자기는 아무 죄가 없다고 했다. 이 사건은 무능한 장군들 탓에 커진 것이라고 했다. 군의관은 의문이 들었

166 역주- 1912년 조직된 자유합의당 연계 군사조직

다. “아무 일도 없는데 왜 이스탄불에서 반란을 사주할 것이며, 왜 그걸 그냥 뒀겠나? 세상에, 논리적으로 말이 안 되지 않나?”

담배를 다 피우고 다시 새 담배에 불을 붙인 군의관은 가슴을 짓누르는 통증을 조금이라도 가라앉히려고 꽤 많은 양의 불가리아 코냑을 잔에 따랐다. 그리고는 폐가 튀어나올 정도로 길게 “휴우.” 하고 한숨을 내쉬었다.

아름답고 사람을 매료시키는 다양성의 도시, ‘작은 돌로 포장된 골목길’로 유명한 테살로니키가 어떤 운명에 처할지 누가 알려나?

잘린 손 축제 – 서구로부터 이슬람 배우기

다음 날 아침, 군의관은 저택을 찾았다. 황제는 면도한 얼굴에 잘 차려입고 있었고, 휴식을 취한 사람처럼 보였다. 어제 본 모습은 전혀 남아 있지 않았다. 두 사람 모두 어제 있었던 일을 입에 담지 않았다. 그 이상했던 하루를 없었던 것으로 여기는 게 좋겠다고 생각했다.

두 사람은 커피를 마시고 있었다. 황제가 갑자기 군의관에게 질문을 던졌다. "우리가 전쟁 중인가? 군의관 양반, 제발 사실을 말해 주게. 우리가 전쟁을 치르고 있는 건가? 그 정도는 알 권리가 있다고 생각하네만."

"아닙니다. 그건 또 무슨 말씀입니까? 누가 그런 말이라도 한 겁니까?" 군의관은 부인하며 되물었다.

"아니네. 누구도 그런 말을 한 적 없네만 오랫동안 뭔가 느낌이 좋지 않아서 말이네. 창문을 통해서 장교들이 황급히 뛰어다니는 걸 봤다네. 며칠 전에는 한 장교가 지도를 펴고 한 곳을 가리키더군. 게다가… 음….”

“말씀하십시오. 게다가?”

“이걸 이야기하는 게 맞는지 모르겠네. 지난번 아들에게 사다 준 연필의 포장지가 신문 조각이었단 말일세. 신문인 걸 알고 내가 챙겨 뒀지. 찢어진 신문 조각으로 제대로 알 수는 없었지만, 군이 어떤 상황이고 무기와 탄약이 부족하다는 내용이더군. 그때 불현듯 ‘우리가 전쟁 중인가?’라는 생각이 들었네.

“아닙니다. 아니에요. 전쟁 중이 아닙니다. 설사 그렇다고 하더라도 저는 그걸 말씀드릴 수 없다는 건 잘 아시지 않습니까. 테살로니키에만 이만오천 명에 달하는 병력이 주둔하고 있습니다.”

“물론 그렇겠지.” 황제는 한동안 생각에 잠겼다. “그거 알고 있나? 난 전쟁을 매우 두려워한다네. 승리하든 패배하든 국민은 힘들게 마련이고 나라는 궁핍해지지. 전쟁이라는 건 비극일세. 이런 내 생각을 비난하는 사람들이 많았지만, 전쟁이 어떤 재앙인지를 제대로 아는 자는 한 명도 없었네. 국가 간 문제는 가능한 한 외교를 통해 해결해야 한다는 게 내 생각이네. 새 조정이 전쟁에 개입한다면… 알라신께서 굽어살피소서.”

황제는 군의관에게 담배를 권했고 두 사람은 마주 보며 담배를 피웠다. 그러다 황제가 갑자기 몸을 앞으로 내밀었다. 검은 올리브 같은 눈동자로 군의관을 뚫어지게 바라봤다. 그리고 예상치 못한 질문을 던졌다.

"자네가 보기에 내가 살인자인가?"

당황한 군의관은 말을 더듬었다. "죄… 죄송합니다. 무슨 말씀이신지?"

"그러니까 외국 언론에서 붙여 준 '붉은 황제'인가 말일세? 내 손이 피로 물들어 있냐고 물어보는 거네. 멕베스 부인이라는 그 여자처럼 말이야. 보아하니 자네도 대답을 주저하는군, 군의관 양반. 나를 향한 수많은 모함 중에 두 가지가 나를 매우 불쾌하게 한다네. 첫 번째는 종교성 대신이 내린 유권 해석에서 내가 이슬람과 코란에 해를 끼쳤다는 주장일세. 내가 그런 이유로 폐위당할 황제였나? 그자들이 알라신을 두려워했다면 그런 짓을 할 수 없었겠지. 알라신께 모든 걸 고할 참이네."

군의관은 자리가 불편해 뒤척이기 시작했다. 독백이 되어 버린 황제의 말을 끊고 싶었지만, 매번 황제는 오른손을 들어 제지하는 바람에 침묵할 수밖에 없었다.

"벨기에 국왕을 아는가? 레오폴 2세 말이네. 소위 유럽인이라고 하는, 문명화된 국왕 아닌가? 그럼 이 자가 콩고에서 무슨 짓을 했는지는 아는가, 자네? 물론 모르겠지. 왜냐하면, 유럽 신문들은 벨기에 국왕이 불쌍한 콩고 국민에게 준 고통은 뒷전이고 나를 피에 굶주린 살인마로 묘사하기에 바빴으니까. 벨기에 국왕이 내린 명령으로 콩고에서 천만 명이나 되는 사람이 죽었네. 상상이나 되는가? 어른, 아이 할 것 없이 남자들 천만 명의 목숨을? 늙은이 젊은이 구분하지 않고 학살했네. 그리고 또 뭘 했는지 아나? 수백만 명의 손목을 잘랐다네. 내가 사진을 입수했었지. 상상도 할 수 없는 광경이었어. 양손이 잘린 아이들을 차마 볼 수가 없었네. 유럽 신문들은 나처럼 전쟁과 사형을 꺼리는 사람은 붉은 황제라고 떠들면서 레오폴 2세에게는 문명화된 국왕이라고 하더군. 그럼 러시아 차르에게는 뭐라고 해야 할까? 시베리아에서 죽음으로 몰아넣은 사람들 수가 헤아릴 수 없을 정도라네. 하지만 그도 기독교인이라 물론 우호적으로 평가했지. 우리 제국을 산산조각내려는 강대국들에 걸림돌이 되는 나만 이 시대의 유일한 죄인인걸세."

군의관은 이 부분에서 손을 들었다.

"무슨 말씀을 하시려는지 알겠습니다. 하지만 제게도 기회를 주십시오." 자신의 말을 가로막는 것에 익숙지 않은 황제는 황당한 시선으로 군의관을 바라봤지만 아무 말 하지 않았다.

"죄송합니다만 황제께서도 많은 사람을 여기저기로 유배 보내셨고 가족들을 갈라놓으셨습니다. 어떤 사람들은 낯선 곳에서 객사했고 다시는 집으로 돌아오지 못했습니다."

"멈추게, 잠시 멈춰 보게. 그래 자네가 한 말이 맞아. 국가와 나를 목표로 한 위험 요소를 제거하기 위해서는 많은 사람을 유배 보낼 수밖에 없었네. 하지만 그들의 재산이나 목숨을 빼앗는 짓은 하지 않았다네. 그뿐만 아니라 유배 보낸 자들에게 월급까지 줬지. 편안하게 살 수 있도록 말이야. 이게 손목을 자르고 목을 날려 버린 것과 비교가 되나? 자 대답해 보게, 비교할 대상인가?"

이 질문에 놀란 군의관은 당황하며 대답했다. "당연히 비교 대상이 아닙니다. 천만 명의 사람을 죽였다니 믿을 수 없을 정도로 많습니다."

"당연하지. 게다가 만족이 되지 않았던지 수천 개나 되는 잘려나간 검은 손을 벨기에 궁으로 가져왔다지 뭔가. 그 손들을 보면서 기뻐했다지 아마."

"정말로 상상도 안 되는 일입니다. 사람이 어떻게 그런 짓을 할 수가 있을까요?"

"양심에 손을 얹고 말해 보게, 내가 그자가 한 짓에 비해 천분의 일이라도 나쁜 짓을 했나? 했냐 말일세?"

"하지 않으셨습니다."

"그렇다면 이런 이야기를 기록하게 그리고 알려 주게. 제발, 내 백성들이 날 오해하지 않도록 말이네. 게다가 다른 나라에도 알려 주게. 이제 다가오는 죽음의 발걸음 소리가 들리는 나이가 되었네. 마음 편히 저세상으로 가기 위해서는 나를 제대로 알려야겠어. 내가 나쁜 사람이 아니었다고 백성들에게 기억돼야만 한단 말이네."

"진정하십시오. 이렇게 흥분하시는 건 좋지 않습니다."

"군의관 양반, 내가 어떻게 진정할 수 있겠나? 어떻게? 아무 죄도 없는데 손을 피로 물들인 살인자로 역사에 남게 되는게 그냥 넘어갈 일인가? 아르메니아인들은 여전히 나를 학살자라고 한다네."

순간 군의관은 이스탄불에서 살았던 어린 시절로 돌아갔다. 아르메니아 암살자들은 그가 말한 대로 사면받았다. 하지만 다음 날 도끼를 어깨에 걸고 나온 터키인, 쿠르드인, 보스니아인 같은 무슬림들은 모두가 보는 앞에서 아르메니아인 이웃이 사는 집 현관문을 부수고 쳐들어갔다. 집 안에 있는 사람이 누구든 남녀노소를 가리지 않고 죽였다. 암살 미수 사건은 대학살로 변해 버렸다.

하지만 군의관은 이 이야기를 꺼내서 대화가 길어지는 걸 원치 않았다. 황제와 언쟁을 벌이고 싶지 않았다. 어쩌면 자기주장을 군의관의 기록에 남기고 싶어서 이러는 것일 수도 있었다.

"이보게"라며 황제는 말을 이어갔다. "난 백성들에게 늘 잘 대해줬네. 아버지가 자식을 대하듯 공평하게 대했지. 많은 아르메니아 집안이 내 덕에 부자가 되었다네. 궁과 저택들은 늘 발리얀 가문에서 건축했고, 조정에 아르메니아인 대신들이 일했네. 그리스인들도 마찬가지였지. 사라프 자리피를 '어르신'이라 부를 만큼 좋아했다네. 카라토도리 장군은 베를린 회의에 나를 대신해 참석했지. 뮤쥐뤼스 장군도 마찬가지네. 또 누구를 예로 들까? 유대인들을 어떻게 대했는지는 유대교 랍비장에게 물어보게. 유대인들을 위해 할리츠에 병원까지 지어 주지 않았나. 의사니까 자네도 알겠지. 내가 이렇게 백성들을 대할 때 유럽 통치자들은 어떻게 했지? 세계 곳곳을 침략하고 노예 무역을 일삼았네."

군의관은 참을 수 없을 정도로 답답함을 느꼈다. 법정에 선 것처럼 자신을 변호하는 노인네를 보고 있자니 미칠 지경이었다. 군의관은 담배 한 모금을 빨아들이는 틈에 자리에서 일어났다. 급한 일이 있는 척하며 말했다. "괜찮으시다면, 저는 가 봐야 할 것 같습니다. 병원에서 절 기다리고 있습니다."

황제는 어쩔 수 없다는 듯 군의관을 보내며 인사말을 했다. "알겠네. 행운을 비네. 내일 만나세."

군의관이 막 출입문에 다다랐을 즈음 황제가 뒤에서 소리쳤다. "이건 말해야 할 것 같네. 프란츠 요제프는 다른 군주들과는 달랐네. 빈에서 내가 병이 났을 때 3주 동안 궁전에서 아버지처럼 날 돌봐줬다네. 그 덕분에 회복했지만 내가 보답하지는 못했지. 잠시만 기다려 보게. 좀 전에 손 이야기를 할 때 생각난 게 있네. 난 손을 보면 살인자를 가려낼 수 있다네. 살인자들 손은 달라. 엄지손가락 마디가 검지 마디보다 긴 사람들이 살인을 저지른다네. 그래서 난 먼저 손을 보지."

군의관은 저택 정원으로 나온 뒤 깊게 한숨을 내쉬었다. 그 많은 황제, 차르, 왕, 왕비 이야기들로 지겨워 미칠 지경이었다. 이런 이야기가 군의관에겐 아무런 의미가 없었다. 병원은 환자들로 넘쳐났다. 테살로니키 저편의 먹구름이 갈수록 가까워졌다.

아무 생각 없이 군의관은 엄지손가락을 바라봤다. 살인을 저지른 건 아니었지만 연합진보위원회 소행으로 알려진 암살 사건의 공범이나 마찬가지라는 두려움을 안고 있었다. 그리고 그 두려움은 때때로 양심에 난 상처처럼 피를 흘렸다. '아니야, 이 엄지손가락은 살인을 저지른 사람의 손가락이 아니야.' 군의관은 스스로 마음을 가다듬었다.

그는 유년과 청년 시절을 압둘하미드 통치 아래 이스탄불에서 보냈다. 알바니아인들은 소 간을, 그리스인들은 생선을, 세르비아인들은 우유와 요구르트를 길거리를 돌아다니며 팔았다. 번쩍이는 도끼를 든 쿠르드인들은 겨울철에 쓸 장작을 쪼갰다. 아르메니아인 이웃들은 늘 박해의 희생자였다.

테살로니키 길거리는 실제로도 황급한 움직임이 두드러졌다. 군용 차량이 오갔고, 굳은 표정을 한 장군들은 경례하는 군인들을 쳐다보지도 않았다. 누가 옆에 있는지 인지하지도 못한 채 자기 길을 가느라 바빴다. 병원 정원은 부상자와 목숨이 위급한 환자, 사망자들로 발 디딜 틈이 없었다. 이스탄불에서 뭘 하고 있는지 전혀 알 수가 없었다. 대제국은 뇌졸중 환자처럼, 전신마비가 온 몸뚱이처럼 손발을 움직이지 못했다. 신문들은 언제나처럼 거짓 소식을 전했고, 꽃이 만발한 장미 정원에 있는 것처럼 떠들어 댔다.

이런 어두운 생각들로 인해 양 눈썹 사이에 두통이 자리 잡았다. 그날 밤 만나기로 한 동료들로부터 평생 들었던 소식 중 가장 고통스러운 소식을 듣게 되리라는 걸 그때까지만 해도 그는 전혀 알지 못했다.

다음 날, 약을 먹어도 가라앉지 않는 두통을 견디며 군의관은 저택으로 향했다. 솔직히 황제를 감당할 상태가 아니었지만 다른 방법이 없었다. 황제는 속에 있는 말을 내뱉고 싶어 미칠 지경이었고 잠시도 침묵하지 않았다. 군의관과의 대화는 아침 목욕, 홀에서 30분간 걷기, 예배, 담배, 커피 두 잔처럼 포기할 수 없는 하루의 일과나 마찬가지였다.

이스탄불에서 보낸 뜨거운 하룻밤
- 이 여자 보게, 너는 남편이 없느냐?

그날 군의관은 넋을 놓은 채 다른 생각에 빠져 있었다. 황제가 쉬지 않고 하는 이야기는 듣는 둥 마는 둥 했다. 군의관이 자기 이야기에 무관심하다는 걸 알아챈 약삭빠른 황제는 가벼운 미소를 띠며 그의 관심을 끌어 보려 했다. "자네에게 오늘 해 줄 이야기가 있는데 듣고 나면 아주 놀랄걸세. 아무도 모르는 비밀이라네." 그 이야기에 관심이 갈 수밖에 없었다. "말씀해 주십시오." 군의관은 황제가 하는 말에 집중했다. 황제는 주위를 둘러보며 전령들이 홀에 들어와 있는지 확인했다. 그리고 군의관 쪽으로 목을 빼며 낮은 목소리, 묘한 안광을 발하면서 "이번에 이야기하려는 건 정치와 관련된 게 아니라네. 이야기 속에 황제와 황후가 등장하지만, 정치에 관한 건 아닐세. 사랑 이야기라네." 관심을 끄는 데 성공했다고 확신한 황제는 음흉

한 미소를 지었다.

실제로도 그랬다. 군의관은 조바심이 나 있었다. 황제는 담배에 불을 붙였다. 손자에게 옛날이야기를 해 주는 할아버지처럼. "파리에서 작은아버지가 황후 외제니에게 마음이 있다는 걸 눈치챘었다네. 하지만 일이 이렇게까지 될 줄은 몰랐지. 우리가 유럽을 방문하고 1년 뒤 외제니가 이스탄불을 방문했지 뭔가. 게다가 남편도 없이 말이네. 에길레호를 타고 친구들과 황실 시종들을 데리고 왔다네. 작은아버지는 외제니가 온다는 소식을 듣고 만반의 준비를 하셨지. 베이레르베이궁을 황후가 묵을 수 있도록 준비시켰고, 파리에서 식기들을 구해 오도록 명하셨다네. 수백 미터에 달하는 고급 원단도 주문하셨지. 황실 요리사들은 불가리아에서 우설, 트라키야[167]에서 젖먹이 소, 이스탄불 해협에서 맛있는 생선을 들여왔네. 황제의 기대와 흥분이 이스탄불 백성들에게도 전해졌는지 온 이스탄불이 황후를 맞이할 준비에 들어갔고, 도시를 꾸미기 시작했다네. 황후 외제니는 시종들과 함께 베이레르베이궁에 머물렀지. 황실 가족들 간에 서로 방문하는 건 자연스러운 일이었네만 그 방문을 두고 소문이 나돌았다네.

사람들의 관심거리가 된 첫 번째 사건은 돌마바흐체 궁전 연회에서 벌어졌지. 작은아버지는 유럽 황실의 전통을 따르려고 하셨네. 외제니가 작은아버지의 팔짱을 끼고 궁으로 들어섰고, 그걸 보신 할머니 페르테브니얄 황태후께서는 '이 여자 보게, 너는 남편이 없느냐?'라며 두 사람을 떼어놓으셨다네. 아주 희한한 사건이었지.

두 번째는 어느 날 작은아버지가 시종을 거느리지 않고 몰래 베

167 역주- 튀르키예 유럽 대륙 지역을 말하며, 트레이스 반도로도 알려진 곳

이레르베이궁으로 가셨던 사건이네. 아침 무렵 피곤함에 지쳐 궁전으로 돌아오셨다더군. 그걸 직접 봤다고 맹세한 사람들이 있었네. 거짓이라면 벌을 받겠지. 난 더할 말이 없네. 이스탄불 백성들은 이 사건을 두고 황제의 사랑이라고 했지."

사실일 가능성이 큰 소문이었기에 군의관은 흥분됐다. 자신은 알고 있지만, 황제는 모르는 사실이 있었다. 황후 외제니는 그해, 그러니까 처음 이스탄불을 방문하고 42년이 지난 뒤, 돌아가신 압둘아지즈 황제의 아들인 자신의 사촌을 만났고 오래전 추억을 되새기기 위해 베이레르베이궁을 다시 찾았다.

이야기는 유럽 방문을 마치고 돌아온 뒤 개최된 조정 회의에 관한 회상으로 이어졌다. 이 회의에는 총리 대신과 종교 대신을 비롯한 조정 대신들이 참석했다. 제국은 유럽에 비해 크게 뒤떨어져 있으며 한시라도 빨리 각성해서 유럽인들이 가고 있는 길로 가야 한다는 점에서 통일된 의견을 내놓았다. 직접 눈으로 확인했기에 누구도 상황을 부인하지 못했다. 유럽에서 남녀가 함께 일하는 모습에 모두가 충격을 받았다. 전등을 밝힌 건물들과 기차, 공장들의 형태가 모두의 눈앞에서 지워지지 않았다. 가장 인상 깊은 말은 이스탄불 시장 외메르 파이즈 에펜디가 했는데, 종교 대신을 향해 한 말이었다. "이슬람도 유럽인들에게서 배워야겠습니다." 곧바로 자신이 한 말에 관해 부연 설명을 했다. "이슬람 교리에 맞는 행동을 오히려 유럽인들이 하고 있었습니다. 우리는 그렇게 하지 못하고 있는데 말입니다. 유럽인들한테서 처음부터 다시 이슬람을 배워야 합니다."

농담 반 진담 반으로 한 이 말에 누구 하나 반발하는 사람이 없었다. 방문단을 뒤덮고 있던 상심의 그늘은 걷히지 않았다. 압둘하미드는 이 이야기를 하면서 비참한 상황에 빠져 있던 제국을 자신이 물려받았다는 걸 증명하려고 안간힘을 다했다.

뭔가 직감한 것일까? 세상과 완전히 단절된 사람이 뭔가 나쁜 일이 일어날 걸 예감이라도 했을까? 마치 시간이 얼마 남지 않은 사람처럼 조급해하며 이야기를 다 쏟아냈고 자신이 명백하다는 걸 밝히려고 안달이 나 있었다. 군의관은 이런 황제에게 느끼는 감정이 분노인지 아니면 안타까움인지 분간하기 힘들었다. 도무지 그가 하는 말에 집중할 수가 없었다. 범이슬람주의자로 알려진 황제가 실은 유럽 문명의 추종자였다고 생각하니 혼란스러웠다. 정말 해괴한 일이었다. 이슬람조차도 유럽에서 배워야 한다는 말도 안 되는 소리를 하다니.

군의관은 저택에서 나와 생각을 정리하기 위해 잠시 해변을 걷기로 했다. 저택 정원에 있던 장교들과 초병들은 갈수록 더 긴장하는 모습이었다. 두세 명씩 모인 장교들은 자기들끼리 뭔가를 속삭였고 군의관이 지나가면 대화를 중단하고 인사말을 건넸다. 그리고 그가 지나가고 나면 다시 말을 이어갔다. 10월 말이라 날씨는 서늘했고 바다에서는 꽤 강한 바람이 불었다.

군의관은 저택 대문을 나와서 알라티니 공장 쪽으로 걸어갔다. 해변에 도착하니 전장 60~70미터 정도 되는 쌍돛대가 세워진 하얗고 아주 근사한 범선이 정박해 있었다. 선명은 로렐라이였다. 선장은 독일인 같아 보였다. '그렇다면 이건 독일 관측선이야. 전쟁이 한창인데 이 배가 테살로니키에 무슨 일이지?'

한밤중에 내려온 충격적인 명령

그들 표현으로 '칙령', 그러니까 지금의 황제가 내린 명령을 옛 황제에게 전달하기 위해 왜 한밤중을 택했는지 알라신만이 아시지 않을까? 어쩌면 복잡한 군 명령 체계가 원인이었을 것이고, 또 어쩌면 머지않아 제대로 드러날 당혹감—군의관이 내린 진단으로는 멍청함—이 장군들 두뇌 회전을 막고 있어서였을 것이다. 이유야 어찌 되었든, 모두가 잠든 밤에 장군들이 저택을 찾아와 초소에 있는 군인들에게 황제를 깨우라고 했다. 그렇지 않아도 피해망상과 불안 증세를 겪고 있는 황제에게 이들이 한 행동이 적절하다고 할 수는 없었다. '낮에는 뭐 하고 있다가 지금 온 거야. 아침까지 기다리면 될 것을!' 자신의 책임인 환자를 불편하게 하는 것에 짜증이 났으면서도 군의관도 저택으로 오라는 명령을 받아서 마음이 놓였다.

전령들은 황제를 깨웠고 황제는 근엄한 태도로 홀에 들어섰다.

지팡이에 의지해 홀 중앙까지 걸어갔다. 겉모습이나 행동에서 어떤 동요나 두려움도 느껴지지 않았다. 군의관은 큰 위험이 닥쳤을 때 냉정함을 유지한다고 자신을 치켜세웠던 황제의 말을 떠올렸다. 황제는 지금 그런 큰 위험이 닥쳐왔다고 생각했다.

"폐하." 장군들은 황제에게 인사를 올렸다. "무슨 일인가?" 압둘하미드가 물었다. "한밤중에 그대들을 이곳까지 오게 만든 급한 일이 무엇인가?"

군의관은, 노인네가 아무것도 할 수 없는 상황에서 죽음을 맞아야 하는 자신의 처지를 알고 그 순간 평정심을 보였다는 것을 알아차렸다. 3년 6개월 동안 매일 보아 왔던 황제였다. 이제 죽음의 시간이 왔으며 어떤 노력도 무의미하다는 걸 그는 알고 있는 것 같았다. 최후가 찾아왔다는 생각이 굳어지자 침착하고 근엄한 황제로서의 풍모가 드러났다. 군의관은 이 역사적인 순간을 잠시라도 놓치지 않으려고 모든 동작 하나하나까지 주의를 집중하며 관찰했다.

바르다르군[168] 사령관이 예를 갖춘 어투와 태도로 대답했다. "폐하를 이스탄불로 모시라는 명령을 받았습니다."

그 순간 군의관은 충격을 받은 압둘하미드를 두 눈으로 보았다.

"뭐라고? 이스탄불이라고 했는가? 왜? 뭘 하든지 여기서 하면 되지 않는가?"

"칙령이 그렇습니다." 장군은 대답했다.

"이런 명령에는 이유가 있을 게 아닌가? 3년 반 동안 여기 저택에서 살고 있네. 가족과 아이들이 이곳에 있단 말이네. 이스탄불로

---

168 역주- 서부전선군 예하의 야전군으로, 1차 발칸반도 전쟁 당시 창설됨

갈 생각이 전혀 없어."

"하지만 여기 계시면 위험합니다."

"뭐가 위험하다는 말인가?"

장군들은 난감한 표정으로 서로를 바라봤다.

그리고 황제는 다시 물었다. "1개 중대 병력에 둘러싸인 이 저택에서 조용히 예배에 열중하면서 살고 있다네. 뭐가 위험하다는 말인가?"

군의관은 비로소 돌아가는 모든 상황을 파악할 수 있었다. 오스만 제국이 발칸반도를 잃었고, 불가리아와 그리스군이 테살로니키를 향해 진군해 오고 있는 것이었다. 장군들은 불가리아군이 에디르네[169]를 공격하고, 테살로니키와 이스탄불을 연결한 철로를 끊어 버렸다는 사실을 털어놓아야 했다. 3년 6개월 동안 아무 소식도 접하지 못한 채 꿈속 세계에서만 살았던 옛 황제에게는 크나큰 충격이었다. 정신을 잃을 수 있을 만한 소식이었다. 군의관은 그럴 경우를 대비해 무엇을 해야 할지 생각했다.

기절까지 하지는 않았어도, 늙은 황제의 두 눈은 놀라서 휘둥그레졌고 얼굴색은 창백해졌다. 지팡이를 짚고 있던 손과 마찬가지로 두 입술과 목소리도 떨렸다.

"무슨 말을 하는 건가? 어떻게 그런 일이 있을 수 있나?"

장군들은 입을 열지 못했다.

"내가 제3군을 완벽하게 갖춰 놨었네. 필요한 모든 걸 다 해 줬단 말이네. 우리 군은 뭘 하는 건가? 적과 싸우지 않는 건가?"

---

169 역주- 그리스 국경과 인접한 튀르키예 도시

어깨에는 금실 견장, 가슴에는 훈장을 달고 있던 한 장군이 대답했다. “전쟁 중입니다. 대적하고 있습니다만 적은 두 개 이상의 군대입니다.”

“그러니까 패하고 있다는 말이군. 어떤 군을 말하는 건가? 난 서른다섯 시간 만에 그리스군을 참패로 몰아넣었네. 자네들은 왜 못하는 건가?”

“폐하, 그때는 발칸반도 국가들 사이에 불화가 있었습니다.”

“지금은 없단 말인가?”

“안타깝게도 그렇습니다.”

“어느 군대가 이리로 오고 있나?”

“그리스와 불가리아군입니다. 세르비아군도 있습니다만 당장은 앞에 말씀 드린 두 개 군대가 오고 있습니다.”

“어떻게 그게 가능하지? 원수로 지내던 이 주(州)들이 언제 싸움을 그만두었단 말인가? 아니, 난 믿지 못하겠어. 정말로 못 믿겠어. 이승과 저승이 합쳐질 수는 있어도 이 주들은 화해할 수가 없네. 그렇다면 이건… 잘못된 정치….” 황제는 말을 멈췄다. 하지만 모두 그가 무슨 말을 하려고 했던 건지 알고 있었다. 오랜 시간 집권할 동안 ‘분할과 통치’ 원칙을 적용해 왔고, 제국 내 백성들이 서로 싸우게 만든 당사자인 그가 새로 들어선 조정과 권좌를 차지한 동생의 무능을 입에 담고 그들을 비난하려고 했던 것이었다. 하지만 늘 그랬듯이 황제는 몸을 사리며 말을 더 잇지 않았다.

그리고 두 손으로 지팡이를 짚고 자신감에 가득 찬 황제의 모습으로 말했다. “난 아무 데도 가지 않겠네. 테살로니키에 남겠네.”

"하지만 적들이 시내로 들어오는 건 시간문제입니다. 포성이 들릴 정도로 가까이에 있습니다."

"어느 전선에서 말인가?"

"베리아[170] 전선입니다."

"나는 어째서 듣지 못하는 건가? 내 귀에는 포성이 들리지 않는데?"

'귀가 어두워서 그렇습니다.' 군의관은 이렇게 말하고 싶었지만 참았다.

"설사 들린다고 하더라도, 도망가느니 여기 남아서 조상들의 유산인 이 도시를 지키고 싶네. 내게 소총을 주게."

"폐하, 어떻게 하시겠단 말씀입니까?"

"소총을 달라고 하지 않는가, 소총."

굽어 있던 등이 시간이 갈수록 펴지고 더 굵직한 목소리가 나왔다. 지휘권을 이양받은 지휘관처럼 질문했다. "장군, 장군! 이들 군대가 얼마나 가까이 왔나?"

"며칠이면 당도할 거리에 있습니다."

"어느 군이 더 가까이 와 있나?"

"그리스군이 더 근거리에 있습니다."

"현재 테살로니키 사령관은 누구인가?"

"핫산 타흐신 장군입니다."

"아, 그 알바니아인. 가서 말을 전하라, 나를 만나러 오라고. 두 개 군대가 온다고 하니, 먼저 도달한 군대를 막으면서 다른 군대가 도달하도록 만들어야 한다. 그런 다음 그리스군과 불가리아군이 서

---

170 역주- 테살로니키에서 서쪽으로 70km 떨어진 그리스 중앙마케도니아 주에 있는 도시

로 싸우도록 하면 돼."

군의관은 늘 봐 왔던 황제가 변한 걸 보고 놀랐다. 서 있는 자세, 시선, 목소리에서 풍기는 위풍당당함을 보고 이런 생각이 들었다. '황제라고 하는 게 이런 것이구나. 완전히 다른 사람이야. 까탈스러운 환자 모습은 온데간데없어.'

장군들은 점점 다가오는 적들로 인해 서부 전선군[171], 우스투르마 군단[172], 야야 독립 군단[173] 간의 연락이 끊어지자 당황해했다. 그들은 자신감을 완전히 상실한 상태였다. 자신들 앞에서 황제처럼 이야기하고 있는 이 노인네 말이 논리적이고, 수십 년 경험으로 올바른 군사 전략을 제시하고 있다는 걸 바로 알아챘다. 테살로니키를 며칠만 막아 낸다면 이 도시를 접수하는 문제를 두고 두 적군이 서로 싸우게 할 수 있었다. 하지만 이런 결정을 내릴 권한이 그들에겐 없었다. 전쟁성 또는 핫산 타흐신 장군이 내릴 수 있는 결정이었다. 하지만 이스탄불과 전혀 연락이 닿지 않았다. 모든 통신이 끊어졌다. 테살로니키는 운명에 내맡겨진 셈이었다.

이때 황제는 소리쳤다. "그 누구도 테살로니키를 내주고 위기를 모면할 생각을 해서는 안 된다. 테살로니키가 함락되면 이스탄불도 끝이야." 황제는 지팡이를 바닥에 세 번 내리찍으며 고함을 쳤다. "내가 여기서 천명한다. 꼭 머릿속에 새겨라. 테살로니키가 함락되면 이스탄불도 끝이야!"

---

171 역주- 오스만 제국의 서부 전선을 담당한 군

172 역주- 서부 전선군 예하 군단으로 테살로니키 북구 스트루마 강 주변에 주둔

173 역주- 서부 전선군 예하 군단으로 그리스 북서부 이피로스 주의 얀니나에 주둔

한동안 침묵이 흘렀다. 장군들은 압둘하미드의 송곳 같은 시선 아래에서 주눅이 든 것 같았다. 그러나 곧바로 정신을 차렸다. 어안이 벙벙해 있던 장군들은 옛 황제에겐 아무런 권한이 없다는 걸 떠올렸다. 그가 한 말이 논리적이라고 해도 지금은 어떤 위치에 있지도 않을 뿐더러 가택 연금된 옛 황제일 뿐이었다. 지금은 이스탄불로 보내야 하는 폐위된 술탄에 지나지 않았다.

"저희 임무는 폐하를 이스탄불로 돌아가실 수 있게 하는 것입니다. 저희에게 내려진 칙령이 바로 그것입니다."

하지만 아무리 설득을 해도 황제의 고집을 꺾을 수 없었다. 그러자 장군들은 밖으로 나갔다. 그리고 전혀 기대하지도 않았던, 황제가 정말로 놀랄 만한 일이 벌어졌다. 이스탄불에 있어야 할 사위와 사촌 매제가 저택으로 들어왔다. 두 사람 모두 허리를 숙여 예를 갖췄고 압둘하미드 손에 입을 맞췄다.

"세상에, 자네들을 볼 거라고는 전혀 생각지도 못했네. 철로가 끊어졌다는데 이스탄불에서 여기까지 어떻게 왔나?"

"폐하를 뵙기 위해 바다로 왔습니다. 위험하지 않은 곳이 없습니다. 모든 곳이 전쟁터입니다. 조정에서는 폐하를 무사히 이스탄불로 모셔 오기 위해 독일 황제 빌헬름 2세에게 도움을 요청했습니다. 독일 황제도 폐하와 친분을 생각해서 로렐라이호를 테살로니키로 보냈습니다. 저희는 폐하를 모시고 가려고 온 겁니다."

그 순간 군의관은 폐위당한 황제의 눈동자에서 잠깐 반짝이다가 꺼지는 안광을 발견했다. 아주 짧은 순간이었지만 켜졌다 꺼진 안광. 이제 그를 너무나 잘 알고 있었기에 그가 야망을 품기 시작했다는 걸 알아챘다. 자신이 다시 권좌에 앉을 수 있다는 가능성을 본 것이었다. 동생이 현재 상황을 해결할 수 없기에 폐위시키고, 자신의 경험이 제국에 필요하니 다시 황제 자리로 갈 수도 있다는 생각을 했다. 가능하냐고 묻는다면 가능한 일이었다. 신의 뜻에 달려 있었다. 모든 건 운명에 달린 것이니까.

테살로니키에서 철수 준비

군의관은 동료들과 올림포스 클럽에 모였다. 손에 금방 잡힐 듯한 우울한 분위기에 눌려 어깨는 축 늘어져 있었다. 다들 조용히 라크를 한 모금씩 넘기며 작은 목소리로 근심, 걱정을 늘어놓았다. 무대에는 음악도 여흥도 없었다. 테살로니키에 있는 모든 술집, 식당, 가게는 물론 집에도 침묵이 내려앉았다. 비통함이라는 그림자가 온 도시를 덮고 있었다. 흥이 넘치던 도시를 검은 망사천이 뒤덮은 것 같았다. 골목과 큰길, 광장은 비어 있었다. 사람들은 바깥출입을 하지 않았고 갈수록 커지는 포성에 놀라곤 했다. 클럽에 와 있는 군인들과 장교들도 이들과 다르지 않았다. 그들도 어떻게 해야 할지 몰랐다. 상부에서 어떤 명령이 내려올지 짐작할 수도 없었다.

"이해할 수가 없어. 무슨 일이 벌어지고 있는지 이해가 돼야 말이지. 여기서 우린 뭘 하는 거야? 한쪽에선 적들과 싸우고 있는데 어째서 우리는 전투에 참여하지 못하는 거야? 마치 아무것도 모르는 것처럼 여기서 꼼짝 않고 있잖아?" 사펫 소령이 말했다.

"누구도 이해하지 못하는 상황입니다. 역사상 이런 일은 없었을 겁니다." 니핫이 대답했다.

"잠깐만. 군의관이 화이트 타워에서 하는 회의가 끝나면 곧 여기로 올 거야. 어떻게 된 일인지 우리에게 말해 주겠지."

"화이트 타워에서 뭘 하는데요?"

"테살로니키 유지들이 모인다더군. 주지사, 지역 사령관, 유대인, 그리스인, 터키인 사업가들, 공장과 호텔 사장들까지. 간단히 말해 테살로니키 엘리트들 말이네."

"식수에 수면제라도 탄 건지 아니면 모두가 체체파리에 물리기라도 한 것 같네요. 좀처럼 혼수상태에서 깨어나질 못하고 있으니 말입니다."

"우리가 어떻게 깨어나겠어, 명령에 따르는 노예에 불과한데. 군인이 자기 마음대로 움직일 수 있나?"

"혹시 테살로니키를 포기한 건가요?"

"말도 안 되는 소리. 누가 그런 반역을 저지르겠어?"

"휴… 모르겠습니다. 하지만 아무것도 안 하고 이렇게 계속 있으면 우리는 다 미쳐 버릴 겁니다."

"로렐라이호를 봤지? 압둘하미드를 데려가려고 왔다는 말이 있어."

"어째서 독일 배가 온 거죠? 우리는 배가 없나요?"

"그리스 해군이 모든 곳을 차지했다더군. 우리 함정은 어디로도 지나갈 수 없대. 기차역도 불가리아가 점령했나 봐. 그러니까 육로도 막혔다는 말이지. 육지, 바다 모두 포위된 셈이야."

"저런, 어쩌다 이 지경까지 온 거죠? 충격적이군요, 꿈을 꾸고 있다고 생각할 때가 있다니까요. 육로가 막히기 전에 휴가를 다녀온 장교가 그러는데 이스탄불에서는 연합진보위원회와 자유합의당이 서로를 죽이겠다고 싸운다더군요. 그 싸움이 가장 중요한 일이 되어 버렸답니다. 연합진보위원회는 적이 이겨서 자유합의당에게 타격이 돼야 한다고 기도까지 하는 상황이라지 뭐겠어요. 총사령관 대리 나즘 장군은 몇몇 군과 연락조차 닿지 않는다고 하고요. 정반대 보고서가 올라오기도 하고, 모든 게 불확실한가 봅니다. 동부 전선군도 서부 전선군도 적에게 밀리고 있어요."

"정치가 이 나라를 끝장내고 있다는 말이군. 아, 저 내부 분열…. 서로가 아니라 적을 그 정도로 미워하지. 여기서조차도 정치가 보이잖아. 중대에 있는 모든 장교와 친하게 지내나? 자유합의당 쪽 장교들은 우리를 적 보듯 하잖아."

두 장교의 대화는 종종 깊은 침묵에 빠졌다. 그럴 때면 누군가는 포크로 식탁보에 뭔가를 그리고 있었고, 또 누군가는 술잔을 불빛에 맞춰 우윳빛으로 변한 라크에서 뭐라도 찾으려는 듯 뚫어지게 바라보고 있었다.

모두의 눈과 귀는 군의관이 가져올 소식만을 기다렸다. 저택 상황을 아는 친구도 군의관이었고 화이트 타워 회의에 참석한 친구도 군의관이었다.

얼마 지나지 않아 군의관이 도착했다. 그러나 군의관이 해 준 이야기를 듣고 동료 장교들의 근심은 더욱 커졌고, 그나마 있던 희망마저 사라졌다. 일어나서는 안 되는 일이 일어나고 있었다. 테살로니키를 적에게 넘겨주려 하는 것이다. 이 도시 인구 절반 이상을 차지하고 있는 유대인들의 대표는 이 아름다운 도시가 전쟁으로 파괴되고 불타 없어지는 데 반대했다. 당연히 그리스인들도 같은 생각이었다. 교전하지 말고 도시를 그리스군에게 넘겨야 한다고 장군들을 압박했다. 오스만 제국 해군은 출항조차도 못하고 있고, 육군도 당혹감을 감추지 못하는 상황에다, 에디르네는 함락 직전이라는 소식을 전하자 장교들은 아무 말도 하지 못했다. 테살로니키는 무방비 상태인 섬처럼 사방이 포위당해 있었다. 그리스군이 시내로 진입하는 건 시간문제였다.

이 암울한 소식에 이어 압둘하미드에 관한 이야기로 넘어갔다. 정말로 로렐라이호가 황제를 데려가기 위해 왔단 말인가?

군의관이 동료 장교들을 더 놀라게 할 이야기를 꺼냈다. 폐위당한 황제는 이스탄불로 가지 않기 위해 꽤 저항했고, 예상치도 못하게 이렇게 말했다는 것이었다. “내게 소총을 주게. 조상들이 물려준 땅을 지킬 권리가 있네. 날 막지 말게.” 황제를 데려가기 위해 이스탄불에서 사위들이 왔고, 바르다르군 사령관도 왔었다고 했다. 마치 그가 권좌에 있는 황제인 양 장군들은 예의를 갖췄고, 황제는 여기에 오만함을 더해 권력을 가진 황제처럼 행동했다고 동료들에게 전했다.

“하지만 진짜 말하고 싶은 건 말이야, 이런 것보다 더 중요한 거야.” 군의관은 동료 장교들에게 자신이 목격한 것들을 전했다. “이 작자가 저지른 학살과 공포 정치를 여전히 증오하지만 인정할 건 인정해야 해. 내게 화내지 말게. 저택에서 아무 소식도 듣지 못하고 감금 생활을 한 노인네가 우리도 충격받았던 전쟁 소식을 듣고 처음에는 당연히 놀라고 공황에 빠진 것 같았어. 그런데 몇 분 지나지 않아 정신을 차리고 군이 처한 상황을 묻더군. 잠시 생각에 잠기더니 제대로 된 전략을 명령하듯 장군들에게 이렇게 말하지 뭔가. '자네들에게 끝까지 버티라는 게 아니야. 불가리아군과 세르비아군이 올 때까지 그리스군을 상대하라는 것이야. 그리고 이 도시를 누가 가질 것인가를 두고 서로 싸우게 만들고 그 상황을 이용하자는 말이네.'"

"정말 맞는 말이야. 유일한 방법이 이거야. 사실 오랫동안 그가 써먹었던 전술을 말한 거네. 사냥꾼을 서로 싸우게 해서 사냥감이 살아남는 것 말이야." 사펫 소령은 그의 생각에 동의했다.

"장군은 이 말에 뭐라고 대답했어?"

"황제의 칙령에 따라 압둘하미드를 이스탄불로 데려가는 것이 임무며, 그 외에는 권한이 없다고 했네."

장교들은 실망했다. 모두가 솔직하게 털어놓지 않은 사실이 있었다. 1908년 혁명[174]에 성공한 군은 지나친 오만에 빠져 있었다. 이 큰 승리를 얻어 낸 후 장교들은 세상이 자신들 발아래 놓여 있다고 착각했다. 자신들이 모든 것, 모든 사람보다 위에 있다고 생각하고 젊은 치기로 군대 규율과 교육 훈련을 등한시했다. 사병들 군복과 식량조차도 그들의 관심 밖이었다. 통신망은 망가졌고, 계급 체계는 무너졌으며, 정치가 군사적 목표보다 우선했다. 좀처럼 승리의 도취에서 깨

---

174 역주- 1908년 7월 압둘하미드의 폐위와 입헌군주제 선포를 요구하는 청년 장교 주도의 봉기로 2차 입헌군주제 선포라는 성과를 달성한 반란

어나지 못하고 있었고, 군인으로서 임무도 다하지 않았다. 정치가 너무나 달콤했던 게 분명했다. 어쩌면 이스탄불이라는 역사적인 이슬람 종주국 수도가 그들에게 미친 영향일 수도 있었다. 비잔틴 제국의 수도이기도 했으니 그 영향이야 오죽했을까.

세 장교 모두 겉으로 표시는 내지 않았지만, 비밀 회합 때 젊은 대위가 했던 경고를 떠올렸다. 안타깝게도 그가 했던 말이 옳았다.

그날 밤, 군의관은 자신들에게 늘 웃는 얼굴로 대하던 그리스인 클럽 주인의 눈동자에서 멸시가 담긴 눈빛을 보았다. 그게 아니라면 자신들이 처한 처참한 상황으로 인해 그렇게 느꼈을 수도 있다. 어느 게 맞는지 알지 못한 채 집으로 돌아왔다. 다시는 그곳에 발을 딛지 않겠다고 결심했다. 그리고는 쓴웃음을 지었다. '도시가 우리 것도 아닌데 무슨 그런 결심을 해?' 군의관은 자신도 이스탄불로 가야 할 것 같다는 생각을 했다.

군의관은 가끔 이상한 생각에 잠기곤 했다. '사실 우리는 다른 사람들 땅을 점령한 것이었잖아. 무력으로 그 땅에 주인이 된 것이었지. 지금 그 땅을 잃었다고 하는데, 사실 우리가 진짜 주인은 아니잖아. 언어가 같은 것도 아니고, 종교도 다르니 말이야. 이 사람들은 수백 년 동안 계속된 지배에 맞서 자신들의 국가를 구하는 거야. 이들은 구국 전쟁을 하는 거지.' 그러다 명예로운 장교가 이런 생각을 해서는 안 된다는 걸 떠올리고 정신을 차리곤 했다.

군의관은 작은 메모장을 꺼냈다. 자신이 직접 목격한 역사적인 사건을 메모지에 써 내려가며 위안을 찾았다. 자신이 감당할 수 없는 사건들이 계속 이어지다 보니 최근에는 편지도 쓰지 못하고 있었다. 하지만 이스탄불로 돌아가면 제일 먼저 멜라핫 양을 찾을 생각이었다.

그리고 이스탄불의 기적

이스탄불은 냄새부터 테살로니키와 달랐다. 테살로니키에도 바다가 있었다. 하지만 유속이 빠른 이스탄불 해협의 바닷물 때문인지, 남풍과 북풍 때문인지, 그렇지 않으면 이스탄불에서만 볼 수 있는 생선 때문인지 알 수 없었다. 이스탄불에는 사람을 매혹하는 그런 냄새가 있었다. 황제는 함몰된 가슴에 채워 넣기라도 하듯 넓은 콧구멍으로 이스탄불 공기를 들이마셨다. 이스탄불, 몇 년 만에 다시 온 이스탄불인가. 세상이 이 도시를 원하고 있었다. 오죽했으면 이스탄불에 있는 돌덩이도 이란 땅과 바꾸지 않는다고 말한 시인이 다 있을까. 로렐라이호는 마르마라해를 건너 이 도시를 정복한 조상들의 궁전 앞을 지난 뒤, 경이로운 이스탄불 해협으로 들어섰다. 그때 해협 양쪽으로 모여든 백성들이 귀가 먹먹해질 정도로 크게 환호성을 질렀다. "황제 폐하 만세, 황제 폐하 만세, 황제 폐하 만세!" 이 얼마나 듣기 좋은 메아리던가, 얼마나 진심을 담은 소리던가. 이스탄불 백성들은 3년 반 전 한밤중에 아무도 모르게 납치되듯 기차에 실려 가택 연금에 온갖 모멸을 다 겪은 황제를 맞이했다. 황제는 메카에서 메디나로 쫓겨난 뒤 승리의 영광과 함께 다시 메카로 돌아온 선지자 모하메드의 칼리프였다. 자신도 선지자와 똑같은 운명을 타고났다는 행복감과 자부심에 젖어 있었다. 백성들이 자신을 믿고 있다는 건 알았다. 계속되는 참사에 백성들은 동요했다. 적군 앞에서 쩔쩔매는 오스만 제국을 구해 내고, 무능한 동생이나 마케도니아 도적 떼 같은 연합진보위원회와는 달리, 나라를 혼란에 빠트리지 않을 거라 백성들이 믿고 있다는 걸 잘 알고 있었다. 뱃머리에 이슬람 종주국 깃발을 올린 하얀 범선이 궁전을 향해 다가오자 포성이 울렸다. 독일 선장과 선원들은 선상에서 정렬했고 검을 뽑아 황제에게 경례했다. 예포 소리와 "압둘하미드 황제 폐하 만세!"라는 울부짖음이 뒤섞였다. 군악대는 네집 장군이 작곡한 <하미디예 행진곡>을 연주했다.

만세 황제 폐하, 제국과 함께 만수무강하소서
만세 황제 폐하, 위풍당당하게 만수무강하소서

궁전 선착장에는 조정 대신들이 영접을 위해 늘어선 채 기다리고 있었다. 바닥에는 진귀한 카펫이 깔려 있었다. 총리 대신, 대신들, 의원들, 종교 대신, 그리스정교 주교, 유대교 랍비장, 아르메니아정교 주교, 각국 대사들이 기가 죽은 채 알라신의 지상 그림자를 기다렸다. 모두 양손을 모으고 고개를 숙인 채였다. 황제와 눈을 맞추는 건 금기였다. 위대한 수호자이시고 지상의 칼리프이신 황제 폐하 얼굴을 마주 보며 대화한다는 건 있을 수 없는 일이었다. 이스탄불에 첫 발을 내딛으며 마음속으로 외쳤다. '너무 고생했구나 하미드. 하지만 마침내 네 자리를 찾았어. 알라신의 자비로 제자리로 돌아왔구나.' 압둘하미드는 오늘을 있게 한 창조주께 감사했다.

군악대가 연주하는 <하미디예 행진곡>을 들으며 3대양을 통치하는 황제라는 자부심을 안고 양쪽으로 갈라선 영접 인사들 사이를 걸어갔다. 아흐멧 네집 장군이 작곡한 행진곡은 손에 든 깃발을 흔들며 이스탄불 해협 양쪽으로 모여든 백성들의 환호와 눈물 속에서 연주되었다. 제국의 아버지가 마침내 돌아온 것이었다.

> 아, 세상의 은인이시여 아, 왕 중의 왕이시여
> 오스만 제국의 거룩한 권좌에 영광을 더하셨도다

황실 군악대가 이 부분을 부르자 수천 명의 군중이 사자가 포효하듯 후렴구를 따라 불렀다.

> 만세 황제 폐하, 제국과 함께 만수무강하소서
> 만세 황제 폐하, 위풍당당하게 만수무강하소서

군중들은 갑자기 양쪽으로 갈라섰다. 붉은색 카펫을 밟고 자신에게로 걸어오는 독일 황제 빌헬름 2세가 보였다. 흰 예복에 흰 투구를 쓴 독일기사단 같은 모습으로 양팔을 벌린 채 그를 향해 오고 있었다. '카이저도 날 맞이하러 왔군.' 테살로니키에서 유배 생활을 마치고 나니 이런 행복이 찾아온 것이었다.

멀리서 전령 쇼흐렛딘 아아가 외치는 소리가 들리는 것 같았다.

'쇼흐렛딘은 여기 무슨 일이지?' "황제 폐하, 황제 폐하." 쇼흐렛딘의 목소리는 갈수록 커졌다. 군악대 연주 소리를 누를 정도였다. 황제는 화를 냈다. "저런 반역자 같으니라고!" 고함을 질렀다. "감히 무례하게 행진곡을 중간에 끊을 생각을 하다니!"

"제발 폐하, 정신을 차리십시오. 황제 폐하께선 안전하십니다. 제발 정신을 차리십시오."

군악대 연주 소리는 점점 멀어졌다.

그 순간 진한 센나 향이 났다. 쇼흐렛딘의 목소리가 들려왔다. "보십시오, 센나 차를 대령했습니다. 신경 안정 효과가 있습니다. 폐하, 제발 드십시오."

저택과 이별 – 안녕 테살로니키

압둘하미드 2세는 3년 6개월 동안 저택 현관문 밖으로 한 걸음도 내딛지 못했다. 슬픔과 고뇌에 찬 나날들을 보내고, 불면으로 고통받았던, 감옥 같은 알라티니 저택 밖으로 첫발을 내딛고는 지팡이에 의지해 한동안 서 있었다. 신선하고 차가운 가을 공기를 들이마셨다. 정원과 나무들, 장군들과 장교들, 사병들 그리고 계단 아래 기다리고 있던 무개차를 한참이나 바라봤다. 마치 모든 것 그리고 모두와 작별하고 싶어 하는 모습이었다. 테살로니키를 떠나야 할 순간이었지만 이 도시를 본 적이 없었다. 한밤중에 차에 실려서 이 저택에 던져졌다. 마찬가지로 이제 같은 차를 타고 배가 있는 항구로 갈 것이다.

테살로니키는 침묵하며 이 순간을 기다리고 있었다. 황제가 탄 배가 마지막 뱃고동을 울리며 작별인사를 하고 멀어져 가면 이슬람 사원과 사원 첨탑, 랍비들과 이슬람 성직자들, 신비주의자들을 다스렸던 500년 오스만 제국 지배도 역사 속으로 사라질 것이다.

로렐라이호는 백조 같은 자태로 바다 위에 정박했다. 선장은 황제를 맞이하기 위해 육지에 상륙해 있었다. 선장을 위시해서 예복을 입은 독일 승무원들은 격식에 맞게 의전을 했다. 이 모습에 그렇지 않아도 마음속에서 싹트기 시작한 희망이 조금 더 자라났다.

테살로니키 총독, 제3군과 바르다르군 사령관, 독일 영사 그리고 테살로니키 유지들이 그를 배웅하기 위해 왔다. 그들 속에 있던 군의관은 그들보다 좀 더 뒤에서 묘한 감정을 느끼며 환송식을 지켜봤다.

선장은 독일 황제 빌헬름 2세를 대신해 환영사를 읽어 내려갔다. 그 순간 황제는 3년 6개월 동안 맛보지 못했던 행복감이 따뜻한 혈관 속을 타고 돌아다니는 걸 느꼈다. 황제는 독일 황제의 환영사에 자신감에 찬 모습으로 화답했다. 독일 승무원들은 황제와 약 서른 명의 일행을 매우 조심스럽게 구명보트에 태웠다. 그리고 승선 계단에 붉은 천이 깔린 로렐라이호로 데려갔다. 모든 게 완벽했다. 식사와 휴식, 예배를 위한 모든 준비가 갖춰져 있었다. 감탄에 마지않았던 독일인들의 철두철미함이 모든 세세한 곳에서 드러났다. 배의 오른쪽 선실은 황제에게 왼쪽은 가족들에게 제공되었다. 황제는 배에서 첫 저녁 식사를 선장과 함께했다. 그 자리에서 독일 황제에게 감사의 인사를 다시 한번 전했다.

유일하게 불편한 점이 있다면, 선실 밖으로 나갈 때는 선장에게 알려야 한다는 것이었다. 적 해군 함정 사이를 지나야 했기에 황제가 적들의 손에 넘어가지 않게 주의할 필요가 있었다. 선장은 가능한 선실을 벗어나지 말아야 하며, 만약 해상 검문을 받으면 황제와 가족들이 타고 있는 걸 드러내서는 안 된다고 강조했다. 감금 생활이 끝난 게 아니었다. 이스탄불에서는 또 어떤 생활이 기다리고 있을지 아무도 몰랐다.

그나마 기분이 나아진 건, 처음 타는 배에서 신이나 뛰어다니며 놀고 활짝 웃는 작은 왕자를 보는 것이었다. 왕자는 가족들 분위기까지 밝게 만들었다.

배가 움직이기 시작하자 왕자는 신나서 소리쳤다. “가요, 가요. 물 위로 미끄러지고 있어요.” 그 모습을 본 황제는 기뻤다. “아들아, 우리가 어디로 가는 걸까?” 황제는 혼자 중얼거렸다.

그날 밤 압둘하미드는 황제인 동생과 이스탄불 조정이 자신을 적에게 넘기지 않기 위해 내린 자비로운 결정을 내린 데 찬사를 보냈다. 이 상황에서 내릴 수 있는 가장 합리적인 결정이라면 옛 황제를 완전히 없애 버리는 것이었다. 그런데도 그들은 자신을 독일 배에 태우는 크나큰 위험을 감수했다. 압둘하미드가 마음을 바꿔 오랜 친구인 빌헬름 2세에게 독일로 가고 싶다고 했다면, 로렐라이호는 함부르크로 배를 돌렸을 가능성이 매우 컸다. 그러면 옛 황제는 독일의 어느 성에서 자유인으로 살 수 있었을 것이다. 또는 자신을 지지하는 정치인들이 정치 활동을 벌였을지도 모를 일이었다. 하지만 황제 자리가 이스탄불에서 기다리고 있다면? 다시 행운이 그에게 미소를 짓는다면?

압둘하미드는 선실 마호가니 천장에 있는 문양을 뚫어지게 바라봤다. 매번 떨쳐버릴 수 있었던 미탓 장군의 영혼을 이번에는 예멘

지하 감옥으로 돌려보낼 수가 없었다.

"그래, 장군. 나도 그런 결말을 원한 건 아니었다네. 하지만 자네가 직접 제국을 통치하고 내게 압력을 행사하려 들지 않았나? 자넨 똑똑했지만, 탐욕을 억누르지 못했네. 내가 아니라 그 누가 되었더라도 나처럼 했을 걸세."

그리고 왜 미탓 장군이 갑자기 떠올랐는지 기억해 냈다. "게다가 자네가 영국인들에게 매우 특별한 사람이라는 걸 내가 모르고 있다는 생각은 말게." 황제는 선실을 떠돌고 있는 장군의 혼령에게 말했다.

로렐라이호는 속도가 빠른 배였다. 바람이 없고 파도가 잔잔한 가을 날씨라서 편안하게 이동했다. 그리스 해군 소속 함정이 포착되면 선장은 즉시 황제와 가족들에게 알렸고, 선실에 몸을 숨기도록 조치했다. 항해 기록에 따르면, 로렐라이호는 이스탄불에서 테살로니키로 적십자 물품을 운반하는 것으로 되어 있었고, 지금은 귀항 중이었다. 독일 대사관 소속 선박이었기에 모든 배는 이 항해 기록을 인정할 수밖에 없었다. 다르다넬스 해협으로 진입하기 전 그리스 검문 지역을 통과해야 했다. 그곳에서 아베로프 장갑 순양함[175]이 접근하는 걸 발견했고, 선장은 황급히 황제와 가족들을 선실로 숨기도록 선원들에게 명령했다. 그리고 남자들은 쓰고 있던 페즈 모자를 벗어야 했다. 모두 숨을 죽이고 있었고, 로렐라이호는 아베로프 순양함 옆을 스치듯 지나쳤다. 이젠 이스탄불로 향하는 동안 어떤 장애물도 남지 않았다.

마르마라해를 통과하는 동안 황제는 눈에 띌 정도로 흥분이 고조되어 있었다. 가슴은 오르내렸고, 심장 박동은 메아리쳤다. 황제

---

175 역주- 그리스 해군의 기함으로 사용되었던 순양함

는 어젯밤 테살로니키 출신인 쌀리흐 대위를 불러 뭐라도 알아내려 했지만, 대위는 짧게 대답했다. "잠시 후면 조정 대신이 맞이할 겁니다." 이 대답은 희망과 절망, 두려움과 용기, 슬픔과 기쁨 사이를 오가던 옛 황제를 안심시킬 만한 대답은 아니었다. 정반대로 견딜 수 없을 정도로 망상의 나래를 펼치게 하는 불면증이 심해졌다. 어둠을 이용해 자신을 함정에 빠트릴지도 모른다는 생각이 들었다. 이스탄불에 도착하면 먼저 작은 보트에 옮겨 타게 한 다음 자신을 없애려는 계획을 세운 거라는 확신도 들었다. 다른 큰 배가 자신이 옮겨 탄 작은 보트를 들이받아 침몰시키면 손쉽게 해결되는 일이었다. '큰 배가 작은 보트를 들이받아 침몰시키는 것보다 더 쉬운 일이 또 있을까?' 이 사건을 사고라 발표하면 되는 것이고, 동생은 애도를 표하면 그만이었다. 생각할수록 황제는 이런 계획이 분명하다고 확신했다. 황제는 셰리프 장군을 선실로 초대했다. 그리고 밤에는 절대 배에서 내리지 않을 것이라 말했다. 이스탄불 입항 시간은 낮 시간대여야 한다고 고집했고 야간에 입항하는 것을 거부했다. 반드시 오전이어야 한다고 주장했다. 셰리프 장군은 황제가 완강하게 주장하는 내용을 황실에 전달했다.

황제는 선실 둥근 창 앞에서 아침이 될 때까지 긴장한 채로 밤을 지새웠다. 아침이 밝아 오자 조금이나마 마음이 놓였다. 하지만 정오 무렵, 조상들이 정복하고 만든 도시 이스탄불로 진입하는 동안 자신에게 어떤 일이 일어날지 알지 못하는 데서 오는 불안감이 엄습했다. 마치 쇠사슬이 목을 휘감고 있는 것처럼 숨이 막혀 왔다.

로렐라이호는 크즈 쿨레시[176] 근처에서 멈췄다. 소형 증기선이 로렐라이호를 향해 다가오고 있었다. 저 보트에 조정 대신들과 황실 사람들이 타고 있을까? 황제를 맞이하러 오는 것인가?

하지만 증기선이 가까워지자 배에는 이스탄불 방위 사령관과 부관이 타고 있는 게 보였다. 황제는 앞으로도 구금 생활이 기다리고 있고, 행운을 기대할 수 없다는 걸 곧바로 깨달았다.

로렐라이호 갑판에 오른 사령관은 귀가 들리지 않았다. 사령관에게 하는 말은 부관이 도무지 알 수 없는 방법으로 사령관에게 전달했다.

"여러분들을 베이레르베이 궁으로 모시라는 황제의 칙령을 받았습니다." 사령관이 말했다.

압둘하미드가 어린 시절을 보낸 궁이었다. 결핵에 걸린 어머니가 습기와 얼음장 같은 찬바람, 추위로 날이 갈수록 야위어 가는 걸 봐왔던 곳이었다. 너무나 증오하는 곳이었기에 베이레르베이궁으로 가지 않겠다고 버텼다. "나를 츠라안궁으로 데려다주게. 부탁하네, 츠라안궁으로 가 주게. 동생에게 안부를 전해 주시게. 그리고 이 명을 거둬 달라고 요청하는 바이네."

압둘하미드의 요구에 사령관은 조롱하는 듯한 미소와 과장된 몸짓으로 대답했다. "오오오, 안됐습니다. 츠라안궁은 이제 없습니다. 불에 타서 재가 됐습니다. 이제 부엉이들이나 사는 곳이 돼 버렸습니다."

---

176 역주- 이스탄불 해협 작은 바위섬 위에 세워진 감시탑

사령관이 하는 말을 들은 황제는 이스탄불과 오스만 제국, 오스만 가문이 영원히 다른 운명의 길로 들어섰다는 걸 직감했다. 바뀐 세상에서 자신은 아무것도 아닌 존재라는 것도 깨달았다. 자신들의 무덤을 파고 있는, 과욕에 찬 대신들과 군인들은 화약통 위에 앉아 있다는 것도 모를 정도로 싸움에만 열중하고 있었다. 사령관의 말투와 태도는 이 모든 걸 알리는 경고음이었다. 할아버지와 아버지께서 사르키스 발리안[177]에게 츠라안궁 건축을 맡겼다. 자신은 렘브란트, 아이바조프스키의 그림과 각종 수집품으로 장식했고 늘 자부심을 느낀 궁이었다. 그런 소중한 궁이 사라진 것이다. 이스탄불 방위 사령관은 이 사실을 황제에게 복수라도 하듯 웃으며 전했다.

증기선은 해협을 가로질러 나아갔다. 해협을 바라보고 있는 베이레르베이 궁 철문은 끝까지 열려 있었다. 궁 선착장에서는 1개 중대 병력과 매서운 눈매의 장교들이 황제를 기다리고 있었다. 압둘하미드는 그 재수 없는 베이레르베이 궁 대리석 기둥을 보자마자 충격을 받았다. 한동안 잠자고 있다고 생각했던, 존재 자체도 거의 잊고 지냈던 호랑이의 단단한 근육이 꿈틀거리는 걸 느꼈다. 호랑이를 잊고 있었던 건 당연했다. 권좌에서 내려오면서 그동안 호랑이로부터 해방되었다고 생각했다. 그림자들 속으로 사라지면서 위험에서 벗어났고, 이젠 잔잔한 항구에 닻을 내렸다고 안심했다. 하지만 그 무시무시하고 포악한 짐승이 잠에서 깨어난 것이다.

압둘하미드는 생각했다. '호랑이 등에서 내려오는 건 여기서겠구나!' 보기만 해도 소름 돋는 대리석으로 지어진 궁으로 가까이 다가

177 역주- 아르메니아 출신 건축가(1835~1899)

가던 순간, 미끄러지듯 창문들 사이로 지나가는 여윈 체르케스 여인의 그림자를 본 것 같았다. 왕이 된다고 해도, 황제가 된다고 해도 죽은 엄마에 대한 그리움은 사라지지 않았다.

"결국엔 만났어. 엄마…." 압둘하미드는 조용히 혼잣말을 내뱉었다. "결국엔 우리가 만났어."

작품에 등장하는 인물들

해설

참고문헌

옮긴이의 말

작품에 등장하는 인물들

압둘하미드 2세

오스만 제국이 가장 큰 어려움에 봉착했을 때 황제 자리에 올랐다. 그는 이전의 황제와는 달랐다. 시, 운문과는 거리가 멀었지만 세밀한 목공과 조각에 관심이 많았다. 독서, 오페라, 음악을 사랑한 것으로 널리 알려졌다. 33년 동안 집권한 뒤 1909년 폐위당해 테살로니키에서 유배 생활을 했다. 1912년 이스탄불 베이레르베이 궁으로 거처를 옮겼고 남은 생애를 그곳에서 보냈다. 1918년 2월 10일 사망했다. 장례식에 수많은 사람이 참석했으며, 마흐무트 2세 묘지에 안장되었다.

부인

뮤쉬피카 부인

압둘하미드 2세의 임종을 지켜보았다. 황실 가족들이 국외로 추방당했을 때 이스탄불에 남았다. 자신이 죽기 전, 당시 총리인 아드난 멘데레스에게 편지를 보내 이스멧 이뇨뉴 정부가 책정한 연금을 인상해 달라고 요구했다. 1961년 7월 17일 사망했고 야히아 에펜디 묘지에 안장되었다.

살리하 나지예 부인

왕자 메흐멧 아빗 에펜디의 어머니. 유배 생활을 할 때 작은아들과 함께 압둘하미드 2세 곁에 있다가 압둘하미드 2세와 함께 베이레르베이 궁으로 거처를 옮겼다. 압둘하미드 2세가 사망한 후 에렌쾨이에서 거주했다. 황실 가족이 국외로 추방되기 한 달 전 사망했고, 마흐무트 2세 묘지에 안장되었다.

파트마 페센드 부인

압둘하미드 2세와 함께 테살로니키에서 유배 생활을 했지만, 1년 뒤 이스탄불로 돌아가 봐니쾨이에 있는 저택에서 지냈다. 황실 가족이 국외로 추방될 때 병중이었다. 추방된 지 8개월만인 1925년 11월 5일 사망했다. 카라자아흐멧 묘지에 안장되었다.

사즈카르 부인

레피아 공주의 어머니로 딸과 함께 유배 생활을 했다. 그러나 1년 뒤 이스탄불로 돌아갔다. 황제의 또 다른 부인인 페이베스테 부인과 함께 쉬실리에 정착했다. 1924년 국외추방 시 딸과 함께 베이루트(레바논)로 갔고 1945년 사망했다. 묘지는 술탄 셀림 사원(시리아, 다마스쿠스)에 있다.

페이베스테 부인

왕자 압둘라힘 하이리 에펜디의 어머니. 아들과 함께 압둘하미드 2세와 유배 생활을 했으나 1년 뒤 이스탄불로 돌아갔다. 황실 가족이 국외로 추방될 때까지 이스탄불에서 지냈다. 아들과 함께 파리에서 거주하다 1944년 사망했다. 무슬림 묘지에 안장되었다.

딸

아이셰 공주

아버지 압둘하미드 2세와 테살로니키에서 유배 생활을 했다. 1년 뒤 이스탄불로 돌아갔지만, 황실 가족과 함께 1924년 국외로 추방되었다. 파리에서 28년을 거주했고, 1960년 8월 10일 사망했다. 야히야 에펜디 묘지에 안장되었다. 사망 전에 출간한 『아버지 압둘하미드 황제』라는 회고록은 황실 생활에 관한 가장 중요한 참고 문헌 중 하나가 되었다. 『호랑이 등에서』가 발간되었을 때 아이셰 공주의 손녀인 메디하 부인은 앙카라 주재 멕시코 대사로 근무했다.

샤디예 공주

테살로니키 유배 동안 아버지인 압둘하미드 2세와 함께 지냈다. 1년 뒤 이스탄불로 돌아갔고, 1924년 황실 가족들과 함께 프랑스로 갔다. 1953년 다시 튀르키예로 돌아가 지한기르에 있는 한 아파트에서 살다 1977년 90세를 일기로 사망했다. 마흐무트 2세 묘지에 안장되었다.

레피아 공주

아버지인 압둘하미드 2세와 함께 유배되었다. 약 1년간의 유배 생활 뒤 다른 공주들과 함께 이스탄불로 돌아갔다. 1924년 다른 황실 가족과 함께 프랑스로 추방되었으며, 이후 베이루트에 정착했다. 1938년 47세의 나이에 사망했다. 술탄 셀림 사원 묘지에 안장되었다.

아들

메흐멧 아빗 왕자

압둘하미드 2세의 막내아들로, 테살로니키 유배 당시 네 살이었다. 이스탄불로 돌아가 황제와 함께 베이레르베이 궁에서 지냈다. 이후 군사 교육을 받고 장교로 임관했다. 1924년 황실 가족과 함께 국외로 추방되었다. 1973년 12월 8일 베이루트에서 사망했다. 그의 묘는 술탄 셀림 사원 묘지에 있다.

압둘라힘 하이리 왕자

압둘하미드 2세와 함께 약 1년간의 테살로니키로 유배 생활 이후 이스탄불로 돌아갔다. 1924년 황실 가족과 함께 국외로 추방되어 빈으로 갔으며, 이후 로마, 카이로 등 여러 곳을 전전했다. 1952년 자신이 묵고 있던 파리의 한 호텔에서 모르핀으로 자살했다.

메흐멧 압둘카디르 왕자

압둘하미드 2세와 함께 유배 생활을 하지 않은 왕자로, 오스만 제국 역사에 '사회주의자 왕자'로 남았다. 황제인 아버지에 반하는 사상을 가졌고, 그와 거리를 두고 지낸 것으로 알려졌다. 1924년 황실 가족과 함께 국외로 추방되었으며 불가리아를 선택했다. 기차로 이동하는 동안 아기를 잃었다. 이 아기가 추방당한 황실 가족 중 첫 번째 사망자로 기록되었다. 이후에 부다페스트에서 바이올린을 연주하며 생계를 유지했다. 제2차 세계대전으로 인해 소피아로 다시 돌아갔으며, 자신의 할아버지와 친분이 있었던 불가리아 국왕의 도움으로 시청 세금징수원으로 취직했다. 1944년 3월 16일 사망했다.

황실(황제)

무라드 5세

작은아버지 압둘아지즈 황제와 함께 유럽을 방문할 기회를 얻었고, 직접 눈으로 본 유럽을 동경했다. 특히 대영제국과 좋은 관계를 유지했다. 압둘아지즈가 암살된 이후 정신이상 증세를 보였다. 93일 동안 황제 자리에 머물렀다.

메흐멧 레샤드 5세

압둘하미드 2세가 폐위되고 황제 자리에 올랐다. 하지만 어린 나이와 경험 부족으로 국정 운영을 연합진보위원회 소속 장교들에게 넘겼다. 9년 동안 유지한 황제 자리는 심기능 저하로 사망하면서 끝을 맺었다.

기타 인물들

아트프 휴세인

군의관으로, 유배 기간 압둘하미드 2세와 그의 가족 주치의로 임명되었다. 개인사에 관한 정보는 많이 남아 있지 않다. 유배 기간 내내 압둘하미드 2세에 관한 내용을 일기로 남겼다. 모두 12권에 달하는 일기는 당시에 관한 막대한 정보를 남겼다. 압둘하미드 2세가 이스탄불로 이송되어 베이레르베이궁에서 사망할 때까지 그의 주치의로 지냈다. 결혼은 하지 않았으며 젊은 나이에 사망했다.

알리 페트히(옥야르)

연합진보위원회 주도 세력 중 한 명이다. 압둘하미드와 가족을 테살로니키로 이송하는 일을 맡았으며, 첫 번째 저택 경비대 지휘관이었다. 튀르키예 공화국이 건설되고 국회의원과 첫 국회의장직을 역임했다. 1923년부터 1924년까지 국회의장, 1924년에는 국회부의장으로 선출되었다. 명석하고 온화한 성격으로 국회의원으로 지내는 동안 존경을 받았다. '옥야르'라는 성(性)은 국부인 아타튀르크가 지어 주었다. 1943년 5월 7일 이스탄불 니샨타쉬 자택에서 사망했으며, 진지를리쿠유 아스리 묘지에 안장되었다.

빅토리아 여왕

60년이 넘는 집권으로 현재 여왕으로 있는 엘리자베스 2세를 포함 영국 역사에서 가장 오랜 기간 권좌를 유지한 인물이다. 사촌인 앨버트 공과 결혼하여 9명의 자녀를 두었다. 빅토리아 여왕 시대에 가장 중요한 사건은 대영제국과 프랑스, 오스만 제국이 함께 러시아에 맞서 크림 전쟁(1854~1856)에 참전한 것이다. 현재까지도 여러 유럽 국가의 국왕이 빅토리아 여왕의 후손인 것으로 알려져 있다. 1901년 2월 사망했다.

아서 코난 도일

영국 공상과학 소설가이다. 『셜록 홈스』라는 유명한 작품으로 사람들에게 알려졌다. 압둘하미드 2세도 이 작품에 관심을 가졌다. 코난 도일의 회고록에 따르면, 두 번째 결혼 후 신혼여행을 이스탄불로 왔으며 압둘하미드 2세를 만나고 싶어 했다. 사료에는 이 요청이 이뤄지지 않은 것으로 나온다. 하지만 황제 압둘하미드 2세는 코난 도일에게 메지디예 훈장을 수여했다.

파스퇴르

압둘하미드 2세가 연구에 관심을 보인, 프랑스의 화학자이자 생물학자이다. 그의 세균학 연구에 오스만 제국 학자를 보내기도 했다. 파스퇴르가 설립한 연구소에 1만 금화(또는 프랑)을 기부했고, 메지디예 훈장을 보냈다.

사라프 자리피

갈라타 주식시장에서 잘 알려진 인물이다. 압둘하미드 2세 통치 시기에 오스만 가문에 돈을 빌려주었다. 압둘하미드 2세에게 상업에 관한 조언을 하기도 했다.

뮤쥐뤼스 장군

오스만 제국의 그리스계 관리였으며, 35년 동안 오스만 제국의 런던 주재 대사로 일했다. 오스만 제국 주요 공직자이자 외교관이었던 뮤쥐뤼스는 단테의 <신곡>을 이탈리아어와 그리스어로 번역했다. 손녀인 안나

드 노아이유는 프랑스의 저명한 시인 중 한 사람이다. 마르셀 프루스트는 그녀를 '선의의 정신과 높은 도덕성을 지닌' 작가라고 평가했다. 백작 부인 안나 드 노아이유는 프랑스 문학사에서 중요한 위치를 차지한다. 프루스트의 『잃어버린 시간을 찾아서』라는 작품에도 이 점이 언급되었다.

황후 외제니

1867년 나폴레옹 3세의 초청으로 압둘아지즈 황제와 왕자들은 파리를 방문했다. 이 방문은 오스만 제국 황제가 다른 국가를 방문한 첫 사례로 역사에 기록되었다. 방문단을 나폴레옹 3세의 부인이었던 외제니가 영접했다. 외제니가 첫눈에 압둘아지즈에게 반했다고 하며, 1년 뒤 이스탄불을 답방한 외제니를 황제 압둘아지즈가 직접 영접했다.

나폴레옹 3세

1848년에서 1852년까지 프랑스의 대통령이었으며 이후 쿠데타로 공화정을 폐지하고 제2제국을 선포했다. 1870년까지 마지막 황제로 프랑스를 통치했다. 1870년 제3공화국을 세운 혁명 세력에 의해 폐위되었으며, 유배당했다. 1871년 5월 5일 생을 마감했다.

독재자는 회고록을 남긴다

소설가 장정일

쥴퓌 리바넬리의 최신작 『호랑이 등에서』는 오스만 제국(1299~1922)을 시대적 배경으로 하고 있다는 점에서 리바넬리의 첫 장편소설이자 전 세계의 독자들에게 그의 이름을 널리 알렸던 『살모사의 눈부심』을 떠올리게 한다. 오스만 제국의 제18대 술탄 이브라힘(Ibrahim, 1615~1648)을 모델로 한 이 소설의 중요 모티브는 새 황제가 즉위할 때마다 신임 황제의 형제(왕자)들이 교살을 당해야 했던 오스만 제국의 황실 관례다. 이 끔찍한 관례를 법제화한 인물은 제7대 술탄 파티흐 메흐멧(1432~1481)이다. 메흐멧 2세로도 알려진 그는 전대(前代)의 여러 법령을 취합하고 그 시대에 맞게 새롭게 정비한 오스만 제국 최초의 성문 법전 『카눈나메이 알리 오스마니(Kanunname-i Ali Osmani)』를 편찬하면서, '세상의 질서'를 위해 술탄위(位)에 오른 황태자가 다른 형제(친형제와 이복형제는 물론 사촌 형제까지)를 살해하는 것을 명문화했다.

『호랑이 등에서』의 유일한 주인공인 제34대 술탄 압둘하미드 2세(1842~1918)는 이 법이 만들어진 이유를 이렇게 말한다. "콘스탄티노플을 점령한 뒤 전통적으로 허락된 3일간의 약탈을 과하다고 생각해서 이틀로 줄이신 파티흐 술탄 마흐멧께서 이런 법률을 제정하셨지. 잔인해서 그런 게 아니라, 칭기즈칸의 아들들처럼 형제간에 권력 다툼으로 제국을 분열시키지 말라는 뜻에서였다네."(275쪽) 제13대 술탄이었던 메흐멧 3세

(1566~1603)는 즉위와 함께 열아홉 명이나 되는 형제를 한꺼번에 사형집행인의 손에 넘겼다.

파티흐 메흐멧이 법전에 명기한 형제 살해는 제14대 술탄 아흐메트 1세(1590~1617) 때에 효력을 잃었다. '블루 모스크'라는 영어명으로 유명한 '아흐메트 1세 모스크'의 건립자이기도 한 그는 동생 무스타파를 죽이지 않고 터키어로 '새장'을 뜻하는 카페스(kafes)에 가두었다. 이때부터 술탄의 형제들은 사형집행인에게 목이 졸려 죽는 대신 '금빛 감옥'이라고도 불렸던 하렘의 외지고 밀폐된 방에서 평생을 외부 노출 없이 살아야 했다. 이들이 유폐에서 벗어날 수 있는 예외는 술탄이 적당한 후사를 두지 않고 죽었을 때다. 그러면 카페스에 갇혀 있던 왕자 가운데 가장 연장자가 술탄위를 이었는데, 그렇게 술탄이 된 사람 가운데는 무려 39년 만에 유폐에서 풀려난 경우도 있다.

이 유폐 제도는 근대화 개혁을 추진한 제32대 술탄 압둘아지즈(1830~1876)에 의해 폐지되었고, 그 덕에 황제 계승 순위 아홉 번째였던 압둘하미드는 자유로운 상태에서 왕족의 특전을 누리며 치부에 몰두할 수 있었다. "주식과 채권을 사고파는 일만으로도 저는 바쁩니다. 밀도 심고요. 황실에서 3개월에 한 번씩 보내주는 왕자의 봉급도 거의 쓰지 않았습니다. 그 돈으로 대부분 저축이나 투자를 합니다."(41쪽) 그가 왕족에 어울리지 않게 돈벌이에 몰두한 것은 권력의 핵인 술탄에게 자신에게는 아무런 야심이 없다는 것을 드러내는 신호였고, 음악과 목공에 심취한 것도 폐지되었다고는 하지만 생생한 기억으로 남아 있는 황실의 트라우마를 잊기 위해서였다. "난 사실 가구 장인일세. 이 분야에서는 세계적이라고 할 수 있지."(98쪽) 그런 그는 작은 아버지인 압둘아지즈가 폐위를 당하고 그 뒤를 이어 술탄위에 오른 이복형 무라드가 정신 이상 증세로 93일 만에 연이어 폐위되자, 생각지도 않았던 술탄 자리에 오르게 되었다.

오스만 제국은 압둘하미드가 제34대 술탄에 즉위하기 전부터 러시아·영국·프랑스 등의 침략과 발칸 지역의 독립운동으로 해체기를 맞고 있었다. 사실 압둘아지즈가 폐위된 것도 근대화·서구화를 통해 오스만 제국의 쇠망을 막아보려는 신식 군대 장교들의 쿠데타 때문이었다. 압둘하미드는 쿠데타로 구성된 새 내각이 제시한 의회 제도 도입과 헌법 개정 요구를 받아들이고서야 술탄이 될 수 있었다. "그를 황제로 즉위시킨 사람들에게 했던 가장 큰 약속이 바로 헌법 제정 아니었던가."(52쪽) 그것이 1877년에 완수된 제1차 입헌 혁명이다. 그런데 압둘하미드 2세는 1878년 2월 의회를 해산하고 군주국으로 돌아갔다.

압둘하미드 2세가 약속을 파기하자, 1877년 헌법을 다시 찾는 과업을 위해 목숨을 바칠 것을 맹세한 청년 장교들이 연합진보위원회를 조직하고 투쟁을 시작한다. 1908년 7월 6일, 아흐메드 니야지 장군이 일으킨 쿠데타가 성공하자 압둘하미드 2세는 그달 23일 입헌 체제로 돌아가겠다는 약속을 한다. 이로써 제2차 입헌군주제가 선포되었는데, 청년 장교들에 비해 차별받고 있다고 생각한 일반 군인들이 이스탄불에서 친위 쿠데타를 일으켰다('3월 31일 반란'). 이때 많은 청년 장교, 의회 의원, 진보적 언론인이 체포되어 처형되었다. 친위 쿠데타는 호헌과 개혁을 바라는 청년 장교단 그룹의 반격에 진압되었고, 정세를 장악한 연합진보위원회는 압둘하미드 2세의 폐위와 가택연금을 결정했다. 『호랑이 등에서』는 폐위된 술탄과 가족이 한밤에 기차를 타고 반(反) 술탄 세력의 거점인 데살로니카의 한 저택에 당도하는 장면으로부터 시작한다.

이 소설에는 압둘하미드 2세 말고도 많은 등장인물이 나오지만 그들은 역사적 인물일 뿐 소설의 주인공이 되지 못한다. 역사적 인물, 즉 공적인 인물이라면 압둘하미드 2세보다 더 공적인 인물도 없다. 그는 소설의 주인공이기 이전에 33년 동안 한 제국을 다스렸던 황제였지 않은가. 그럼에도 이 공적 인물이 소설의 주인공일 수 있는 것은 작가가 그에게 공적으로 드러난 것과는 다른 심리적 깊이를 부여하고 있기 때문이다. 예를 들어 연합진보위원회에 동조하는 군의관 아트프 휴세인 대위는 상부로부터 폐위된 술탄의 가족 주치의로 임명되자, "철천지원수의 건강이 자신에게 맡겨진 것"(111쪽)에 대해 한탄한다. 그는 평소에 압둘하미드 2세를 "흉포한 흡혈귀"(51쪽), "악마의 영혼"(52쪽), "폭군에다 양심도 없는 짐승"(264쪽) 등으로 증오해 왔기 때문이다. 이 선입견은 한 인간에 대한 평가로는 가혹하지만 역사적이고 공적인 것으로 보인다.

3년 6개월 동안 술탄의 곁에 있으면서 아트프 휴세인 대위의 생각은 크게 바뀐다. 일흔 살의 술탄은 죽음의 공포와 건강 염려증에 사로잡힌 '초췌한 노인', '피해망상을 앓고 있는 가엾은 환자'였다. "'불쌍한….' 군의관은 '불쌍하다니?'라며 소스라치게 놀랐다. '불쌍하다고? 내가 지금 그자한테 불쌍하다고 했어?'"(340~341쪽) 독자가 군의관의 마음속에서 생긴 변화에 자연스럽게 감정 이입한다면, 그것은 작가가 공적인 인물에 심리적인 깊이를 부여하는 데 바친 노력이 어느 정도 성공했기 때문일 것이다. "권좌를 차지하고 칼리프가 된다는 건 매 순간 죽음을 기다린다는 걸 의미한다네."(290쪽), "사람들이 나에 관해 이야기하면서 뭘 잊고 있는 줄 아나? 나도 사람이라는 걸세. 한 가족의 아버지, 웃고 울고 아프고 기뻐할 줄 아는 사람이라는 걸 잊고 있는 거네. 나를 사람이 아니라 통치자로 봤던 게지."(291쪽) 운운.

폭군이나 독재자는 권력을 빼앗긴 뒤에 몰라보게 나약해진다. 이들이 생전 처음 보여주는 인간적인(?) 모습에 끌려 그들의 공적 죄상(책임)을 잊거나 추궁하기를 포기하는 것은 민중의 노예근성이다. 작가는 공적 인물에 심리적 깊이를 부과하는 것이 그들에 대한 기준을 흔든다는 것을 잘 안다. "황제의 회상을 듣는 건 재미났지만 군의관은 갈수록 혼란스러웠다."(305쪽) 특히 왕족인 압둘하미드가 기독교도인 벨기에 여성 플로라 코르데아를 짝사랑만 하다가 놓아줄 수밖에 없었던 대목에서 우리는 혼란을 경험한다(폭군을 연민하게 된다). 이야기는 듣는 사람의 혼을 빼놓는다. 이야기에 매료되어 윤리(기준)를 저버리지 않으려면 정신을 바짝 차려야 한다. 폐위된 술탄의 회고록을 쓰는 데 협력하기로 한 군의관은 회고록이 이야기인 것을 아직 모른다. "군의관은 재판관이고 황제는 피고인이 된 것 같았다. 한 명은 심문을 하고 다른 한 명은 심문을 받았다. 세상을 움직이던 통치자 중 한 명이 자기 손아귀에서, 자기 입만 바라보고 있었다. 군의관은 손에 쥐고 있는 이 엄청난 주도권에 행복해하며 큰 소리로 웃었다."(262쪽) 이야기의 주도권을 갖고 있다고 생각한 것은 군의관의 착각이다. 오히려 상대의 입만 바라보며 "그래서? 그래서?"라고 이야기에 탐닉하는 사람은 군의관이었다(E.M. 포스터는 이야기의 힘이 우리를 "그래서? 그래서?"라고 안달하게 하는 동굴 속의 원시인으로 만든다고 경고했다).

실존 인물인 아트프 휴세인 대위는 폐위된 술탄의 일기를 12권이나 받아 적는 도구 노릇을 톡톡히 했다. 명색이 술탄의 전제 정치에 대항했던 비밀 결사이기도 했던 그는 그러면서 점점 폐위된 술탄에게 유화적으로 바뀐다. 이런 사태는 휴머니즘의 승리로도, 그 반대인 휴머니즘의 치명적인 약점으로도 설명될 수 있지만(어쨌든 그는 상대의 고통에 민감해야 하는 의사가 아니던가?), 우리는 이런 순진·소박한 해석을 물리쳐야 한다. 압둘하미드

2세에 대한 그의 심경 변화는 폭군에게서 보편적인 인간성을 발견한 것과 아무런 상관이 없다. 그가 압둘하미드 2세를 이해하려고 드는 한편, 차츰 역사 회의주의에 빠지게 되는 원인은 역사적 현실 때문이다.

제국은 재앙에 직면하고 있었다. 거대했던 제국은 빠르게 영토를 상실하고 있었다. 발칸 전쟁에서 연패를 거듭한 진보 정권은 유럽 지배 영토의 83%, 제국 내 유럽 인구의 69%를 잃었다. "군의관은 아무리 생각해 봐도 새로운 집권 세력이 예전과 별반 다르지 않은 것 같았다."(245쪽) "그렇다면 이 반란은 왜 일어난 것일까?"(302쪽), "제국은 굳건할 것이라는 믿음, 유럽의 문명 수준을 따라잡을 거라는 희망은 서서히 회의적인 생각과 미래에 대한 두려움으로 바뀌었다."(307쪽), "젊고 경험이 없는 데다, 비밀 결사, 암살 결사대, 기습에만 유능한, 피 끓는 연합진보위원회 소속 동료 장교들이 일을 이 지경으로까지 만든 게 분명했다."(361쪽), "이스탄불에서는 연합진보위원회와 자유합의당이 서로를 죽이겠다고 싸운다더군요. 그 싸움이 가장 중요한 일이 되어 버렸답니다."(386쪽)

히틀러나 스탈린 같은 독재자들이 그립고, 예쁘고, 미더워 보일 때는, 진보의 발동이 꺼지거나 방향을 상실했을 때다. 바로 그럴 때, 역사적 인물은 역사적으로, 공적인 인물은 공적으로 평가해야 한다는 공준(公準)이 허물어진다. 압둘하미드 2세는 언젠가 그럴 때가 올 것을 기다리며, 자신의 회고록을 계획했을 것이다. 폭군과 독재자는 회고록을 남긴다. 마치 입이라도 맞춘 듯이, 그들은 한 단어도 틀림없이 이렇게 말한다.

"이건 내가 선택할 수 있는 게 아니었어. 모든 인간은 자신이 선택하지 않은 집에서 선택하지 않은 운명을 타고 태어나. 우리는 모두 호랑이 등에서 태어난 거야. 운명을 바꿀 수는 없지."(20쪽)

참고문헌

Adem Ölmez. "İkinci Abdülhamid Döneminde Koruyucu Hekimlik ve Bazı Vesikalar."

Ali Fethi Okyar. *Sultan II. Abdülhamid Han'la 113 Gün.* Haz. Eyyub Bostancı. İstanbul: Akıl Fikir Yayınları, 2017.

Atıf Hüseyin Bey. *Sultan II. Abdülhamid'in Sürgün Günleri.* Haz. Metin Hülagü. İstanbul: Timaş Yayınları, 2013.

Ayşe Osmanoğlu. *Babam Sultan Abdülhamid- Hatıralarım.*

Azmi Özcan. *Abdülhamid ve Hilafet.* İstanbul: Yeni Şafak Kitaplığı, 1995.

Bayram Kodaman. *Abdülhamid Devri Eğitim Sistemi.* Ankara: Türk Tarih Kurumu, 1991.

________________. *Sultan II. Abdülhamid Devri Doğu Anadolu Politikası.* Ankara: Ankara Üniversitesi Basımevi, 1981.

Cemal Kutay. *Prens Sabahattin Bey, Sultan II. Abdülhamit, İttihat ve Terakki.*

Sultan Abdülaziz'in Avrupa Seyahati. İstanbul: Boğaziçi Yayınları, 1991.

Cemil Koçak. *Abdülhamid'in Mirası.* İstanbul: Arba Yayınları, 1990.

Cevdet Kudret. *Abdülhamit Devrinde Sansür.* İstanbul: Milliyet Yayınları, 1977.

Coşkun Yılmaz(ed.). *II. Abdülhamid- Modernleşme Sürecinde İstanbul.*

Dilek Akyalçın Kaya. "Mustafa Arif Efendi'nin Selanik Yılları: XIX. Yüzyıl Osmanlı Taşrasında Burjuvazinin Oluşumuna Bir Örnek" *Cihannüma,* s. 1~2. Aralık 2015; ss. 35~59.

Dorina L. Neave. *Sultan Abdülhamit Devrinde İstanbul'da Gördüklerim.* Çev. Neşe Akın. İstanbul: Dergah Yayınları, 2008.

Emre Aracı. *Kayıp Seslerin İzinde.* İstanbul: YKY, 2011.

Faiz Demiroğlu. *Abdülhamid'e Verilen jurnaller.* İstanbul: Tarih Kütüphanesi Yayınları, 1955.

Falih Rıfkı Atay. *Batış Yılları.* İstanbul: Pozitif Yayınları, 2012.

Fatmagül Demirel. *II. Abdülhamid Döneminde Sansür.* İstanbul: Bağlam Yayınları, 2007.

Fausto Zonaro. *Abdülhamid'in Hükümranlığında Yirmi Yıl.* Çev. Turan Alptekin. İstanbul: YKY, 2008.

Fikrettin Yavuz. *II. Abdülhamid Döneminde Bir Amerikan Elçisi: Aleksander Watkins Terrell(1893~1897).* Yay. Haz. Serkan Yazıcı-Alperen Demir. İstanbul: Babıali Kültür Yayıncılığı, 2016.

François Georgeon. *Sultan Abdülhamid.* Çev. Ali Berktay. İstanbul: Homer Kitabevi, 2006.

Hakan Akpınar. *Son Sultan. Sultan II. Abdülhamid ve Bir Devrin Hikayesi.* Konya: Mola Kitap, 2012.

Hüseyin Nazım Paşa. *Hatıralarım / "Ermeni Olaylarının İçyüzü".* İstanbul: Selis Kitaplar, 2003.

İlber Ortaylı. *İkinci Abdülhamit Döneminde Osmanlı İmparatorluğunda Alman Nüfuzu.* Ankara: Ankara Üniversitesi Basımevi, 1981.

İsmail Çolak. *Son İmparator.* İstanbul: Nesil Yayınları, 2015.

İsmail Müştak Mayakon. *Yıldız'da Neler Gördüm?* İstanbul: Sertel Matbaası, 1959.

Kasım Hızlı. Sultan ve İstanbul'un İmarı.

Mehmet Aydın. *Dahi Hükümdar Sultan II. Abdülhamid Han.* İstanbul: Çınaraltı Yayınları, 2014.

Mehmet Bicik. *Bilinmeyen Yönleriyle II. Abdülhamid.* İstanbul: Akis Kitap, 2014.

Mehmet Hocaoğlu. *Abdülhamit Han'ın Muhtıraları.* İstanbul: Oymak Yayınları. Meropi Anastassiadou. Tanzimat Çağında Bir Osmanlı Şehri Selanik. Çev. Işık Ergüden. İstanbul: Tarih Vakfı Yurt Yayınları, 2001.

Michel de Grece. *II. Abdülhamit-Yıldız Sürgünü.* Çev. Derman Bayladı. İstanbul: Milliyet Yayınları, 1995.

Mim Kemal Öke. *Saraydaki Casus-Gizli Belgelerle Abdülhamid Devri ve İngiliz Ajanı Yahudi Vambery.* İstanbul: Hikmet Neşriyat, 1991.

Mustafa Armağan. *Abdülhamid' in Kurtlarla Dansı.* İstanbul: Ufuk Kitap, 2006.

Mustafa Celalettin Hocaoğlu. "Gertrude Bell'in Anılarında Sultan II. Abdülhamit, 31 Mart Olayı Ve Anadolu'ya Yansımaları (1909)."

Mustafa Müftüoğlu. *Tarihin Hükmü-Abdülhamid Kızıl Sultan mı?* İstanbul: Seha Neşriyat.

Namık Sinan Turan. "Opera Tutkunu Bir Sultan: II. Abdülhamid." *Evrensel Kültür*, ss. 27~31.

Necip Fazıl Kısakürek. *Ulu Hakan II. Abdülhamid Han.* İstanbul: B.d. Yayınları, 2003.

Necmettin Allcan. *Selanik İstanbul'a Karşı. 31 Mart Vak 'ası ve II. Abdülhamid'in Tahttan İndirilmesi.* İstanbul: Timaş Yayınları, 2014.

Nejdet Gök. "Mütercim Halimi Efendi'nin Notları Çerçevesinde Sultan Abdülaziz'in Avrupa Seyahati ve Sonuçları." *Tarihin Peşinde.* s. 7, 2012. ss. 165~188.

Neslihan Huri Yiğit. "Cumhuriyet Dönemi Türk Romanında II. Abdülhamid ve Eğitim." Yayımlanmamış Yüksek Lisans Tezi. İzmir: Dokuz Eylül Üniversitesi, 2012.

Neslihan Ünal. *İki Osmanlı Liman Kenti: İzmir ve Selanik.* Ankara: İmge Kitabevi.

Nilay Özlü. "Merkezin Merkezi: Sultan il. Abdülhamid Döneminde Yıldız Sarayı." *Toplumsal Tarih*, 206, Şubat 2011. ss. 2~13.

Nizamettin Nazif Tepedelenlioğlu. *İlan-ı Hürriyet ve Sultan II. Abdülhamit Han.* İstanbul: Yeni Matbaa, 1960.

Nurdan İpek Şeber. "Namlunun Ucundaki Padişah: II. Abdülhamid'e Karşı Planlanan Suikastlar." *Türkiyat Mecmuası,* Bahar, 2012.

Orhan Koloğlu. *Abdülhamid Gerçeği.* İstanbul: Gür Yayınları, 1987.

Orhan Selim Kocahanoğlu. *31 Mart Ayaklanması ve Sultan Abdülhamid.* İstanbul: Temel Yayınları, 2009.

Ömer Eğecioğlu. "Doğu Masalları: Johann Strauss'un Sultan II. Abdülhamid'e İthafen Yazdığı Vals." *Sanat Dünyamız.* s. 108. Güz 2008. ss. 13~25.

Ömer Faruk Yılmaz. *Bir Şehid Sultan Abdülaziz Han.* İstanbul: Çamlıca Basım Yayın.

________________. *Sultan Abdülhamid Han'ın Harem Hayatı.* İstanbul: Ferman Yayıncılık, 2010.

Sacide Nur Akkaya. "İktidar ve Dil İlişkisi Bağlamında Taşra Mektuplarına Yansıyan II. Abdülhamit Portresi." *Türk Dili ve Edebiyat Dergisi.*

Samuel Sullivan Cox. *Bir Amerikan Diplomatının İstanbul Anıları 1885~1887.* Çev. Gül Çağalı Güven. İstanbul: Türkiye İş Bankası Kültür Yayınları, 2013.

Selim Ahmetoğlu. "Şehbal Dergisinin 31 Mart İsyanı Albümü." *Müteferrika*, Yaz 2009.

Soner Akpınar. *Türk Romanında II. Abdülhamit.* İstanbul: Doğu Kütüphanesi, 2015.

Süleyman Kani İrtem. *Birinci Meşrutiyet ve Sultan Abdülhamid.* Haz. Osman Selim Kocahanoğlu. İstanbul: Temel Yayınları.

___________________. *Abdülhamid Devrinde Hafiyelik ve Sansür. Abdülhamid'e Verilen Jurnaller.* Yay. Haz. Osman Selim Kocahanoğlu. İstanbul: Temel Yayınları.

___________________. *Sultan Abdülhamid ve Yıldız Kamarillası.* Haz. Osman Selim Kocahanoğlu. İstanbul: Temel Yayınları.

___________________. *Sultan II. Abdülhamid ve Devri Semineri-Bildiriler.* İstanbul: Edebiyat Fakültesi Basımevi, 1994.

Şadiye Osmanoğlu. *Babam Abdülhamid.* Saray ve Sürgün Yılları.

Taner Tımur. "Sultan Abdülaziz'in Avrupa Seyahati-I."

___________. "Sultan Abdülaziz'in Avrupa Seyahati- II."

___________. *Osmanlı-Türk Romanında Tarih, Toplum ve Kimlik.* İmge Kitabevi, 2002.

Uğur Çelik. "II. Abdülhamit Dönemi ve İttihat ve Terakki Mukayesesi."

Vahid Çabuk. *Sultan II. Abdülhamid.* İstanbul: Paraf Yayınları, 2010.

Vladimir Alexandrov. *Siyah Rus.* Çev. Bahar Tırnakçı. İstanbul: İş Bankası Kültür Yayınları, 2015.
Vasfi Şensözen. *Osmanoğulları'nın Varlıkları ve II. Abdülhamid'in Emlaki.* Ankara: Türk Tarih Kurumu, 1982.

Yavuz Selim Karakışla. "Exile Days of Abdulhamid il in Salonica (1909~1912) and Confiscation of His Wealth." Yüksek Lisans Tezi. İstanbul: Boğaziçi Üniversitesi, 1990.

Zeki Çevik. "II. Abdülhamid Dönemi Bir Bürokrat Portresi: Sadrazam(Küçük) Mehmed Said Paşa ve Reformları." *Turkish Studies.* s. 4/8, Güz 2009.

Ziya Şakir. *Sultan Abdülhamid'in Son Günleri.* İstanbul: Çatı Kitapları, 2006.

옮긴이의 말

세 개 대륙과 일곱 개의 바다를 500년간 통치한 대제국. 그 대제국의 34대 황제이자 이슬람 세계의 99대 칼리프 압뒬하미드 2세. 그는 33년 붉은 황제로 군림한 독재자인가? 오스만 제국의 꺼져 가던 생명을 연장한 외교 천재인가? 『호랑이 등에서』가 독자들에게 던지는 질문이다.

오스만 제국의 실질적인 마지막 황제 압뒬하미드 2세는 오스만 제국, 튀르키예 근현대사에서 논란의 중심에 선 인물이다. 『호랑이 등에서』가 출간되자 튀르키예 언론, 학계, 정계의 이목이 쏠렸다. 독재자 압뒬하미드 2세가 다시 주목을 받는 건 장기 집권 중인 에르도안 정부가 반길 만한 일은 아니었다. 집권 초기부터 꾸준히 대외정책의 기조로 삼고 있는, 오스만 제국이 지배했던 지역들에서 과거 영향력을 되찾고자 하는 신오스만주의와 배치될 뿐더러, 무엇보다도 에르도안 대통령 자신도 독재자로 비난을 받고 있었기 때문이었다. 하지만 『호랑이 등에서』는 발간 사흘 만에 품절 사태를 빚을 만큼 큰 호응을 받은 데 비해 예상되었던 큰 논란은 없었다.

작가 쥴퓌 리바넬리는 작품 구상 단계에서부터 많은 사료를 통해 등장인물과 주요 사건들을 연구했다. 출간 전 오스만 제국사를 연구하는 세계적인 석학들에게 원고를 보내 철저한 고증을 거치기까지 했다. 그리고 초점을 오스만 제국의 황제가 아닌 인간 압뒬하미드에 맞췄고, 죽음에 대한 공포와 피해망상에 시달린 인간 압뒬하미드를 가장 가까이서 지켜본 사람들(주치의와 가족들)의 기록에 근거했다. 사실 여부를 둔 논란을 피할 수 있었던 가장 큰 이유이기도 하다.

제목에 등장하는 호랑이는 권력이다. 호랑이 등에 올라탄 자는 자신이 곧 호랑이라는 착각에 빠진다. 하지만 사람들은 호랑이 등에 올라탄 자가 아니라 호랑이를 두려워한다. 옮긴이는 자신이 호랑이라고 생각하는 권력자, 특히 독재자의 탄생 배경에 주목했다. 압둘하미드 2세는 불안과 의심이 불러온 공포 속에서 평생을 살았다. 불안과 의심의 싹을 잘라야만 공포를 없앨 수 있었기에 이를 위해 황제라는 절대권력을 휘둘렀다. 결국, 독재자는 극복하지 못하는 두려움과 공포의 산물이다.

쥴퓌 리바넬리의 작품 중 번역에 가장 애를 먹었지만, 가장 흥미진진한 작품이었다. 압둘하미드 2세가 이스탄불 베이레르베이궁으로 거처를 옮긴 이후부터 사망할 때까지의 삶을 담은 후속 작품을 작가께서 구상 중이라고 하니 가슴이 뛴다.

2024년 4월, 오진혁

세상 모든 것에 감탄하는
지혜로운 사람들의 공간
호밀밭

호랑이 등에서

초판 1쇄 2024년 04월 19일

지은이 쥴퓌 리바넬리 Zülfü Livaneli
옮긴이 오진혁
펴낸이 장현정
편집장 박정은
편집 정정화
디자인 손유진
마케팅 최문섭

펴낸곳 호밀밭
등록 2008년 11월 12일(제338-2008-6호)
주소 부산광역시 수영구 연수로 357번길 17-8
전화 051-751-8001
팩스 0505-510-4675
홈페이지 homilbooks.com
이메일 homilbooks@naver.com

Published in Korea by Homilbooks Publishing Co., Busan.
Registration No. 338-2008-6.
First press export edition April, 2024.

Author Zülfü Livaneli **Translator** Oh Jinheouk
ISBN 979-11-6826-180-8 (03830)